REINO DE INTRIGAS

This woven kingdom

Diretor editorial
Luis Matos

Gerente editorial
Marcia Batista

Assistentes editoriais
Letícia Nakamura e Raquel F. Abranches

Tradução
Cynthia Costa

Preparação
Aline Graça

Revisão
Marina Constantino
Tássia Carvalho

Arte
Renato Klisman

Dados Internacionais de Catalogação na Publicação (CIP)
Angélica Ilacqua CRB-8/7057

M162r

Mafi, Tahereh

Reino de intrigas / Tahereh Mafi ; tradução de Cynthia Costa.
-- São Paulo : Universo dos Livros, 2022.
432 p. (Série This Woven Kingdom – vol. 1)

ISBN 978-65-5609-245-4
Título original: *This Woven Kingdom*

1. Ficção norte-americana 2. Ficção fantástica 3. Mitologia persa
I. Título II. Costa, Cynthia

22-2323 CDD 813

Universo dos Livros Editora Ltda.
Avenida Ordem e Progresso, 157 — 8º andar — Conj. 803
CEP 01141-030 — Barra Funda — São Paulo/SP
Telefone/Fax: (11) 3392-3336
www.universodoslivros.com.br
e-mail: editor@universodoslivros.com.br
Siga-nos no Twitter: @univdoslivros

TAHEREH MAFI

REINO DE INTRIGAS

São Paulo
2022

Grupo Editorial
UNIVERSO DOS LIVROS

Para Ransom

Eu me viro para a direita e para a esquerda, em todo lado
não vejo sinais de justiça, senso ou cuidado:
Um homem é mau, e todos os seus dias
são cheios de sorte, elogios e alegria;
O outro é sempre bom... Ele morre abandonado,
um homem falido e desprezado.

Mas todo este mundo é como um conto que nos é relatado...
Homens são maus e seu prestígio, arruinado.

— Abolghasem Ferdowsi, *Shahnameh*

UM

یک

Alizeh estava costurando na cozinha sob a luz das estrelas e do fogo, sentada, como sempre ficava, encolhidinha na lareira. A fuligem sujava a pele e as saias dela aqui e ali: uma mancha sobre uma maçã do rosto, um borrão empoeirado ainda mais escuro acima de um dos olhos. Ela não parecia se importar.

Alizeh estava com frio. Não, ela estava *congelando*.

Era frequente seu desejo de ter dobradiças pelo corpo, de modo que pudesse abrir a portinhola do peito e preencher a cavidade com carvão, depois querosene. Acender um fósforo.

Que pena.

Ela ergueu as saias e se aproximou do fogo, com cuidado para não destruir a roupa que ainda devia à filha ilegítima do embaixador Lojjan. A peça intrincada e brilhante era seu único pedido do mês, mas Alizeh nutria uma esperança secreta de que o vestido atraísse clientes por conta própria, afinal, as encomendas de moda não passavam do fruto da inveja nascida nos salões de baile, ou em torno da mesa de um banquete. Enquanto o reino permanecesse em paz, a realeza — tanto legítima quanto ilegítima — continuaria a organizar festas e a fazer dívidas, o que significava que Alizeh ainda poderia encontrar maneiras de extrair moedas de seus bolsos ricamente bordados.

Ela tremeu violentamente então, quase perdendo um ponto, quase caindo no fogo. Quando criança, Alizeh uma vez sentiu tanto frio que se arrastou para a lareira de propósito. É claro que nunca lhe ocorrera que pudesse ser consumida pelo fogo; ela não passava de um bebê seguindo o instinto de buscar calor. Alizeh ainda não tinha como entender a singularidade de sua aflição, pois a geada que crescia dentro de si era tão rara que ela se destacava até mesmo entre o próprio povo — já considerado estranhíssimo.

Era um milagre, então, que o fogo tivesse apenas desintegrado suas roupas e preenchido o casebre com uma fumaça que queimava seus olhos. Um grito subsequente, porém, sinalizou para a criança bem aninhada que o plano falhara. Frustrada com um corpo que não se esquentava nunca, ela chorou lágrimas gélidas ao ser recolhida das chamas pela mãe, que sofreu queimaduras terríveis, cujas cicatrizes Alizeh veria ainda muitos anos depois.

— *Os olhos dela* — contou a mulher trêmula ao marido, que viera correndo ao som do desespero. — Veja o que aconteceu com os olhos dela... Vão matá-la por isso...

Alizeh então esfregou os olhos e tossiu.

Ela era pequena demais para se lembrar das exatas palavras dos pais; sem dúvida a memória era baseada apenas em uma história repetida muitas vezes, tão enraizada em sua mente que ela imaginava recordar a voz da mãe.

Ela engoliu em seco.

Havia fuligem em sua garganta. Seus dedos já estavam dormentes. Exausta, ela exalou as preocupações para dentro da lareira, e o sopro levantou um pouco mais as cinzas.

Alizeh tossiu de novo, dessa vez com tanta força que espetou a agulha de costura no dedinho. Ela absorveu o choque da dor com uma calma sobrenatural, retirando com cuidado a ponta antes de examinar o ferimento.

A perfuração era profunda.

Lentamente, quase um de cada vez, os dedos se fecharam no vestido ainda agarrado em sua mão, a seda mais fina estancando a gota de sangue. Depois de alguns momentos — durante os quais olhou fixamente para cima, para a chaminé, pela décima sexta vez naquela noite —, ela soltou o vestido, cortou a linha com os dentes e jogou a peça nova incrustada de pedras preciosas sobre uma cadeira próxima.

Não era preciso ter medo; Alizeh sabia que seu sangue não mancharia o tecido. Ainda assim, não deixava de ser uma boa desculpa para declarar derrota, para deixar o vestido de lado. Ela o avaliou então, esparramado sobre a cadeira. O corpete estava caído, curvando-se sobre a saia como uma criança pendurada em uma cadeira. A seda acumulava-se em torno das pernas de madeira, a pedraria captava a luz. Uma brisa fraca sacudiu uma janela mal fechada e uma única vela se apagou, levando consigo a compostura restante da encomenda. O vestido deslizou mais para baixo na cadeira, uma manga pesada se soltando com um leve chiado, seu punho brilhante roçando o chão sujo de fuligem.

Alizeh suspirou.

Aquele vestido, como todos os outros, estava longe de ser lindo. Ela considerava o modelo banal, a construção era apenas razoável. Seu sonho era libertar a própria mente, desvencilhar as mãos para que criassem sem receio — mas o rugido de sua imaginação era sempre silenciado por uma infeliz necessidade de se autopreservar.

Apenas na época de sua avó é que haviam sido estabelecidos os Tratados de Fogo, tratados de paz sem precedentes que permitiam a jinns e humanos conviverem livremente pela primeira vez em quase um milênio. Embora tivessem aparência quase idêntica, o corpo dos jinns era forjado da essência do fogo, o que lhes garantia certas vantagens físicas; já humanos, vindos do pó e da água, há muito eram rotulados de *Argila*. Os jinns haviam aceitado os Tratados com variados níveis de alívio, já que as duas raças estiveram presas em um derramamento de sangue por eras e, embora a inimizade entre ambas permanecesse sem solução, todos já estavam cansados de tanta morte.

As ruas foram banhadas pela limpidez dourada do sol para inaugurar a nova era daquele frágil tempo de paz. A bandeira e a moeda do império foram recriadas para homenagear a conquista. Cada artigo real foi timbrado com o lema de um novo tempo:

QIRES
Que a Igualdade Reine Eternamente Suprema

Como se viu, porém, a igualdade significava que os jinns deviam rebaixar-se à fraqueza dos humanos, negando a todo momento os poderes inerentes à sua raça: a velocidade, a força e a evanescência eletiva natural de seus corpos. Foram obrigados a cessar de imediato o que o rei havia declarado como "operações sobrenaturais", sob pena de morte, e os Argilas, que se revelaram criaturas inseguras, estavam sempre dispostos a fazer denúncias, não importava qual fosse o contexto. Alizeh ainda podia ouvir os gritos, os tumultos nas ruas...

Ela encarou agora o vestido medíocre.

Sempre lutava para não criar algo muito admirável, pois um trabalho extraordinário passava pelo escrutínio mais severo e era logo denunciado como resultado de algum truque sobrenatural.

Apenas uma vez, desesperada para conseguir se sustentar com dignidade, Alizeh pensou em impressionar uma cliente não com estilo, mas com habilidade. Não só a qualidade do trabalho era de uma magnitude imensuravelmente maior do que a da modista local, como Alizeh pôde criar um elegante traje matutino em um quarto do tempo, e estava disposta a cobrar a metade.

O descuido a mandou para a forca.

Não fora a cliente feliz, mas a costureira rival que denunciara Alizeh aos magistrados. O maior dos milagres foi ter conseguido driblar ser levada à força no meio da noite, fugindo dos campos familiares de sua infância para o anonimato da cidade, esperando se perder entre as massas.

Poderia até ser uma maneira de se livrar dos fardos que carregava sempre consigo. Mas Alizeh tinha muitas razões para manter-se nas sombras, sendo a principal delas a lembrança de que seus pais haviam perdido a vida para que ela pudesse sobreviver e ter uma vida tranquila. Comportar-se descuidadamente agora seria desonrar seus esforços.

Não, Alizeh aprendeu da maneira mais difícil a abandonar as encomendas muito antes de começar a amá-las.

Ela se levantou e uma nuvem de fuligem ergueu-se junto, ondulando em torno de suas saias. Precisaria limpar a lareira da cozinha antes que a sra. Amina descesse pela manhã ou provavelmente seria mandada embora de novo. Apesar de toda sua dedicação, Alizeh tinha sido colocada na rua mais vezes do que podia contar. Ela sempre supôs que era preciso pouco incentivo para descartar aquilo que já era visto como descartável, mas tais pensamentos pouco faziam para acalmá-la.

Alizeh pegou uma vassoura, encolhendo-se um pouco quando o fogo se extinguiu. Era tarde, muito tarde. O tique-taque constante do relógio feria algo em seu coração, deixando-a ansiosa. Alizeh tinha uma aversão natural ao escuro, um medo enraizado que não conseguia explicar. Ela preferiria trabalhar com agulha e linha sob a luz do sol, mas passava os dias fazendo o trabalho que realmente importava: esfregar os quartos e as latrinas da Casa Baz, a grande propriedade de Sua Graça, a duquesa Jamilah de Fetrous.

Alizeh nunca encontrara a duquesa, só vira o brilho da senhora de longe. A criada se reunia apenas com a sra. Amina, a governanta, que a contratara em caráter experimental, pois Alizeh havia chegado sem referências. Por conta disso, ela ainda não tinha permissão de interagir com os outros criados, nem lhe fora atribuído um quarto adequado na ala da criadagem. Ela fora encaminhada para um armário caindo aos pedaços no sótão, onde descobrira uma cama de armar, um colchão roído pelas traças e uma vela pela metade.

A jovem ficara acordada na cama estreita naquela primeira noite, tão petrificada que mal conseguia respirar. Não se importava com o sótão caindo aos pedaços, nem com o colchão carcomido, pois sabia estar em posse de uma grande fortuna. Que qualquer grande casa estivesse disposta a empregar uma jinn já era bem chocante; agora, que ela tivesse ganhado um quarto — um refúgio do inverno das ruas…

É verdade que Alizeh fizera bicos aqui e ali desde a morte dos pais, e muitas vezes ganhara a permissão de dormir dentro de casa ou no celeiro; mas nunca lhe fora dado um espaço só dela. Esta era a primeira vez em anos que ela tinha privacidade, uma porta que podia fechar; e se sentiu tão repleta de felicidade que temia se derreter pelo chão. Seu corpo estremeceu ao observar as vigas de madeira naquela noite, o emaranhado de teias de aranha que lhe cercava a cabeça. Uma grande aranha desenrolou um pedaço de fio, abaixando-se para encará-la, e Alizeh apenas sorriu, segurando um odre de água contra o peito.

A água tinha sido seu único pedido.

— Um odre de água? — A sra. Amina franziu a testa, como se Alizeh fosse engolir o filho da mulher. — Você pode buscar a própria água, menina.

— Perdoe-me, eu iria — disse Alizeh, fitando os próprios sapatos, o rasgo no couro ao redor do dedão que ela ainda não havia consertado. — Mas ainda sou nova na cidade e achei difícil o acesso à água fresca tão longe de casa. Não há cisterna confiável nas proximidades, e por ora não posso pagar por uma garrafa de água no mercado…

A sra. Amina caiu na gargalhada.

Alizeh ficou em silêncio, o calor subindo pelo pescoço. Não entendia por que a mulher riu.

— Você sabe ler, criança?

Alizeh olhou para cima sem querer, registrando um suspiro familiar e temeroso antes mesmo de travar os olhos nos da mulher. A sra. Amina deu um passo para trás, fechando o sorriso.

— Sim — respondeu Alizeh. — Eu sei ler.

— Então você deve tentar esquecer.

Alizeh estremeceu.

— Perdão?

— Não seja tola. — Os olhos da sra. Amina se estreitaram. — Ninguém quer uma criada que saiba ler. Você arruína suas perspectivas com essa língua solta. De onde disse que era?

Alizeh congelou.

Ela não sabia dizer se a mulher estava sendo cruel ou amável. Fora a primeira vez que alguém sugerira que sua inteligência podia ser um problema para aquele tipo de trabalho, e então se perguntou se seria mesmo verdade: talvez *fosse* sua cabeça, cheia como era, que a fazia ser colocada na rua.

Talvez, se fosse cuidadosa, pudesse enfim conseguir manter um emprego por mais de algumas semanas. Ela certamente conseguiria fingir estupidez em troca de segurança.

— Sou do norte, senhora — respondeu ela calmamente.

— Seu sotaque não é do norte.

Alizeh quase admitiu em voz alta que fora criada em relativo isolamento, que aprendera a falar como seus tutores a haviam ensinado; mas, então, deu-se conta de quem era, de sua posição ali, e não retrucou nada.

— Como eu suspeitava — disse a sra. Amina, cortando o silêncio. — Livre-se desse sotaque ridículo. Você soa como uma idiota tentando se passar por aristocrata. Melhor ainda, não diga nada. Se conseguir fazer isso, pode ser útil para mim. Ouvi dizer que seu tipo não se cansa com facilidade, e espero que seu trabalho confirme os rumores; caso contrário, não terei escrúpulos em jogá-la de volta à rua. Fui clara?

— Sim, senhora.

— Você pode ter seu odre.

— Obrigada, senhora.

Alizeh fez uma reverência, virou-se para sair.

— Ah, e mais uma coisa…

Alizeh se voltou.

— Sim, senhora?

— Arrume um *snoda* o mais rápido possível. Não quero nunca mais ter de ver o seu rosto.

DOIS

دو

Alizeh acabara de abrir a porta do armário onde dormia quando sentiu, ela *o* sentiu como se tivesse deslizado os braços pelas mangas de um casaco de inverno. Ela hesitou, com o coração disparado, sob o batente da porta.

Bobeira.

Balançou a cabeça para afastar os pensamentos. Estava imaginando coisas, o que não era de se surpreender, já que precisava tanto dormir. Depois de varrer a lareira, tivera de limpar a fuligem de suas mãos e rosto também, e tudo isso levara muito mais tempo do que esperava; sua mente cansada dificilmente poderia ser responsabilizada pelos pensamentos delirantes àquela hora.

Com um suspiro, Alizeh mergulhou um único pé nas profundezas do quarto, tateando na escuridão pelo fósforo e pela vela deixados perto da porta. A sra. Amina não tinha lhe cedido uma segunda vela para levar ao andar de cima à noite, pois não conseguia imaginar o luxo nem a possibilidade de que a menina estaria trabalhando muito depois de os lampiões a gás terem sido apagados. Mas a falta de imaginação da governanta não alterava os fatos: a propriedade era tão alta e tão imensa que tornava quase impossível a luz distante penetrar. Exceto pela posição ocasional da lua através de uma janela do corredor escuro, o sótão era opaco à noite; preto como alcatrão.

Se não fosse o brilho do céu noturno para ajudá-la a navegar pelos muitos andares até o seu armário, talvez Alizeh nunca encontrasse o caminho, pois experimentava um medo tão paralisante na companhia da perfeita escuridão que, ao se deparar com essa sina, demonstrava um apreço ilógico pela morte.

A única vela foi encontrada com rapidez; o fósforo depois procurado, prontamente riscado, um rasgo no ar e o pavio aceso. Um brilho quente iluminou um círculo no centro de seu quarto e, pela primeira vez naquele dia, Alizeh relaxou.

Silenciosamente, ela fechou a porta do armário atrás de si, adentrando o cômodo que mal tinha espaço o suficiente para acomodar a cama.

Ainda assim, ela o amava.

Esfregara o armário imundo até os dedos sangrarem e os joelhos latejarem. Naquelas antigas e belas propriedades, quase tudo fora construído com perfeição, e enterrados sob camadas de mofo, teias de aranha e sujeira, Alizeh descobriu elegantes tacos em espinha de peixe e vigas de madeira maciça no teto. Quando terminou, o quarto cintilava.

A sra. Amina não tinha, naturalmente, ido visitar o antigo armário desde que o cedera à criada, mas Alizeh muitas vezes se perguntava o que a governanta diria se visse o espaço agora, pois estava irreconhecível. A verdade é que Alizeh aprendera a se virar havia muito tempo.

Ela removeu o *snoda*, desenrolando o delicado véu de tule ao redor dos olhos. O uso da seda era obrigatório para todos os que trabalhavam servindo, uma vez que a máscara marcava quem a usava como um membro das classes mais baixas. O tecido fora projetado para o trabalho pesado, a trama aberta o suficiente para cobrir as feições sem obstruir a visão necessária. Alizeh escolhera aquela profissão depois de muito refletir e se apegava todos os dias ao anonimato que ela garantia, raramente removendo o *snoda* mesmo em seu quarto; pois, embora a maioria das pessoas não entendesse a estranheza que viam em seus olhos, ela temia que um dia a pessoa errada a compreendesse.

Respirou fundo agora, pressionando a ponta dos dedos contra as bochechas e têmporas, massageando suavemente o rosto que ela não via parecia fazer anos. Alizeh não tinha espelho, e seus olhares ocasionais para os da Casa Baz revelavam apenas o terço inferior da face: os lábios, o queixo, a cervical. Ela era como outra criada sem rosto, uma das dezenas, e tinha apenas vagas lembranças da própria aparência — ou de como lhe descreveram sua aparência. Era como o sussurro da mãe em seu ouvido, a sensação da mão calejada do pai em sua face.

Você é a melhor de todos nós, dissera ele uma vez.

Alizeh refutou a memória ao tirar os sapatos, colocando as botas em um canto. Ao longo dos anos, havia coletado retalhos suficientes de antigas encomendas para costurar ela mesma o par de colcha e travesseiro que agora estava sobre o colchão. As roupas ela pendurava em pregos velhos cobertos meticulosamente por linhas coloridas; todos os outros itens pessoais ela colocava dentro de um caixote de maçãs que encontrara descartado em um dos galinheiros.

Ela tirou as meias e as pendurou — para arejar — em um pedaço de barbante esticado. O vestido foi para um dos ganchos coloridos, o espartilho para outro, o *snoda* para o último. Tudo o que Alizeh tinha, tudo o que ela tocava, estava limpo e em ordem, pois havia aprendido há muito tempo que, quando um lar não era encontrado, precisava ser construído; podia até ser moldado a partir do nada.

Coberta apenas pela túnica, ela bocejou ao se sentar na cama, afundando o colchão, ainda tirando os grampos do cabelo. O dia — como seus longos e pesados cachos — despencou sobre seus ombros.

Os pensamentos começaram a ficar confusos.

Com grande relutância, apagou a vela, puxou as pernas contra o peito e caiu como um inseto leve demais. A falta de lógica de sua fobia só servia para confundi-la, pois, quando estava na cama, com os olhos fechados, imaginava que poderia conquistar mais facilmente a escuridão e tremia com um calafrio já bem conhecido até sucumbir logo ao sono. Puxou a colcha macia por cima dos ombros, tentando não pensar no frio que sentia, tentando não pensar em nada. Na verdade, ela tremia tão violentamente que mal percebeu quando ele se sentou, afundando com seu peso o colchão ao pé de sua cama.

Alizeh conteve um grito.

Seus olhos se abriram de repente, as pupilas cansadas lutando para expandir o campo de visão. De modo agitado, Alizeh apalpou a colcha, o travesseiro, o colchão surrado. Não havia nenhum outro corpo na cama. Ninguém no quarto.

Ela estava alucinando? Tateou desajeitadamente até encontrar a vela e, com as mãos tremendo, deixou-a cair.

Ela só podia estar sonhando.

O colchão rangeu — o peso se deslocou — e Alizeh experimentou um medo tão violento que viu faíscas. Afastou-se para trás, batendo a cabeça contra a parede, e de alguma forma a dor concentrou seu pânico.

Um estalo afiado e uma chama presa entre os dedos dele, quase imperceptíveis, iluminaram os contornos de seu rosto.

Ela não ousava respirar.

Não conseguia enxergar nem a silhueta dele, não exatamente, mas então... Não foi o rosto, mas a voz, que tornou o diabo notório.

Alizeh sabia disso melhor do que ninguém.

Raramente o diabo se apresentava em carne e osso; raras eram suas comunicações claras e memoráveis. De fato, a criatura não era tão poderosa como insistia seu legado, pois lhe fora negado o direito de falar como outros falavam, condenando-o para sempre a oferecer enigmas e dando-lhe permissão somente para persuadir uma pessoa à ruína, nunca a ordenar.

Sendo assim, não era comum que alguém reivindicasse um encontro com o diabo, nem que falasse com convicção sobre seus métodos, pois a presença desse mal era experimentada, na maioria das vezes, apenas por um provocar de sensações.

Alizeh não gostava de ser a exceção.

Na verdade, havia sido um pouco doloroso saber das circunstâncias de seu nascimento: que fora o diabo o primeiro a dar as boas-vindas ao pé de seu berço, suas indesejáveis charadas tão inevitáveis quanto a umidade da chuva. Seus pais tinham tentado, desesperadamente, banir o ser da casa, mas ele continuava a voltar, para sempre bordando a tapeçaria da vida dela com presságios sinistros. Parecia ser uma promessa de destruição da qual ela não conseguiria escapar.

Mesmo agora sentiu a voz do diabo, como se fosse uma respiração solta dentro do corpo, um sopro contra seus ossos.

Era uma vez um reinante, sussurrou ele.

— Não. — Ela quase gritou, em pânico. — Outro enigma não... Por favor...

Era uma vez um reinante, sussurrou ele, *em cada ombro, uma serpente.*

Alizeh tapou as orelhas com as mãos e sacudiu cabeça; ela nunca quis tanto chorar.

— Por favor — implorou. — Por favor, não…

Novamente:

Era uma vez um reinante
Em cada ombro, uma serpente
Seu mestre não fica doente,
desde que bem as alimente.

Alizeh fechou os olhos com força, puxou os joelhos contra o peito. Ele não pararia. Ela não poderia fazê-lo se calar.

O que elas comem ninguém adivinha, mesmo quando encontram a criança…

— Por favor — implorou mais. — Por favor, não quero saber…

O que elas comem ninguém adivinha,
mesmo quando encontram a criança
esparramada no chão, que matança,
sem cérebro em sua cabecinha.

Ela inalou bruscamente e ele se foi, sumiu, a voz do diabo arrancada de seus ossos. Ao redor, o quarto estremeceu de repente, sombras se levantando e se estendendo — e, na luz distorcida, um rosto estranho e nebuloso a fitou. Alizeh mordeu o lábio com tanta força que sentiu gosto de sangue.

Era um jovem olhando-a agora, um jovem que ela não reconhecia.

Que era humano, Alizeh não tinha dúvidas, mas havia algo nele que parecia diferente dos outros. À luz fraca, o jovem parecia esculpido não em argila, mas em mármore, o rosto capturado em linhas duras, uma boca suave no centro. Por quanto mais ela o encarava, mais forte seu coração batia. Seria esse o reinante das serpentes? Por que isso importava? Por que ela acreditaria em uma única palavra dita pelo diabo?

Ah, mas ela já sabia a resposta para a última pergunta.

Alizeh estava perdendo a calma. Sua mente berrava para que desviasse o olhar do rosto conjurado, berrava que isso tudo não passava de loucura — mas, ainda assim...

O calor subia por seu pescoço.

Ela não estava acostumada a olhar por muito tempo para nenhum rosto, e aquele era incrivelmente lindo. Tinha feições nobres, anguloso e cavernoso, certa arrogância em repouso. Ele inclinou a cabeça enquanto a observava, inabalável ao estudar os olhos dela. Toda a atenção imperturbável dele alimentou uma chama esquecida dentro da garota, acordando sua mente cansada.

E, aí, uma mão.

A mão *dele*, evocada de uma espiral de escuridão. Ele estava a encarando quando roçou um dedo difuso pelos lábios dela.

Ela gritou.

NO INÍCIO

در آغاز

A história do diabo tinha se desgastado de tanto ser contada, mas Iblees — Iblees, seu verdadeiro nome, que soava como uma pulsação na ponta da língua — perdeu-se nas catacumbas da história. Seu próprio povo sabia bem que a besta não era feita de luz, mas de fogo. Não era anjo, mas *jinn*, uma raça antiga que já dominara a Terra e que um dia celebrara a extraordinária elevação desse jovem homem aos céus. O povo sabia bem de onde ele viera, pois estavam lá também na sua volta, quando seu corpo se despedaçou contra a terra e o mundo deles fora deixado ao abandono no rastro de sua arrogância.

Pássaros congelaram quando o corpo caiu do céu, seus bicos afiados separados, as asas largas abertas no ar. Ele brilhou na descida, a carne pegajosa derretendo, as gotas pesadas de fogo líquido escorrendo de sua pele. Essas gotas, ainda fumegantes, atingiram a terra antes do corpo, desintegrando sapos e árvores e a dignidade de toda uma civilização, que seria forçada para sempre a gritar o nome dele para as estrelas.

Pois, quando Iblees caiu, seu povo sucumbiu com ele.

Não fora Deus, mas os ocupantes do universo em expansão que logo abandonariam os jinns; cada corpo celeste testemunhara a gênese do diabo, de uma criatura de escuridão até então desconhecida, não nomeada — e ninguém desejava ser visto como simpatizante de um inimigo do Todo-Poderoso.

O Sol foi o primeiro a dar-lhes as costas. Uma única piscadela, e fim; seu planeta, a Terra, foi mergulhado em uma noite perpétua, blindado de gelo, lançado para fora de órbita. A Lua foi a próxima a desaparecer, tirando o mundo do eixo, deformando os oceanos. Tudo ficou logo inundado, depois congelado; a população reduzida à metade em três dias. Milhares de anos de história, de arte, de literatura e de invenções: destruídos.

Ainda assim, os jinns sobreviventes ousaram ter esperança.

Foi quando as estrelas por fim se devoraram, uma a uma; quando o solo afundou e rachou sob os pés; quando os mapas de séculos passados se tornaram subitamente obsoletos. Foi quando já não podiam mais encontrar o caminho pela escuridão perpétua que os jinns se sentiram verdadeira e irrevogavelmente perdidos.

Eles logo se espalharam.

Por seu crime, Iblees foi condenado a uma única tarefa: assombrar para sempre os seres de pó que logo rastejariam para fora da terra. Os Argilas — aquela forma bruta e rudimentar diante da qual Iblees não se curvaria — herdariam o mundo que antes pertencia aos jinns. Disso, eles estavam certos. Conforme fora predito.

Quando? Eles não sabiam.

Os céus observaram o diabo, a meia-vida que ele era forçado a viver. Todos observavam em silêncio enquanto os mares congelados dominavam as praias, as marés subindo paralelas à sua ira. A cada momento, a escuridão ficava mais espessa, mais densa com o fedor da morte.

Sem os céus para guiá-los, os jinns remanescentes não conseguiam determinar quanto tempo seu povo passou oprimido por frio e escuridão. Parecia fazer séculos, mas poderiam ter sido dias. O que é o tempo quando não há luas para contar as horas, nem sóis para definir um ano? O tempo era contado apenas por meio do nascimento, dos filhos que viviam. A primeira razão para a sobrevivência dos jinns aos invernos infinitos era o fato de suas almas serem forjadas do fogo; a segunda: necessitavam apenas de água para se alimentarem.

A argila se moldou lentamente em tais águas, tomando forma conforme a outra civilização morria, em massa, de desgosto, de horror. Os jinns que resistiram a tudo sempre foram atormentados por uma raiva entalada no peito, uma raiva contida apenas pelo peso de uma profunda vergonha.

Eles já haviam sido os únicos seres inteligentes na Terra; eram criaturas constituídas de modo mais forte, mais rápido, mais simples e mais astuto do que a Argila jamais seria. Ainda assim, a maioria ficou cega na escuridão perpétua. A pele tornou-se pálida e a íris, branca, tolhida de pigmentos no escuro. Na torturante ausência do Sol, mesmo tais seres de fogo enfraqueceram e, quando o povo Argila, recém-formado, enfim se ergueu sobre duas pernas, o sol brilhou novamente, de volta à vida — trazendo o planeta de volta ao foco, e com isso uma dor lancinante.

Calor.

Ele secou os olhos desacostumados dos jinns e derreteu a carne que restava sobre seus ossos. Para os jinns que procuravam abrigo do calor, havia esperança: com o retorno do Sol veio a Lua, e, com a Lua, as estrelas. À luz das estrelas, encontraram um rumo para viver em segurança, refugiando-se no extremo da Terra, em um frio exorbitante que começou a se parecer com um lar. Silenciosamente, construíram um novo e modesto reino à medida que espremiam o próprio corpo sobrenatural com tanta força contra os planos do espaço e do tempo que praticamente desapareceram.

Não importava que os jinns tivessem corpos mais fortes do que os dos Argilas — seres humanos, como eles se declaravam —, que agora dominavam céus e terra. Não importava que os jinns possuíssem mais poder, força e rapidez. Não importava o calor com que suas almas queimavam. O pó, eles descobriram, apagava a chama. O pó acabaria por enterrar todos eles.

E Iblees…

Iblees nunca estava longe.

A existência eterna e vergonhosa do diabo era um lembrete poderoso de tudo o que haviam perdido, de tudo o que haviam enfrentado para sobreviver. Com profunda tristeza, os jinns haviam passado a terra aos seus novos reis — e oravam para nunca serem encontrados.

Mas essa oração também não foi atendida.

TRÊS

Alizeh foi empurrada para a luz da manhã.

Empurrou-se para fora da cama, enfiou as roupas, enfiou os grampos no cabelo e os sapatos nos pés. Geralmente dedicava mais tempo a se arrumar, mas dormira mais do que pretendia e não teve tempo de fazer nada além de passar um pano úmido sobre os olhos. Aquele era o dia de entrega da encomenda, e ela embrulhara o vestido reluzente em camadas de tule, prendendo o pacote com um barbante. Carregou o grande pacote com cuidado ao descer as escadas na ponta dos pés e, depois de acender a lareira da cozinha, empurrou a pesada porta de madeira — apenas para ser recebida com neve fresca até os joelhos.

O corpo dela quase cedeu de decepção. Mas fechou os olhos com força, respirou fundo.

Não.

Ela não voltaria para a cama. Era verdade que ainda não tinha um casaco de inverno adequado. Nem chapéu. Nem luvas. Era também verdade que, se subisse de volta pelas escadas naquele instante, conseguiria dormir por uma hora inteira antes que sua presença fosse necessária.

Mas não.

Forçou a coluna a ficar ereta, agarrou-se ao precioso pacote. Hoje, ela seria paga.

Alizeh pisou na neve.

A Lua estava tão grande naquela manhã que ocupava a maior parte do céu, a luz refletida inundando tudo com uma luminescência onírica. O sol era apenas uma alfinetada distante, com seu contorno brilhando através das nuvens fofas. As árvores eram altas e brancas; os ramos, pesados com a neve. Era cedo — a neve ainda estava intocada ao longo dos caminhos — e o mundo cintilava, tão branco que parecia quase azul. Neve azul, céu azul, luar azul. O ar parecia até cheirar a azul, de tão frio.

Alizeh encolheu-se mais no casaco fininho, ouvindo o vento que fustigava as ruas. Lavradores apareceram de repente, como se tivessem sido conjurados por seus pensamentos, e ela observou os movimentos coreografados: gorros de pelo vermelhos balançando para lá e para cá conforme pás raspavam o calçamento, revelando fileiras douradas de paralelepípedos. A garota apressou-se por um caminho limpo e sacudiu a neve das roupas, batendo os pés contra as pedras brilhantes. Ela estava molhada até as coxas e não queria pensar nisso.

Em vez disso, olhou para cima.

O dia ainda não havia nascido, seus sons ainda não haviam se formado. Os vendedores ambulantes ainda não tinham montado suas barracas, as lojas ainda tinham as janelas fechadas. Um trio de patos verde-claros descia pela calçada salpicada de neve enquanto lojistas cautelosos espiavam pelas portas, cutucando vassouras na neve. Um urso branco colossal descansava em um canto gelado, e uma criança de rua dormia profundamente sobre o pelo dele. Alizeh passou longe do urso ao virar a esquina, seus olhos seguindo uma espiral de fumaça no céu. Carrinhos de comida acendiam suas fogueiras, preparando as mercadorias. Alizeh inalou os aromas desconhecidos, testando-os em sua mente. Ela estudara culinária — podia identificar itens comestíveis ao vê-los —, mas não tinha experiência suficiente com comida a ponto de ser capaz de nomear as coisas pelo cheiro.

Os jinns gostavam de comida, mas não precisavam dela — não do jeito como a maioria das criaturas precisava; assim, Alizeh havia renunciado à alimentação por muitos anos. Ela usava seu dinheiro para pagar pelo material de costura e por banhos regulares nos *hamams* locais. Sua necessidade de limpeza era proporcional à necessidade de água. O fogo era sua alma, mas a água era sua vida; era tudo de que precisava para sobreviver. Ela a bebia, banhava-se nela, precisava ficar perto dela. A limpeza era um princípio vital, imposto desde a infância. A cada poucos meses, ela caminhava floresta adentro para encontrar uma *Salvadora persica* — uma árvore cujos galhos são usados como escova de dentes —, da qual ela colhia ramos a fim de manter a boca limpa e os dentes brancos. Seu trabalho por vezes a deixava suja, e qualquer tempo livre ela passava a se assear. Na verdade, sua preocupação com a limpeza a levara a considerar os benefícios de tal profissão.

Alizeh parou.

Havia se deparado com um feixe de sol e permaneceu nele, aquecendo-se sob os raios conforme uma memória florescia na mente.

Um balde ensaboado.

As cerdas grossas de um escovão.

Seus pais, rindo.

A memória não parecia muito diferente do toque de uma mão quente em seu peito. A mãe e o pai dela consideravam imprescindível ensinar a filha não apenas a limpar e cuidar da casa, mas sobre conhecimentos básicos de quase todo trabalho técnico e mecânico; ambos queriam que ela conhecesse o peso de um dia de trabalho. Contudo, o intuito era apenas ensinar-lhe uma lição valiosa — nunca imaginariam que um dia ela teria de ganhar a vida assim.

Alizeh passara a infância sendo aperfeiçoada por mestres e tutores, e assim também seus pais a treinaram e a prepararam para o futuro, sempre com um bem maior em mente, a qualidade essencial da compaixão.

Sinta, seus pais lhe disseram uma vez.

As algemas usadas por seu povo muitas vezes não são vistas pelos olhos. Sinta, disseram, *pois, mesmo cega, você saberá como rompê-las.*

Seus pais ririam se a vissem agora? Chorariam?

Alizeh não se importava de trabalhar como criada — ela nunca temera o trabalho duro —, mas sabia que provavelmente seria uma decepção para os pais, mesmo que apenas para a memória deles.

Seu sorriso vacilou.

O menino era rápido — e Alizeh estava distraída —, então ela levou um segundo a mais do que o normal para notá-lo. Isso significava que não o notara até que a faca já estivesse em seu pescoço.

— *Le man et parcel* — disse ele, com o hálito quente e azedo contra o rosto dela.

Ele falava feshtoon, um indicativo de que estava longe de casa e provavelmente com fome. O menino se erguia por trás dela, a mão livre agarrando sua cintura. Parecia que Alizeh estava sendo agredida por um bárbaro — mas, de alguma forma, sabia que não passava de um menino muito crescido para a idade dele. Gentilmente, ela disse:

— Solte-me. Faça isso, e dou a minha palavra de que vou deixá-lo ileso.

Ele riu.

— *Nez beshoff.* "Mulher estúpida."

Alizeh enfiou o pacote debaixo do braço esquerdo e agarrou o pulso do menino com a mão direita, sentindo a lâmina roçar o seu pescoço enquanto ele gritava, tropeçando para trás. Ela o pegou antes de ele cair, agarrou e torceu o braço dele, deslocando seu ombro antes de empurrá-lo sobre a neve. Ergueu-se sobre o menino, que soluçava, meio enterrado. Os transeuntes foram desviando os olhos, pouco se importando, como ela sabia que estariam, com os níveis mais baixos do mundo. Uma criada e um menino de rua podiam se matar; assim poupariam os magistrados do trabalho extra.

Era um pensamento sombrio.

Cuidadosamente, Alizeh pegou a lâmina na neve, examinou o acabamento rude. Avaliou o menino também, cujo rosto era quase tão jovem quanto ela suspeitava. Doze? Treze?

Ajoelhou-se ao lado dele, que se enrijeceu, os soluços brevemente cessando no peito.

— *Nek, nek, lotfi, lotfi...* "Não, não, por favor, por favor..."

A garota pegou a mão dele, a que não estava machucada, desenrolou os dedos sujos e pressionou o cabo de volta na palma. Ela sabia que o coitado do garoto precisaria da arma.

Ainda.

— Existem outras maneiras de se manter vivo — sussurrou em feshtoon. — Apareça nas cozinhas da Casa Baz se precisar de pão.

O menino a encarou, direcionando toda a força de seu olhar aterrorizado. Ela podia vê-lo procurando por seus olhos através do *snoda.*

— *Shora*? — perguntou ele. "Por quê?"

Alizeh quase sorriu.

— *Bek mefem* — respondeu ela calmamente. "Porque eu entendo." — *Bek bidem.* "Porque eu fui você."

Alizeh não esperou que ele respondesse antes de ficar em pé de novo e sacudir as saias. Sentiu uma umidade no pescoço e tirou um lenço do bolso, pressionando-o contra a ferida. Ela ainda estava ali, imóvel, quando o sino tocou, sinalizando a hora e fazendo uma constelação de estorninhos levantar voo, sua plumagem iridescente brilhando na luz.

Alizeh respirou fundo, puxando o ar frio para os pulmões. Ela odiava o frio, mas ele era estimulante, pelo menos, e o desconforto perpétuo a mantinha acordada. Era melhor do que qualquer xícara de chá. Embora talvez tivesse dormido duas horas naquela noite, não podia se permitir sofrer por essa privação. Esperava-se que começasse a trabalhar para a sra. Amina em precisamente uma hora, o que significava que teria de fazer muita coisa nos próximos sessenta minutos.

Mesmo assim, ela hesitou.

A faca no pescoço a havia perturbado. Não era a agressividade que ela achava enervante — em seu tempo nas ruas, fizera muito pior do que o menino faminto empunhando uma faca —, era o momento. Não tinha se esquecido dos eventos da noite passada: a voz do diabo, o rosto do jovem.

Ela não tinha se esquecido, apenas deixara de lado. Preocupar-se demandava tempo — para Alizeh, seria uma terceira ocupação. Era um trabalho que lhe exigia o tempo livre do qual raramente dispunha, então muitas vezes arquivava a angústia, deixando-a acumular poeira até que encontrasse um momento de sobra.

Mas Alizeh não era boba.

Iblees a perseguira por toda a vida, levando-a perto da loucura com os enigmas indecifráveis. Nunca fora capaz de entender o interesse permanente que tinha por ela, pois, embora ela soubesse que a geada em suas veias a tornava incomum, mesmo entre o próprio povo, não parecia razão suficiente para submeter uma jovem a toda aquela tortura. Ela odiava como sua vida havia sido trançada sob os sussurros de tal besta.

O diabo era universalmente insultado por jinns e Argilas, mas levara milênios para humanos discernirem esta verdade: os jinns odiavam o diabo talvez mais do que qualquer outro povo. Iblees fora responsável, afinal, pela queda de sua civilização, pela implacável existência sem luz a que os ancestrais de Alizeh haviam sido condenados há muito tempo. Os jinns sofreram muito como resultado das ações de Iblees — de sua arrogância — nas mãos de humanos que por milhares de anos consideraram seu divino dever expurgar a terra de tais seres, seres vistos apenas como descendentes do diabo.

A marca desse ódio não seria removida com facilidade.

Uma certeza, pelo menos, fora provada a Alizeh mais de uma vez: a presença do diabo em sua vida era um presságio — um agouro de desgraça iminente. Ela ouvira aquela voz antes de toda morte, de toda tristeza, antes de toda junta inflamada na qual sua vida reumática se transformara. Só quando se sentia especialmente de coração amolecido ela reconhecia uma suspeita incômoda: as missivas do diabo eram de fato um tipo perverso de bondade, como se ele pensasse que poderia atenuar uma dor inevitável com um aviso.

Em vez disso, o pavor muitas vezes tornava tudo pior.

Alizeh passava os dias imaginando que tortura poderia lhe acontecer, que agonia estava à espreita. Não havia como dizer quanto tempo...

Sua mão congelou, esqueceu-se de si mesma; o lenço ensanguentado caiu no chão, despercebido. O coração dela de repente bateu com a força de cascos, palpitando contra o peito. Ela mal conseguia respirar. Aquele rosto, aquele rosto desumano. *Ali*, ele estava *ali*...

Ele já a observava.

A garota notou a capa dele quase ao mesmo tempo em que notou a face. A camurça de lã preta era pesada, requintadamente elaborada; ela reconheceu a sutil grandiosidade mesmo dali, mesmo naquele momento. Era, sem dúvida, o trabalho de madame Nezrin, a costureira mestra do ateliê mais prestigioso do império; Alizeh reconheceria o trabalho da senhora em qualquer lugar. Aliás, reconheceria o trabalho de quase todos os ateliês do império, o que significava que em geral bastava botar os olhos sobre um estranho para saber quantas pessoas fingiriam chorar no funeral dele.

A morte daquele homem, com os bolsos mais fundos e mais cheios, sem dúvida, do que os do próprio Dariush, seria lamentada por uma horda de bajuladores, ela concluiu. O estranho era alto, ameaçador. Ele tinha puxado o capuz sobre a cabeça, deixando a maior parte do rosto na sombra, mas estava longe de ser a criatura anônima que esperava. Ao vento, Alizeh vislumbrou o forro de sua capa: a mais pura seda tingida, como se envelhecida em vinho, curada pelo gelo. *Anos* eram necessários para criar tal textura. Milhares de horas de trabalho.

O jovem provavelmente não tinha ideia do que vestia, assim como parecia não ter ideia de que ela poderia dizer, mesmo dali, que o fecho em torno do pescoço era de ouro puro; que o valor das botas simples dele, sem adornos, alimentaria centenas de famílias da cidade. Era idiotice ele pensar que poderia passar despercebido por ali, que estava em vantagem em relação a ela, que poderia...

Alizeh ficou mortalmente imóvel.

O entendimento despertou aos poucos em sua mente e, com ele, a inquietação intensa e vertiginosa.

Há quanto tempo ele estava parado ali?

Era uma vez um reinante
Em cada ombro, uma serpente

Na verdade, Alizeh poderia nem ter notado sua presença se ele não estivesse olhando diretamente para ela, prendendo-a no ar com os olhos. Então ela foi atingida — e se engasgou —, foi atingida com a força de um trovão: ela o viu agora apenas porque ele permitiu que ela o visse.

Quem era idiota, então?

Ela.

O pânico incendiou o peito de Alizeh, que se arrancou do chão e praticamente desapareceu, correndo em disparada pelas ruas com a rapidez sobrenatural que ela normalmente guardava para os piores conflitos.

Alizeh não sabia que escuridão aquele estranho homem de Argila traria. Sabia apenas que nunca seria capaz de vencê-la.

Ainda assim, tinha de tentar.

QUATRO

A lua estava tão grande no céu que Kamran pensou ser capaz de levar um dedo à pele dela e desenhar círculos em torno das feridas. Olhou os veios e as manchas, as marcas brancas como teias de aranha. Estudou tudo conforme sua mente trabalhava, com os olhos se estreitando no rescaldo de uma ilusão impossível.

Ela praticamente desapareceu.

Ele não pretendia encarar, mas como, também, desviaria o olhar? Ele vira o perigo nos movimentos do assaltante antes mesmo que o homem sacasse a faca; pior, ninguém deu a menor atenção à briga. A moça poderia ter sido mutilada, sequestrada ou assassinada das piores maneiras — e, mesmo que Kamran tivesse jurado anonimato à luz do dia, todos os seus instintos o compeliram a emitir um aviso, a intervir antes que fosse tarde demais...

Ele não precisava ter se preocupado.

Ainda assim, havia muita coisa que o incomodava, como o fato de que parecia haver algo de errado com a jovem. Ela usava um *snoda* — um véu de seda semitransparente — ao redor dos olhos e nariz, que não a ocultava totalmente, mas obscurecia suas feições. O *snoda* em si não queria dizer muita coisa; era exigido de todos os que trabalhavam no serviço doméstico. Ela se apresentava ostensivamente como criada.

Mas criados não eram obrigados a usar o *snoda* fora do trabalho, e era incomum que a moça usasse o dela na rua, de madrugada, quando a realeza ainda estava na cama.

Parecia muito mais provável que ela não fosse uma criada.

Espiões vinham se infiltrando no império de Ardunia há anos, mas os números tinham crescido perigosamente nos meses mais recentes, alimentando uma inquietante preocupação que agora invadia os pensamentos de Kamran, e da qual ele não conseguia se livrar.

Exalou sua frustração, formando uma nuvem no ar frio.

A cada momento, Kamran convencia-se mais de que a garota havia roubado um uniforme de criada, pois a tentativa secreta havia sido não só mal executada, mas facilmente traída pela ignorância em relação às muitas regras e aos maneirismos que definiam a vida das classes mais baixas. Só seu modo de andar teria sido aviso suficiente; ela andava muito bem para uma criada, exibindo um tipo de porte régio estabelecido apenas na primeira infância.

Não, Kamran agora tinha certeza de que a garota estava escondendo algo. Não seria a primeira vez que alguém usaria o *snoda* para se mascarar em público. Ele olhou para o relógio na praça; havia entrado na cidade naquela manhã para falar com os Profetas, que tinham enviado um bilhete misterioso solicitando uma audiência com o jovem, apesar de ele nunca ter anunciado seu retorno para casa. A reunião daquele dia, ao que parecia, teria de esperar; para seu desgosto, os instintos sempre confiáveis de Kamran não se aquietariam.

Como, com apenas uma mão livre, uma criada teria tão friamente desarmado um homem que segurava uma faca contra o seu pescoço? Quando uma criada teria tempo ou dinheiro suficientes para aprender autodefesa? E o que diabos ela havia dito ao homem para deixá-lo chorando na neve?

O suspeito em questão só agora levantava cambaleante. Os cachos ruivos denunciavam que ele era de Fesht, uma região a pelo menos um mês ao sul de Setar, a capital; não apenas o assaltante estava longe de casa, como parecia estar com muita dor, um braço pendendo mais baixo que o outro. Kamran observou o ruivo segurar o membro dolorido — deslocado, aparentemente —, cuidadosamente se firmando. Lágrimas tinham traçado caminhos limpos em suas bochechas sujas e, pela primeira vez, Kamran deu uma boa olhada no criminoso. Caso tivesse mais prática demonstrando emoções, seu semblante teria registrado surpresa.

O agressor era muito jovem.

Ele moveu-se rapidamente em direção ao agressor, deslizando uma máscara de intrincada cota de malha sobre o rosto. Andou ao vento, a capa batendo contra as botas, e parou apenas ao quase colidir com a criança. Era o suficiente para que o menino Fesht saltasse para trás em sua abordagem, estremecendo quando o movimento sacudiu seu braço lesionado. O menino embalou o braço, encolhendo-se, a cabeça ao peito como um bichinho humilhado, e, com um murmúrio ininteligível, tentou passar.

— *Lotfi, hejj, bekhshti*... "Por favor, senhor, licença..."

A ousadia dessa criança, Kamran mal podia acreditar. Ainda assim, era um conforto saber que ele acertara: o menino falava feshtoon e estava longe de casa.

Kamran tinha a intenção de entregar a criança aos magistrados; tivera sido seu único propósito em ir até o garoto. Mas, agora, incapaz de se desvencilhar das suspeitas, ele se mostrou hesitante.

Novamente, a criança tentou passar e, novamente, Kamran bloqueou o caminho:

— *Kya tan goft et cheknez*? "O que a moça lhe disse?"

O menino se assustou, dando um passo para trás. Sua pele era um ou dois tons mais claros do que os seus olhos castanhos, com sardas mais escuras sobre o nariz. O calor espalhou-se pelo rosto dele, formando vergões vermelhos não muito agradáveis.

— *Bekhshti, hejj, nek mefem*... "Sinto muito, senhor, não entendo..."

Kamran aproximou-se; o menino quase choramingou.

— *Jev man* — disse. — *Pres*. "Responda-me. Agora."

O menino então soltou a língua, falando quase rápido demais para ser compreendido. Kamran traduzia mentalmente conforme ele falava:

— Nada, senhor... Por favor, senhor, não machuquei a moça, foi só um mal-entendido...

Kamran agarrou com a mão enluvada o ombro deslocado do menino fesht, que arfou com os joelhos bambos.

— Você se atreve a mentir na minha cara...

— Senhor, por favor... — A criança estava chorando agora. — Ela só me devolveu a faca, senhor, juro, e... E depois me ofereceu pão, ela disse...

Kamran moveu-se para trás, tirando a mão.

— Ainda está mentindo.

— Pelo túmulo da minha mãe, juro. Por tudo que há de mais sagrado...

— Ela devolveu a arma e lhe ofereceu comida... — afirmou Kamran com a voz afiada. — Depois de você quase a ter matado. Depois de você tentar roubar dela.

O menino balançou a cabeça, com lágrimas formando-se nos olhos.

— Ela demonstrou misericórdia, senhor... Por favor...

— *Basta.*

A boca do menino fechou-se de súbito. A frustração de Kamran estava aumentando; ele queria desesperadamente estrangular alguém. Vasculhou a praça mais uma vez, como se a garota pudesse aparecer assim como tinha evaporado. Seu olhar pousou de novo no menino.

Sua voz era como um trovão.

— Você pressionou uma lâmina no pescoço de uma mulher como o pior dos covardes, o mais detestável dos homens. Aquela jovem pode ter demonstrado misericórdia, mas não vejo razão para fazer o mesmo. Você espera se livrar disso sem julgamento? Sem justiça?

O menino entrou em pânico.

— Por favor, senhor... Eu irei para morrer, senhor... Corto minha própria garganta se me pedir, só não me entregue aos magistrados, eu imploro.

Kamran piscou. A situação se complicava a cada segundo.

— Por que diz uma coisa dessas?

O menino chacoalhou a cabeça, ficando ainda mais histérico. Os olhos dele ficaram selvagens, com um medo palpável demais para ser considerado apenas fingimento. Logo ele começou a chorar, o som ecoando pelas ruas.

Kamran não sabia como acalmar o garoto; seus próprios soldados moribundos nunca se permitiram tal fraqueza na presença dele. Tarde demais, Kamran considerou a possibilidade de deixar o menino ir embora, contudo, mal havia começado a formular o pensamento quando, sem aviso, a criança enfiou o comprimento da lâmina na própria garganta.

Kamran inalou bruscamente.

O menino — cujo nome ele não sabia — engasgou-se com o próprio sangue, com a faca ainda enterrada no pescoço. Kamran pegou-o quando ele caiu, podia sentir o contorno das costelas sob os dedos. O menino era leve como um pássaro, ossos ocos, sem dúvida, pela fome.

Os velhos impulsos prevaleceram.

Kamran emitiu comandos para os transeuntes com o tom que costumava liderar uma legião, e estranhos apareciam do nada, abandonando os próprios filhos para cumprir aquelas ordens. Sua cabeça estava tão repleta de descrença que mal percebeu quando o menino foi tirado de seus braços e levado para fora da praça. A maneira como olhava para o sangue, a neve manchada, os riachos vermelhos circundando uma tampa de bueiro — era como se Kamran nunca tivesse visto a morte; como se não a tivesse visto mil vezes. Ele já a vira, pensou que tivesse visto todos os tipos de escuridão. Mas Kamran nunca tinha visto uma criança cometer suicídio.

Foi então que notou o lenço.

Ele vira a jovem pressioná-lo no próprio pescoço, contra a ferida infligida por um menino que agora presumia morto. Testemunhara a estranha garota lidar com a ameaça de assassinato com a resiliência de um soldado e fazendo justiça com a compaixão de uma santa. Agora ele não tinha dúvidas de que se tratava de uma espiã, alguém em posse de uma astúcia que o surpreendeu.

Ela soubera de súbito como lidar com a criança, não soubera? E se saíra muito melhor do que ele, fizera julgamentos melhores; e, agora, ao processar a fuga dela, seus medos só aumentaram. Era raro que Kamran sentisse vergonha, mas a sensação rugiu dentro de si, recusando-se a se acalmar. Com um único dedo, ele ergueu o quadrado de tecido bordado que estava jogado na neve. Esperava que o tecido branco estivesse manchado de sangue.

Estava impecável.

CINCO

As botas de Kamran bateram contra o chão de mármore com a força de costume, os sons ecoando pelos corredores cavernosos de sua casa. Após a morte do pai, ele descobrira que poderia ser impulsionado por toda a vida por uma única emoção; cuidadosamente cultivada, tornou-se quente e vital em seu peito, como um órgão experimental.

Raiva.

Mantinha-o mais vivo do que o próprio coração.

Embora sempre sentisse raiva, agora a sentia ainda mais, e que Deus salvasse o homem que atravessasse seu caminho em um mau dia.

Depois de enfiar o lenço da jovem no bolso interno do casaco, virou-se bruscamente, caminhando de maneira obstinada em direção ao seu cavalo, o animal esperando pacientemente seu retorno. Kamran gostava de cavalos. Eles não faziam perguntas antes de obedecerem às ordens; pelo menos não com a boca. O garanhão preto não se importava com a capa ensanguentada do mestre, nem com seu temperamento distraído.

Não do jeito como Hazan se importava.

O ministro agora o seguia com velocidade impressionante; o par de botas batendo no chão de pedra. Caso não tivessem sido criados juntos, Kamran podia ter reagido a essa insolência com um método deselegante de resolução de problemas: força bruta. Por outro lado, era sua incapacidade de admiração que tornava Hazan perfeito para o papel de ministro. Kamran não suportava bajuladores.

— O senhor é pior que um idiota, sabia? — disse Hazan com grande serenidade. — O senhor deveria ser pregado na mais antiga árvore. Eu deveria deixar os escaravelhos arrancarem a carne dos seus ossos.

Kamran não retrucou.

— Pode levar semanas. — Hazan o tinha alcançado e agora mantinha o ritmo facilmente. — Eu os assistiria com alegria devorando seus olhos.

— Certamente, você exagera.

— Garanto-lhe que não.

Sem aviso, Kamran parou de andar; Hazan, por mérito próprio, não vacilou. Os dois jovens viraram-se bruscamente para encarar um ao outro. Hazan já fora o tipo de menino cujos joelhos pareciam juntas artríticas; quando criança, mal conseguia ficar de pé. Kamran não podia deixar de se maravilhar com a diferença de agora, com o menino que se tornara o tipo de homem que se sentia confortável ameaçando matar o príncipe herdeiro com um sorriso.

Foi com um respeito relutante que Kamran encarou o ministro. Ambos tinham quase a mesma altura. Biotipos semelhantes.

Feições radicalmente diferentes.

— Não — disse Kamran, parecendo cansado até para si mesmo. A ponta afiada de sua raiva começara a desaparecer. — Quanto ao seu entusiasmo pela minha morte sanguinolenta, não tenho dúvidas sobre isso. Refiro-me apenas à sua avaliação do dano que você alega ter sido causado por mim.

Os olhos cor de avelã de Hazan brilharam com o comentário, o único sinal externo de sua frustração. Ainda assim, falou calmamente:

— Se há qualquer incerteza em sua mente a respeito do grave erro que cometeu, isso apenas me diz, senhor, que deveria ter seu pescoço examinado pelo açougueiro do palácio.

Kamran quase sorriu.

— Você acha isso engraçado? — Hazan deu um passo comedido para mais perto. — O senhor apenas alertou o reino sobre sua presença, apenas gritou para a multidão todas as evidências acerca de sua identidade, *apenas marcou-se como um alvo enquanto estava totalmente desprotegido...*

Kamran soltou o fecho em sua garganta, esticou o pescoço, deixou cair o manto. A peça foi amparada por mãos invisíveis, um criado semelhante a um espectro entrando e desaparecendo de vista levando a roupa ensanguentada. Nessa fração de segundo, viu o borrão do *snoda* do criado e foi lembrado, novamente, da garota.

Ele passou a mão pelo rosto, com resultados sombrios. Havia se esquecido do sangue seco do menino nas palmas e esperava que pudesse esquecer novamente. Nesse ínterim, apenas ouviu metade das reprimendas do ministro, com as quais não concordava em absoluto.

O príncipe não via suas ações como tolas, nem achava que não devia se interessar pelos assuntos das classes mais baixas. Em particular, Kamran podia até concordar com a futilidade de tal interesse — pois ele sabia que, se resolvesse se preocupar com cada ato de violência nas ruas da cidade, mal encontraria tempo para respirar — mas, além de o interesse pela vida dos habitantes de Ardunia estar inteiramente nos limites do que se espera do príncipe, o acontecimento daquela manhã lhe parecera mais do que um ato aleatório de violência. Na verdade, quanto mais analisava a situação, mais nefasta ela ficava, e seus participantes se tornavam mais complexos do que pareceram ser a princípio. Pareceu mesmo sensato, naquele momento, intervir...

— Uma situação que dizia respeito a dois corpos inúteis, que ficariam melhor eliminados pela própria espécie — disse Hazan sem se afetar. — A garota achou por bem deixar o garoto ir embora, como o senhor mesmo alega... E, ainda assim, o senhor considerou o julgamento dela ineficaz? Julgou necessário brincar de Deus? Não, não responda. Acho que prefiro não saber.

Kamran apenas olhou para o ministro.

Os lábios de Hazan se apertaram em uma linha fina.

— Eu poderia até admirar a sabedoria de sua intervenção caso o garoto tivesse de fato matado a moça. Tirando isso — disse ele categoricamente —, não vejo desculpa para seu comportamento imprudente, senhor, nenhuma explicação para a falta de consideração necessária, exceto uma necessidade grotesca de ser um herói...

Kamran fitou o teto. Amava poucas coisas em sua vida, mas apreciava o conforto da simetria, das sequências que faziam sentido. Olhou agora para o alto, para os tetos abobadados, a arte esculpida nos cantos das paredes. Cada trecho e cavidade era adornado com estrelas de metais raros, azulejos esmaltados habilmente dispostos em padrões geométricos que se repetiam ao infinito.

Ele ergueu a mão ensanguentada, e Hazan ficou em silêncio.

— Chega — disse Kamran calmamente. — Aguentei sua censura por tempo suficiente.

— Sim, Vossa Alteza. — Hazan deu um passo para trás, mas encarou o príncipe com curiosidade. — Mais do que o normal, eu diria.

Kamran forçou um sorriso sarcástico.

— Peço-lhe que me poupe de sua análise.

— Atrevo-me a lembrá-lo, senhor, que é meu dever imperial lhe fornecer a análise que tanto detesta.

— Um fato lamentável.

— E uma ocupação repugnante, não é, quando um conselho é assim recebido?

— Uma recomendação, ministro: ao aconselhar um bárbaro, você pode considerar primeiro diminuir suas expectativas.

Hazan sorriu.

— O senhor não está se parecendo consigo mesmo hoje.

— Mais esperto do que o normal, não é?

— Seu humor está muito mais sombrio esta manhã do que gostaria de admitir. Agora mesmo eu poderia perguntar por que a morte de uma criança de rua o deixa tão exausto.

— Você estaria desperdiçando fôlego nessa tarefa.

— Ah. — Hazan ainda mantinha o sorriso. — Vejo que o dia ainda não amanheceu o suficiente para receber a sua honestidade.

— Se estou realmente exausto — disse o príncipe, perdendo um mínimo de compostura —, é sem dúvida um sintoma do meu entusiasmo lembrá-lo de que meu pai o teria enforcado pela insolência.

— Exatamente — concordou Hazan com suavidade. — Embora me ocorra agora que o senhor não é o seu pai.

Kamran levantou a cabeça. Ele puxou sua espada da bainha sem pensar e, só quando viu a satisfação mal contida nos olhos do ministro, parou, com a mão congelada no cabo.

Kamran estava abalado.

Ele estivera fora de casa por mais de um ano; esquecera-se de como ter conversas normais. Longos meses passados a serviço do império, protegendo fronteiras, liderando batalhas, sonhando com a morte.

A rivalidade de Ardunia com o Sul era tão antiga quanto o tempo.

Ardunia era um império formidável — o maior do mundo desbravado — e sua maior fraqueza era tanto um segredo bem guardado quanto o motivo de imensa vergonha: estavam ficando sem água.

Kamran se orgulhava dos sistemas de *qanats* existentes em Ardunia, redes intuitivas que transportavam água de aquíferos para reservatórios na superfície, e das quais dependia a oferta de água potável e irrigação. O problema era que os *qanats* dependiam inteiramente da disponibilidade de água subterrânea, o que significava que grandes áreas do império arduniano havia séculos tinham se tornado inabitáveis — um problema mitigado apenas por barcaças de água doce vindas pelo rio Mashti.

O caminho mais rápido para essa hidrovia titânica localizava-se no nadir de Tulan, um pequeno império vizinho que fazia fronteira no extremo sul de Ardunia. Tulan era como uma pulga da qual não conseguiam se livrar, um parasita que não podia ser eliminado nem exumado. O maior desejo do império era construir um aqueduto diretamente no coração dessa nação ao sul, mas, década após década, seus reis não se curvavam à ideia. A única oferta pacífica de Tulan em troca de tal acesso era um imposto punitivo e destrutivo, alto demais até mesmo para Ardunia. Várias vezes eles tentaram dizimar Tulan, mas as forças ardunianas sofreram perdas surpreendentes — o próprio pai de Kamran havia morrido na empreitada —, e ninguém do Norte conseguia entender o porquê.

O ódio erguido entre as duas nações não era muito diferente de uma cordilheira intransponível.

Por quase um século, as forças navais ardunianas foram forçadas a usar uma rota muito mais perigosa até a água, viajando muitos meses para chegar ao rio tempestuoso. Era sorte, então, que Ardunia tivesse sido abençoada não apenas com uma estação chuvosa confiável, mas com engenheiros que construíram impressionantes áreas de captação para armazenar a água da chuva por anos. Mesmo assim, as nuvens nunca pareciam se encher ultimamente, e as cisternas do império estavam se esvaziando.

Todos os dias, Kamran rezava por chuva.

O império de Ardunia não estava oficialmente em guerra — ainda —, mas a paz, Kamran tinha aprendido, também era mantida a um preço sangrento.

— Vossa Alteza. — A voz hesitante de Hazan assustou o príncipe, trazendo-o de volta ao momento presente. — Perdoe-me. Falo sem pensar.

Kamran olhou para cima.

Os detalhes do salão em que estava entraram de repente em foco: piso de mármore brilhante, colunas de jade imponentes, altos tetos opalescentes. Sentiu o punho de couro gasto de sua espada em sua palma, cada vez mais consciente da musculatura do próprio corpo, do peso denso que levava sempre consigo e raramente considerava: o peso dos braços, o peso das pernas. Obrigou-se a devolver a espada à bainha, fechando os olhos brevemente. Sentiu o aroma de água de rosas e arroz fresco; um criado passou apressado, carregando uma bandeja de cobre com um jogo de chá. Há quanto tempo ele estivera perdido nos próprios pensamentos?

Kamran andava ansioso e distraído ultimamente. A recente onda de espiões tulanianos descoberta nas terras do império pouco colaborava para que ele dormisse; sozinha, teria sido uma descoberta perturbadora o suficiente, mas a informação foi agravada pela própria miríade de preocupações, pois não só o príncipe temia pelos reservatórios, como tinha visto coisas em sua recente viagem que continuavam a inquietá-lo.

O futuro parecia obscuro, e seu papel nele, sombrio.

Como era de se esperar, o príncipe enviara ao avô frequentes atualizações enquanto estivera fora. A última carta tinha sido abundante em notícias de Tulan, cujo pequeno império ia se tornando ainda mais ousado com o passar dos dias. Rumores de discórdia e manobras políticas espalhavam-se cada vez mais e, apesar da tênue paz entre os dois impérios, Kamran suspeitava que a guerra logo seria inevitável.

Seu retorno à capital na semana anterior se devia a apenas dois motivos. Primeiro: depois de completar uma perigosa viagem marítima, tivera de reabastecer as cisternas centrais que proviam o restante do império e depois conduzir as tropas com segurança a suas casas. Segundo, e mais simples: seu avô havia lhe pedido isso.

Em resposta às muitas preocupações de Kamran, o príncipe fora instruído a retornar a Setar. Para descansar, seu avô tinha dito. Um pedido bastante inofensivo, que Kamran sabia ser bem incomum.

Fazia uma semana que o príncipe havia retornado ao palácio, e a cada dia ele ficava mais preocupado. Mesmo depois de sete dias em casa, o rei ainda não havia respondido diretamente à sua carta, e Kamran foi ficando inquieto sem uma missão, sem seus soldados. Agora ouvia Hazan articular esses mesmos pensamentos, permitindo que a mesma inquietação fosse…

— … talvez a única explicação plausível para suas ações nesta manhã.

Sim. Kamran podia pelo menos concordar que estava ansioso para voltar ao trabalho. Ele precisava partir de novo, percebeu.

Em breve.

— Estou cansado dessa conversa — disse o príncipe secamente. — Ajude-me a chegar à sua rápida conclusão e diga-me do que precisa. Preciso sair.

Hazan hesitou.

— Sim, senhor, é claro, mas… O senhor não gostaria de saber o que houve com a criança?

— Que criança?

— O menino, é claro. Aquele cujo sangue ainda mancha suas mãos.

Kamran enrijeceu, sua raiva repentinamente voltando à vida. Custava pouco, percebeu, para reacender um fogo que só ficava entorpecido, nunca morria.

— Não, não gostaria.

— Mas pode confortá-lo saber que ele ainda não está morto.

— *Confortar-me*?

— O senhor parece angustiado, Vossa Alteza, e eu…

Kamran deu um passo à frente, seus olhos brilhando, e estudou Hazan de perto: a inclinação acidentada do nariz, o cabelo louro acinzentado. A pele de Hazan era tão sardenta que mal se podia ver suas sobrancelhas; ele sofrera impiedosas zombarias quando era criança, por causa de uma infinidade de razões, trágicas em todos os sentidos, exceto um: foi o sofrimento de Hazan que levou ao encontro dos dois.

O dia em que Kamran defendeu o filho ilegítimo de um cortesão foi o mesmo em que a criança jurou fidelidade ao jovem príncipe.

Mesmo àquela época, Kamran tentava desviar o olhar. Tentava corajosamente ignorar os assuntos considerados abaixo dele, mas não conseguia lidar com isso.

E continuava sem conseguir.

— Contenha-se, ministro — afirmou Kamran com suavidade. — Eu o encorajaria a chegar logo ao ponto.

Hazan baixou a cabeça.

— Seu avô quer vê-lo. O senhor é esperado nos aposentos dele imediatamente.

Kamran congelou brevemente, fechando os olhos.

— Entendo. Você não estava exagerando a sua indignação, então.

— Não, senhor.

Kamran abriu os olhos. Ao longe, um caleidoscópio de cores esmaecidas, depois iluminadas. Murmúrios suaves de conversa transportados até ele, os passos suaves de criados correndo, um borrão de *snodas*. Ele nunca prestara muita atenção a isso; aos uniformes centenários. Agora, toda vez que avistava um, pensava na maldita criada. *Espiã.* Ele quase estalou o pescoço apenas para chacoalhar a cabeça e afastar o pensamento.

— O que, pode me dizer, o rei quer de mim?

Hazan tergiversou.

— Como o povo sabe que o senhor está em casa, espero que ele lhe peça para cumprir seu dever.

— Qual seria esse dever?

— Organizar um baile.

— Pois bem. — A mandíbula de Kamran apertou-se. Tenho certeza de que prefiro atear fogo a mim mesmo. Isso é tudo?

— Ele está falando muito sério, Vossa Alteza. Ouvi rumores de que o anúncio do baile já foi...

— Bom. Você vai pegar isso... — Kamran pegou o lenço no bolso interno do casaco, apertando-o entre o polegar e o dedo indicador — e mandar examiná-lo.

Hazan rapidamente guardou o lenço branco no bolso.

— Devo mandar examiná-lo para encontrar algo em particular, Vossa Alteza?

— Sangue.

Diante do olhar inexpressivo de Hazan, o príncipe continuou:

— Pertencia à criada cujo pescoço quase foi cortado pelo menino fesht. Acho que ela pode ser uma jinn.

Agora Hazan franziu a testa.

— Entendo.

— Temo que não entenda.

— Perdoe-me, Vossa Alteza, mas de que maneira o sangue dela seria motivo de preocupação? Como sabe, os Tratados de Fogo dão aos jinns o direito de…

— Conheço bem nossas leis, Hazan. A minha preocupação não é apenas com o sangue dela, mas com o caráter.

Hazan ergueu as sobrancelhas.

— Não confio nela — Kamran soltou bruscamente.

— E o senhor precisa confiar nela?

— Há algo de falso na garota. Suas maneiras eram muito refinadas.

— Ah.

As sobrancelhas de Hazan se ergueram mais alto, compreendendo.

— E, à luz de toda a recente amizade por parte de Tulan… Quero saber quem ela é.

— O senhor acha que ela é uma espiã.

Foi a maneira como ele disse isso, como se pensasse que Kamran estivesse delirando, que azedou a expressão do príncipe.

— Você não a viu como eu, Hazan. Ela desarmou o menino com um único movimento. Deslocou o ombro dele. Você sabe tão bem quanto eu como os tulanianos cobiçam os jinns por conta da força e da velocidade.

— De fato — disse Hazan cuidadosamente. — Embora eu deva lembrar ao senhor que a criança que ela desarmou estava fraca, quase morrendo de fome. Os ossos do garoto poderiam ter sido afetados por uma forte rajada de vento. Um rato doente poderia ter superado o menino em uma briga.

— Ainda assim. Faça com que a encontrem.

— A criada.

— Sim, a criada — repetiu Kamran, irritado. — Ela fugiu do local quando me viu. Ela me olhou como se me conhecesse.

— Perdoe-me, senhor, mas pensei que não pudesse ver seu rosto.

Kamran respirou fundo.

— Talvez queira me agradecer, ministro, por atribuir-lhe tal tarefa. A menos que, claro, prefira que eu procure seu substituto.

Os lábios de Hazan se contraíram e ele se curvou.

— É um prazer, como sempre, estar ao seu serviço.

— Diga ao rei que devo tomar banho antes do nosso encontro.

— Mas, senhor...

Kamran afastou-se, seus passos soando mais uma vez pelo corredor cavernoso enquanto ele se distanciava. Sua raiva tinha novamente começado a borbulhar, trazendo consigo uma umidade que parecia embaçar sua visão, emudecer os sons ao seu redor.

Era uma pena que Kamran não se analisasse. Que não olhasse pela janela imaginando que outras emoções poderiam estar à espreita sob o verniz de sua raiva constante. Não lhe ocorria que pudesse estar experimentando uma espécie de dor enlameada, então não lhe pareceu incomum estar fantasiando, naquele momento, com a ideia de atravessar o coração de um homem com uma espada. Na verdade, ele estava tão consumido pela imaginação que não ouviu a mãe chamando seu nome, suas vestes cravejadas se arrastando, safiras arranhando o mármore conforme ela caminhava.

Não, Kamran só ouvia a voz da mãe quando já era tarde demais.

SEIS

A manhã de Alizeh foi, entre outras coisas, decepcionante. Ela tinha sacrificado uma hora de sono, enfrentado a alvorada de inverno, escapado por pouco de um atentado contra a sua vida e, por fim, retornado à Casa Baz em posse apenas de lamentos, desejando que seus bolsos pesassem tanto quanto sua mente.

Ela carregara o pacote pesado por vários montes de neve antes de chegar à entrada de serviço da propriedade do embaixador Lojjan e, depois de forçar os lábios congelados a gaguejar uma explicação para a sua presença ali, a governanta de óculos entregou uma bolsa com o pagamento de Alizeh. Trêmula e cansada, ela cometeu o erro de contar as moedas só depois de entregar a encomenda e, então, esquecendo-se inteiramente da própria posição subalterna, ousou dizer em voz alta que parecia haver algum tipo de engano.

— Perdoe-me, senhora, mas isso é apenas me-metade do que combinamos.

— Hum. — A governanta fungou. — Você terá o restante uma vez que a minha senhora decida se gosta do vestido.

Os olhos de Alizeh se arregalaram.

Talvez, se suas saias não estivessem duras pela geada, ou se seu peito não parecesse prestes a rachar de frio... Talvez, se seus lábios não estivessem tão dormentes, ou se os pés ainda tivessem alguma sensibilidade... Talvez, então, ela pudesse ter se lembrado de dobrar a língua. Mas, em vez disso, conseguiu apenas conter o pior de sua indignação. Era um milagre, realmente, que tenha mantido alguma tranquilidade quando falou:

— Mas a srta. Huda pode decidir que não gosta do vestido apenas para evitar o pagamento.

A governanta recuou, como se tivesse sido atacada.

— Cuidado com o que diz, garota. Eu não vou permitir que ninguém chame a minha senhora de desonesta.

— Mas certamente você pode ver como isso é desonro...

Alizeh parou ao escorregar em um pedaço de gelo. Ela se agarrou ao batente da porta, e a governanta se encolheu ainda mais, agora com uma repulsa indisfarçável.

— *Fora* — bufou a mulher. — Tire suas mãos imundas da minha porta...

Assustada, Alizeh pulou para trás, por sorte evitando outro pedaço de gelo apenas cinco centímetros à sua esquerda.

— A srta. Huda nem me permitiu entrar em sua casa... — gaguejou ela, com o corpo agora tremendo violentamente de frio. — Ela não me deixou fazer uma única prova... Pode decidir por um sem número de razões que não gosta do meu t-trabalho...

A porta se fechou na cara dela.

Alizeh experimentou um aperto forte no peito, uma dor que tornava difícil respirar. O sentimento permaneceria com ela o dia todo.

Ela sentiu a pequena bolsa agora, o peso no bolso do avental, contra a coxa. Estava atrasada para voltar à Casa Baz, o que significava que não teria tempo de depositar os ganhos em algum lugar mais seguro. O mundo começou a ganhar vida em sua jornada de volta, neve fresca pontilhando cada esforço para despertar a cidade de Setar. Preparativos para o Festival Wintrose haviam tomado as ruas e, embora Alizeh apreciasse o cheiro inebriante de água de rosas no ar, ela teria preferido um momento de silêncio antes que o sino tocasse indicando o início do trabalho. Ela não tinha como saber naquele momento que o silêncio que buscava podia nunca vir.

A garota estava na cozinha quando o relógio bateu seis horas: vassoura em mãos, de pé, em silêncio, nas sombras e o mais perto do fogo possível. Os outros criados tinham se reunido uma hora antes em torno da longa mesa de madeira para a refeição matinal, e Alizeh assistiu, extasiada, ao término do café da manhã: tigelas de *haleem*, um tipo de mingau doce misturado com carne desfiada.

Como uma empregada ainda em período de experiência, Alizeh não tinha permissão para se juntar a eles, nem tinha ela qualquer interesse na refeição — a mera descrição fazia seu estômago revirar —, mas ela gostava de ouvir as brincadeiras, testemunhar a proximidade com que se comunicavam. Eles agiam como amigos. Ou uma família.

Era um tipo de trivialidade com o qual Alizeh tinha pouco costume. O amor de seus pais por ela havia enchido toda a sua vida; não lhe faltara nada, e nada fora negado em sua infância exceto a companhia de outras crianças, pois seus pais insistiam que, até o momento em que ela estivesse pronta, sua existência devia permanecer em sigilo. Ela só conseguia se lembrar de um garotinho — cuja mãe era uma amiga querida de seus pais — com quem ela podia brincar às vezes. Não conseguia recordar o nome dele; lembrava-se apenas de que os bolsos dele estavam sempre cheios de avelãs, com as quais ele a ensinara a jogar cinco-marias.

Apenas algumas outras almas confiáveis — principalmente mestres e tutores com quem passava grande parte do tempo — tinham acesso a ela. Como consequência, Alizeh vivia em um grau incomum de isolamento e, tendo passado pouco tempo na companhia de Argilas, agora ficava fascinada por muitos de seus costumes. Alizeh já havia sido punida em empregos anteriores por ficar tempo demais na sala de café da manhã, apenas esperando para vislumbrar um cavalheiro comendo um ovo ou passando manteiga em uma torrada, por exemplo. Ela ficava absolutamente encantada por garfos e colheres, e naquela manhã não foi diferente.

— O que pensa que está fazendo aqui? — gritou a sra. Amina, assustando mortalmente Alizeh. A governanta a agarrou pela gola da roupa e a arrastou até a sala ao lado. — Você se esquece de quem é, garota. Você não come com os outros criados.

— Eu estava... Estava apenas esperando — respondeu Alizeh, fazendo uma careta ao colocar os dedos ao redor do pescoço, arrumando a gola no lugar com cuidado.

O corte no pescoço ainda doía, e ela não queria chamar atenção para si com um curativo. Sentiu a umidade reveladora do que só poderia ser sangue fresco e fechou os punhos para não tocar na ferida.

— Perdoe-me, senhora, eu não quis ser impertinente. Estava apenas aguardando as suas ordens.

Foi tão rápido que Alizeh não se deu conta do tapa da sra. Amina até sentir a dor em seus dentes e vislumbrar um lampejo. Tarde demais, Alizeh se encolheu e deu um passo para trás com os ouvidos zumbindo e as mãos agarrando-se à parede de pedra. Ela cometera muitos erros naquele dia.

— O que eu disse sobre essa sua boca? — disse a sra. Amina. — Se quer este emprego, vai aprender a ficar no seu lugar. — Ela emitiu um som de desgosto. — E já disse para você se livrar desse sotaque absurdo. *Impertinente* — zombou. — Onde será que você aprendeu a falar assim…

Alizeh sentiu a mudança quando a sra. Amina parou de falar, observando seus olhos escurecerem com a suspeita.

Alizeh engoliu em seco.

— *Onde* você aprendeu a falar assim? — perguntou a sra. Amina suavemente. — Conhecer as letras é uma coisa, mas você está começando a me parecer refinada demais para uma copeira.

— De jeito nenhum, senhora — disse Alizeh, baixando os olhos. Ela sentiu o gosto de sangue na boca. O rosto já estava dolorido; ela resistiu ao impulso de tocar o que era sem dúvida um hematoma. — Perdoe-me.

— Quem a ensinou a ler, então? — questionou a sra. Amina. — Quem a ensinou a fingir-se de fina?

— Perdoe-me, senhora. — Alizeh se encolheu, forçou-se a falar devagar. — Eu não quero fingir, senhora, é só que não sei falar de ou…

A sra. Amina ergueu os olhos, distraída com a visão do relógio, e a vontade de brigar saiu de seu foco. Elas tinham perdido preciosos minutos da jornada de trabalho, e Alizeh sabia que não podiam perder mais tempo com a conversa. Ainda assim, a sra. Amina se aproximou.

— Fale comigo como se fosse uma idiota refinada mais uma vez e não só sentirá as costas da minha mão, garota, mas também vai para o olho da rua.

Alizeh sentiu um súbito mal-estar.

Se fechasse os olhos, ainda podia sentir a pedra áspera do beco frio e infestado de vermes pressionada contra o rosto; ainda podia ouvir os sons do esgoto embalando seu sono por minutos — o máximo de tempo que ousara manter os olhos fechados na rua. Às vezes ela pensava que preferiria puxar uma carruagem nas costas a retornar a tal escuridão.

— Sim, senhora — concordou ela com suavidade, seu pulso acelerado. — Perdoe-me, senhora. Não vai acontecer de novo.

— Chega de suas desculpas pomposas — rebateu a sra. Amina. — Sua senhoria está em um estado alarmante hoje e quer que cada cômodo seja limpo e polido como se o próprio rei estivesse vindo nos visitar.

Alizeh se atreveu a olhar para cima.

A Casa Baz tinha sete andares e 116 cômodos. Alizeh queria mais do que tudo perguntar: *Por quê? Por que todos os cômodos?* Mas conteve a língua, sofrendo silenciosamente. Limpar todos os 116 cômodos em um dia, ela sabia, deixaria seu corpo em frangalhos.

— Sim, senhora — sussurrou.

A sra. Amina hesitou.

Alizeh pôde ver então que a sra. Amina não era tão monstruosa a ponto de não reconhecer que a demanda era quase impossível. O tom da governanta suavizou-se um pouco ao dizer:

— Os outros vão ajudar, é claro. Mas eles também têm seus deveres regulares a cumprir, entende? A maior parte do trabalho será sua.

— Sim, senhora.

— Faça isso bem, garota, e cuidarei de contratá-la de modo permanente. Mas não prometo nada — a sra. Amina levantou um dedo, então apontou para Alizeh —, se não aprender a manter essa boca fechada.

Alizeh respirou fundo. E assentiu.

SETE

Kamran acabara de entrar na antecâmara que conduzia aos aposentos do avô quando o sentiu: um sopro de movimento. Houve um vislumbre de luz artificialmente refratada ao longo das paredes, um toque de perfume no ar. Ele diminuiu o passo de propósito, pois sabia que o predador não resistiria a uma emboscada tão fácil.

Pronto.

Uma agitação de saias.

Nem um instante antes do esperado, Kamran agarrou a mão do agressor, os dedos cerrados ao redor do punho segurando uma adaga de rubi, sustentada alegremente contra o pescoço dele.

— Já cansei desse jogo, mãe.

Ela torceu a mão para puxá-la de volta e riu, seus olhos escuros brilhando.

— Ah, querido, eu nunca me canso.

Kamran observou a mãe com uma expressão impassível; ela estava tão coberta de joias que cintilava mesmo parada.

— A senhora acha divertido — disse ele — brincar de assassinar o próprio filho?

Ela riu novamente e girou em torno dele, saias de veludo reluzindo. Sua Alteza Real Firuzeh, a princesa de Ardunia, tinha uma beleza celestial — não que essa fosse uma grande proeza para uma princesa. A beleza era esperada de qualquer membro da realeza que aspirasse ao trono, e não era segredo que Firuzeh se ressentia da morte prematura do marido, que sete anos antes havia perdido a cabeça em uma batalha sem sentido, deixando-a assim para sempre uma princesa, nunca uma rainha.

— Estou tragicamente *entediada* — disse ela. — E como meu filho me dá tão pouca atenção, sou forçada a ser criativa.

Kamran tinha acabado de tomar banho, usava roupas passadas e perfumadas, mas ansiava desesperadamente voltar ao uniforme do exército. Ele nunca tinha gostado de suas roupas formais por sua impraticabilidade, sua frivolidade. Resistia agora ao desejo de coçar o pescoço, onde a gola dura da túnica raspava sua garganta.

— Sem dúvida, existem inúmeras outras maneiras — disse à mãe — de chamar a minha atenção.

— Outras maneiras tediosas — retrucou ela concisamente. — Além disso, não sou eu que devia chamar a sua atenção. Já cumpri minha parte deixando-o crescer dentro do meu próprio corpo. Você me deve, no mínimo, um pouco de devoção.

Kamran curvou-se.

— De fato.

— Não seja condescendente.

— Não estou sendo.

Firuzeh deu um tapinha na mão de Kamran, que estava no pescoço.

— Pare de se coçar como um cachorro, meu amor.

Ele endureceu.

Não importava quantos homens tivesse matado, sua mãe sempre iria tratá-lo como uma criança.

— Você me culpa pelo meu desconforto, quando a gola desta fantasia ridícula claramente está tentando decapitar quem a veste? Será que não podemos, em todo o império, encontrar alguém que costure duas peças de roupas razoáveis?

Firuzeh ignorou a pergunta e disse:

— É uma coisa perigosa impedir uma mulher de realizar uma única tarefa prática. — E entrelaçou o braço no do filho, forçando-os a andarem juntos em direção à câmara principal do rei. — Não me recrimino pelos meus acessos de criatividade.

Kamran parou, surpreso, e virou-se para sua mãe.

— A senhora quer dizer que tem vontade de trabalhar?

Firuzeh fez uma careta.

— Não seja intencionalmente estúpido. Você sabe o que quero dizer.

Kamran uma vez pensou que não poderia haver outra pessoa como sua mãe em todo o mundo, ninguém que se comparasse em beleza ou elegância, nem graça e inteligência. Ele não sabia, então, quão sério era também possuir um coração.

— Não — disse ele. — Realmente não tenho a menor ideia.

Firuzeh deu um suspiro fingido, fazendo um gesto displicente ao entrarem na câmara de recepção do rei. Kamran não sabia que a mãe se juntaria a eles na reunião. Suspeitava que, acima de tudo, ela tinha vindo apenas para dar outra olhada nos aposentos do rei, pois eram os seus favoritos no palácio e raramente alguém era convidado a entrar ali.

Os aposentos haviam sido projetados inteiramente com espelhos; com o que parecia ser um número incalculável de pequenos azulejos refletores. Cada centímetro do espaço, de cima a baixo, reluzia com arranjos de estrelas, todas entrelaçadas em uma série de formas geométricas maiores. Os imponentes tetos abobadados brilhavam como uma miragem do infinito que parecia alcançar os céus. Duas grandes janelas estavam abertas para permitir a entrada da luz do sol: raios afiados penetravam o cômodo, iluminando ainda mais as constelações fulgurosas. Até os pisos eram cobertos de azulejos espelhados, embora o delicado trabalho fosse protegido por um conjunto de tapetes sofisticados e intrincadamente tecidos.

O efeito geral era etéreo; Kamran imaginava que não era muito diferente de estar no interior de uma estrela. O cômodo era sublime, mas o efeito que tinha sobre seus ocupantes talvez fosse seu maior mérito. Um visitante que entrasse ali sentia-se exaltado, transportado aos céus. Mesmo Kamran não estava imune àqueles efeitos.

A mãe, no entanto, parecia deprimida.

— Oh, meu querido — comentou ela, girando ao redor da sala, uma mão apertada contra o peito. — Isso tudo deveria ter sido meu um dia.

Kamran fitou a mãe observando as paredes, admirando-se; ela mexia os dedos, fazendo suas joias reluzirem e dançarem no ar. Ele sempre achou que aquele espaço o deixava um pouco desorientado. Inspirava um sentimento de magnificência, sim, mas, ao mesmo tempo, também despertava um sentimento de inadequação. Ele nunca sentia tanto a própria pequenez no mundo quanto ao se deparar com a verdadeira força, e nunca experimentava esse sentimento com mais precisão do que quando se aproximava do avô.

O príncipe olhou ao redor à procura de um sinal do homem.

Espiou pela fresta de uma das portas, que ele sabia que levava ao quarto do rei, e ponderava sobre a impertinência de procurar no quarto quando Firuzeh o puxou pelo braço.

Kamran se virou.

— A vida é tão injusta, não é? — disse ela, com os olhos brilhando de emoção. — Nossos sonhos se destroem tão facilmente.

Um músculo saltou na mandíbula de Kamran.

— De fato, mãe. A morte do meu pai foi uma grande tragédia.

Ela emitiu um som evasivo.

Muitas vezes, Kamran quis ficar longe daquele palácio. Não se ressentia de herdar o trono, mas também não apreciava o fato. Não, ele conhecia bem o derramamento de sangue que acompanhava a glória.

Nunca esperou se tornar rei.

Quando criança, as pessoas falavam com Kamran sobre sua posição como se ele fosse abençoado, afortunado por estar na fila para obter um título que primeiro exigiria a morte das duas pessoas com as quais ele mais se importava no mundo. Sempre lhe parecera perturbador, e foi mais perturbador ainda no dia em que a cabeça de seu pai voltou para casa sem o corpo.

Kamran tinha onze anos.

Esperava-se que ele demonstrasse força mesmo assim; poucos dias depois, ele foi forçado a participar de uma cerimônia que o declarou como herdeiro direto do trono. Ele era apenas uma criança, ordenado a ficar ao lado dos restos mutilados do pai e a não demonstrar dor, nem medo — apenas fúria. Foi o dia em que o avô lhe deu sua primeira espada, o dia em que sua vida mudou para sempre. O dia em que um menino foi forçado a pular, sem antes amadurecer, para dentro do corpo de um homem.

Kamran fechou os olhos, sentiu a pressão de uma lâmina fria contra a bochecha.

— Perdido em seus pensamentos, querido?

Ele olhou para a mãe, irritado não apenas com ela, mas consigo mesmo. Kamran não conhecia a forma precisa do desconforto que o atormentava; não conseguia imaginar uma explicação para seus pensamentos desordenados. Sabia apenas que todos os dias sentia um medo rastejante, e pior: temia que tal inconstância em sua mente só iria dificultar as coisas, pois tais momentos perdidos, Kamran sabia, poderiam lhe custar a vida. A mãe havia acabado de provar isso.

Ela parecia ler sua mente.

— Não se preocupe. É mais decorativa — Firuzeh deu um passo para trás, batendo na lâmina de rubi brilhante com a ponta da unha perfeitamente arredondada. Guardou a arma nas vestes.

— Mas *estou* muito zangada com você hoje, e devemos falar sobre isso rapidamente.

— Por quê?

— Porque seu avô tem coisas que deseja dizer a você, mas quero falar as minhas coisas primeiro.

— Não, mãe, eu quis dizer: por que está zangada?

— Bem, certamente devemos conversar sobre essa criada que você…

— Aí estão vocês. — Uma voz ressoou logo atrás deles, e Kamran se virou para ver o rei se aproximar, transcendente em tons vibrantes de verde.

Firuzeh fez uma profunda reverência; Kamran curvou-se.

— Ora, ora. — O rei fez um gesto com uma mão. — Deixe-me ver você.

Kamran se levantou e deu um passo à frente.

O rei pegou as mãos de Kamran e as segurou, o olhar caloroso avaliando o príncipe com uma curiosidade indisfarçável. O príncipe entendeu que seria repreendido por suas ações daquela manhã, mas também sabia que enfrentaria as repercussões com dignidade. Não havia ninguém vivo que ele respeitasse mais do que o avô, e iria honrar os desejos do rei, independentemente de quais fossem.

O rei Zaal era uma lenda viva.

Seu avô — o pai de seu pai — havia superado todo tipo de tribulação. Quando Zaal nasceu, sua mãe tinha pensado dar à luz um homem velho, pois o bebê tinha cabelo e cílios brancos e a pele tão pálida que era quase translúcida. Apesar dos protestos dos Profetas, a criança foi declarada amaldiçoada, e o pai, horrorizado, recusou-se a assumi-lo. Arrasado, o rei arrancou o recém-nascido dos braços da mãe e carregou-o até o cume da montanha mais alta, onde a criança foi deixada para morrer.

A salvação de Zaal surgiu na forma de um pássaro majestoso, que descobriu o bebê chorando e o levou embora, carregando-o como um dos seus. O retorno de Zaal para reivindicar seu legítimo lugar como herdeiro e rei foi uma das maiores reviravoltas de seu tempo, e o longo reinado sobre Ardunia fora justo e misericordioso. Entre suas muitas realizações, Zaal foi o único rei arduniano que escolheu pôr fim à violência entre jinns e Argilas; foi por ordem dele que os polêmicos Tratados de Fogo foram estabelecidos. Ardunia tornou-se, como resultado, um dos únicos impérios em paz com os jinns, e só por isso Kamran sabia que o avô não seria esquecido.

Finalmente, o rei se afastou do neto.

— Suas escolhas hoje foram extremamente curiosas — disse Zaal, sentando-se no trono espelhado, o único móvel da sala. Kamran e a mãe fizeram o que era esperado e se ajoelharam sobre as almofadas no chão diante dele. — Você não concorda?

Kamran não respondeu de imediato.

— Acho que todos podemos concordar que o comportamento do príncipe foi ao mesmo tempo precipitado e impróprio — interveio a mãe. — Ele deve reparar esse comportamento de alguma forma.

— Acha mesmo? — Zaal virou os olhos castanho-claros para a nora. — Que tipo de reparações você recomenda, minha querida?

Firuzeh hesitou.

— Não consigo pensar em nenhuma no momento, Vossa Majestade, mas tenho certeza de que nos ocorrerá alguma coisa.

Zaal colocou as mãos sob o queixo, contra a nuvem cuidadosamente aparada de sua barba. Para Kamran, ele disse:

— Você não nega nem justifica suas ações de hoje?

— Não.

— E, no entanto, vejo que não está arrependido.

— Não estou.

Zaal voltou toda a força de seu olhar para o neto.

— Você vai, é claro, me dizer por quê.

— Com todo o respeito, Vossa Majestade, não acho impróprio da parte de um príncipe cuidar do bem-estar de seu povo.

O rei riu.

— Não, ouso dizer que não é. O que é impróprio é uma inconstância de caráter e uma falta de vontade de dizer a verdade para aqueles que o conhecem bem.

Kamran enrijeceu, o calor pinicando na nuca. Ele conhecia uma repreensão quando a ouvia, e não era imune aos efeitos de uma bronca vinda do avô.

— Vossa Alteza…

— Já faz um tempo que tem caminhado entre seu povo, Kamran. Já viu todo tipo de sofrimento. Eu poderia aceitar com mais facilidade o idealismo como justificativa se suas ações fossem sintomáticas de um posicionamento filosófico mais amplo, o que ambos sabemos que não é, pois você nunca antes demonstrou um interesse ativo na vida das crianças de rua, nem na de criados, aliás. Certamente há mais nessa história do que a súbita expansão do seu coração. — Uma pausa. — Você nega que agiu de maneira inusitada? Que se colocou em perigo?

— Não tentarei negar o primeiro. Quanto ao segundo…

— Você estava sozinho. Desarmado. Você é herdeiro de um império que abrange um terço do mundo desbravado. E solicitou a ajuda de transeuntes, colocou-se à mercê de estranhos…

— Eu estava com as minhas espadas.

Zaal sorriu.

— Você persiste em me insultar com esses protestos imprudentes.

— Não quero desrespeitar…

— E, no entanto, está ciente, não está, de que um homem em posse de uma espada não é invencível? Que ele pode ser atacado de cima? Que pode ser morto a flechadas, linchado ou atropelado, que pode ser derrubado, sequestrado e apenas devolvido em troca de um resgate?

Kamran inclinou a cabeça.

— Sim, Vossa Majestade.

— Então você admite que agiu de forma imprudente, que se colocou em perigo?

— Sim, Vossa Majestade.

— Muito bem. Agora peço apenas uma explicação.

Kamran respirou fundo e exalou, lentamente, pelo nariz. Ele considerou repetir para o rei o que dissera a Hazan: que se envolvera na situação pois a garota lhe parecera notável, indigna de confiança. E, no entanto, Hazan quase rira dessa explicação, de sua intuição de considerar que havia algo errado. Como Kamran poderia forjar em palavras a influência de uma intuição invisível aos olhos?

De fato, quanto mais refletia, mais as suas justificativas, que antes lhe pareciam tão convincentes, agora, sob o olhar abrasador do avô, eram tão dispersas quanto areia ao vento.

Calmamente, Kamran falou:

— Não tenho justificativa, Vossa Majestade.

O rei hesitou ao ouvir isso, o sorriso evaporando dos olhos.

— Isso não pode ser verdade.

— Peço o seu perdão, senhor.

— E a garota? Eu não o julgaria com muita severidade se admitisse alguma fraqueza mental em relação a ela. Talvez vá me dizer que ela era de uma beleza desnorteante, que sua interferência foi por algum motivo baixo e sórdido. Que se imagina apaixonado por ela.

— Não. — A mandíbula de Kamran ficou tensa. — Não. Com certeza eu não diria isso.

— Kamran.

— Meu avô, não consegui nem ver o rosto dela. O senhor não pode esperar que eu diga tal mentira.

Pela primeira vez, o rei ficou visivelmente preocupado.

— Meu garoto, você não entende quão precária é a posição em que se encontra? Quantos comemorariam qualquer desculpa para ter suas faculdades mentais examinadas? Aqueles que cobiçam sua posição estão abertos a qualquer motivo para considerá-lo indigno do trono. A mim, incomoda mais saber que suas ações não nasceram de descuido, mas de imprudência. A estupidez é talvez sua pior ofensa.

Kamran se encolheu.

É verdade que ele respeitava profundamente seu avô, mas, como príncipe, também respeitava a si mesmo, e seu orgulho não permitiria suportar uma enxurrada de insultos sem protesto.

Ele ergueu a cabeça, encarando o rei ao dizer, com alguma firmeza:

— Acreditei que a garota fosse uma espiã.

O rei Zaal endireitou-se visivelmente, com o semblante nada revelando da tensão visível em suas mãos, apertadas agora ao redor dos braços do trono. Ele ficou em silêncio por tanto tempo que Kamran temeu, nesse ínterim, ter cometido um terrível erro.

O rei disse apenas:

— Você pensou que a garota fosse uma espiã.

— Sim.

— É a única coisa verdadeira que falou.

De imediato, Kamran foi desarmado. Ele olhou para o rei então, aturdido.

— Agora posso entender suas motivações — afirmou o avô —, mas ainda preciso compreender sua falta de discrição. Achou sábio perseguir a suspeita no meio da rua? Pensou que a garota fosse uma espiã, como diz, mas e o menino? Achou que ele fosse um santo? A ponto de carregá-lo pela praça, permitindo que sangrasse sobre o seu corpo?

Pela segunda vez, Kamran experimentou um enervante calor inflamar a pele. De novo, baixou o olhar.

— Não, Vossa Majestade. Quando isso aconteceu, eu não estava pensando com clareza.

— Kamran, você será rei — disse o avô, que soou de repente quase com raiva. — Você não tem escolha a não ser pensar com clareza. As pessoas podem fazer todo tipo de fofoca sobre seu soberano, mas a sensatez da mente dele nunca deve ser tema de discussão.

Kamran manteve a cabeça baixa, os olhos fixos na estampa intrincada e repetitiva do tapete sob os pés.

— Precisamos nos preocupar com o que acham da minha razão? Com certeza não há necessidade de nos preocuparmos com tais assuntos no momento. O senhor está forte e saudável, meu avô. Irá governar Ardunia por muitos anos ainda…

Zaal riu alto, e Kamran levantou o olhar.

— Ah, sua sinceridade me comove. Verdadeiramente. Mas minha estada aqui está chegando ao fim — disse ele, seus olhos procurando a janela. — Já sinto isso há algum tempo.

— Meu avô...

O rei Zaal ergueu a mão.

— Não vou me distrair de nossa presente discussão. Nem vou insultar sua inteligência lembrando-lhe quão profundamente cada ação afeta o império. Um simples anúncio de seu retorno para casa teria sido suficiente para desencadear todo tipo de teatro e agitação, mas suas ações hoje...

— De fato — concordou a mãe, impondo-se, lembrando a todos que ainda estava lá. — Kamran, você deveria ter vergonha de si, fazendo o papel de um plebeu.

— Vergonha? — Zaal olhou surpreso para a nora.

Para Kamran, ele disse:

— É por isso que acha que eu o convoquei?

Kamran hesitou.

— Eu esperava que o senhor pudesse estar zangado comigo, sim, Vossa Majestade. Também me disseram que espera que eu dê um baile agora que inadvertidamente anunciei meu retorno.

Zaal suspirou, as sobrancelhas brancas se unindo.

— Hazan lhe disse isso, imagino? — A carranca do rei ficou mais profunda. — Um baile. Sim, um baile. Embora isso seja o de menos.

Kamran ficou tenso.

— Vossa Alteza?

— Ah, meu filho. — Zaal balançou a cabeça. — Só agora vejo que você não percebe o que fez.

Firuzeh olhou de seu filho para o rei e vice-versa.

— O que ele fez?

— Não foi sua mera interferência que causou rumores hoje — explicou Zaal, com suavidade. Ele olhava pela janela de novo. — Se tivesse deixado o menino morrer sangrando, teria sido pouco comentado. Essas coisas ocasionalmente acontecem. Você poderia ter convocado os magistrados de maneira discreta, e o menino teria sido levado embora. Em vez disso, você o segurou nos braços. Deixou o sangue de um órfão de rua tocar a sua pele, sujar as suas roupas. Você demonstrou cuidado e compaixão por um deles.

— E devo ser punido por isso, Vossa Majestade? Devo ser repreendido por uma demonstração de compaixão? — indagou Kamran, mesmo sentindo uma crescente e incômoda apreensão. — Pensei que fosse esperado de um príncipe servir ao seu povo.

Seu avô quase sorriu.

— Você está me compreendendo mal de propósito? Sua vida é valiosa demais, Kamran. Você, o herdeiro do maior império da Terra, colocando-se em perigo de maneira irresponsável. O comportamento que exibiu hoje será bem aceito pelo povo, mas severamente questionado pelos nobres, que devem estar se perguntando se você ficou louco.

— *Louco?* — indagou o príncipe, controlando agora a raiva. — Não seria um exagero? Se não houve repercussões… Se não fiz nada além de ajudar um garoto que estava morrendo…

— Você só causou tumulto. Estão entoando o seu nome pelas ruas.

Firuzeh exclamou e correu para a janela, como se pudesse ver ou ouvir qualquer coisa de dentro dos muros do palácio, que eram notoriamente impenetráveis. O príncipe, que sabia que não conseguiria avistar nenhuma multidão, afundou de volta no lugar.

Estava atordoado.

Zaal se inclinou para a frente em seu assento.

— Sei que, em seu coração, você lutaria até a morte pelo império, meu garoto, mas esse não é o mesmo tipo de sacrifício. Um príncipe herdeiro não pode arriscar a vida na praça da cidade por um trombadinha. Isso não se faz.

— Não — disse o príncipe, subjugado. Sentia-se subitamente pesado. — Suponho que não.

— Devemos agora amenizar sua imprudência com demonstrações de solenidade — afirmou o avô. — Tais performances beneficiarão, em particular, as famílias nobres das Sete Casas, cuja influência política é importante para nós. Você as receberá em um baile. Será visto na corte. Demonstrará seu respeito às Sete Casas, e à Casa de Piir, em particular. Vai atenuar quaisquer medos que possam ter com relação ao seu caráter. Não os quero questionando sua sanidade nem sua capacidade de governar. Está claro?

— Sim, Vossa Majestade — respondeu o príncipe, desconcertado. Apenas agora estava começando a entender o peso de seu erro. — Farei o que me ordena e ficarei em Setar pelo tempo que o senhor julgar necessário para reparar o dano. Depois, se me permitir, gostaria de retornar às minhas tropas.

Por um momento, Zaal sorriu.

— Temo que não seja mais uma boa ideia você ficar longe de casa.

Kamran não fingiu não compreender.

— O senhor está saudável — afirmou o príncipe, com mais firmeza do que pretendia. — Apto e forte. Com a mente sã. Não poderia ter certeza de...

— Quando chegar à minha idade — Zaal disse gentilmente —, é possível, sim, ter certeza. Cansei-me deste mundo, Kamran. Minha alma está ansiosa para partir. Mas não posso partir sem primeiro garantir que nossa linhagem esteja protegida, que nosso império esteja protegido.

Lentamente, o príncipe olhou nos olhos do avô.

— Você deve saber — Zaal continuou, sorrindo — que não lhe pedi que viesse para casa a fim de apenas descansar.

A princípio, Kamran não entendeu. Quando conseguiu, pouco depois, sentiu a força do entendimento como um golpe na cabeça. Mal conseguiu formular as palavras quando falou:

— O senhor quer que eu me case.

— Ardunia precisa de um herdeiro.

— *Eu* sou seu herdeiro, Vossa Majestade. Sou seu servo...

— Kamran, estamos à beira da guerra.

O príncipe se manteve firme mesmo com seu coração batendo forte. Olhou para o avô com uma expressão parecida com descrença. Esta era a conversa que o príncipe ansiava ter, as notícias que estava esperando para discutir. No entanto, mesmo agora, o rei parecia pouco disposto a elaborar.

Isso Kamran não podia tolerar.

O avô estava ameaçando morrer — ameaçando deixá-lo ali sozinho para travar uma guerra, para defender o império, e, em vez de equipá-lo para tal destino, estava encarregando-o de um casamento? Não, ele não podia acreditar.

Por pura força de vontade, Kamran conseguiu manter a voz firme ao dizer:

— Se entraremos em guerra, Vossa Alteza, certamente pode me atribuir uma tarefa mais prática. Não resta dúvida de que neste momento há muito mais que eu poderia fazer para proteger nosso império do que cortejar a filha de algum nobre.

O rei apenas olhou para Kamran, com a expressão serena.

— Na minha ausência, o maior presente que você poderia dar ao seu império é uma garantia. *Uma certeza.* A guerra virá e, com ela, seu dever — ele ergueu a mão para evitar que Kamran falasse —, que eu sei que você não teme. Mas, se algo acontecer com você no campo de batalha, haverá caos. Parentes inúteis reivindicarão o trono e, em seguida, o perderão. Há quinhentos mil soldados sob nosso comando. Dezenas de milhões de pessoas que confiam em nós para zelar por seu bem-estar, para garantir sua segurança, para obter a água necessária para a colheita, para garantir alimentos para os seus filhos. — Zaal inclinou-se para a frente. — Você deve proteger a linhagem, meu garoto. Não só por mim, mas pelo seu pai. Pelo seu legado. *Isso*, Kamran, é o que você deve fazer pelo seu império.

O príncipe entendeu, então, que não havia escolha. O rei Zaal não estava fazendo uma pergunta.

Estava dando uma ordem.

Kamran levantou-se sobre um joelho e inclinou a cabeça diante de seu rei.

— Pela minha honra — disse ele calmamente. — O senhor tem a minha palavra.

OITO

O dia foi mais difícil do que a maioria dos dias.

Alizeh tinha fervido a água até que o vapor queimasse sua pele. Mergulhou as mãos no líquido ensaboado e escaldante muitas vezes, a ponto de os sulcos nos dedos se romperem. As mãos estavam cheias de bolhas, quentes ao toque. As bordas afiadas do escovão tinham penetrado em suas palmas, deixando a carne viva até sangrar. Ela enrolou o avental nos punhos quantas vezes foi possível, pois cada busca desesperada por seu lenço resultava em decepção.

Teve pouco tempo para se debruçar sobre os muitos pensamentos que assombravam sua mente naquele dia, embora também não desejasse refletir sobre assuntos tão desanimadores. Entre a visita do diabo, a apavorante aparência do estranho encapuzado, a crueldade da srta. Huda e o menino que deixara caído na neve, não faltava a Alizeh combustível para alimentar os próprios medos.

Ela concluiu, enquanto limpava mais uma latrina, que provavelmente era melhor ignorar tudo. Era melhor não pensar em nada disso, apenas viver a dor e o medo de cada dia até que enfim ela também fosse consumida pela escuridão eterna. Era um pensamento sombrio para uma jovem de dezoito anos, mas de fato pensava assim: talvez só na morte ela pudesse encontrar a liberdade pela qual ansiava tão desesperadamente, pois havia muito tempo que perdera a esperança de encontrar consolo neste mundo.

De fato, na maior parte do dia, Alizeh mal podia acreditar em quem se tornara, quanto ela desviara dos planos uma vez guardados para o seu futuro. Muito tempo atrás, havia um plano para sua vida, um projeto tranquilo planejado para apoiar quem ela seria um dia. Entretanto, não teve escolha a não ser abandonar aquele futuro sonhado, não muito diferente de uma criança renunciando a um amigo imaginário. Tudo o que restava de sua antiga existência era o sussurro familiar do diabo, a voz dele crescendo sob sua pele de tempos em tempos, apagando a luz de sua vida.

Quisera ela que ele também desaparecesse.

O relógio tinha acabado de bater duas horas quando, pela décima segunda vez naquele dia, Alizeh colocou seus baldes vazios no chão da cozinha.

Olhou em volta procurando qualquer sinal da cozinheira ou da sra. Amina antes de fugir para o fundo da sala e, somente quando teve certeza de estar sozinha, fez o que já tinha feito onze vezes antes, abrindo a pesada porta de madeira.

Alizeh foi de imediato tomada pelo cheiro inebriante de água de rosas.

O Festival Wintrose era uma das poucas coisas que conhecia naquela cidade estrangeira, pois a temporada de Wintrose era celebrada em todo o império de Ardunia. Ela tinha boas lembranças de colher as delicadas rosas dessa época com seus pais, com cestos de palha que batiam uns nos outros conforme caminhavam, cabeças zonzas por conta da fragrância.

Ela sorriu.

A nostalgia cutucou-lhe os pés através da soleira, a memória dos sentidos encorajando as pernas, articulando os membros. Uma brisa moveu-se pelo beco, trazendo pétalas de rosa em direção a ela, que sentiu a fragrância inebriante e floral profundamente em seus pulmões, experimentando um raro momento de alegria inqualificável quando o vento despenteou-lhe os cabelos e alvoroçou a barra de suas saias. O sol brilhava de maneira nebulosa através das nuvens, pincelando o momento com uma luminosidade difusa e dourada que fez Alizeh sentir como se tivesse entrado em um sonho. Ela mal podia controlar a necessidade de se aproximar de tanta beleza.

Uma de cada vez, ela começou a colher da neve as rosas espalhadas pelo vento, colocando com delicadeza as flores murchas nos bolsos do avental. As rosas-damascenas eram tão perfumadas que a fragrância durava meses. Sua mãe sempre as usava para fazer geleia de pétalas de rosa, reservando algumas para guardar entre as páginas de um livro, que Alizeh gostava de…

Sem aviso, seu coração começou a acelerar.

Era aquele aperto já conhecido no peito, o pulso batendo em suas palmas sangrentas. Suas mãos puseram-se a tremer de repente, fazendo as pétalas caírem. Alizeh foi atingida por uma necessidade assustadora de fugir daquele lugar, de tirar o avental do corpo e cruzar a cidade, com os pulmões em chamas. Ela queria desesperadamente voltar para casa, cair aos pés de seus pais e criar raízes ali, junto a seus corpos. A garota sentiu tudo isso no intervalo de um segundo, o sentimento inundando-a com uma força desenfreada e, em seu rastro, deixando-a entorpecida de uma maneira obtusa. Era como um exercício de humildade, pois lembrou-se assim de que não tinha casa, nem pais para os quais pudesse voltar.

Ambos haviam morrido anos atrás, e ainda parecia a Alizeh uma injustiça revoltante que ela não pudesse mais ver o rosto deles.

Ela engoliu em seco.

Um dia, a vida de Alizeh fora uma fonte de força para as pessoas que ela amava; entretanto, com frequência sentia que seu nascimento havia exposto os pais ao massacre, aos assassinatos brutais que levariam os dois — primeiro o pai, depois a mãe — no mesmo ano.

Jinns vinham sendo exterminados de maneira cruel por eras, é verdade; haviam sido dizimados, sua presença reduzida a quase zero — e, com eles, muito de seu legado. A morte de seus pais poderia parecer como a de muitos outros jinns a olhos desatentos: atos aleatórios de ódio, ou até mesmo incidentes infelizes.

Mas, ainda assim…

Alizeh sempre foi atormentada pela suspeita inquietante de que a morte deles não tinha sido aleatória. Apesar de seus esforços diligentes para ocultar a existência de Alizeh, ela não podia evitar a preocupação; pois não foram apenas seus pais, mas tantos outros cuja vida havia tocado a dela, todos desaparecidos em uma série de tragédias semelhantes. A garota não podia deixar de se perguntar se o verdadeiro alvo de tamanha violência era outra pessoa…

Ela.

Sem provas para corroborar a teoria, a mente de Alizeh não conseguia descansar, sendo devorada um pouco mais a cada dia pelo apetite voraz de seus medos.

Com o peito ainda acelerado, ela voltou para dentro. Tinha espiado o beco do lado de fora da cozinha cada uma das doze vezes que descera as escadas, mas o garoto fesht não aparecera, e ela não conseguia entender o porquê. Ela tinha conseguido restos do café da manhã, alguns pedaços de pão de abóbora, embrulhando-os com cuidado em papel encerado e escondido porções sob o piso da despensa. O menino parecia tão faminto naquela manhã que Alizeh não conseguia imaginar uma explicação para sua ausência, a menos que...

Ela acrescentou lenha ao fogão e hesitou. Era possível que tivesse machucado demais o garoto durante a briga.

Às vezes, não reconhecia sua própria força.

A garota verificou as chaleiras que colocara para ferver e olhou para o relógio da cozinha. Ainda havia muitas horas no dia, e ela temia que suas mãos não sobreviveriam ao restante das provações. Sacrifícios teriam de ser feitos.

Alizeh suspirou.

Rapidamente, rasgou duas tiras de tecido da bainha do avental. Como ela mesma fazia todas as próprias roupas, lamentou em silêncio a ruína da peça e, em seguida, enfaixou as feridas do melhor modo que conseguiu com os dedos cheios de bolhas. Seria preciso encontrar tempo para visitar o boticário no dia seguinte. Ela tinha algum dinheiro agora; podia comprar pomada e talvez até um emplastro.

Esperava que suas mãos se recuperassem.

Tendo coberto as feridas, a ponta afiada de seu tormento começou a diminuir aos poucos, o mínimo de alívio afrouxando a pressão no peito. Em seguida, respirou de modo profundo e revigorante, sentindo uma pontada de vergonha pelos próprios pensamentos, pelas curvas escuras que tomavam ao menor incentivo. Ela não queria perder a fé neste mundo; mas cada dor que enfrentava parecia exigir um pouco de sua esperança como pagamento.

Ainda assim, considerou, ao reabastecer os baldes com água recém-fervida, que seus pais teriam desejado algo melhor para ela. Gostariam que ela continuasse lutando.

Um dia, seu pai havia dito, *este mundo se curvará a você.*

Neste mesmo instante houve uma batida forte na porta dos fundos.

A criada se endireitou tão rapidamente que quase derrubou a chaleira. Lançou outro olhar ao redor da cozinha raramente vazia — havia tanto trabalho a ser feito que os criados não tinham folga — e apanhou do esconderijo da despensa o pacote.

Com cuidado, ela abriu a porta.

Alizeh piscou e deu um passo para trás. Quem a encarava era a sra. Sana, a governanta de óculos da propriedade do embaixador Lojjan.

Atordoada como estava, a garota se esqueceu de fazer uma reverência. As governantas, que governavam os próprios pequenos reinos, não eram consideradas criadas e não usavam *snodas*; por isso, mereciam um nível de respeito que Alizeh ainda estava aprendendo a obedecer. Ela fez uma reverência, depois se endireitou.

— Boa tarde, senhora. Como posso ajudá-la?

A sra. Sana não disse nada, apenas estendeu uma pequena bolsa, que Alizeh aceitou com sua mão ferida. Sentiu de imediato o peso de moedas.

— *Ah.* — Ela suspirou.

— A srta. Huda ficou muito satisfeita com o vestido e gostaria de contratar seus serviços novamente.

Alizeh ficou subitamente estupefata.

Não ousou falar, não ousou se mover por medo de arruinar o momento. Tentou recordar se tinha adormecido, se poderia estar sonhando.

A sra. Sana bateu os dedos no batente da porta.

— Você ficou surda, garota?

Alizeh respirou fundo.

— Não, senhora — disse ela rapidamente. — Quero dizer... Sim, senhora. Eu... Seria uma honra.

A sra. Sana bufou, de uma maneira que já estava se tornando corriqueira.

— Sim. Seria mesmo. E você vai se lembrar disso da próxima vez que falar mal da minha senhora, que pretendia enviar a ama dela, mas insisti em entregar a mensagem pessoalmente. Sabe o que quero dizer.

Alizeh baixou os olhos.

— Sim, senhora.

— A srta. Huda precisará de pelo menos quatro vestidos para as próximas festividades e de uma peça especial para o baile.

A cabeça de Alizeh se ergueu. Ela não sabia a quais próximas festividades a sra. Sana estava se referindo, e nem se importava.

— A srta. Huda quer *cinco* vestidos?

— Isso será um problema?

A garota ouviu um rugido nos ouvidos, sentindo uma terrível desorientação. Ficou com medo de cair no choro, e não se perdoaria se fizesse isso.

— Não, senhora. — Ela conseguiu responder. — Nenhum problema.

— Ótimo. Você pode vir para a casa amanhã às nove da noite. — Uma longa pausa. — Depois de terminar seu turno aqui.

— Obrigada, senhora. Obrigada. Obrigada por compre...

— Nove horas em ponto, entendeu? — E a sra. Sana foi-se embora, a porta se fechando atrás dela.

Alizeh já não podia mais se conter. Deslizou até o chão e pôs-se a soluçar.

NOVE

نه

Sob o olhar leitoso da lua, as silhuetas dos transeuntes amalgamavam-se em uma massa gelatinosa retumbante; gritos estridentes ecoavam, risos cortavam as árvores, a luz dos lampiões piscando enquanto as pessoas tropeçavam pelas ruas. A noite era pura loucura.

Alizeh reprimiu um estremecimento.

Sempre a perturbava ser envolvida pela escuridão, pois trazia à vida um medo da cegueira que ela não conseguia racionalizar por completo. Seus ancestrais já haviam sido condenados a uma existência sem luz nem calor — ela sabia disso, sim —, mas que ela *ainda* carregasse o medo lhe parecia muito peculiar. Pior, parecia que seu estranho destino estava sempre amarrado à escuridão, pois nos últimos dias ela se movia mais livremente pelo mundo na ausência da luz do dia, quando o jugo do dever era removido.

A criada emergiu da Casa Baz muito depois de o sol se extinguir e, embora as boas-novas de mais trabalho para a srta. Huda tivessem animado seu espírito, ela estava de novo sobrecarregada pelo estado de suas mãos. As tarefas do dia já haviam aberto novas feridas nas palmas, e as tiras de tecido que ela cuidadosamente usara para fazer curativos para os ferimentos ficaram úmidas e, depois, encharcadas de sangue. Alizeh, que agora tinha que criar cinco vestidos além de realizar as tarefas rotineiras, de repente precisaria das mãos mais do que nunca, o que significava que a ida ao boticário não podia esperar até o dia seguinte.

Foi com os pés doloridos que ela arrastou-se pela nevasca noturna, braços apertados contra o peito, queixo dobrado sobre o colarinho. A geada instalava-se com firmeza ao longo dos seus cabelos, mechas rebeldes chicoteando ao vento.

Ela já havia feito uma visita ao *hamam* local, onde lavara seu corpo da sujeira do dia. Sempre se sentia melhor quando estava limpa e, embora a tarefa lhe tenha custado fisicamente, valera a pena. Além disso, o ar da noite estava revigorante, e o choque frio em sua cabeça descoberta mantinha os pensamentos claros. Ao andar pelas ruas à noite, era preciso mais discernimento do que nunca, pois ela conhecia bem o perigo que estranhos desesperados representavam no escuro. Teve o cuidado de permanecer em silêncio ao se mover, mantendo-se à luz, e com toda a discrição.

Ainda assim, era impossível ignorar o alvoroço.

As pessoas cantarolavam nas ruas, algumas com a voz normal, outras gritando, bêbadas demais para serem compreendidas. Havia grandes multidões dançando, todos trabalhando juntos para manter no ar o que parecia ser um espantalho; uma figura de palha usando uma coroa de ferro bruto. Massas de pessoas estavam sentadas no meio da rua fumando narguilé e bebendo chá, recusando-se a sair do caminho mesmo quando os cavalos relinchavam, as carruagens balançavam e os nobres emergiam dos interiores acolchoados dos meios de transporte gritando e brandindo chicotes.

Ela atravessou uma nuvem de fumaça com sabor de damasco, trombou com um mascate noturno e passou por uma brecha estreita entre um grupo que ria ruidosamente da história de uma criança que pegou uma cobra nas mãos e, encantada, mergulhou a cabeça da serpente repetidas vezes em uma tigela de iogurte.

Sem alarde, Alizeh sorriu.

Algumas pessoas, ela notou, estavam carregando placas — algumas as seguravam no alto, outras as arrastavam pelo chão, como um cachorro arrasta uma coleira. Ela tentou ler as palavras escritas, mas nenhuma pôde ser decifrada na luz fraca e trêmula. Uma coisa era certa: aquele era um nível incomum de alegria e loucura, mesmo para a cidade real e, por um momento, a curiosidade ameaçou superar sua sensatez.

Ela a controlou.

Estranhos a empurravam, alguns mexendo no *snoda* dela, rindo em sua cara, pisando em suas saias. Ela aprendera havia muito tempo que criadas de sua posição eram as mais desprezadas dentre todas, consideradas alvo fácil para todo tipo de crueldade. Por isso muitas preferiam remover os *snodas* em espaços públicos, por medo de chamar uma atenção indesejada, mas Alizeh não podia retirar o véu sem incorrer em grande risco para si mesma; apesar de ter certeza de que estava sendo caçada, ela não sabia por quem, o que significava que nunca podia baixar a guarda.

O rosto dela era — infelizmente — marcante.

Seu caso era uma rara exceção, pois era difícil, em geral, diferenciar entre jinns e Argilas, já que os jinns haviam recuperado, milhares de anos atrás, não somente a visão, como também níveis variados de melanina nos cabelos e na pele. Alizeh, como muitos em Ardunia, tinha metros de madeixas pretas e brilhantes e uma tez cor de oliva. Mas seus olhos...

Ela não sabia qual era a cor de seus olhos.

Por vezes, eles assumiam um familiar tom de âmbar, que ela acreditava ser a cor natural de sua íris, mas mais frequentemente seus olhos revelavam um tom penetrante de azul-gelo, tão claro que quase não era uma cor. Não era de se admirar, então, que Alizeh vivesse sempre com um calafrio, sentindo-o até nas órbitas dos olhos. Gelo escoava por suas veias claras mesmo no auge do verão, imobilizando-a de uma maneira que ela imaginava que só seus ancestrais poderiam entender, pois fora deles que herdara tal característica. O efeito resultante era tão desorientador que poucos suportavam olhar para ela — e, ainda assim, o rosto dela poderia ser mais facilmente ignorado se suas íris ao menos parassem de mudar de tonalidade, mas não paravam. Em vez disso, elas tremeluziam, alternando de cores constantemente; era um problema do qual não tinha controle e cuja causa não sabia.

Alizeh sentiu um toque de umidade nos lábios e olhou para cima. Neve fresca tinha começado a cair.

Apertou mais os braços sobre o peito e disparou por uma rua conhecida, com a cabeça curvada contra o vento. Lentamente, tomou consciência de passos atrás de si — incomum apenas em sua regularidade — e foi tomada uma onda de medo, a qual tentou dominar. Alizeh sentiu que vinha ficando paranoica demais nos últimos tempos e, além disso, o brilho da loja do boticário estava logo à frente. Ela correu naquela direção.

Um sino soou ao abrir da porta de madeira, e ela quase foi empurrada de volta para fora pela multidão no interior. O boticário estava bastante ocupado àquela hora, e Alizeh não pôde deixar de notar que o aroma costumeiro de sálvia e açafrão havia sido trocado pelos vapores mefíticos de latrinas sujas e vômito velho. Ela prendeu a respiração ao tomar seu lugar na fila, resistindo à vontade de bater a neve de suas botas no tapete sob os pés.

Os clientes presentes gritavam obscenidades uns para os outros, lutando por espaço enquanto aninhavam braços fraturados e narizes quebrados. Alguns estavam pingando sangue fresco do alto de suas cabeças, de suas bocas. Um homem oferecia a uma criança um dente ensanguentado que arrancara de sua cabeça, uma lembrança da criança que lhe mordera o crânio.

Alizeh mal podia acreditar.

Essas pessoas precisavam de banhos e cirurgiões, não de um boticário. Ela só podia imaginar que eram estúpidas ou estavam bêbadas demais para procurar ajuda em outro lugar.

— Tudo bem, chega — ressoou uma voz raivosa sobre a multidão. — Todos vocês: *saiam*. Fora da minha loja antes que...

Houve um som abrupto de vidro se quebrando e frascos batendo no chão. A mesma voz estrondosa gritou novos xingamentos à medida que a multidão ficava mais agitada, e houve uma verdadeira debandada para a porta quando ele brandiu uma bengala e ameaçou não só chicotear o grupo, mas entregá-lo aos magistrados sob acusação de indecência pública.

Alizeh apoiou-se o melhor que pôde contra a parede, tão bem-sucedida em seu objetivo que, quando a horda enfim saiu, o lojista quase não a avistou.

Quase.

— Saia — bradou ele, avançando sobre a garota. — Saia da minha loja, *fora*, sua pagã...

— Senhor, por favor. — Alizeh se encolheu. — Estou aqui apenas para comprar pomada e curativos. Eu ficaria muito grata por sua ajuda.

O lojista congelou, a expressão raivosa ainda gravada no rosto. Era um homem estreito, alto e magro, de pele escura e cabelo preto grosso, e quase a cheirou. Seus olhos avaliadores observaram o casaco remendado dela — mas limpo — e seu penteado. Por fim, ele suspirou profundamente para estabilizar a respiração e se afastou.

— Tudo bem, então, o que vai ser? — O homem voltou para trás do balcão principal, analisando-a com olhos grandes e escuros. — Onde está o ferimento?

Alizeh cerrou os punhos, enfiou-os nos bolsos e tentou sorrir. Sua boca era a única parte descoberta do rosto e, por isso, um ponto de foco para a maioria das pessoas. O boticário, no entanto, parecia determinado a olhar para os olhos dela — ou, pelo menos, para onde ele pensava que estavam os olhos.

Por um momento, a garota não soube o que fazer.

Era verdade que, em aparência, os jinns eram quase indiscerníveis. Na verdade, era a impressionante semelhança física com os Argilas que os tornava mais ameaçadores, por serem mais difíceis de identificar. Os Tratados de Fogo tentaram sanar esse tipo de problema, mas, sob o verniz de paz, permanecia sempre uma inquietação entre as pessoas — um ódio arraigado pelos jinns, por sua suposta associação com o diabo —, e isso não seria esquecido com facilidade. Apresentar a estranhos uma prova clara de sua identidade sempre inspirava em Alizeh um medo hesitante, pois nunca sabia como poderiam reagir. Na maioria das vezes, as pessoas não conseguiam esconder o desprezo; e, na maioria das vezes, ela não tinha energia para lidar com isso.

Suavemente, disse:

— Tenho apenas alguns arranhões que precisam de cuidados nas mãos, e algumas bolhas também. Se o senhor tiver curativos e uma boa pomada, eu ficaria muito agradecida.

O boticário emitiu um som com a boca, algo como um estalo, tamborilou os dedos no balcão e virou-se para as estantes nas paredes; as longas prateleiras de madeira abrigavam incontáveis frascos de remédios.

— E o seu pescoço, senhorita? O corte parece sério.

Inconscientemente, Alizeh tocou o ferimento com os dedos.

— Perdão, senhor?

— Você tem uma laceração no pescoço que duvido que você desconheça. Deve estar sentindo dor, senhorita. A ferida provavelmente está quente ao toque, e... — ele olhou mais de perto — ... sim, parece que há um pouco de inchaço. Devemos prevenir uma grande infecção.

Alizeh de imediato ficou rígida de medo.

O garoto fesht a havia cortado com uma lâmina grosseira e suja. Ela mesma tinha visto e examinado a ferramenta com as próprias mãos; por que não se dera conta de que haveria consequências? É verdade que ela se sentira mal e dolorida o dia todo, mas tinha juntado todas as sensações, experimentando tudo como um grande mal-estar. Não tivera a chance de identificar a origem discreta de cada um dos desconfortos.

Alizeh fechou os olhos e agarrou o balcão, procurando se firmar. Havia muitas coisas que não podia fazer, e uma delas era se dar ao luxo de ficar doente. Se tivesse febre — se não pudesse trabalhar —, seria mandada embora e com certeza acabaria morrendo na sarjeta. Era essa a fria realidade que impulsionava suas ações diariamente, esse instinto maior que exigia que sobrevivesse.

— Senhorita?

Ah, o diabo sempre sabia quando fazer uma visita.

DEZ

Kamran estava à sombra de uma vitrine fechada, o capuz de seu manto balançando ao vento, batendo contra seu rosto como as asas de um morcego de couro. A neve tinha se tornado chuva, e ele ouvia as gotas estalarem no toldo acima, assistindo aos sulcos que se formavam sobre o tapete branco que forrava as ruas. Longos minutos se passaram, pilhas de neve perfuradas, depois se dissolvendo a seus pés.

Ele não deveria ter vindo.

Após a reunião, o rei chamou Kamran de lado para fazer mais perguntas sobre a suposta criada, perguntas que o príncipe respondeu com muito prazer, tendo se sentido validado pela preocupação do avô. Foi de fato um pedido do rei que Kamran continuasse a investigação sobre o paradeiro da garota, pois Zaal também pareceu perturbado ao ouvir mais detalhes sobre os acontecimentos daquela manhã. Ele despachou o príncipe para cumprir várias obrigações — entre elas, uma visita ao menino fesht — e, depois, vigiar a cidade.

Naturalmente, Kamran tinha concordado.

Uma tarefa objetiva era de fato do que ele precisava, pois lhe permitia um descanso da própria mente, do peso de tudo o que o avô lhe havia comunicado pouco antes. O príncipe havia mesmo pensado em checar as multidões pessoalmente, de qualquer forma; queria ouvir a comoção que havia causado, testemunhar as consequências de seus atos.

No fim, foi levado a isto: à escuridão.

Não, ele não deveria ter vindo.

Primeiro fez sua visita ao menino de rua, que havia sido instalado na Residência dos Profetas, na Praça Real. O rei lhe deixara claro que ignorar o menino agora faria suas ações anteriores parecerem precipitadas e impetuosas. Demonstrações subsequentes de cuidado e compaixão para com o garoto não eram apenas esperadas, dissera Zaal, mas ansiosamente esperadas, e como Kamran já devia uma visita aos Profetas, não parecia ser uma grande perda de tempo.

Na verdade, foi enfurecedor.

No fim das contas, a magia por si só salvara o menino da beira da morte. Tal revelação, que deveria ter sido um alívio, mostrou-se uma notícia bastante sombria para o príncipe, pois os Profetas tinham agido sob aparentes ordens dele — e raramente, se é que alguma vez, fora oferecida assistência mágica a alguém de fora da família imperial.

Por mais vasto que fosse o reino de Ardunia, a magia era uma substância excepcionalmente rara. O mineral instável era extraído das montanhas sob grande risco e, por isso, só existia em pequenas e preciosas quantidades, distribuídas apenas por decreto real. O pedido de ajuda de Kamran foi interpretado assim, como decreto, evidenciando mais uma razão pela qual suas ações em relação a um ladrãozinho de rua tinham sido tão significativas, e não facilmente esquecidas.

Ele suspirou ao se lembrar disso.

Embora o menino ainda estivesse se recuperando, teve forças para se encolher quando Kamran entrou no quarto. A criança recuou na cama o melhor que pôde, lutando para ficar fora do alcance de seu improvável salvador. Ambos sabiam disso; sabiam que o teatro encenado não passava de uma farsa; que Kamran não era um herói, que não existia amizade entre eles.

Na verdade, Kamran não sentia nada além de raiva em relação ao menino.

Por meio da cuidadosa disseminação de novos rumores, a coroa procurou deliberadamente distorcer a história do garoto; o rei Zaal decidira que seria mais difícil convencer os súditos de que o príncipe fizera bem ao salvar uma criança assassina e, assim, modificou o relato, excluindo toda menção de dano feito à criada. Isso incomodava Kamran muito mais do que deveria, pois sentia que o malandro não merecia os esforços feitos para poupá-lo nem o cuidado recebido agora.

Cuidadosamente, o príncipe se aproximou da cama do menino, sentindo uma pequena vitória quando o medo ganhou vida nos olhos da criança. Com isso, ganhou motivação o suficiente para destilar sua angústia, o que deu propósito à visita. Já que o príncipe estava sendo forçado a ficar na companhia daquela criança vergonhosa, ele usaria a oportunidade para exigir respostas às inúmeras perguntas.

Pelos céus, ele tinha perguntas a fazer.

— *Avo, kemem dinar shora* — disse o homem, sombriamente. "Primeiro, quero saber por quê." — Por que implorou para não ser entregue aos magistrados?

O garoto balançou a cabeça.

— *Jev man* — afirmou Kamran. "Responda-me."

Mais uma vez, o menino balançou a cabeça.

O príncipe levantou-se bruscamente, juntando as mãos atrás das costas.

— Você e eu sabemos a verdadeira razão pela qual você está aqui, e não vou me esquecer dela tão cedo. Não tenho interesse em perdoá-lo por suas ações hoje só porque você quase morreu. Você teria assassinado uma jovem só para roubar as mercadorias…

— *Nek, nek hejjan…* "Não, não, senhor…"

— E estava disposto a se matar para não ser julgado, para que não fosse entregue aos magistrados e pagasse o preço por suas ações degradantes. — Os olhos de Kamran brilhavam de raiva mal reprimida. — Diga-me o porquê.

Pela terceira vez, a criança balançou a cabeça.

— Talvez eu o entregue aos magistrados agora. Talvez eles possam ser mais eficazes em obter resultados.

— Não, senhor — falou o menino em língua nativa, com grandes olhos castanhos no rosto magro. — O senhor não faria isso.

Os olhos de Kamran se arregalaram um pouco.

— Como se atreve…

— Todo mundo pensa que o senhor salvou a minha vida, porque o senhor é compassivo e bondoso. Se me jogar nas masmorras agora, não ficará bem para o senhor, não é?

Os punhos de Kamran fecharam-se, depois se abriram.

— Eu *salvei* sua vida, seu desgraçado ingrato.

— *Han.* "Sim." — A criança quase sorriu, mas seus olhos estavam estranhamente distantes. — *Pet, shora*? "Mas, por quê?" Depois disso, vou ser devolvido às ruas. Para a mesma vida de antes.

Kamran sentiu uma pontada indesejada na região do peito; um lampejo de consciência. Ele não sabia que o tom de sua voz estaria alterado quando falou:

— Não entendo por que preferiria se matar a ir para a prisão.

— Não, o senhor não entende. — O menino ruivo não o encarou ao dizer: — Mas sei o que fazem com crianças como eu. Ser entregue aos magistrados é pior do que a morte.

Kamran endireitou-se, então franziu a testa.

— O que quer dizer? Como pode ser pior do que a morte? Nossas prisões não são tão horríveis assim. Você teria uma refeição diária, pelo menos...

O menino agora balançava a cabeça com força, parecendo tão agitado que Kamran pensou que ele pudesse tentar fugir.

— Tudo bem, basta — asseverou o príncipe, com relutância, e suspirou. — Em vez disso, você pode me dizer o que sabe sobre a garota.

O menino congelou ao ouvir isso, sendo a pergunta inesperada o suficiente para desarmá-lo.

— O que sei dela? Não sei nada, senhor.

— Como, então, você conseguiu se comunicar com ela? Você entende ardanz?

— Muito pouco, senhor.

— E, ainda assim, falou com a garota.

— Sim, senhor. — O menino piscou. — Ela falou feshtoon.

Kamran ficou tão surpreso com a revelação que não conseguiu disfarçar a reação rápido o suficiente.

— Mas não há criados na cidade real que falem feshtoon.

— Perdão, mas não sabia que o senhor conhecia todos os criados da cidade real.

Kamran experimentou uma nova onda de raiva, tão grande que pensou que poderia abrir seu peito. Foi preciso muito autocontrole para falar entredentes:

— Sua insolência é surpreendente.

O menino sorriu; Kamran resistiu ao desejo de esganá-lo.

O menino fesht ruivo tinha a habilidade incomum de despertar no príncipe uma raiva súbita e desconcertante — uma raiva do tipo mais perigosa. O homem sabia disso, pois conhecia bem as próprias fraquezas, e implorou a si mesmo para controlar a reação irracional da qual tinha ciência. Não havia motivo para amedrontar a criança, menos ainda agora que o garoto podia fornecer-lhe informações de que precisava para caçar a criada dúbia.

— Peço que me ajude a entender — falou Kamran categoricamente. — Está afirmando que uma criada com pouca educação, uma serviçal que provavelmente é analfabeta de alguma maneira falou com você em feshtoon. Está afirmando que ela lhe deu pão, o que você não...

— Não, senhor. Eu disse que ela me *ofereceu* pão.

A mandíbula de Kamran ficou tensa. Era a segunda vez que a criança o havia interrompido.

— Vejo pouca diferença — retrucou o homem. — *Deu* e *ofereceu* são sinônimos.

— Não, senhor. Ela me disse para ir à cozinha da Casa Baz caso eu quisesse pão.

Neste momento, Kamran experimentou um momento de triunfo.

— Então ela mentiu para você — falou o príncipe. — Conheço a Casa Baz, e aquela garota não é uma empregada de lá. Na verdade, se ainda não ficou óbvio, você precisa saber: a garota não era nenhuma criada.

A criança balançou a cabeça.

— O senhor está errado.

Menino impertinente, desrespeitoso e sem vergonha. Kamran pensou que já não se importava mais se tivesse morrido; ele parecia bem o suficiente agora, com a audácia de um rato insolente, falando com um membro da casa real com tão pouca deferência. E, no entanto, Kamran estava agora acorrentado ao menino de uma estranha maneira, compelido a ser gentil com o tratante precoce.

Omid. Seu nome era Omid.

Era filho de agricultores de açafrão do sul. Os pais haviam sido presos por não pagarem impostos sobre uma parca colheita, e sua defesa oficial — conforme Kamran havia pesquisado — era de que os impostos tinham um valor fixo, em vez de ser calculada uma porcentagem. Pagando um valor fixo, eles tinham insistido, a família passaria fome, pois a safra tinha sido muito pequena. Eles apelaram para os tribunais por clemência, mas acabaram contraindo febre pulmonar na prisão e morrendo dias depois, deixando o menino para se virar sozinho.

Doze anos, ele disse que tinha. Doze anos de idade.

— Você é muito corajoso ou muito estúpido — disse Kamran ao garoto — para discordar de mim tão prontamente.

— Mas o senhor não viu as mãos dela — insistiu Omid. — Eu, sim.

Kamran apenas fez uma careta.

Na pressa de despedir-se da criança insuportável, esqueceu-se, mais uma vez, de prestar seus respeitos aos honrados sacerdotes e sacerdotisas. Em vez disso, foi interceptado por uma roda de Profetas no caminho — que disseram pouco, como costumavam fazer — e aceitaram como pagamento apenas um momento do tempo dele antes de colocarem um pequeno pacote nas mãos do príncipe. O homem ofereceu seus muitos agradecimentos, mas sua mente, cheia e desordenada como estava, ordenou-lhe que guardasse o presente sem título, para ser aberto depois.

O pacote ficaria esquecido, por alguns dias, no bolso interno do manto de Kamran. Irritado pela conversa com Omid, o príncipe saiu da Residência dos Profetas direto para a Casa Baz, lar de uma tia distante. Ele sabia exatamente onde ficava a cozinha; passara grande parte da infância ali, esgueirando-se para lanchar depois da meia-noite. Ponderou atravessar a porta principal e simplesmente perguntar à tia sobre a criada, mas pensou no aviso do avô, sobre suas ações estarem agora sob intenso escrutínio.

Kamran tinha muitas razões para procurar a garota — inclusive a confirmação do rei de que Ardunia estava prestes a entrar em guerra —, mas não considerou sábio espalhar a notícia de maneira antecipada para o povo feliz.

De qualquer forma, ele sabia esperar.

Poderia ficar na mesma posição por horas sem se cansar, tinha sido treinado para praticamente desaparecer quando assim quisesse. Não seria um problema perder uma hora parado em um beco para capturar uma criminosa, não quando o objetivo era proteger o império, poupar o povo das intrigas daquela garota sem rosto...

Mentira.

Era verdade que achava as ações dela suspeitas; era verdade, também, que ela podia ser uma espiã tulaniana. Mas também havia a possibilidade de que ele estivesse errado, e sua relutância em aceitar esse fato deveria tê-lo preocupado. Não, a verdade cristalina, que só agora ele estava disposto a admitir, era que havia algo a mais em suas motivações: algo na garota se cravara sob a pele dele.

Algo que não conseguia arrancar.

Ela — uma suposta criada pobre e humilde — agira naquela manhã com uma compaixão que ele não podia entender, com uma piedade que o enfureceu ainda mais por sua incoerência. A jovem entrara em seu império, aparentemente, para causar mal. Por que ela teria sido a pessoa mais benevolente de todas naquela manhã? Por que tinha inspirado nele um sentimento de indignidade?

Não, não, aquilo não fazia sentido.

Anos de treinamento ensinaram o príncipe a reconhecer até mesmo as menores inconsistências nos oponentes; fraquezas que poderiam ser exploradas e prontamente manipuladas. Kamran conhecia as próprias forças, e seus instintos, nesse caso, não poderiam ser negados. Ele percebeu as contradições assim que pôs os olhos nela.

Ela escondia alguma coisa, sem dúvida.

Queria que a garota fosse a mentirosa que sabia que ela era, assim, poderia descobrir de qual das duas possibilidades se tratava: uma espiã traidora ou uma garota frívola da sociedade brincando de faz de conta.

Por enquanto, ali estava ele.

Parado no escuro por tanto tempo que as multidões haviam começado a se dispersar, e as ruas agora estavam cheias de bêbados, de corpos caídos dos que não se atreveram a se arrastar para casa. Kamran tinha deixado o frio abraçá-lo até seus ossos tremerem, até não sentir nada além de um grande vazio se abrir dentro de si.

Ele não queria ser rei.

Não queria que o avô morresse, não queria se casar com uma estranha, não queria ter um filho, não queria liderar um império. Este era o segredo que raramente compartilhava até consigo mesmo: ele não queria aquela vida. Fora difícil o bastante quando seu pai morrera, mas Kamran não conseguia nem imaginar um mundo sem o avô. Ele não se achava bom o suficiente para liderar um império sozinho e não sabia em quem poderia confiar. Às vezes, não tinha certeza se podia confiar nem em Hazan.

Em vez de pensar nisso, o príncipe se distraiu com a raiva, permitindo que a mente se concentrasse na irritação provocada pelo menino fesht, no rosto falso de uma criada. A verdade era que fora forçado a voltar para casa, contra a própria vontade, e agora estava fugindo de si, do fardo nada óbvio de seu privilégio, das responsabilidades depositadas sobre seus ombros. Em momentos como esse, ele sempre se consolava com a garantia de que pelo menos era um soldado capaz, um líder competente — mas o dia de hoje havia levantado argumentos até contra isso. De que servia um líder que não podia confiar nos próprios instintos?

Kamran tinha sido vencido por aquela criada.

Ela não só conseguiu provar que ele estava errado em todos os aspectos, mas provou algo pior. Quando enfim apareceu no beco atrás da Casa Baz, ele a reconheceu de imediato — mas tinha a vantagem agora de inspecioná-la mais de perto. Logo ele notou o corte colérico no pescoço dela, depois, seguiu as linhas elegantes do pescoço, a delicada inclinação dos ombros. Pela segunda vez naquele dia, o príncipe notou a maneira como ela se portava; como parecia diferente dos outros criados. Havia uma graciosidade mesmo na maneira como ela posicionava a cabeça, no jeito como puxava os ombros para trás, no modo como inclinava o rosto para cima.

Kamran não entendia.

Se não fosse uma espiã nem uma garota da sociedade, talvez fosse a filha de um cavalheiro falido, ou mesmo a filha bastarda de um; tais circunstâncias podiam explicar o porte elegante e o conhecimento de feshtoon. Mas como a filha bem-educada de um nobre teria se arruinado tanto? Ele achou improvável. Os escândalos na alta sociedade eram assunto quase público, e ele sem dúvida teria reconhecido tal pessoa a serviço de sua tia.

Mas era difícil ter certeza de algo.

Em vão, lutou para ver melhor o rosto da garota. Apenas sua boca podia ser inspecionada. Ele analisou os lábios dela por mais tempo do que gostaria de admitir, por razões que não lhe eram totalmente obscuras. Kamran chegou à assustadora conclusão de que aquela garota podia ser bonita — um pensamento tão inesperado que quase o distraiu de seu propósito. Quando ela de repente mordeu o lábio, ele respirou fundo, assustando-se.

Ela parecia preocupada.

Ele a observou vasculhar o beco, o tempo todo agarrando um pequeno pacote contra o peito. Kamran se lembrou do que Omid falara sobre as mãos dela e olhou mais de perto, o que desferiu um intenso golpe em seu orgulho e em sua consciência frágil. As mãos da garota estavam tão machucadas que ele podia ver os ferimentos mesmo à distância. Era dolorido olhar para a pele dela. Vermelha. Cheia de bolhas. Em carne viva.

Sem dúvida as mãos de uma criada.

Kamran apoiou-se novamente sobre os calcanhares ao assimilar essa verdade. Estava tão certo que a garota era uma mentirosa que havia uma ânsia para revelar a repugnância dela. Em vez disso, ele descobriu algo sobre si mesmo.

Ele era o vilão da história, não ela.

A moça não só manteve a promessa a Omid como tinha feito preparativos; tornou-se cada vez mais óbvio que o alvo de sua busca naquele beco era o menino de rua.

Duas vezes em apenas um dia aquela garota sem rosto suscitou em Kamran uma vergonha tão grande que ele mal conseguia respirar perto dela. Ela havia enfiado a mão no peito dele e quebrado ali algo essencial, mesmo sem nunca se dar conta da existência dele. O príncipe era tão fraco a ponto de ser desmantelado assim por uma estranha? Era assim tão indigno?

Pior: como explicaria esse constrangimento ao avô? De maneira tão entusiasmada Kamran havia compartilhado suas preocupações com o rei, suas suspeitas mal fundamentadas, e agora a arrogância do príncipe provaria apenas sua própria idiotice; uma instabilidade de espírito que justificaria ainda mais os medos do rei com relação ao neto. Em um único dia, Kamran se tornara uma piada, e ele queria se afundar na terra.

Era seu único pensamento, repetido como uma batida de tambor na mente, quando Hazan enfim o encontrou.

ONZE

— Senhorita?

O boticário pigarreou de novo, e Alizeh se assustou. Ao levantar os olhos, ela viu o lojista observando suas mãos, que ela tirou de sua vista.

— Posso ver que está com dor, senhorita. E muita, parece.

Lentamente, Alizeh encontrou os olhos dele.

— Não precisa ter medo — disse ele com calma. — Para fazer o que preciso, preciso ver o ferimento.

Alizeh pensou novamente em seu trabalho, em como sua segurança e proteção dependiam de ela acordar cedo e esfregar ainda mais andares, costurar mais vestidos. Mas, se aquele homem visse seu sangue claro e percebesse que ela era uma jinn, poderia se recusar a atendê-la; e, se ele a expulsasse da loja, ela teria de caminhar até o boticário do outro lado da cidade — o que, embora não fosse impossível, seria difícil e cansativo e só poderia ser feito no dia seguinte.

A garota suspirou. Restava-lhe pouca opção.

Com esforço doloroso, ela desenrolou as bandagens úmidas e improvisadas e repousou as mãos nuas sobre o balcão, as palmas para cima, para o boticário examinar.

Ele prendeu a respiração ao vê-las.

Alizeh tentou ver seus ferimentos de acordo com os olhos dele: a pele em carne viva e dilacerada, os dedos cheios de bolhas, o sangue que a maioria das pessoas confundia com água. A pele normalmente pálida de suas palmas era agora de um vermelho intenso, pulsando de dor. Ela queria tanto cobri-las de novo, para cerrar os punhos contra a queimadura lancinante.

— Entendo — falou o homem, o que Alizeh tomou como a deixa para recolher as mãos.

Ela esperou, o corpo tenso pela iminência de um ataque hostil, mas o boticário não a insultou nem a expulsou da loja.

Aos poucos, a garota relaxou.

Na verdade, ele não disse mais nada ao coletar itens pela loja, pesando várias ervas em bolsas de estopa, cortando tiras de linho para as feridas. Ela sentiu uma gratidão imensurável enquanto esperava, descongelando dentro das botas, a neve derretida em poças rasas ao redor dos pés. Ela não podia ver os olhos que a observavam da janela, mas logo os sentiu; sentiu o medo perturbador e certeiro de alguém que sabe que está sendo observado, mas que não pode provar.

Alizeh engoliu em seco.

Quando o boticário enfim retornou ao seu posto estava carregando uma pequena cesta de ervas medicinais, que ele passou a esmagar e misturar com almofariz e pilão para obter uma pasta grossa. Então pegou de debaixo do balcão o que parecia ser um pincel.

— Por favor, sente-se. — Ele indicou um dos bancos altos junto ao balcão. — Preste atenção no que eu faço, senhorita. Você vai precisar repetir esses passos em casa.

Ela assentiu, grata quando o corpo cansado afundou no assento estofado. Temia nunca mais conseguir levantar.

— Por favor, estenda as mãos.

Alizeh obedeceu.

Ela observou com atenção enquanto ele passava uma pomada azul brilhante nas palmas de uma só vez; o efeito calmante foi tão imediato que quase a fez gritar de alívio.

— Você deve manter tudo limpo — orientou ele — e trocar os curativos a cada dois dias. Vou mostrar como fazer a bandagem corretamente.

— Sim, senhor. — Ela suspirou.

A garota apertou os olhos conforme o homem enrolava tiras novas de linho em torno de suas mãos, entre os dedos abertos. Foi uma felicidade diferente de tudo o que já experimentara em sua memória recente.

Calmamente, ele disse:

— Isso não está certo.

— Os curativos? — Alizeh olhou para cima. — Ah, não, senhor, acho...

— *Isso* — repetiu ele, aproximando as mãos dela da luz do abajur.

Mesmo com os curativos e a pomada, a situação era trágica.

— Eles a fazem trabalhar duro demais, senhorita. Não está certo.

— Ah. — Alizeh voltou os olhos para o balcão. — Não é um problema.

Ela notou a ira em sua voz quando ele falou:

— Eles a fazem trabalhar assim por causa do que você é. Por causa do que pode suportar. Um corpo humano não aguentaria tanto, e se aproveitam de você porque podem. Precisa ter consciência disso.

— Eu tenho — afirmou Alizeh com alguma dignidade. — Apesar de que também deve saber que sou grata por ter trabalho, senhor.

— Pode me chamar de Deen. — Ele pegou outro pincel, que usou para passar uma pomada diferente no corte do pescoço dela.

Alizeh suspirou enquanto o remédio se espalhava, fechando os olhos ao sentir a dor diminuindo até desaparecer por completo.

Passou-se um momento antes de Deen pigarrear:

— Sabe, acho que nunca vi uma criada usar o *snoda* à noite.

Alizeh congelou, e o boticário sentiu. Como ela não respondeu, ele disse baixinho:

— Talvez por isso não esteja ciente do grande hematoma em sua face.

— Oh. — Alizeh levou uma mão recém-enfaixada ao rosto. — Eu…

Ela não percebeu que o hematoma havia se espalhado para além do *snoda*. Era ilegal que as donas de casa batessem nos criados, mas Alizeh nunca conhecera uma governanta que observasse tal lei, e sabia que chamar a atenção para isso só lhe custaria o emprego.

Ela não disse nada.

Deen suspirou.

— Se apenas removesse o *snoda*, senhorita, eu poderia inspecionar o ferimento para você.

— Não — Alizeh disse rápido demais. — Isto é… Agradeço-lhe pela preocupação, mas estou bem.

Passou-se um longo tempo antes de Deen dizer baixinho:

— Muito bem. Mas, quando eu terminar, peço que volte em uma semana para que eu possa verificar se há sinais de melhora ou de infecção.

— Sim, senhor. — Ela hesitou. — Quero dizer, Deen, senhor.

Ele sorriu.

— Se, no entanto, você tiver uma febre no ínterim, deve mandar chamar um cirurgião de imediato.

Alizeh apenas assentiu. Mesmo com a renda de cinco vestidos, ela sabia que não seria capaz de pagar um cirurgião, mas não via sentido em explicar.

Deen estava enrolando um curativo estreito em torno do pescoço dela — exatamente o tipo de espetáculo que ela tentava evitar — quando ele fez uma última tentativa de conversa.

— Este é um machucado interessante, senhorita. Mais interessante ainda por conta das histórias conflitantes que ouvimos pela cidade hoje.

Alizeh enrijeceu.

Ela sabia, objetivamente, que não tinha feito nada de errado, mas vivia naquela cidade apenas porque teve de escapar de uma tentativa de execução. Raramente, se é que alguma vez, ela parava de se preocupar.

— Que histórias conflitantes, senhor?

— Histórias do príncipe, é claro.

Quase de imediato, ela relaxou.

— Ah — soltou ela. — Acho que ainda não ouvi nenhuma.

Deen estava prendendo o curativo no lugar quando riu.

— Com todo o respeito, senhorita, teria que ser surda para não ter ouvido. Todo o império está falando do retorno dele a Setar.

— Ele voltou? — Sob o *snoda*, os olhos de Alizeh se arregalaram.

Ela, que era nova na cidade, ouvira apenas rumores sobre o herdeiro um tanto esquivo do império. Os que moravam em Setar viviam no coração da realeza de Ardunia; os habitantes tinham acompanhado o príncipe desde a infância, visto-o crescer. Ela estaria mentindo se dissesse que não tinha curiosidade a respeito da realeza, mas estava longe de ser obcecada, assim como alguns.

Só então — em um lampejo de compreensão — os acontecimentos do dia fizeram sentido.

As festividades que a sra. Sana havia mencionado, o baile iminente. Não era de admirar que a srta. Huda precisasse de cinco vestidos novos. Claro que a duquesa Jamilah exigiria que cada um dos cômodos estivesse limpo. Ela era uma prima distante do rei, e havia rumores de que mantinha um relacionamento próximo com o príncipe.

Talvez estivesse esperando uma visita.

— De fato, ele voltou para casa — Deen estava dizendo. — O que não é coisa pouca, não é mesmo? Já estão planejando um baile, e nada menos do que uma dúzia de festividades. Claro. — Ele sorriu. — Não que gente como nós deva se importar com isso. Certamente não corremos nenhum risco de ver o interior do salão de baile do palácio.

Alizeh retribuiu o sorriso de Deen com o dela. Com frequência, ela ansiava por momentos como esses — oportunidades de falar com pessoas da própria cidade, como se fosse uma delas. Ela nunca se sentira livre para fazê-lo, nem mesmo quando criança.

— Não, imagino que não — concordou ela com suavidade, ainda sorrindo ao se sentar de volta no banco, tocando de maneira distraída o curativo recente no pescoço.

Ela já se sentia muito melhor, e a onda de alívio e gratidão estava soltando sua língua para um desconhecido.

— Embora eu não tenha certeza se entendo toda a empolgação, para ser honesta.

— Ah? — O sorriso de Deen ficou mais amplo. — E por quê?

Alizeh hesitou.

Sempre quisera dizer muitas coisas, mas fora proibida tantas e tantas vezes de falar o que pensava que agora lutava para superar o impulso.

— Suponho… Suponho que eu perguntaria por que o príncipe deveria ser tão prodigamente celebrado apenas por retornar para casa. Por que nunca nos perguntamos sobre quem paga essas festividades?

— Perdão, senhorita — Deen riu. — Não sei se entendo o que quer dizer.

Alizeh descongelou um pouco ao som de sua risada, e o próprio sorriso se alargou.

— Bem. Não são os impostos pagos pelos plebeus que financiam as festas reais que eles nem sequer têm permissão para frequentar?

Deen, que estava enrolando uma fita de linho, ficou de repente paralisado. Fitou Alizeh com uma expressão inescrutável.

— O príncipe nunca mostra o rosto — continuou ela. — Que tipo de príncipe não se mistura com sua própria sociedade? Ele é elogiado, e querido até, mas apenas por causa de seu nobre nascimento, de sua herança, das circunstâncias, da inevitável ascensão ao trono.

Deen franziu um pouco a testa.

— Eu suponho... Talvez.

— Por que mérito, então, ele é celebrado? Por que deveria ter direito ao amor e à devoção de um povo que nem mesmo o conhece? O desapego dele pelas pessoas comuns não cheira a arrogância? Essa arrogância não ofende?

— Não sei, senhorita. — Deen hesitou. — Embora ouso dizer que nosso príncipe não é arrogante.

— Pretensioso, então? Misantrópico?

Alizeh não conseguia parar de falar agora que tinha começado. Deveria tê-la preocupado que estivesse se divertindo tanto; deveria tê-la lembrado de morder a língua. Mas fazia tanto tempo desde que conversara com alguém, e ela, que sempre fora obrigada a negar a própria inteligência, estava cansada de manter a boca fechada. O pior era que ela era uma *boa* oradora e sentia muita falta dessa troca de perspicácia que exercitava a mente.

— E a misantropia não indica avareza de espírito, de coração humano? — continuou. — Lealdade e dever e um senso geral de... De admiração, talvez, poderiam induzir os súditos a ignorarem tais falhas, mas essa generosidade serve apenas para mostrar o valor dos proletários, não do príncipe. Não parece bastante covarde, então, comandar a todos nós apenas como uma figura mítica, nunca como um homem?

Os resquícios do sorriso de Deen evaporaram inteiramente com a fala, seus olhos ficando frios. Foi com uma sensação horrível e desanimadora que Alizeh percebeu a profundidade de seu erro, mas era tarde demais.

— Ora. — Deen limpou a garganta. Ele não parecia mais capaz de olhar para ela. — Nunca ouvi tal discurso, muito menos de alguém com um *snoda*. — Ele limpou a garganta novamente. — Devo dizer: você fala muito bem.

Alizeh sentiu-se enrijecer.

Ela devia saber disso. Já tinha aprendido muitas vezes que não devia falar tanto, nem com tanta franqueza. Devia saber e, mesmo assim... Deen mostrou-lhe sua compaixão, que ela confundiu com amizade. Jurou para si mesma naquele momento que nunca mais cometeria tal erro, mas, por enquanto... Por enquanto, não havia nada a ser feito. Ela não podia voltar atrás.

O medo cerrou um punho ao redor de seu coração.

Ele a denunciaria aos magistrados? Iria acusá-la de traição?

Deen afastou-se do balcão e embalou em silêncio as coisas dela, mas Alizeh podia sentir a suspeita; podia senti-la em ondas que emanavam dele.

— Ele é um jovem honrado, o nosso príncipe — disse o lojista sucintamente. — Esteve fora de casa em serviço, senhorita, protegendo nossas terras, não saltitando pelas ruas. Ele não é um bêbado nem um mulherengo, o que é mais do que podemos dizer sobre alguns outros. Além disso, não cabe a nós decidir se ele é ou não merecedor. Devemos a nossa gratidão a quem defende a nossa vida com a própria vida. E, sim, ele é fechado, suponho, mas não acho que uma pessoa deva ser crucificada por seu silêncio. É uma coisa rara, não é? Só Deus sabe quantos se beneficiariam — Deen a fitou — por dobrar a própria língua.

Um choque de calor a atingiu no coração; uma vergonha tão intensa que quase a curou do calafrio sempre presente. Alizeh baixou os olhos, incapaz de encarar o homem.

— Claro — concordou ela, com calma. — Falei sem intenção, senhor.

Deen não reagiu a isso. Estava calculando o valor dos itens com lápis e papel.

— Hoje mesmo — falou o homem —, hoje mesmo nosso príncipe salvou a vida de um jovem mendigo... Carregou o menino nos braços...

— Por favor, perdoe-me, senhor. Foi um erro meu. Não duvido do heroísmo dele...

— São seis moedas de cobre, duas de ferro, por favor.

Alizeh respirou fundo e pegou a bolsa de moedas, retirando com cuidado o valor devido. *Seis* cobres. A srta. Huda pagara apenas oito pelo vestido.

Deen ainda estava falando.

— Era um garoto fesht... Muito misericordioso em poupá-lo, considerando os problemas que temos com os sulistas... Com um cabelo ruivo tão brilhante que você poderia ver da lua. Vai saber por que a criança fez isso, mas tentou se matar no meio da rua, e nosso príncipe salvou a vida dela.

Alizeh se assustou tanto que deixou cair metade do pagamento no chão. Seu pulso acelerou enquanto lutava para coletar as moedas, as batidas do coração parecendo martelar em sua cabeça. Quando enfim colocou o pagamento sobre o balcão, ela mal conseguia respirar.

— O menino fesht tentou se matar?

Deen assentiu, contando as moedas.

— Mas por quê? O que o príncipe fez com ele?

Deen levantou o olhar bruscamente.

— *Fez* com ele?

— Quero dizer... O que ele fez para ajudar o menino?

— Ah, sim. — A expressão do homem relaxou. — Bem, ele pegou o menino nos próprios braços, não foi? E pediu ajuda. As pessoas de bem vieram correndo. Se não fosse pelo príncipe, o menino com certeza estaria morto.

Alizeh sentiu um súbito mal-estar.

Ela olhou para uma jarra de vidro no canto da loja, para o grande crisântemo preso lá dentro. Seus ouvidos pareciam se abrir e se fechar.

— ... não está totalmente claro, mas algumas pessoas estão dizendo que ele atacou uma criada — relatava Deen. — Colocou uma faca no pescoço dela e lhe cortou a garganta, não muito diferente do que vo...

— Onde ele está agora? — perguntou ela.

— Agora? — Deen se assustou. — Eu não saberia, senhorita. Imagino que esteja no palácio.

Ela franziu a testa.

— Levaram o menino para o palácio?

— Ah, não, o menino está na Residência dos Profetas, na Praça Real. Sem dúvida, ficará lá por um tempo.

— Obrigada, senhor — agradeceu ela rapidamente. — Sou muito grata pela ajuda. — Ela se levantou, forçou a mente a voltar ao seu corpo e tentou ficar calma. — Receio que devo agora seguir o meu caminho.

Deen não disse nada. Seus olhos dirigiram-se para o pescoço dela, para o curativo que ele acabara de fazer.

— Senhorita — disse ele enfim —, por que você não tira o *snoda* tão tarde da noite?

Alizeh fingiu não entender. Ela forçou outro adeus e se apressou para a saída tão rapidamente que quase esqueceu os pacotes, antes de correr porta afora com tanta afobação que mal teve tempo de notar a mudança do tempo.

Ela exclamou.

Deu de cara com uma tempestade de inverno. A chuva açoitava as ruas, seu rosto, sua cabeça descoberta. Levou apenas um momento para que ficasse encharcada. Tentou se equilibrar ao segurar os pacotes, puxando o *snoda* encharcado para longe dos olhos, quando, de repente, colidiu com um estranho. Ela gritou, o coração batendo descontroladamente no peito e, por milagre, pegou os pacotes antes que caíssem no chão. Alizeh desistiu do *snoda* então, disparando pela noite, movendo-se quase tão rápido quanto seus pés podiam carregá-la.

Ela estava pensando no diabo.

Era uma vez um reinante
Em cada ombro, uma serpente
Seu mestre não fica doente,
desde que bem as alimente.

O que elas comem ninguém adivinha,
mesmo quando encontram a criança
esparramada no chão, que matança,
sem cérebro em sua cabecinha.

A visão que ela tivera, o pesadelo enviado por Iblees na noite…

Os sinais pareciam evidentes agora: o homem encapuzado na praça; o menino que nunca aparecera na porta da cozinha; o diabo sussurrando enigmas em seu coração.

Aquele rosto pertencia ao príncipe.

Quem mais poderia ser? Tinha de ser o príncipe, o esquivo príncipe — e ele estava matando crianças. Ou talvez estivesse tentando matar crianças. Teria ele tentado matar a criança e falhado? Quando Alizeh se afastara do menino fesht naquela manhã, ele não parecia prestes a cometer suicídio.

O que o príncipe fizera com ele?

Os pés dela batiam no paralelepípedo escorregadio conforme corria, em desespero, de volta à Casa Baz. Ela mal tinha tempo para respirar ultimamente; tinha menos tempo ainda para resolver um enigma proposto pelo diabo. Sua cabeça girava e as botas estavam escorregando. A chuva caía tão forte que ela mal via para onde estava indo, assim como também não viu a mão que saiu da escuridão, agarrando seu pulso.

Ela gritou.

DOZE

دوازده

Kamran não olhou para Hazan quando este se aproximou pela tempestade que rapidamente se tornava violenta, escolhendo mirar, em vez disso, uma faixa de paralelepípedos molhados que brilhavam sob a luz alaranjada de gás. A chuva tinha ficado mais forte, batendo em tudo com um vento vingativo que se debatia ao redor do corpo deles, arrancando pedaços de gelo das árvores.

Não era típico de Hazan ignorar a fria recepção de Kamran, pois, embora o ministro conhecesse seu lugar — e soubesse que Kamran dirigia pouca atenção a ele —, apreciava qualquer oportunidade de provocar o velho amigo, já que o príncipe era um alvo fácil.

A amizade de ambos era incomum, com certeza. A solidariedade entre os dois era real, ainda que envernizada por uma fina camada de amargura, mas as fundações da camaradagem estavam tão mergulhadas na distinção de suas classes que raramente ocorria a Kamran fazer uma única pergunta sobre a vida do amigo. O príncipe presumia, porque se conheciam desde a infância, que sabia tudo o que havia para saber sobre o ministro, e nunca lhe ocorreu que poderia estar errado, que um subordinado poderia ter em sua mente tantas dimensões quanto seu superior.

Ainda assim, o efeito geral da proximidade ao longo do tempo significava que Kamran era pelo menos bem versado na linguagem do silêncio do ministro.

Hazan não ter dito nada ao aparecer embaixo do toldo era a primeira indicação de que havia algo errado. Quando o homem transferiu o peso do corpo de um lado para o outro, um momento depois, Kamran teve o segundo sinal.

— Fale logo — disse, esforçando-se um pouco para ser ouvido apesar da chuva. — O que descobriu?

— Só que você estava certo — respondeu o ministro, com a expressão severa.

Kamran voltou seu olhar para a lâmpada de gás, observou a chama batendo na gaiola de vidro com suas labaredas. Sentiu-se de repente inquieto.

— Muitas vezes tenho razão, ministro. Por que tal fato deveria afligi-lo esta noite?

Hazan não respondeu, enfiando a mão no bolso do casaco para pegar o lenço e estendendo-o ao príncipe. Kamran o aceitou sem dizer nada.

O príncipe estudou o lenço com os dedos, correndo a ponta do polegar sobre as delicadas bordas de renda. O tecido era de uma qualidade superior do que ele havia considerado originalmente, com um detalhe bordado em um canto que só agora havia percebido. Ele se esforçou para distingui-lo sob a luz fraca, mas parecia ser um pequeno inseto alado, logo acima do qual pairava uma coroa ornamental.

O príncipe franziu a testa.

O tecido pesado não estava úmido nem sujo. Kamran virou-o nas mãos, achando difícil acreditar que estivesse de fato manchado com o sangue da garota. Mais curioso, talvez, foi que, ao longo do dia, ficara ainda mais interessado em sua misteriosa dona.

— Vossa Alteza.

Kamran estava novamente estudando o estranho inseto bordado, tentando nomeá-lo, quando disse:

— Vá em frente, então. Acredito que tenha descoberto algo terrível?

— De fato.

Kamran por fim olhou para Hazan, com o coração apertado. O príncipe acabara de se reconciliar com a ideia da inocência da jovem; toda aquela incerteza estava causando estragos na mente dele.

— O quê, então? — Kamran forçou uma risada. — Ela é uma espiã tulaniana? Uma mercenária?

Hazan fez uma careta.

— As notícias são realmente sombrias, senhor.

O príncipe respirou fundo, de maneira revigorante, sentindo o frio encher-lhe os pulmões. Experimentou, por um instante extraordinário, uma pontada do que só poderia ser descrito como decepção, um sentimento que o deixou atordoado e confuso.

— Você se preocupa demais — afirmou o príncipe, fingindo indiferença. — Certamente a situação está longe de ser ideal, mas temos uma vantagem sobre ela agora. Sabemos quem ela é e como rastreá-la. Ainda podemos nos antecipar a qualquer conspiração sinistra.

— Ela não é uma espiã, senhor. Nem uma mercenária.

Hazan não pareceu se alegrar com a declaração.

— Uma assassina, então? Um traidora?

— Vossa Alteza…

— Chega de enrolação. Se ela não é espiã nem assassina, por que está tão chocado? O que poderia…

O ministro soltou um súbito *uff* e Kamran levou uma cotovelada no estômago, o que tirou o ar de seus pulmões por um instante. Ele se endireitou a tempo de ouvir o barulho agudo de uma poça, o som de passos recuando na pedra escorregadia.

— Que diabos…?

— Perdoe-me, Vossa Alteza — falou Hazan sem fôlego. — Algum traste me atropelou, eu não tive a intenção…

Kamran já estava se afastando da proteção do toldo. Era possível que tivessem sido atropelados por um bêbado, mas os sentidos de Kamran estavam tão bem aguçados, e sua intuição implorava-lhe agora que a explorasse.

Apenas uma hora atrás, o príncipe estivera convencido da própria estupidez e, embora houvesse algum conforto em sua recente vindicação quanto à criada, agora o preocupava que estivesse tão disposto a duvidar de seu julgamento.

Ele estivera certo em desconfiar dela o tempo todo, não estivera? Por que então, no fim das contas, ficou desapontado ao confirmar a natureza dúplice dela?

A mente de Kamran estava muito exausta da agitação emocional do dia, e pensou que preferiria bater a cabeça na parede a perder outro momento dissecando seus sentimentos. Decidiu naquele momento que nunca mais negaria os próprios instintos — que agora insistiam que havia algo errado.

Com cuidado, ele adentrou a noite, chuva fresca caindo no rosto em busca da culpada.

Um borrão. *Ali.*

Uma silhueta apareceu sob um lampejo de lâmpada a gás, a figura iluminada em um clarão.

Uma garota.

Ela estava lá e se foi novamente, mas era tudo de que precisava para a confirmação. Ele viu o *snoda*, o retalho de linho enrolado em volta do pescoço...

Kamran congelou.

Não, ele não podia acreditar. Teria ele invocado a garota com a força do pensamento? Sentiu um triunfo momentâneo, rapidamente seguido por um tremor.

Algo estava errado.

Os movimentos dela eram frenéticos, não ensaiados. Ela correu pela chuva como se estivesse com medo, como se estivesse sendo perseguida. O príncipe a seguiu com rapidez, concentrando-se nela antes de olhar ao redor novamente, vasculhando a fim de encontrar o agressor da garota. Ele avistou outro borrão de movimento, uma silhueta fortemente obscurecida pela chuva torrencial. A figura ficou um pouco mais nítida; ele só conseguiu distinguir a verdadeira forma da silhueta quando ela estendeu a mão e agarrou a garota pelo braço.

Ela gritou.

Kamran não pensou antes de reagir. Foi o instinto que o impulsionou adiante, o instinto que o fez agarrar o homem e, com o corpo, atirá-lo contra a calçada. O príncipe puxou a espada ao se aproximar da figura caída, mas, assim que ergueu a lâmina, o cretino desapareceu.

Jinn.

O ato antinatural era suficiente para sentenciar à morte — mas como se pode matar um homem que não se pode prender?

Kamran murmurou um juramento conforme embainhava sua espada.

Quando se virou, viu a garota a apenas alguns passos de distância, com as roupas encharcadas pela água da chuva. Os céus não cessaram seu tormento, e Kamran observou-a lutando para correr; ela parecia estar equilibrando pacotes em um braço, parando em intervalos para puxar o *snoda* molhado do rosto. Kamran mal podia ver um metro à sua frente; não conseguia imaginar como ela podia enxergar alguma coisa através do tecido molhado cobrindo os olhos.

— Senhorita, não quero lhe fazer mal — gritou. — Mas você deve remover o *snoda*. Para a sua segurança.

Ela congelou ao som da voz dele.

O homem ficou mais otimista com isso e ousou se aproximar, tomado não só pela preocupação com a jovem, como também por uma apaixonada curiosidade que se fortalecia a cada momento. Ocorreu a ele, quando ousou fechar a lacuna entre seus corpos, que um só movimento equivocado poderia assustá-la — poderia fazê-la correr cegamente pelas ruas —, então ele se moveu com meticuloso cuidado.

Não adiantou.

Conseguiu dar apenas dois passos em direção a ela, que saiu voando noite adentro; na pressa, ela escorregou e caiu com violência nos paralelepípedos, espalhando os pacotes pelo chão.

Kamran correu até ela.

O *snoda* havia escorregado um pouco, o tecido molhado apertado ao redor do nariz a sufocava. Com um único movimento, a garota arrancou a máscara do rosto, ofegante. Kamran enganchou os braços nos dela e a fez ficar de pé.

— Me-meus pacotes — arfou ela, gotas de chuva caindo sobre os olhos fechados, o nariz, a boca. Ela lambeu a água da chuva dos lábios e prendeu a respiração, mantendo os olhos fechados, recusando-se a encontrar o olhar do homem. Suas bochechas estavam coradas — de frio —, e seus cílios eram escuros do mesmo tom que os cachos negros e molhadosque espiralavam para longe de seu rosto, alguns colados no pescoço.

Kamran mal podia acreditar no próprio destino.

A relutância dela em abrir os olhos deu ao príncipe a rara oportunidade de estudá-la longamente, sem medo de constrangimento. Por todo esse tempo ele se perguntara sobre a garota e aqui estava ela, em seus braços, o rosto a meros centímetros do seu e, que diabos, ele não conseguia parar de fitá-la.

As feições dela eram precisas e suaves, equilibradas como se tivessem sido pintadas por um mestre. Ela fora finamente desenhada, a beleza expressa em seu verdadeiro sentido. A descoberta foi tão surreal a ponto de distraí-lo, ainda mais porque seus cálculos mostraram-se errados. Kamran suspeitava que ela poderia ser bonita, sim, mas aquela garota não era apenas bonita.

Ela era deslumbrante.

— Deixe os pacotes — disse ele suavemente. — Você está machucada?

— Não, não... — Ela se desvencilhou como se fosse cega, ainda se recusando a abrir os olhos. — Por favor, preciso dos meus pacotes...

Por mais que tentasse, o príncipe não conseguia entender.

Ele *sabia* que ela não era cega, e ainda assim ela fingia sê-lo agora, por razões que ele não conseguia compreender. A garota o desconcertava cada vez mais e, conforme ele começava a digerir isso, ela se jogou no chão, dando a Kamran apenas alguns segundos para apanhá-la antes de os joelhos dela baterem na pedra. A garota se afastou dele, sem lhe dar atenção mesmo quando as saias afundavam na lama da rua imunda, com as mãos tateando o chão molhado em busca das mercadorias. Ela se moveu de repente para um feixe de luz da rua, a chama a iluminando com seu brilho.

Foi então que Kamran notou os curativos.

As mãos dela estavam enroladas quase a ponto de ficarem imobilizadas; ela mal conseguia dobrar um dedo. Não era de admirar que estivesse lutando para segurar as coisas.

O príncipe logo pegou os itens espalhados, depositando-os em sua própria bolsa; não queria assustá-la gritando na chuva, então se abaixou e falou perto do ouvido dela:

— Estou com seus pacotes, senhorita. Pode se acalmar agora.

Foi a surpresa que fez isso. Foi o som da voz dele tão perto de seu rosto, seu hálito quente contra a pele dela.

Alizeh ofegou.

Seus olhos se abriram, e Kamran congelou.

Eles se estudaram por apenas alguns segundos, mas a Kamran pareceu um século. Os olhos dela eram de um azul-prateado como uma lua de inverno, emoldurados por cílios molhados da cor do breu. Ele nunca vira ninguém como ela antes, e teve a lucidez de perceber que talvez nunca mais visse. Um movimento repentino chamou a sua atenção: uma gota de chuva, pousando na face dela e viajando rápido em direção à boca. Só então, com um choque, observou o hematoma florescendo ao longo da mandíbula da garota.

Talvez Kamran tenha olhado por tempo demais para a marca descolorida, a tênue impressão de uma marca de mão. Perguntou-se por que não tinha notado logo de cara, por que não tinha visto uma sombra tão distinta. Quanto mais tempo olhava agora, mais forte seu coração batia no peito, mais rápido o calor inundava suas veias. Ele experimentou um súbito e alarmante desejo de cometer assassinato. Para a garota, ele disse apenas:

— Você está ferida.

Ela não respondeu.

A jovem tremia. Estava encharcada. Kamran sofria também, mas ele tinha a vantagem de um manto pesado de lã e um capuz o protegia. A jovem vestia apenas um casaco fino, sem touca, sem cachecol. Kamran sabia que precisava levá-la para casa a fim de garantir que a garota não adoecesse naquele clima, mas ele simplesmente não conseguia se mover. Nem sabia seu nome, mas, de alguma forma, havia sido impactado por ela, reduzido a isso, à estupidez. Pela segunda vez naquela noite, a jovem lambeu a água da chuva dos lábios, atraindo o olhar dele para a boca dela. Se outra mulher tivesse feito aquilo na presença dele, Kamran poderia pensar que ela estava tentando seduzi-lo. Mas isso…

Uma vez ele lera que os jinns tinham um apreço especial pela água. Talvez ela não pudesse deixar de lamber a chuva dos lábios, assim como ele não podia deixar de olhar para a boca dela.

— Quem é você? — sussurrou ele.

Diante da pergunta, ela ergueu o queixo, os lábios se separaram em surpresa. Ela o estudou com olhos arregalados e brilhantes, e parecia estar tão confusa com relação a ele quanto ele em relação a ela. Kamran se confortou com a percepção de que ambos se confundiam igualmente.

— Não vai me dizer seu nome? — perguntou o príncipe.

Ela balançou a cabeça, o movimento lento, incerto. Kamran sentiu-se paralisado. Ele não conseguia explicar; seu corpo parecia ancorado no dela. Aproximou-se muito pouco, impulsionado por uma força que não esperava entender. Aquilo que, meros minutos antes, poderia ter lhe parecido uma loucura, agora lhe parecia essencial: saber como seria segurá-la, sentir o cheiro de sua pele, pressionar os lábios em seu pescoço. Ele mal sabia o que estava fazendo quando a tocou... Leve como o ar, tênue como uma memória desvanecida — um golpe de seus dedos nos lábios dela.

Ela desapareceu.

Kamran caiu para trás, espatifando-se em uma poça. Seu coração estava disparado. Ele tentou, em vão, organizar os pensamentos — mal sabia por onde começar — e ficou paralisado no local pelo menos por um minuto até Hazan chegar correndo, sem fôlego.

— Eu não consegui ver para onde o senhor tinha ido — gritou o ministro. — O senhor foi atacado por ladrões? Meu Deus, está ferido?

Kamran afundou completamente na rua então, deixando-se absorver pela umidade, pelo frio, pela noite. Sua pele esfriou rápido demais, e ele se sentiu subitamente febril.

— Senhor, eu não acho aconselhável ficar aqui, neste...

— Hazan.

— Sim, senhor?

— O que ia me dizer sobre a garota? — Kamran voltou os olhos para o céu, estudando as estrelas através de uma teia de galhos. — Você diz que ela não é uma espiã. Não é uma mercenária. Nem assassina, nem traidora. Então, o que é?

— Vossa Alteza. — Hazan apertava os olhos contra a chuva, claramente certo de que o príncipe havia enlouquecido. — Talvez nós devamos voltar ao palácio, ter essa conversa com uma xícara quente de...

— *Fale* — disse Kamran, com a paciência ruindo. — Ou vou mandar chicoteá-lo.

— Ela... Bem, os Profetas... Eles dizem...

— Não importa, eu mesmo vou chicoteá-lo.

— Senhor, disseram que o sangue dela contém gelo.

Kamran ficou imóvel. Seu peito se contraiu dolorosamente, e ele se levantou rápido demais, olhando para a escuridão.

— Gelo? — repetiu ele.

— Sim, Vossa Alteza.

— Tem certeza disso?

— Absoluta.

— Quem mais sabe?

— Só o rei, senhor.

Kamran respirou fundo.

— O rei.

— Ele também, como o senhor sabe, estava convencido de que havia algo incomum com a jovem, então me pediu que relatasse minhas descobertas a ele imediatamente. Eu teria informado o senhor da notícia antes, mas havia muitos arranjos a serem feitos, como pode imaginar. — Uma pausa. — Confesso que nunca vi o rei tão exausto.

— Não. — Kamran se ouviu dizer. — Essa é uma notícia terrível, de fato.

— A apreensão dela foi marcada para amanhã à noite, senhor. — Outra pausa. — Tarde da noite.

— Amanhã. — Os olhos de Kamran focaram-se em um único ponto de luz à distância; ele mal sentia o próprio corpo. — Assim tão rápido?

— Ordens do rei, Vossa Alteza. Devemos agir com toda rapidez possível e rezar para que ninguém mais a busque antes de nós.

Kamran assentiu.

— Parece quase um milagre, não é, que o senhor tenha sido capaz de identificá-la tão rapidamente? — Hazan esboçou um sorriso rígido. — Uma criada com um *snoda*? Deus sabe que talvez nunca a tivéssemos encontrado de outra forma. O senhor, sem dúvidas, poupou o império da perda de inúmeras vidas. O rei Zaal ficou profundamente impressionado com seus instintos. Tenho certeza de que lhe dirá isso quando o vir.

Kamran não disse nada.

Houve um tenso silêncio, durante o qual o príncipe fechou os olhos e deixou a chuva açoitar seu rosto.

— Senhor — falou Hazan timidamente. — O senhor cruzou com assaltantes antes? Parece que lutou.

Kamran colocou dois dedos na boca e assobiou.

Em instantes, seu cavalo veio galopando, parando, o impressionante animal, imprudente aos pés de seu mestre. Kamran colocou um pé no estribo e saltou sobre a sela.

— Senhor? — gritou Hazan para ser ouvido apesar do vento. — O senhor cruzou com alguém por aqui?

— Não — respondeu Kamran, então agarrou as rédeas, deu ao cavalo um suave cutucão com os calcanhares. — Não vi ninguém.

TREZE

سیزده

Alizeh tinha infringido não menos do que sete leis desde que fugira do encontro com o príncipe. E estava infringindo mais uma agora, ousando permanecer invisível ao entrar na Casa Baz. As consequências para tais ofensas eram severas; se ela fosse pega se materializando, seria enforcada ao amanhecer.

Ainda assim, ela se sentia sem saída.

Alizeh correu para a lareira, tirou o casaco, desamarrou as botas. Despir-se em público era considerado um ato indigno, considerado abaixo daqueles de sua posição. Ela podia ser perdoada por remover o *snoda* tarde da noite, mas uma criada não podia tirar qualquer artigo essencial de vestuário em áreas comuns.

Nem um casaco, nem um cachecol. Certamente não os sapatos.

Alizeh respirou fundo, lembrando-se de que estava invisível para os Argilas. Ela suspeitava de que havia um punhado de jinns trabalhando na Casa Baz, mas como não tinha permissão para falar com nenhum dos outros — e ninguém ousara arriscar sua posição falando com ela —, não era possível saber com certeza. Ela esperava que qualquer um que pudesse vê-la estaria disposto a fingir que não viu nada.

Alizeh aproximou-se do fogo, esforçando-se para aquecer o casaco e as botas encharcados. Ela tinha outro vestido, mas apenas um casaco e um par de botas, e havia pouca chance de as peças secarem durante a noite no armário mofado que era seu quarto. Embora, caso permanecesse em casa durante todo o dia, não precisaria do casaco — pelo menos não até seu encontro com a srta. Huda. O pensamento deu-lhe algum conforto.

Quando o casaco ficou menos molhado, ela deslizou seus braços de volta pelas mangas ainda úmidas, o corpo retesado com a sensação. Desejou poder expor o artigo ao fogo por toda a noite, mas não arriscaria deixá-lo ali, onde poderia ser notado por alguém. Então pegou as botas, segurando-as tão perto das chamas quanto se atrevia.

A garota estremeceu de repente, quase deixando os sapatos caírem no fogo. Ela acalmou as mãos trêmulas e os dentes que rangiam de frio com respirações firmes e uniformes, apertando a mandíbula contra a sensação gelada. Quando sentiu que poderia suportar, calçou novamente as botas molhadas.

Só então ela enfim afundou na lareira de pedra, suas pernas trêmulas ainda cambaleantes.

Ela removeu a ilusão de invisibilidade — totalmente vestida, não seria repreendida por ficar um pouco perto do fogo — e suspirou. Fechou os olhos, encostou a cabeça na parede de tijolos. Será que ela se permitiria pensar sobre o que acontecera naquela noite? Não tinha certeza se poderia suportar, e ainda...

Tanta coisa dera errado.

Ainda estava preocupada com os comentários traiçoeiros que fizera ao boticário e um pouco com o homem que tentou atacá-la — sem dúvida para roubar os pacotes —, mas, acima de tudo, estava preocupada com o príncipe, cujo interesse nela era tão desconcertante que chegava a ser absurdo. De onde ele viera? Por que se importaria em ajudá-la? Ele a tocou assim como o diabo havia dito, como ela tinha visto em seus pesadelos no dia anterior...

Mas por quê?

O que o tinha possuído para tocá-la assim? Pior: ele não era um assassino de crianças? Por que, então, agira com tanta compaixão com uma serva?

Alizeh deixou cair a cabeça entre as mãos.

Suas mãos latejantes e enfaixadas. A água tinha lavado quase todo o remédio dos machucados, e a dor voltara com intensidade. Se ela se permitisse considerar, mesmo por um momento, a perda devastadora dos pacotes, achava que poderia desmaiar de tristeza.

Seis cobres.

O remédio lhe custara quase todas as moedas que tinha, ou seja, ela não seria capaz de comprar mais remédios, a não ser que trabalhasse mais. E, além do mais, sem o remédio, ela não sabia se suas mãos se recuperariam de maneira rápida o suficiente; a srta. Huda sem dúvida exigiria os cinco vestidos em pouco tempo, pois as festividades reais seriam organizadas sem demora.

Era uma tragédia simples: sem trabalho, Alizeh não teria condições de comprar remédios; sem remédios, não conseguiria trabalhar. Pensar nisso despedaçou seu coração. Já não era capaz de lutar contra o desespero. Ela sentiu a pontada familiar de lágrimas, engolidas pela garganta ardente.

A crueldade de sua vida lhe pareceu de repente insuportável.

Ela tinha consciência de que os pensamentos eram infantis assim que se formaram, mas estava sem forças para evitar se questionar, como fizera em tantas outras noites, por que outros tinham pais, uma família, um lar seguro, mas ela não.

Por que ela nascera com essa maldição no olhar? Por que era torturada e odiada apenas pela forma de seu corpo? Por que seu povo fora tão tragicamente condenado, junto com o diabo?

Por séculos, antes do derramamento de sangue entre jinns e Argilas, os primeiros haviam construído seus reinos nos lugares mais inabitáveis da Terra, nos climas mais brutais — mesmo que apenas para ficar longe do alcance da civilização dos Argilas. Eles queriam existir tranquila e pacificamente, em uma condição de quase invisibilidade. Mas os Argilas, que há muito consideravam seu direito divino — ou melhor, dever — matar os seres que viam como descendentes do diabo, tinham caçado os jinns de maneira impiedosa por milênios, determinados a expurgá-los da Terra.

O povo dela pagara um alto preço por isso.

Em seus momentos de fraqueza, Alizeh ansiava por colocar tudo para fora, por permitir que toda a raiva destruísse a jaula de seu autocontrole. Ela era mais forte do que qualquer governanta que batia nela; ela era mais forte, mais rápida e mais resiliente do que qualquer corpo de Argila que a oprimia.

Ainda assim…

A violência, ela sabia, não levaria a lugar algum. A raiva desenfreada era apenas fogo de palha, volátil. Ela tinha visto isso acontecer repetidas vezes com seu próprio povo. Os jinns tentavam desrespeitar as regras, praticar suas habilidades apesar das restrições da lei dos Argilas, e todos sofreram por isso. Diariamente, dezenas de jinns eram enforcados em praça pública, ou queimados numa fogueira, ou ainda decapitados, estripados.

Seus esforços individuais não serviam de nada.

Somente a união dos jinns poderia provocar uma mudança, mas tal feito era difícil de ansiar quando os jinns haviam fugido de suas casas ancestrais e se espalhado pelo globo à procura de trabalho, abrigo e anonimato. Sempre tinham sido uma minoria e, embora suas vantagens físicas lhes oferecessem muita proteção, centenas de milhares haviam sido mortos nos últimos séculos. Os que restaram dificilmente conseguiriam se reunir da noite para o dia.

O fogo estalou em seu recanto de tijolos, as chamas reluzindo com urgência. Alizeh enxugou os olhos.

Era raro que ela se permitisse pensar nessas crueldades. Não a confortava expressar suas dores em voz alta, como era o caso de algumas pessoas; ela não gostava de reanimar os cadáveres que arrastava consigo para todos os lugares. Não, Alizeh era do tipo que não conseguiria se debruçar sobre a própria tristeza por medo de se afogar naquele abismo sem fim; eram a dor física e a exaustão que enfraqueciam suas defesas contra os pensamentos sombrios naquela noite — e, uma vez arrancados de seus túmulos, não eram facilmente devolvidos à terra.

As lágrimas agora caíam livremente.

Alizeh sabia que poderia sobreviver a longas horas de trabalho pesado, sabia que poderia resistir a qualquer dificuldade física. Não era o fardo do trabalho ou a dor nas mãos que a abalavam — era a solidão. A falta de amizade em sua vida; os dias a fio que passava sem o conforto que poderia obter de um único coração solidário.

Era o luto.

O preço que ela ainda pagava com a alma pela perda dos pais. Era o medo com o qual ela foi forçada a viver diariamente, o tormento que nascera da incapacidade de confiar até mesmo que um comerciante amigável a pouparia do enforcamento.

Alizeh nunca se sentira tão sozinha.

Ela esfregou os olhos de novo e, então, pela enésima vez no dia, vasculhou os bolsos em busca do lenço. A perda não a incomodara tanto nas primeiras vezes em que ela o procurara, mas o desaparecimento dele começava a preocupá-la, agora que considerava não o ter apenas deixado fora do lugar, mas sim o perdido de verdade.

O lenço fora de sua mãe.

Era o único objeto pessoal que Alizeh havia recuperado intacto em meios às cinzas da casa de sua família. Suas memórias da terrível noite em que perdera a mãe eram estranhas e horríveis. Estranhas, porque ela ainda se lembrava de sentir calor — muito calor — pela primeira vez na vida. Horríveis, porque o rugido das chamas que engoliram sua mãe só fizera Alizeh querer dormir. Ela ainda se recordava dos gritos da mãe naquela noite, o lenço molhado que ela usou para cobrir o rosto da filha.

Houvera tão pouco tempo para fugir.

Eles tinham vindo à noite, quando Alizeh e sua única genitora sobrevivente estavam dormindo. As duas tentaram escapar, é claro, mas uma viga de madeira caíra do teto, prendendo ambas ao chão. Se não fosse pelo golpe na cabeça, talvez a mãe tivesse conseguido juntar forças para levantar a viga de cima delas naquela noite.

Por horas, Alizeh tinha gritado.

Pelo que pareceu uma eternidade, ela permaneceu gritando. E, ainda assim, a casa era tão bem escondida que não havia ninguém para ouvi-la. A garota agarrou-se ao corpo da mãe enquanto queimava, tirando da mão caída o lenço bordado dela e o recolhendo no próprio punho.

Alizeh ficara com a mãe morta até o amanhecer. Se a viga que prendia seu corpo não tivesse se desfeito, ela teria ficado ali para sempre, teria morrido de desidratação ao lado do corpo carbonizado da mãe. Em vez disso, ela emergira do inferno sem um arranhão, com a pele impecável, as roupas em farrapos e o lenço, que era só o que tinha agora, intacto.

Era a segunda vez na vida que sobrevivera a um incêndio ilesa, e Alizeh se perguntara então, como sempre fazia, se o gelo que corria em suas veias de fato importava.

Ela se assustou, de repente, com o barulho da porta dos fundos.

Não ousou respirar ao se levantar. Ela se pressionou contra a parede, tentando acalmar o coração acelerado. Sua mente sabia que tinha poucas razões para temer ali, na proteção daquela grande casa, mas seus nervos desgastados não compreendiam a lógica. Assim que retornou à Casa Baz, ela se concentrou em ficar perto do fogo; por isso se esquecera de trancar a porta da cozinha.

Ela se perguntou se deveria arriscar fazer isso agora.

Em uma fração de segundo, tomou a decisão: voou para a porta e baixou o ferrolho assim que a maçaneta começou a girar. Quando o movimento mecânico parou repentinamente, ela respirou, aliviada. Então caiu de costas contra a porta, apertando ambas as mãos no peito.

Ela mal conseguia recuperar o fôlego.

A batida que se seguiu foi tão inesperada que a fez pular. Olhou ao redor em busca de sinais de criados à espreita, mas ninguém apareceu. Um olhar para o relógio, e se lembrou: qualquer pessoa sensata estaria agora na cama. Mas ali estava ela, sozinha, para lidar com miseráveis indigentes que, sem dúvida, procuravam abrigo da chuva. Partiu seu coração negar-lhes o alívio ao desespero que ela conhecia muito bem, mas ela também sabia que não tinha escolha — a menos que quisesse ser atirada na rua com eles.

A batida soou novamente, e desta vez ela sentiu, sentiu a porta tremer. Pressionou as costas com mais força contra a madeira, impedindo-a de se mover no batente. Houve uma breve pausa.

Depois:

— Com licença, há alguém aí? Tenho uma entrega bastante urgente.

Alizeh ficou mortalmente imóvel.

Ela reconheceu a voz de imediato; na verdade, suspeitava que jamais se esqueceria dela. Ele a desconcertara com algumas palavras gentis, despojando-a de toda a compostura com meras sílabas. Mesmo assim, ela reconhecia a estranheza de sua reação... Não achava normal ficar tão emocionada ao som de uma voz — mas a voz dele era atraente e melódica e, quando ele falava, parecia que a garota a sentia dentro de si.

Outra batida.

— Olá?

Ela se firmou e respondeu:

— Senhor, pode deixar as entregas na porta.

Houve um silêncio.

A voz do príncipe parecia ter se transformado quando ele falou de novo. Estava mais suave.

— Perdoe-me, mas não posso, senhorita. Esses pacotes são muito importantes, e temo que serão destruídos se ficarem na chuva.

Por um momento, Alizeh perguntou-se se aquilo não seria um truque cruel; sem dúvida ele viera prendê-la por desaparecer ilegalmente no meio da noite. Não parecia haver nenhuma outra explicação plausível.

Sem dúvida o príncipe de Ardunia não enfrentara uma chuva torrencial para entregar pessoalmente uma porção de mercadorias triviais à humilde criada da Casa Baz. E àquela hora da noite.

Não, ela não podia acreditar.

— Por favor, senhorita. — Sua voz de novo. — Gostaria apenas de devolver as mercadorias à dona.

Alizeh, de súbito, despertou de medo. Supôs que uma pessoa diferente talvez ficasse lisonjeada com tamanha atenção, mas ela não podia deixar de ser cautelosa, pois não só duvidava dos motivos dele, como também não conseguia imaginar como ele pôde encontrá-la, já que ela lhe dissera apenas algumas palavras.

Ela engoliu em seco, fechando os olhos.

Mas o que importava se houvesse ao menos uma chance de recuperar seus pacotes? Para a garota, aqueles remédios eram tudo; sem eles, seu futuro próximo seria nada menos que desastroso. Não via o que o príncipe poderia ganhar se tivesse vindo apenas para torturá-la, pois ela era perfeitamente capaz de se defender.

Não, o que a deixava mais confusa era por que o diabo havia lhe mostrado o rosto daquele homem.

Talvez naquela noite ela enfim descobrisse.

Alizeh respirou fundo e girou a fechadura.

A porta rangeu ao se abrir, trazendo consigo uma rajada de vento e chuva. Ela logo se afastou, permitindo que o príncipe entrasse, pois ele estava, como ela suspeitava, ensopado até os ossos. Os braços estavam cruzados de maneira firme contra o peito, o rosto obscurecido quase inteiramente pelo capuz do manto.

Ele fechou a porta da cozinha atrás de si.

Alizeh deu vários passos para trás. Sentiu-se horrivelmente exposta ao se apresentar assim, sem o *snoda*. Ela sabia que havia pouco a esconder, agora que ele já vira todo o rosto dela, testemunhara seus estranhos olhos.

Ainda assim. O hábito era difícil de superar.

Sem dizer nada, o príncipe soltou a bolsa de seu corpo e lhe estendeu.

— Aqui estão os pacotes. Acredito que estejam todos aí.

As mãos da garota tremiam.

Ele realmente viera de tão longe apenas para lhe fazer uma gentileza?

A garota tentou parecer calma ao abrir a bolsa, mas estava incerta do sucesso. Um de cada vez, ela retirou os pacotes, equilibrando-os com cuidado no braço. Estavam todos lá, apenas um pouco amassados.

Alizeh não conseguiu reprimir o suspiro de alívio que lhe escapou. Lágrimas brotaram de seus olhos, e ela piscou para fazê-las caírem, recompondo-se ao devolver a bolsa ao dono.

O príncipe congelou ao pegá-la.

Ele parecia estar encarando-a, mas como boa parte do rosto dele estava escondida, Alizeh não podia ter certeza.

— Seus olhos — falou ele, com calma. — Eles apenas… — Ele balançou um pouco a cabeça, como para organizar o raciocínio. — Eu poderia jurar que eles mudam de cor.

Alizeh recuou mais, de modo que houvesse muitos móveis entre os dois. Seu coração palpitante não iria desacelerar.

— Por favor, aceite minha mais sincera gratidão — disse ela. — O senhor me fez um favor incalculável ao devolver meus pacotes. Sinceramente, não sei como agradecer. Estou em dívida com o senhor.

A jovem estremeceu.

Ela deveria ter dito *Vossa Alteza*, não deveria?

Felizmente, o príncipe não pareceu ofendido. Em vez disso, puxou o capuz para trás, revelando o rosto por completo pela primeira vez. Alizeh respirou fundo e recuou, apoiando-se em uma cadeira.

Era constrangedor, de fato, que não suportasse olhar para ele.

Embora tivesse visto o rosto dele no pesadelo, na vida real a sensação era inteiramente diferente; era incrível vê-lo em carne e osso, os traços afiados do rosto iluminado à luz do fogo. Os olhos eram penetrantes, da cor do carvão, a pele oliva tão dourada que parecia brilhar. De fato, havia algo quase não natural iluminando-o — como se fosse contornado por uma luz —, e ela não conseguia identificar a origem daquilo.

Ele deu um passo em direção a ela.

— Primeiro, eles estavam azuis — falou o príncipe, suavemente. — Depois, castanhos. Prateados. Ah. Agora estão castanhos de novo.

Ela endureceu.

— Azuis.

— Pare, eu lhe imploro.

Ele sorriu.

— Agora entendo por que você nunca remove o *snoda*.

Alizeh baixou o olhar e disse:

— O senhor não tem como saber que nunca retiro o *snoda*.

— É verdade — concordou ele, e ela ouviu o humor na voz dele. — Imagino que você esteja certa.

— Devo lhe desejar boa noite — disse ela, e se virou para ir embora.

— Espere. Por favor.

Alizeh congelou, o corpo virado em direção à saída. Ela queria tanto levar os pacotes para o quarto, onde poderia reaplicar as pomadas milagrosas nos ferimentos. Sentia uma dor lancinante nas palmas e no pescoço.

Ela levou as costas da mão à testa.

Ela estava um pouco quente, o que significava que sua temperatura já estava mais alta do que o normal, embora ela se consolasse ao saber que, no momento, havia várias razões para elevar o calor de seu corpo.

Lentamente, ela se virou, encarando o príncipe.

— O senhor deve perdoar minha incapacidade de conceder-lhe minha presença a esta hora — falou, com calma. — Não tenho dúvidas de que é generoso o suficiente para compreender a dificuldade da minha posição. Tenho poucas preciosas horas para dormir antes que o sino do trabalho soe, e devo retornar aos meus aposentos o mais rápido possível.

O príncipe pareceu surpreso com isso e, de fato, deu um passo para trás.

— Claro — falou ele, suavemente. — Perdoe-me.

— Não há nada para perdoar.

Ela fez uma reverência elegante.

— Sim. — Ele piscou. — Boa noite.

Alizeh saiu do cômodo e esperou no escuro, o coração disparado pelo som da porta dos fundos se abrindo e depois se fechando. Quando teve certeza de que o príncipe tinha ido embora, voltou devagar para a cozinha a fim de trancar a porta e apagar o fogo.

Só então percebeu que não estava sozinha.

CATORZE

O sono, aquele inimigo ilusório, veio tão a contragosto para o príncipe que se recusou a permanecer por muito tempo. Kamran acordou antes do amanhecer com uma lucidez que o surpreendeu, pois em um momento estava na cama e logo depois fora dela antes mesmo que o sol tivesse encontrado o horizonte. Seu corpo estava cansado, sim, mas a mente estava clara. Trabalhara a noite toda. Seus sonhos foram febris; suas fantasias, frenéticas.

Ele começou a se perguntar se a garota o havia amaldiçoado.

Com certeza ela não sabia o que fizera com ele nem poderia ser culpada pelo completo êxito em desestabilizar suas faculdades mentais, mas Kamran não podia conceber outra explicação para o que lhe sucedera. Não estava sendo movido por uma necessidade básica de possuir fisicamente a garota, nem iludido o suficiente para pensar que poderia estar apaixonado por ela. Ainda assim, não conseguia compreender o que se passava com ele. Seus pensamentos nunca haviam sido consumidos por alguém.

A jovem seria assassinada.

Seria assassinada pelo avô dele, o que parecia uma grande tragédia para Kamran.

O príncipe era uma das poucas pessoas que sabia, é claro. Ele e Hazan conheciam a profecia, a predição de uma criatura com gelo nas veias. Cada rei na história do império arduniano recebia uma profecia, e o rei Zaal sentiu que era seu dever administrar as expectativas do príncipe com relação a tal evento. Há muito tempo o avô lhe havia explicado que, no dia de sua coroação, Kamran receberia duas visitas.

A primeira, de um Profeta.

A segunda, do diabo.

O diabo lhe ofereceria uma barganha, cujos termos Kamran não devia aceitar sob nenhuma circunstância. O Profeta faria uma previsão.

Quando Kamran perguntou o que os Profetas tinham previsto para ele, o rei Zaal ficara estranhamente reticente, dizendo apenas que fora avisado do surgimento de um temível adversário, uma criatura demoníaca com gelo nas veias. Dizia ser um inimigo com aliados tão formidáveis que sua mera existência levaria à queda do rei.

Enfurecido, o jovem príncipe prometeu ao avô naquele momento que iria vasculhar todo o reino em busca desse monstro, que ele o mataria e entregaria sua cabeça ao rei em uma lança.

Você não precisa se preocupar, o avô teria dito, sorrindo. *Irei matar, eu mesmo, o monstro.*

Kamran fechou os olhos e suspirou.

Ele jogou água no rosto, fazendo sua rotina matinal com cuidado. Parecia impossível que o terrível monstro de suas fantasias da infância fosse de fato a jovem belíssima que encontrara na noite anterior.

Kamran secou o rosto com uma toalha e aplicou óleo de flor de laranjeira no pescoço e nos pulsos. Respirou fundo e inspirou o perfume inebriante, relaxando conforme o óleo aquecia seu peito, diminuindo os batimentos cardíacos.

Lentamente, ele exalou.

Os sentimentos que o possuíam neste momento lhe eram tão estranhos que se perguntou por um momento se poderia estar doente. Não lembrava como havia chegado aos seus aposentos na noite anterior, pois cavalgara para casa pela escuridão tempestuosa como se estivesse em transe. A beleza da jovem primeiro o deixara sem palavras sob a mais desfavorável das condições — à meia-luz de uma terrível tempestade —, mas ver o rosto dela à luz do fogo lhe dera um golpe físico do qual não tinha esperança de se recuperar.

Pior, muito pior: ele a achara fascinante.

Viu-se cativado pelas contradições dela, pelas escolhas que fizera e até mesmo pela maneira como ela se movia.

Quem era ela, afinal? De onde viera?

Ao adentrar aquela porta na noite anterior, os objetivos dele haviam sido dispersos por um golpe nos sentidos. Ele esperava fazer mais coisas ao ir até ela; queria devolver-lhe os pacotes, sim; entretanto, algo mais o havia compelido àquela visita sem sentido, uma motivação da qual se encontrava completamente envergonhado. Se o encontro tivesse sido bem-sucedido, Kamran poderia ter traído o rei, o império. Ele teria sido reduzido à mais repugnante parcela de idiotas, incompatível com o herdeiro do trono de Ardunia.

Ele fora avisá-la.

Fora dizer-lhe para escapar, fazer as malas e fugir, encontrar um lugar seguro para se refugiar e permanecer escondida para sempre, se possível. Contudo, ao ver o rosto dela, percebeu que não poderia simplesmente pedir-lhe para fugir; não, ela era uma garota inteligente e faria perguntas. Se o príncipe lhe dissesse para fugir, ela iria perguntar o porquê. E que motivo ela teria para confiar nele?

Ele mal havia começado a processar isso quando ela praticamente o mandou embora.

Era possível que a garota não soubesse quem ele era — ela o tratou apenas como senhor —, mas ele suspeitava que, mesmo ciente de conversar com o príncipe, ela o teria tratado da mesma forma.

De todo modo, isso já não parecia importar.

Kamran sabia a opinião do avô em relação à garota; ir contra o rei teria sido um ato de traição. Se Kamran fosse descoberto, seria decapitado em um instante. Fora um pequeno milagre, então, que ele tenha perdido a coragem.

Ou, talvez, apenas tivesse recuperado o bom senso.

Ele não a conhecia. Não entendia por que a ideia de matá-la o fazia se sentir mal. Tinha ciência de que teria de *tentar* encontrar outra maneira, ao menos — pois com certeza aquela humilde criada não era a criatura demoníaca com uma horda de aliados formidáveis profetizados todos aqueles anos atrás.

Não, com certeza não.

Kamran terminou de se vestir sem a ajuda do criado, ainda adormecido, e depois — para o choque e horror dos criados do palácio — desceu as escadas para pegar uma xícara de chá da cozinha ao sair.

Ele precisava falar com o avô.

Kamran vivera no palácio real por toda a sua vida e nunca se cansava das vistas resplandecentes, dos hectares de jardins bem cuidados, dos intermináveis bosques de romãzeiras. A propriedade era sempre magnífica, mas o príncipe nunca a adorava mais do que ao nascer do sol, quando o mundo ainda estava quieto. Ele parou onde estava, levando a xícara ainda fumegante aos lábios.

Permaneceu parado na imensidão ilusória de um infinito cintilante; a área logo abaixo de seus pés era, na verdade, uma longa piscina rasa, de oito centímetros de profundidade. Um vento repentino empurrou a água contra suas botas, os sons suaves de ondas leves quebrando como um bem-vindo bálsamo para a sua mente cansada.

Kamran tomou outro gole do chá.

Mirava as altas arcadas ao ar livre, com dezenas e mais dezenas de colunas requintadas, fincadas nas rasas profundezas ao seu redor. A pedra branca e lisa das estruturas era incrustada de joias vibrantes e azulejos vívidos, tudo se iluminando com o florescer do nascer do sol. A luz ardente iluminava os adornos dos chanfros, quebrando-se em infinitas nuances de cores ao longo dos campos adormecidos. Mais raios dourados refletiam-se através dos arcos, reluzindo a água sob seus pés, fazendo-a quase parecer ouro líquido.

A beleza da vida de Kamran por vezes lhe passava batida, mas não sempre. Aquilo era uma bênção.

Ele terminou o chá e enganchou um dedo na alça de vidro da xícara, deixando-a balançar enquanto caminhava. Com o nascer do sol, veio a agitação dos criados; *snoda*s surgiam ao seu redor, movimentando-se com carrinhos e bandejas.

Cestas de romãs eram equilibradas precariamente sobre as cabeças, sob os braços. Havia bandejas de prata repletas de baclava e delicadas uvas, outras com pilhas de pão *barbari fresco*, cada fatia do comprimento de um sitar. E flores — vários buquês de flores —, dezenas de criados carregando, apressados, arranjos perfumados. Havia ainda tigelas de cobre cheias de folhas brilhantes de chá verde; manjericão, hortelã e estragão empilhados em bandejas de ouro. Outra interminável procissão de *snoda*s carregava arroz — inúmeros, incalculáveis sacos de arroz.

Um pressentimento repentino agarrou Kamran pelo pescoço; ele ficou estranhamente imóvel.

Depois, virou-se.

Havia mais; muito mais. Mais criados, mais bandejas, mais cestos, e terrinas, e tonéis, e travessas. Esferas de queijo feta passaram; carrinhos cheios de castanhas frescas. Havia estoques de pistaches verde-vivo e tabuleiros carregados de açafrão e tangerinas. Havia torres de pêssegos; uma abundância de ameixas. Três criados arrastavam com dificuldade um enorme favo de mel pingando, a cera pegajosa das abelhas abrangendo a largura de uma porta.

Cada segundo parecia trazer mais.

Mais caixotes, mais cestos, mais sacos e carrinhos de mão. Dezenas e dezenas de criados correndo para lá e para cá.

Uma loucura.

Embora fosse verdade que com frequência o palácio ficava movimentado, esse grau de atividade era incomum. Ver os criados começando tão cedo — e com tanto para ocupar os braços…

Kamran respirou fundo.

A xícara de chá escorregou de seu dedo, estilhaçando-se ao atingir o chão.

Eram preparativos para um baile.

Ele não podia acreditar. O avô lhe dissera que esperaria ao menos uma semana antes de confirmar a data, mas aquilo… aquilo significava que o rei havia tomado a decisão sem ele.

Por ele.

O coração de Kamran pareceu querer escapar pela garganta, pois sabia o que aquilo significava. Tratava-se de uma crueldade deliberada, um subterfúgio encoberto por uma camada de benevolência. Seu avô não estava disposto a esperar nem mais um momento, forçando-o a escolher uma noiva agora.

Por quê?

A pergunta martelava repetidas vezes em sua mente, firme como uma pulsação, enquanto ele corria para os aposentos do rei.

Ele não perdeu tempo ao chegar.

Bateu na porta do cômodo do avô da maneira mais educada que conseguiu, recuando quando ela se abriu e ignorando o criado que o recebeu. Adentrou os aposentos, seus argumentos anteriores em favor da vida da jovem quase esquecidos nessa sequência de…

Ele virou para outro cômodo e encontrou o rei no closet.

Kamran parou de repente, com o peito arfando de frustração mal reprimida. Curvou-se diante do rei, que o mandou se levantar com um aceno.

Kamran endireitou-se, depois deu um passo para trás.

Não adiantaria falar sobre o assunto até que o rei estivesse vestido e, além disso, o criado de seu avô — um homem chamado Risq — estava presente, ajudando o rei com as longas vestes de veludo. Hoje o rei Zaal usava um conjunto escarlate com dragonas; Risq abotoou a faixa central dourada, depois pendurou uma faixa azul plissada sobre o peito do rei. Sobre ela, ainda posicionou um pesado cinto de pérolas intrincado, preso no centro por um medalhão: uma estrela de oito pontas.

Vestir o rei demandava um tempo agonizante.

Havia camadas intermináveis, um número infinito de detalhes. Esperava-se que o próprio Kamran fosse submetido ao excesso de adornos em suas vestimentas, mas, como raramente era visto ou requisitado em público, era poupado da pompa e circunstância com mais frequência. Observando o rei agora, Kamran percebeu que um dia seria ele a realizar a prática tediosa que o avô empreendia diariamente.

Ele apertou e relaxou os punhos.

Apenas quando todos os emblemas militares e insígnias reais estavam posicionados — a miniatura da falecida esposa do rei Zaal, Elaheh, era presa em uma posição de destaque sobre seu coração — e os arreios de pérolas cruzados sobre o peito, o rei pediu ao criado para deixá-los. A coroa ornamentada — tão pesada que poderia ser usada para abater alguém — o avô segurava em seus braços.

Kamran deu um passo à frente, mal abrindo os lábios para falar, quando o avô levantou a mão.

— Sim — disse ele. — Sei que veio para me fazer mudar de ideia.

Kamran congelou.

Por um momento, não teve certeza do problema ao qual o rei estava se referindo.

— Sim, Vossa Majestade — respondeu, cauteloso. — De fato, vim tentar.

— Então lamento desapontá-lo. Minha decisão sobre o assunto está tomada. A garota é uma ameaça; essa ameaça deve ser eliminada de imediato.

O baile iminente foi logo esquecido.

Kamran fitou o rosto do avô por apenas um momento: os olhos castanho-claros, a pele rosada, a cabeleira, a barba e os cílios brancos. Aquele era um homem que amava e respeitava muito. Havia admirado o rei Zaal por toda a sua vida, sempre o tendo como um modelo de justiça e grandeza. Ele queria, com todas as forças, concordar com o rei — sempre apoiar aquele homem extraordinário —, mas, pela primeira vez, Kamran teve dificuldade.

Pela primeira vez, ele duvidou.

— Vossa Majestade — disse Kamran, devagar. — A jovem não cometeu nenhum crime nem ameaçou o império.

O rei Zaal riu, os olhos se arregalando de diversão.

— Não ameaçou o império? Ela é a única herdeira sobrevivente de um antigo reino, do qual nossa terra fazia parte, e não é uma ameaça ao nosso império? Pois ela é a própria *definição* de uma ameaça.

Kamran congelou.

— Ela... O quê?

— Vejo que não se deu conta, então. — O sorriso de Zaal diminuiu um pouco. — Ela não é uma mera criada.

O príncipe sentiu como se tivesse sido perfurado por uma lâmina cega. Ele sabia que havia algo de incomum na garota, mas aquilo...

— Como pode saber com certeza quem ela é?

— Você esquece, menino, que tenho procurado precisamente por essa criatura desde o dia em que me tornei rei. De fato, pensei tê-la encontrado uma vez; pensei que estivesse morta há alguns anos. É uma surpresa para mim que ela ainda esteja viva, mas, se há gelo em suas veias, não há dúvidas.

O príncipe franziu o cenho. Era coisa demais para processar.

— O senhor diz que ela é a única herdeira sobrevivente de um reino antigo. Mas isso não faria dela...

— Sim — confirmou o avô. — Sim. Ela é considerada uma rainha para o próprio povo.

Kamran respirou fundo.

— Por que nunca me contou sobre isso? Que havia outro reino em Ardunia?

Zaal tocou dois dedos na têmpora, parecendo de repente cansado.

— Eles morreram há milhares de anos. Não são como nós, Kamran; não passam a linhagem através dos filhos. Afirmam que seus soberanos são escolhidos pela terra, marcados pelo frio infinito que outrora foram obrigados a suportar. Dizem que o gelo escolhe apenas os mais fortes entre eles, pois há muito poucos que podem sobreviver à brutalidade da geada dentro do corpo. — Uma pausa. — Certamente você notou que ela não é uma garota comum.

— Mas, ainda assim... Perdoe-me, mas ela não parece ter consciência sobre ser quem é. Ela vive entre as classes baixas, passa os dias executando trabalhos pesados. Não acha que...

— Que ela pode não saber a respeito de si mesma? Do que é capaz?

— Acho que é possível, sim, que ela não saiba. Como parece não ter família, talvez ninguém tenha lhe contado...

O rei Zaal riu de novo, embora tristemente dessa vez.

— O gelo corre nas veias da garota — explicou, balançando a cabeça. — Um gelo tão raro que é reverenciado, mesmo quando danifica o corpo. Tal poder deixa marcas, meu jovem. A moça sem dúvida carrega a prova de sua identidade na própria pele...

— Vossa Majestade...

— Mas sim, vamos supor. Por você, vamos supor que esteja certo, que ela não sabe quem é. E então? — O rei colocou as mãos sob o queixo. — Se não acha que há outros à procura dela neste momento, você não está prestando atenção o suficiente ao que se passa. Há comunidades de jinns que continuam a perturbar nosso império. Entre eles, há muitos iludidos o suficiente para pensar que a ressurreição de um mundo antigo é o futuro.

A mandíbula de Kamran ficou tensa. Ele não apreciou a condescendência no tom do avô.

— Na verdade, estou bem ciente disso — disse ele sem rodeios. — Eu humildemente lembraria ao meu avô que viajei por mais de um ano, supervisionando nossos exércitos, testemunhando tais acontecimentos em primeira mão. Não é a ameaça que não entendo, Vossa Majestade, mas a tática. Atacar uma jovem inocente de forma preventiva... Não seria pior? E se nossas ações contra ela forem descobertas? Isso não resultaria em um caos maior?

Por um momento, o rei Zaal ficou em silêncio.

— É realmente um risco — disse ele enfim. — Mas um risco que já foi considerado com cuidado. Se a garota reivindicasse seu lugar como a rainha de seu povo, é possível, mesmo com os limites dos Tratados de Fogo, que uma raça inteira lhe jurasse aliança com base apenas em uma antiga lealdade. Os Tratados seriam esquecidos tão rápido quanto o acender de uma tocha. Os jinns de Ardunia formariam um exército; o restante dos civis se revoltaria. Um levante iria causar estragos por toda a nação. A paz e a segurança seriam arruinadas por meses, anos, até, na busca de um sonho impossível.

Kamran sentiu-se cada vez mais irritado e forçou-se a manter a calma.

— Com todo o respeito, Vossa Majestade, se consideramos que nossos Tratados seriam quebrados de maneira tão banal, deveríamos nos perguntar o que os torna tão frágeis. Se os jinns entre nós se revoltariam tão facilmente, e jurariam lealdade a uma outra autoridade, não deveríamos primeiro considerar a insatisfação que poderia levá-los à revolução? Talvez, se eles tivessem mais motivos para serem leais a nós, eles não...

— Seu idealismo — disse o rei Zaal bruscamente — é romântico. Diplomático. E nada realista. Não entende a minha motivação para o estabelecimento dos Tratados? A razão pela qual busquei com tanto fervor a unificação das raças era driblar a profecia, amarrar os dois grupos para que os jinns não pudessem ser tão reivindicados por um novo soberano de modo tão simples...

— Perdão — falou Kamran com raiva. — Pensei que tivesse estabelecido os Tratados para trazer a paz ao nosso império, para enfim acabar com o desnecessário derramamento de sangue...

— E foi exatamente o que fiz — trovejou o rei Zaal, mais do que igualando o tom ao do neto. — Seus próprios olhos não podem refutar. Desde que nasceu, você tem visto todos os meus esforços para servir ao nosso povo. Sempre tentei evitar a guerra, com a minha própria vida.

Tentei contornar a tragédia. Tentei proteger o nosso legado. Um dia, Kamran, não tenho dúvidas de que você será um grande rei. Até que este dia chegue, há muito que não consegue ver, e muito mais que deveria prever. Diga-me: pode imaginar tal revolta sendo bem-sucedida?

— Isso importa? — o príncipe quase gritou.

O rei Zaal ergueu o queixo e respirou fundo.

— Perdoe-me. — Kamran baixou os olhos e se recompôs. — Mas importa se são capazes de ter sucesso? Não há perigo maior, Vossa Majestade, em exigir a obediência de súditos relutantes? Algum soberano deveria ficar satisfeito com a tênue fidelidade de um povo apenas à espera do momento certo para libertar a raiva, para revoltar-se? Não seria mais sábio dar voz a tal povo agora, a fim de abrandar sua raiva, com o intuito de evitar uma revolução posterior?

— Você é muito bom — afirmou o avô friamente — em apresentar argumentos claros e lógicos e elevá-los a um nível tão esotérico que se tornam ineficazes. Seu raciocínio, embora admiravelmente apaixonado, não resiste às tempestades do mundo real. Não se trata de *direitos*, menino, mas de racionalidade. Trata-se de evitar um derramamento de sangue tão horrível que impediria um homem de fechar os olhos para sempre. O que mais me surpreende é que você, o iminente herdeiro deste trono, consideraria até mesmo permitir o surgimento de outra monarquia na própria nação. — O avô hesitou por um momento, estudou o rosto de Kamran. — Você conheceu a garota, pelo que entendi? Falou com ela?

Kamran ficou tenso; um músculo saltou em sua mandíbula.

— Sim — confirmou o rei. — Como eu pensava.

— Não a conheço, Vossa Majestade. Só conheço suas circunstâncias, e pouco. Meus argumentos não são influenciados por...

— Você é jovem — disse o avô. — Como tal, tem todo o direito de ser tolo. Na verdade, é natural cometer erros na sua idade, apaixonar-se por um rostinho bonito e pagar caro pela insensatez. Mas isso, Kamran, isso não seria tolice. Isso não seria loucura. Isso seria uma *farsa*. Nada de bom pode resultar de uma aliança assim. Dei-lhe uma ordem, pedi que encontrasse uma esposa...

Um rompante de loucura levou Kamran a dizer:

— Essa garota tem sangue real, não é?

O rei Zaal levantou-se, abandonando o trono com uma agilidade que desmentia sua idade. Ele carregava uma clava de ouro, com a qual bateu no chão brilhante. Kamran nunca vira o avô com tamanha raiva — nunca o vira liberar assim o peso de seu temperamento — e a transformação lhe deu arrepios. Kamran não viu um homem naquele momento, mas um rei; um rei que governava o maior império do mundo por quase um século.

— Você se atreveria a fazer essa piada de mau gosto — bravejou ele com o peito arfando ao encarar o neto — sobre uma criatura predestinada a orquestrar minha morte.

Kamran engoliu em seco. As palavras pareciam cinzas em sua garganta ao dizer:

— Peço que me perdoe.

O rei Zaal respirou fundo, o corpo tremendo com o esforço de manter a calma. Pareceu terem passado séculos antes que ele enfim retornasse ao trono.

— Agora me responda com sinceridade — afirmou o avô, com calma. — Conhecendo o poder de Ardunia, diga-me com honestidade se pode imaginar tal revolta vitoriosa.

Kamran baixou os olhos.

— Não posso.

— Não — repetiu o rei. — Nem eu. Como esperariam nos vencer? Nosso império é muito antigo; nossos exércitos, muito fortes; nossas bases espalhadas profusamente pela nação. Seria uma longa e sangrenta guerra, e tudo em vão. Quantas vidas seriam perdidas por uma revolução impossível?

Kamran fechou os olhos.

— Você consideraria arriscar a paz de milhões de pessoas — continuou o avô — e provocar a morte de outras dezenas de milhares de inocentes para poupar a vida de uma garota? Por quê? Por que poupá-la quando já sabemos quem ela vai se tornar? O que ela ainda fará? Meu querido garoto, esse é o tipo de decisão que será forçado a tomar, repetidas vezes, até a morte levar sua alma deste mundo. Espero nunca o ter feito acreditar que seria uma tarefa fácil.

Um longo silêncio se estendeu entre eles.

— Vossa Majestade — disse o príncipe enfim. — Não ouso negar sua sabedoria nem pretendo menosprezar a profecia de nossos Profetas. Apenas argumento que talvez devamos aguardar que ela se torne a inimiga profetizada para eliminá-la.

— Você esperaria que o veneno devastasse seu corpo, Kamran, antes de tomar o antídoto que segura o tempo todo nas próprias mãos?

Kamran estudou o chão e não respondeu.

Havia tanto que o príncipe desejava dizer, mas aquela conversa parecia impossível. Como ele poderia pedir pela clemência da pessoa que, segundo acreditavam, provocaria a morte do avô?

Se a garota fizesse a menor das ameaças contra o rei Zaal, a escolha de Kamran seria clara, suas emoções estariam resolutas. Ele não teria escrúpulos em defender o avô com a própria vida.

O problema era que Kamran não conseguia acreditar que a jovem — como ela era agora — tinha algum interesse em derrubar o trono. Assassiná-la enquanto inocente parecia-lhe uma ação sombria o bastante para deturpar a alma.

Ainda assim, ele não podia dizer nada disso por medo de ofender o rei, além de evitar perder o pouco respeito que o avô ainda nutria por ele. Os dois nunca haviam brigado assim, nunca tiveram posições tão distantes sobre um assunto tão importante.

Contudo, Kamran sentiu que tinha de tentar. Só mais uma vez:

— Não poderíamos considerar — disse — talvez mantê-la em algum lugar? Escondida?

O rei Zaal inclinou a cabeça.

— Você quer colocá-la em uma prisão?

— Não... Não em uma prisão, mas... Talvez pudéssemos encorajá-la a ir embora, a viver em outro lugar...

O rosto do avô se fechou.

— Por que não consegue entender? A garota não pode ficar livre. Enquanto estiver livre, pode ser encontrada, pode ser convocada, pode se tornar o símbolo de uma revolução. Enquanto eu for rei, não posso permitir isso.

Kamran voltou seu olhar para o chão.

Sentiu uma dor selvagem atravessando-o, a lâmina do fracasso. Luto. A garota seria condenada à morte por causa *dele*, porque ele tivera a audácia de notá-la, e a petulância de revelar o que tinha visto.

— Esta noite — afirmou o rei gravemente — dar-se-á um jeito na garota. Amanhã à noite, você escolherá uma esposa.

Kamran levantou o olhar em um instante, os olhos selvagens.

— Vossa Majestade…

— E nunca mais discutiremos isso.

QUINZE

PELO brilho sedoso de uma janela iluminada pelo sol, ela avistou um movimento, depois o ouviu: um bater de asas, como o som de folhas ao vento se juntando e se separando. Alizeh estava lavando as janelas da Casa Baz naquela linda manhã e, em comparação às tarefas do dia anterior, o trabalho parecia quase luxuoso.

O som de asas ficou subitamente mais alto, e um pequeno corpo entrou pela janela com um *plof* suave.

Alizeh o enxotou.

O inseto esvoaçante repetiu a ação mais duas vezes. A garota verificou se estava sozinha antes de levar um único dedo aos lábios.

— Você deve ficar quieto — sussurrou. — E ficar perto de mim.

O vaga-lume obedeceu e pousou suavemente na nuca dela, onde recolheu as asas, rastejou para baixo e enfiou a cabeça sob o colarinho dela.

Alizeh mergulhou a esponja no balde, torceu o excesso de água e continuou a esfregar o vidro manchado. Ela reaplicara a pomada nas mãos e no pescoço na noite anterior, o que havia tornado sua dor bastante suportável de manhã. De fato, na presença do sol, todos os temores induzidos pelos acontecimentos da noite haviam desaparecido. Era mais fácil para Alizeh declarar seus medos dramáticos demais quando o céu estava tão claro, quando suas mãos não latejavam mais de dor.

Hoje, ela jurou, seria mais fácil.

Ela não temeria a repreensão do boticário; nem se preocuparia com o príncipe, que apenas lhe fizera uma gentileza. Não se incomodaria com o sumiço do lenço, que sem dúvida seria encontrado; não temeria pela própria saúde, não agora que tinha seus unguentos. E o diabo, ela concluiu, poderia ir para o inferno.

As coisas iriam melhorar.

Naquela noite, ela tinha um compromisso *dentro* da residência do embaixador de Lojjan. Fora contratada para desenhar e executar cinco vestidos, pelos quais esperava ganhar um total de quarenta cobres, que era quase meia moeda de ouro.

Pelos céus, Alizeh nunca tinha segurado uma moeda do tipo.

Seus pensamentos iam longe com as possibilidades que tamanha soma poderia fornecer. Sua maior esperança era garantir clientes suficientes para ter uma vida normal, pois só então poderia sair da Casa Baz. Se fosse cuidadosa e conseguisse se manter com pouco, ansiava um dia poder pagar por um quartinho só dela — talvez em algum lugar desabitado nos arredores da cidade, um lugar no qual nunca seria incomodada.

Seu coração se aqueceu com o pensamento.

De algum modo, ela conseguiria. Manteria a cabeça baixa e trabalharia duro e, um dia, estaria livre daquele lugar, daquelas pessoas.

Ela hesitou, com a esponja pressionada contra o vidro.

Alizeh não pôde deixar de pensar como era estranho realizar aquele trabalho braçal. Por toda a sua vida soube que gostaria de trabalhar a serviço dos outros, mas não assim.

A vida, ao que parecia, era irônica.

Alizeh fora criada para liderar, unificar, libertar pessoas da subsistência em que foram forçadas a viver.

Um dia, acreditaram que ela faria renascer uma civilização inteira.

A dolorosa geada crescendo dentro de suas veias era um fenômeno primitivo, perdido por seu povo milênios atrás. Ela sabia apenas um pouco sobre as habilidades que diziam que ela tinha, pois, embora houvesse um poder inerente no gelo que pulsava por seu corpo, era um poder que não podia ser utilizado até que atingisse a maioridade e, mesmo assim, não amadureceria sem a ajuda de uma antiga magia enterrada nas profundezas das montanhas Arya, onde seus ancestrais deram origem ao primeiro reinado.

E, então, é claro, ela precisaria de um reino.

A ideia lhe pareceu tão absurda que quase a fez rir, mesmo que partisse seu coração.

Ainda assim, fazia pelo menos mil anos desde o último relato de um jinn que nascera com gelo nas veias, o que tornava a mera existência de Alizeh um milagre. Quase duas décadas antes, sussurros sobre os estranhos e frios olhos de Alizeh espalharam-se entre os jinns tal qual apenas um boato pode se espalhar, construindo expectativas todos os dias nas encostas de seus ombros jovens. Seus pais, por terem ciência de que a filha não estaria em segurança até atingir os dezoito anos, tinham-na afastado desse mundo barulhento e carente, escondendo-a por tanto tempo que os sussurros, sem combustível, foram se reduzindo a cinzas ao vento.

Alizeh também foi esquecida pouco depois.

Todos os que sabiam de sua existência estavam mortos, e ela, que não tinha aliado, nem reino, nem magia, nem recursos, sabia que sua vida seria mais bem vivida se apenas tentasse sobreviver.

Ela não tinha mais nenhuma ambição além do desejo de ter uma existência silenciosa e oculta. Em seus momentos mais esperançosos, Alizeh sonhava em morar em algum lugar perdido no campo, cuidando de um rebanho de ovelhas. Ela as tosquiaria durante a primavera e usaria a lã para tecer um tapete tão longo quanto a circunferência da Terra. Era um sonho ao mesmo tempo simples e impossível, mas era algo que lhe dava conforto quando sua mente precisava escapar.

Ela prometia a si mesma que as coisas nem sempre seriam tão difíceis, que pouco a pouco os dias iriam melhorar.

Na verdade, as coisas já estavam melhores.

Pela primeira vez em anos, Alizeh tinha uma companhia. E, como que para lembrá-la, o vaga-lume cutucou-lhe o pescoço.

Alizeh balançou a cabeça.

O vaga-lume a cutucou novamente.

— Sim, eu sei, você deixou bem claro que gostaria que eu saísse com você — disse ela, mal respirando entre as palavras. — Mas, como pode ver, não tenho permissão para sair daqui quando eu bem quiser.

Ela quase podia sentir a tristeza do vaga-lume, que murchou no pescoço dela, esfregando uma patinha sobre os olhinhos.

A criatura havia entrado sorrateiramente na Casa Baz na noite anterior, durante o breve intervalo em que o príncipe abrira e fechara a porta dos fundos. Ele voou intensa e rapidamente na direção dela, atingindo a bochecha da garota com seu pequeno corpo.

Fazia tanto tempo que Alizeh não via um vaga-lume que, a princípio, não identificou a criatura de imediato. Quando o fez, ela sorriu tanto que mal se reconheceu.

Alizeh tinha recebido um vaga-lume.

Um comunicado.

De quem? Ela não sabia. Embora não por falta de esforço do inseto. O pobre estava tentando arrastá-la para fora desde o momento em que a encontrara. Havia uma relação especial entre jinns e vaga--lumes, pois, embora não pudessem se comunicar diretamente, eles se entendiam de maneira única, compreensível apenas para as duas espécies. Os vaga-lumes eram para os jinns o que outros animais eram para os Argilas: amados companheiros, amigos leais. Camaradas na luta.

Alizeh compreendia, por exemplo, que esse vaga-lume era um amigo, que já sabia quem ela era e que desejava agora guiá-la até o seu dono. Embora parecesse que nem o vaga-lume nem o dono entendessem os limites que cerceavam a liberdade da criada.

Ela suspirou.

Demorou o máximo possível para esfregar cada delicada vidraça, apreciando a ampla vista. Era raro que ela tivesse tempo para absorver a beleza de Setar e a saboreou agora: o movimento nas ruas, a cordilheira de Istanez coberta de neve ao longe; as colinas verdejantes e geladas ao meio. Dezenas de rios estreitos cortavam a paisagem, os vales azul-turquesa com a água da chuva, marcados em ambos os lados por vastidões de campos de açafrão e de rosas.

Alizeh era do norte de Ardunia — da província de Temzeel, uma região gelada e alta, tão perto das estrelas que a garota pensava poder tocá-las. Sentia tanta falta de casa, mas não podia negar os esplendores de Setar.

De repente, o sino tocou.

Era meio-dia, a manhã agora estava oficialmente acabada. O sol havia deslizado discretamente para o ápice do horizonte, e Alizeh maravilhou-se com isso através do vidro, com o alegre calor que emanava por toda a terra.

Ela realmente estava de bom humor.

Reconhecia que tinha sido bom chorar na noite anterior, para liberar um pouco da pressão no peito. Sentiu-se mais leve de manhã, melhor do que há muito tem…

A esponja caiu de seus dedos sem aviso, aterrissando com um baque surdo em seu balde cheio de sabão, espirrando água suja em seu *snoda* limpinho. Ansiosa, ela secou as mãos no avental e se voltou para mais perto da janela.

Ela não podia acreditar no que via.

Tapou a mão com a boca, dominada por uma felicidade irracional à qual talvez nem tivesse direito. Aquele terrível menino fesht quase lhe cortara a garganta; que motivo ela tinha para estar encantada em vê-lo agora? Ah, ela não sabia e não se importava.

Não podia acreditar que ele tivesse vindo.

Alizeh o observou subir o caminho, maravilhando-se novamente com a cor vibrante dos cabelos ruivos e o corpo precocemente longo. O menino era uns trinta centímetros mais alto que ela e pelo menos cinco anos mais jovem; ela ficou admirada com o fato de ele crescer tanto comendo tão pouco.

O menino chegou então à bifurcação do caminho, fazendo uma curva acentuada para a direita onde ele deveria ter ido para a esquerda, sua inquietante escolha o direcionando direto para a entrada principal. Quando Alizeh teve certeza de que a figura vívida havia desaparecido de vez, sua alegria evaporou.

Por que ele iria até a porta da frente?

Ela instruíra o menino a ir para a cozinha, não para a entrada da casa. Se ela se apressasse poderia descer para encontrá-lo, com a desculpa de pegar mais água. Mas, se ele fosse descoberto na porta da frente, não apenas ele seria açoitado pela insolência, como ela seria enxotada por lhe ter prometido pão.

Alizeh recostou-se, seu coração disparando ao pensar nisso.

Aquilo era culpa dela? Ela deveria ter explicado as coisas com mais minúcia ao menino? Mas que criança de rua era iludida o suficiente para pensar que seria admitida na entrada principal de uma grande propriedade?

Ela deixou cair o rosto em suas mãos.

O vaga-lume bateu as asas no pescoço dela, fazendo uma pergunta óbvia.

Alizeh balançou a cabeça.

— Ah, nada — disse ela suavemente. — Só tenho certeza de que serei jogada na rua... Logo mais.

O vaga-lume ficou animado, levantando voo e dirigindo o corpo mais uma vez para a janela.

Plof. Plof.

Alizeh não pôde evitar abrir um sorriso, por mais relutante que fosse.

— Não de um jeito bom, sua criatura boba.

— Menina! — uma voz familiar rosnou para ela.

Alizeh congelou.

— *Menina!*

Em um piscar de olhos, o vaga-lume voou pelo punho da manga de Alizeh, onde estremeceu contra sua pele.

Alizeh virou-se lentamente de seu assento no vão da janela para encarar a sra. Amina. A governanta conseguiu de alguma forma se erguer sobre a menina mesmo estando em uma posição mais baixa.

— Sim, senhora?

— Com quem você estava falando?

— Ninguém, senhora.

— Eu vi seus lábios se movendo.

— Eu estava cantarolando uma canção, senhora.

Alizeh mordeu o lábio. Ela queria dizer mais — oferecer uma mentira mais robusta —, mas estava mais cautelosa do que nunca para não falar demais.

— Seu trabalho é desaparecer — disse a sra. Amina bruscamente. — Você não tem permissão para cantarolar, não tem permissão para falar, não tem permissão para olhar para ninguém. Você não existe enquanto trabalha aqui, especialmente quando está nos andares principais. Fui clara?

O coração de Alizeh estava acelerado.

— Sim, senhora.

— Desça aqui. *Agora.*

O corpo de Alizeh ficou de súbito pesado. Ela desceu a escada de madeira frágil como se estivesse em um sonho, com os batimentos do coração ficando mais altos. Manteve os olhos no chão ao se aproximar da governanta.

— Perdoe-me — disse suavemente, mantendo a cabeça baixa. — Isso não vai acontecer de novo.

— Atrevo-me a dizer que não.

Alizeh se preparou, esperando o que parecia inevitável, quando a sra. Amina de repente pigarreou.

— Você tem um visitante — informou ela.

Muito lentamente, Alizeh olhou para cima.

— Perdão, senhora?

— Você pode encontrá-lo na cozinha. Terá quinze minutos.

— Mas quem…

— E nem um minuto mais, entendeu?

— S-sim. Sim, senhora.

A sra. Amina saiu marchando, deixando Alizeh parada no lugar. Ela não podia acreditar. *Um visitante*? Tinha que ser o menino, não? O menino fesht.

Mas — como poderia uma criança de rua ter sido recebida na casa de uma duquesa? Como poderiam ter concedido ao menino um encontro com uma criada da mais baixa ordem?

Ah, sua curiosidade não se aquietaria. Alizeh não andou, mas voou para a cozinha, tapando a boca com a manga no caminho.

— Parece que não serei atirada na rua, no fim das contas. — Ela respirou, mal ousando mover os lábios. — Isso é uma boa notícia, não é? E agora tenho um…

Ela parou, diminuindo a velocidade quando percebeu que não podia mais sentir as pernas do vaga-lume no braço, nem as asas em sua sua pele. Ela espiou dentro da manga.

— Onde você está? — sussurrou.

O vaga-lume não estava em lugar nenhum.

DEZESSEIS

A tarde se elevou brilhante e límpida, o sol estava orgulhoso no céu. A tempestade da noite anterior havia lavado a cidade de Setar, deixando em seu rastro um frescor e clareza dos quais o herdeiro do trono não compartilhava.

Kamran suspirou na direção do sol, amaldiçoando aquele brilho, aquela beleza. Ele já havia sido tomado por muitos humores obscuros em seus dezoito anos, mas naquele momento se sentia especialmente instável.

Ainda assim, o rapaz não era cruel.

Ele sabia que não devia ceder espaço à escuridão e havia trocado o palácio pela floresta Surati, cujas imponentes árvores cor-de-rosa pareciam saídas de um sonho. Era um dos lugares preferidos do príncipe, não só pela beleza, mas também pela reclusão, pois era acessível apenas por penhascos — dos quais era necessário saltar, e muitos assim morriam.

Kamran nunca se importou muito com esse risco.

Trouxera com ele apenas um pequeno tapete vermelho estampado, que havia desenrolado no chão nevado da floresta e sobre o qual agora estava deitado. Estava olhando impassível para o arvoredo impressionante, os troncos rosados fluorescentes e as folhas cor-de-rosa. A neve fresca havia coberto a longa faixa de musgo verde no chão, mas a infindável renda branca emprestava sua própria beleza fria à cena.

Kamran fechou os olhos enquanto uma brisa patinava em seu rosto, bagunçando as ondas pretas e brilhantes de seu cabelo. Ele ouviu o doce chilrear de um par de pássaros canoros, o zumbido de uma rara libélula. O falcão circulando no alto pode ter testemunhado apenas um jovem em repouso, mas a formiga humilde compreenderia melhor, pois teria sentido o tremor violento emanando dos membros do rapaz e atingindo o chão da floresta.

Não, a raiva de Kamran não poderia ser contida.

Não era de se admirar, então, que ele permanecesse impassível deitado no meio de uma terra desconhecida. Cobras e aranhas, escaravelhos e leopardos-das-neves, insetos grandes e pequenos, ursos brancos e marrons. Todos eles sabiam manter a distância do jovem príncipe, pois não havia nada que repelisse mais do que a raiva, e a floresta tremia com esse aviso.

Naquele dia, Kamran começara a duvidar de tudo.

Sentira apenas tristeza ao deixar os aposentos do avô naquela manhã, mas, com o passar do dia, a mente dele continuou a trabalhar, com a raiva se espalhando como hera. Experimentava a dor da desilusão, rememorando tudo que sabia sobre o avô; cada momento em que o julgou um homem justo e benevolente. Tudo o que o rei Zaal fizera para o bem comum... Fora apenas em nome da própria proteção?

Mesmo agora Kamran ouvia a voz de seu avô em sua cabeça...

De fato, pensei tê-la encontrado uma vez; pensei que estivesse morta há alguns anos.

Kamran não havia questionado a declaração do rei, mas, agora, descansando, vasculhou cada palavra da conversa, revirou-a do avesso para a analisar.

O que o avô quis dizer quando declarou surpresa por a garota ainda estar viva? Significava que ele já teria tentado matá-la?

Há alguns anos, dissera ele.

A garota não poderia ser mais velha do que Kamran — ele tinha certeza disso —, então lhe restava qual conclusão? Que seu avô tentara matar uma criança?

O príncipe sentou-se, passou as mãos pelo rosto.

Racionalmente, ele sabia que as circunstâncias não eram comuns.

Que a missão da garota havia sido pressagiada pelos Profetas, e isso era muito importante, uma vez que a boca de sacerdotes e sacerdotisas era selada por magia pura antes mesmo de serem autorizados a fazer seus votos. Por conta disso, eles eram fisicamente incapazes de contar mentiras, e suas profecias serviam de combustível para as lendas.

Eles nunca erraram.

Entretanto, por mais que tentasse conciliar seu coração com o doloroso contexto, o príncipe não podia tolerar a morte de alguém inocente. Ele não conseguia aceitar o assassinato da garota, não assim, não pelo crime de meramente existir.

Então, depois da discussão, tornou-se primordial para Kamran reconciliar coração e mente. Ele ansiava estar ao lado de seu avô, que por dezoito anos sempre tratara Kamran com amor e lealdade em abundância. O príncipe poderia aprender a aceitar as imperfeições do avô; tudo o mais poderia ser perdoado se ele pudesse apenas provar o mérito do argumento do rei — que a jovem era uma ameaça. Pensando nisso, o príncipe se consolara com um único plano de ação:

Encontrar provas.

Provaria a si mesmo que a garota estava conspirando contra a coroa; que tinha o intuito de derramar sangue; que esperava incitar uma revolta.

Certamente parecia possível.

Contudo, quanto mais pensava nisso, mais difícil era acreditar que a garota não soubesse quem ela era.

Nesse ponto, o avô tinha de estar certo. O que mais justificaria o refinamento, a elegância e a educação, o conhecimento de vários idiomas? Ela foi educada para ser a realeza, não é? Rebaixar-se em anonimato seria um disfarce? O *snoda* era apenas uma desculpa para esconder os olhos excepcionais, que provavelmente eram a prova de sua identidade?

Que inferno, Kamran não conseguia chegar a uma conclusão.

Tudo não passava de um teatro? Ela trabalhava todos os dias para se sustentar, esfregando o chão de gente abaixo dela, limpando os banheiros de uma simples dama da sociedade.

Profundamente agitado, Kamran puxou o capuz sobre a cabeça, ajustou a cota de malha sobre o rosto e rumou dos aposentos de seu avô para o centro da cidade.

Estava determinado a dar sentido ao que parecia ser uma loucura, e os pacotes pareciam ser o caminho mais fácil para chegar à razão.

Kamran havia reconhecido o selo na noite anterior: eram do boticário da cidade. Apenas de manhã lhe ocorreu que a garota pudesse ter reagido de maneira exagerada em relação àquela perda. De repente, lhe parecia estranho que alguém ficasse histérico por perder alguns medicamentos herbáceos — itens que eram encontrados com facilidade e facilmente substituídos.

Então era possível que houvesse algo mais envolvido.

Os embrulhos poderiam provar o envolvimento dela com algum plano nefasto, ligá-la a uma conspiração dissimulada; descobrir a verdade sobre os pacotes poderia identificá-la como uma verdadeira ameaça ao império. Ele se consolou ao pensar que talvez não fosse tarde demais para encontrar uma maneira de apoiar a decisão do rei contra a garota.

Então ele partiu.

Seria simples localizar o boticário, disfarçar-se de magistrado, fazer perguntas ao proprietário. Ele fingiu estar indo de loja em loja para sanar dúvidas quanto a possíveis atos criminosos cometidos durante a festa da noite anterior, e havia pressionado o pobre homem sobre cada detalhe dos clientes noturnos.

Uma cliente em especial.

— Senhor, confesso que não estou entendendo — disse o proprietário, nervosamente. Era um homem magro, com cabelos pretos e pele amendoada; um homem chamado Deen. — Ela comprou apenas o que recomendei para os ferimentos, nada mais.

— E o que você recomendou?

— Ah. — Ele vacilou um pouco enquanto se lembrava. — Ah, apenas... Bem, dois tipos de pomada. Ela tinha machucados diferentes, senhor, mas os dois tratamentos eram para a ajudar com a dor e proteger contra infecção, só de formas ligeiramente diferentes. Nada de anormal. Isso foi tudo mesmo. Ah, sim, apenas pomada e... E alguns curativos de linho.

Pomada e curativos de linho.

Ela caíra de joelhos na sarjeta para salvar alguns cobres gastos em pomada e curativos de linho?

— Tem certeza? — perguntou Kamran. — Não houve nada mais... Nada de valor considerável? Nada particularmente precioso ou caro?

Com isso, a tensão no corpo de Deen pareceu se aliviar. O boticário piscou com curiosidade para o homem com a face coberta de cota de malha — o homem que ele considerava um magistrado — e disse com uma calma surpreendente:

— Quando uma pessoa está sentindo uma dor intensa, senhor, o remédio não é tudo para ela? Não vale mais do que qualquer outra coisa?

Kamran conseguiu parecer indiferente ao responder:

— Quer dizer que a garota estava com uma dor intensa?

— Com certeza. Ela não reclamou, mas os machucados eram graves e ficaram expostos o dia todo. Já testemunhei muitos homens em minha loja chorando por ferimentos menores.

Kamran sentiu essas palavras como um golpe.

— Perdoe-me — disse Deen cuidadosamente. — Mas, como magistrado, você deve saber que um *snoda* ganha basicamente apenas um abrigo? É raro ver um *snoda* na minha loja, porque a maioria recebe apenas três moedas por semana, além da moradia. Só Deus sabe como a garota conseguiu os cobres para me pagar. — Deen hesitou. — Explico isso só porque o senhor perguntou se a garota saiu daqui com algo de valor considerável e...

— Sim, entendo — retrucou Kamran rispidamente.

Ele se sentiu enojado, com vergonha de si mesmo. Mal ouviu o que Deen continuou a tagarelar, fornecendo detalhes que já não lhe importava mais ouvir. Kamran não queria saber que a garota era amigável e trabalhadora, pelo visto. Não queria ouvir Deen descrever o hematoma do rosto dela ou discutir as suspeitas de que ela estava sendo abusada por quem a empregasse.

— Ela era uma garota legal — continuou Deen. — Articulada até demais para um *snoda*, mas um pouco nervosa também, facilmente assustada. Mas talvez possa ter sido minha culpa. Sinto que posso ter sido duro com a pobre menina. Ela falou algumas coisas... E eu... — Ele parou de falar.

Ficou olhando pela janela. Kamran ficou rígido ao ouvir isso.

— Disse que coisas?

Deen balançou a cabeça.

— Ah, ela só estava puxando papo, na verdade. Receio que possa tê-la assustado. Ela saiu da loja tão rapidamente que não tive a chance de dar a ela os pincéis que precisava, embora suponha que ela possa continuar usando as mãos, desde que as mantenha limpas...

Kamran ouviu um rugido então, o som tão alto que abafou todo o restante, embaçando sua visão.

As árvores rosadas da floresta Surati entraram em foco com uma morosidade agoniante, o mundo real materializando uma sensação de cada vez. As fibras grosseiras do tapete vermelho sob sua cabeça e mãos, o peso das espadas em seu torso, o assobio do vento entre a vegetação, o aroma revigorante de pinheiro enchendo suas narinas.

Kamran passou um dedo pela neve como se fosse um bolo coberto de glacê; estudou por um momento o bocado brilhante na ponta do dedo e o levou à boca, tremendo um pouco quando o gelo derreteu na língua.

Uma raposa-vermelha disparou pela neve naquele momento e enrugou o nariz, sacudindo flocos dos olhos antes de mergulhar de volta na terra, não muito depois que cinco renas apareceram ao longe. O rebanho parou abruptamente ainda a quase um quilômetro de distância, os grandes pares de olhos se perguntando, sem dúvida, o que Kamran fazia ali.

Ele responderia, se tivessem perguntado.

O jovem lhes diria que viera para escapar. Para fugir da própria mente, de sua vida estranha. Diria que a informação pela qual buscava como um antídoto provara-se ser um veneno.

Ela seria morta.

Ele entendia isso, mas não sabia como aceitar que ela seria morta, logo ela que tratara com misericórdia um menino que tentara assassiná-la, que nascera rainha, mas ganhava a vida esfregando o chão e era, em troca, tratada com abuso e tirania. Ele a considerara louca por se jogar no chão por alguns cobres gastos com remédios, nunca pensando que aqueles poucos cobres poderiam ser tudo o que ela tinha no mundo.

Kamran exalou, fechou os olhos.

Para o príncipe, ela não parecia uma criminosa. Ele supôs que poderia encontrar novas maneiras de investigar a vida dela, mas seus instintos sempre confiáveis insistiam que não fazia sentido. Ele soubera disso antes mesmo de partir para a tarefa anterior, contudo estava em grande negação e não queria enfrentar a verdade: não importava a profecia, a versão da menina que vivia hoje não merecia morrer, e não havia nada que ele pudesse fazer a respeito.

Na verdade, seria culpa dele.

Ele tinha feito isso com a garota, havia lançado luz sobre ela quando ela desejava apenas desaparecer. Kamran viveria com esse arrependimento pelo resto da vida.

De fato, o príncipe sentiu tanto naquele exato momento que descobriu que não podia se mexer — não ousava se mexer. Se permitisse a si mesmo mexer-se um centímetro que fosse, pensou que pudesse ruir e, se permitisse isso, achava que poderia incendiar o mundo.

Ele abriu os olhos.

Uma única folha rosa caiu lentamente, girando ao pairar de uma árvore próxima, pousando sobre o nariz de Kamran. Ele arrancou a folha do rosto, girou-a pelo caule.

A loucura o fez cair na risada.

DEZESSETE

Não estavam sozinhos.

A cozinheira congelou onde estava, com o cutelo levantado, olhando estupefata os peculiares conhecidos, ambos nervosos, sentados à mesa da cozinha. Um grupo de criados espiava de uma curva do corredor, três cabeças empilhadas como tomates em um espeto. Outros espiavam por brechas das portas, alguns diminuíam o ritmo ao passar. Todos esperavam que uma única palavra fosse dita.

Alizeh não podia culpá-los pelo interesse.

Ela também estava chocada com a reviravolta. Ela e o menino fesht ainda não tinham falado muito, pois, assim que se cumprimentaram, perceberam metade dos criados aglomerados e boquiabertos ao redor deles. Mesmo assim, Alizeh sentiu uma felicidade diferente enquanto se encaravam, cada qual de um lado da mesa, sorrindo sem jeito.

— *Et mist ajeeb, nek? Hef nemek vot tan sora.* "É muito estranho, não? Que eu não possa ver seus olhos."

Alizeh sorriu.

— *Han. Bek nemekketosh et snoda minseg cravito.* "Sim. Mas não posso tirar o *snoda* no trabalho."

Ao ouvir a conversa indecifrável, a maioria dos criados soltou grandes suspiros de frustração e voltou ao dever. Alizeh olhou para os poucos que restaram, depois para a ampulheta que cronometrava os quinze minutos sobre a mesa. Os grãos de areia deslizavam sem parar de um bulbo de vidro para o outro, cada perda a enchendo de pavor. Ela duvidava que houvesse muitos — se houvesse — criados em Setar que falavam feshtoon, mas Alizeh não podia confiar nessa ideia.

Eles teriam de ser cuidadosos.

Voltou a encarar o menino fesht, que tinha se beneficiado muito dos cuidados dos Profetas. Os banhos regulares e as refeições o deixaram visivelmente transformado; ele era, debaixo de toda aquela sujeira, uma criança de bochechas rosadas e, quando sorriu, ela soube que era genuíno.

Seu coração se aqueceu com essa ideia.

Em feshtoon, ela disse:

— Há tanta coisa que eu gostaria de perguntar a você, mas temo que tenhamos pouco tempo. Você está bem, meu amiguinho? Vejo que está muito bem.

— Estou, senhorita, obrigado. Eu gostaria de poder dizer o mesmo, mas não consigo ver seu rosto.

Alizeh lutou contra uma risada.

— Mas estou feliz que você tenha feito curativos nas mãos. — Ele fez menção de analisar mais de perto, depois recuou, empalidecendo. — E machuquei seu pescoço, senhorita, estou vendo agora. Sinto muito mesmo.

— Ah — murmurou ela. — É só um arranhão.

— É mais do que um arranhão, senhorita. — O menino se endireitou. — E a procurei hoje para reparar o que fiz.

Ela sorriu, sentindo um carinho complicado pelo garoto.

— Perdoe-me — disse ela. — Mas minha curiosidade supera as minhas maneiras, e devo saber: como diabos você os convenceu a deixá-lo entrar pela porta da frente?

O menino sorriu, exibindo dentes ainda um pouco grandes demais para seu rosto.

— Você quer dizer por que permitiram que um ladrãozinho de rua nada respeitável entrasse pela porta da frente?

Alizeh correspondeu ao seu sorriso.

— Sim. Exatamente isso.

Por alguma razão, o menino pareceu satisfeito com aquela resposta, ou talvez estivesse aliviado por ela não negar o que havia acontecido de ruim entre eles.

— Bem — explicou ele —, porque agora sou uma pessoa importante, não sou? O príncipe salvou minha vida, não foi? E o próprio rei disse que estava muito feliz por eu não ter morrido. *Muito* feliz. E tenho papéis para provar isso.

— É verdade? — Alizeh piscou, acreditando em partes no que o menino estava dizendo, mas achando o entusiasmo dele encantador. — Isso deve ser maravilhoso para você.

Ele assentiu.

— Eles têm me dado ovos na maioria das manhãs, senhorita, e, sério, eu não posso reclamar. Mas hoje vim reparar o que fiz a você.

Alizeh assentiu.

— Como você disse.

— Isso mesmo — continuou ele, um pouco alto demais. — Vim convidá-la para uma festa!

— Entendo — afirmou a jovem, olhando com apreensão ao redor da cozinha quase vazia. Misericordiosamente, a maioria dos espectadores tinha se dispersado, tendo perdido a esperança de ouvi-los falando em Ardanz.

Alizeh e o menino estavam agora sozinhos, exceto por ocasionais criados que passavam pela cozinha; a sra. Amina estava sem dúvida ocupada demais com suas próprias tarefas para perder tempo vigiando um par de pobres-diabos.

— Minha nossa, uma festa. É muita gentileza da sua parte… — Alizeh hesitou, depois franziu a testa. — Sabe, acho que não sei seu nome.

O menino se inclinou para a frente, os braços cruzados sobre a mesa.

— Eu me chamo Omid, senhorita. Omid Shekarzadeh. Venho de Yent, da província de Fesht, e não tenho vergonha de dizer isso.

— Nem deveria ter — afirmou Alizeh, surpresa. — Já ouvi muito sobre Yent. É tão bonito assim quanto dizem?

Omid piscou, fitando-a por um momento como se ela pudesse estar louca.

— Peço desculpas, senhorita, mas hoje em dia tudo o que ouço falar de Fesht talvez não seja adequado para repetir na presente companhia.

Alizeh sorriu.

— Ah, mas isso é só porque muitas pessoas são estúpidas, não são? E as outras nunca foram a Fesht.

Os olhos de Omid se arregalaram, e ele soltou uma risada.

— Eu era muito jovem na última vez que fui para o sul — continuou Alizeh —, então minhas memórias da região são fracas. Mas a minha mãe me disse que o ar em Yent sempre cheira a açafrão e que as árvores crescem tanto que caem, com os galhos crescendo pelo chão. Ela disse que os campos de rosas ficam tão perto dos rios que, com as ventanias de verão, as flores são arrancadas dos caules e as pétalas caem na correnteza, perfumando a água. E que não havia uma bebida mais celestial do que a água de rosas do rio no calor do verão.

Muito lentamente, Omid assentiu.

— *Han* — disse. — Sua mãe está certa.

Ele afundou de volta no assento, colocando as mãos no colo. Por um momento antes de levantar o olhar de novo, seus olhos brilhavam com uma emoção contra a qual ele não foi capaz de lutar.

Suavemente, Alizeh falou:

— Sinto muito que você tenha tido de ir embora.

— Obrigado, senhorita. — Omid respirou fundo. — Mas é muito bom ouvir você falar sobre isso. Todos nos odeiam, pensam que Fesht é um lugar de burros e idiotas. Às vezes fico pensando se a minha vida lá não foi apenas sonho. — Uma pausa. — Você também não é de Setar, é?

O sorriso de Alizeh ficou tenso.

— Não sou.

— E sua mãe ainda está com você, senhorita? Ou teve que deixá-la?

— Ah. — Alizeh voltou o olhar para a madeira rústica da mesa. — Sim — respondeu suavemente. — Minha mãe ainda está comigo. Embora apenas na minha alma.

— *Mizon* — disse Omid, batendo na mesa com comoção.

Alizeh olhou para ele.

Mizon era uma palavra fesht que não se traduzia com facilidade, mas que era usada para descrever a emoção inexprimível de um inesperado momento em que duas pessoas se entendem.

— *Mizon* — repetiu Omid, desta vez com seriedade. — Como minha mãe comigo.

— E meu pai — completou Alizeh, sorrindo suavemente ao pôr dois dedos na testa e depois deixá-los no ar.

— E o meu. — O menino repetiu o gesto de pôr dois dedos na testa, depois deixá-los no ar, enquanto os olhos ainda brilhavam. — *Inta sana zorgana le pav wi saam.* "Que suas almas sejam elevadas para a paz dos altos."

— *Inta ghama spekana le luc nipaam* — respondeu ela. "Que suas tristezas sejam enviadas para um lugar desconhecido."

Essa era uma troca costumeira para a maioria dos ardunianos, uma oração realizada sempre que lembravam os mortos.

Alizeh desviou o olhar e mirou a ampulheta. Ela não choraria ali. Os dois tinham apenas mais alguns minutos, e ela não queria gastá-los sentindo-se triste.

Então fungou e disse com animação:

— Pois então. Você veio me convidar para uma festa. Quando vamos comemorar? Eu gostaria de poder fazer um passeio à tarde, mas infelizmente não tenho permissão para sair da Casa Baz durante o dia. Talvez possamos encontrar um trecho aberto de floresta à noite? Fazer um piquenique ao luar?

Para sua grande surpresa, Omid riu.

— Não — negou ele, balançando a cabeça com vigor. — Senhorita, quero convidá-la para uma festa *de verdade*. — E riu de novo. — Fui chamado para o baile de amanhã à noite como convidado especial do rei. — Ele pegou um pesado pergaminho dourado do bolso interno do casaco e desenrolou sobre a mesa diante dela. — Está vendo? Diz ali mesmo... — Ele apontou várias vezes. — Ali está dizendo que posso levar um convidado ao baile real.

Omid desenterrou outros dois pergaminhos, alisando-os na frente dela. Eram convites numerados, escritos à mão em caligrafia elaborada, e timbrados com o selo real. Cada um admitia um convidado.

Omid empurrou o convite extra sobre a mesa.

Com cuidado, Alizeh recolheu o pesado maço e o estudou por um longo tempo. Depois, fitou o menino.

Estava pasma.

— Não é isso que diz, senhorita? — Omid perguntou depois de um momento. Ele analisou o pergaminho de novo. — Sei só um pouco de ardanz, mas acho que estão corretos. Não estão?

Alizeh mal conseguia falar com o choque que sentiu.

— Sinto muito — disse ela enfim. — Eu não... Eu temo que ainda não... *Ah!* — Ela soltou um suspiro, cobrindo a boca com a mão enfaixada por curativos. — É esta a razão pela qual entrou pela porta da frente? É por isso que teve permissão de conversar comigo? Você... Ai, pelas divindades. Esses convites são mesmo reais?

— Você está muito contente, senhorita? — Omid sorriu, estufando um pouco o peito. — Antes eu não tinha permissão para levar um convidado, veja, mas estive pensando por um bom tempo em como fazer as pazes e, então... — Ele estalou os dedos. — Simplesmente tive a ideia, senhorita, do nada! Quando eles foram me ver de novo, falei que estava muito agradecido pelo convite, mas que tenho apenas doze anos, sabe, ainda sou uma criança, e uma criança não pode ir a um baile sem um adulto, então que, por favor, eu pudesse levar alguém, senão não iria de jeito nenhum! E pode acreditar, senhorita, eles não me questionaram, nem um pouco. Acho que os ministros do rei são meio burros.

Alizeh pegou o pergaminho, examinou o selo de cera.

— Então isto... Mas deve ser real. Nunca sonhei...

Havia muitos espantos para tentar compreender sobre o momento, mas talvez para Alizeh o mais chocante foi perceber que, mesmo com todos os deveres na Casa Baz, ela pudesse mesmo ir. Os bailes reais só começavam às nove ou dez horas da noite, o que significava que poderia deixar a Casa Baz à vontade. Não seria a primeira vez que perderia uma noite de sono — e era um preço que ela pagaria alegremente.

Melhor ainda: ela não precisaria contar a ninguém aonde estava indo, pois não tinha amigos que pudessem notar sua ausência durante a noite. Caso ela tivesse um quarto adequado na ala dos criados, talvez tivesse mais problemas para conseguir sair, já que a maioria das criadas compartilhava quartos e mantinha poucos segredos entre si.

Não que o baile precisasse ser mantido em segredo.

A presença dela no evento não seria ilegal, tecnicamente — embora ela duvidasse que houvesse precedentes: uma criada, um *snoda* participando de qualquer evento real... —, mas parecia improvável que outros aceitassem a ideia de a criada mais recente e descartável da Casa Baz ser convidada para a celebração. Ela ficaria surpresa se os outros empregados não a odiassem de inveja, mas então...

A garota franziu o cenho.

Se Omid entrou na Casa Baz graças aos papéis, a sra. Amina já não sabia dos convites? Ela já não teria sido informada sobre o assunto e tomado a decisão? A governanta poderia ter facilmente impedido o menino de entrar, poderia ter impedido que Alizeh conversasse com ele, mesmo que por pouco tempo. Então, seus quinze minutos com o menino poderiam ser a aprovação tácita de sua ida ao baile? Teria a sra. Amina lhe feito uma gentileza?

Alizeh mordeu o lábio; era difícil saber.

Ainda assim, a dúvida não a impediu de sonhar. Uma noite assim seria um deleite raro para qualquer pessoa, mas para Alizeh seria ainda mais especial, uma vez que não recebia um convite para ir a lugar nenhum em anos.

Na verdade, ela não fazia nada por diversão havia um longo tempo, infelizmente. Aquela seria uma experiência única, pois não seria apenas uma noite de animação, mas de animação na companhia de um amigo, alguém com quem criar e compartilhar histórias. Alizeh pensou que se contentaria apenas em ficar na parte de trás do salão de baile e olhar. Admirar os vestidos e reluzentes detalhes de um mundo real e vivo, tão diferente da labuta de suas horas de vigília. Parecia tão extravagante.

Parecia *divertido*.

— E podemos comer comida chique a noite toda! — exclamou Omid. — Deve ter tantos tipos de frutas e bolos e nozes e, ah, aposto que vai ter arroz-doce e espetinhos de carne, tantos ensopados e legumes em conserva. Dizem que o chef do palácio é uma lenda, senhorita. Vai ser um verdadeiro banquete, com música e dança e...

O menino hesitou de repente, as palavras morrendo em sua boca.

— Espero... — continuou hesitando um pouco. — Eu espero que você veja, senhorita, que esta é a minha maneira de pedir desculpas pelo meu erro. Minha mãe não teria ficado orgulhosa de mim naquela manhã, e penso nisso todos os dias. Você não sabe como estou envergonhado por tentar roubá-la.

Alizeh deu um sorriso fraco.

— E por tentar me matar?

Omid ficou vermelho-vivo; até a ponta das orelhas ficou escarlate.

— Ah, senhorita, eu não ia matar você, eu juro, nunca teria feito isso. Eu estava apenas... — Engoliu em seco. — Eu só... Eu estava com tanta fome, veja, e não conseguia pensar direito... Era como se um demônio tivesse me possuído...

Alizeh cobriu a mão sardenta dele com a sua enfaixada e a apertou um pouco:

— Está tudo bem. O demônio agora se foi. E aceito suas desculpas.

Omid levantou os olhos.

— Você aceita?

— Aceito.

— Assim, desse jeito? Sem eu ter que rastejar nem nada?

— Sem ter que rastejar nem nada. — Ela riu. — Apesar de que... Posso lhe fazer uma pergunta um pouco impertinente?

— O que quiser, senhorita.

— Bem... Perdoe-me se isso soa mal, pois não quero ser desrespeitosa... Mas me parece estranho que os homens do rei tenham concordado com o seu pedido sem pestanejar. A alta sociedade inteira deve estar se matando por uma chance de conseguir um convite desses. Posso imaginar que não tenha sido uma coisa à toa dar-lhe dois convites.

— Ah, é verdade, senhorita, sem dúvida, mas, como eu disse, estou bem importante agora. Eles precisam de mim.

— Ah, sim?

Ele assentiu.

— Tenho certeza de que preciso estar lá como um troféu — afirmou o garoto. — Uma prova viva, senhorita.

Alizeh ficou surpresa ao notar que o tom de Omid não era arrogante, mas sim demonstrava uma rara sabedoria para a sua idade.

— Um troféu? — indagou ela, dando-se conta do que ele dizia. — Um troféu para o príncipe, você quer dizer?

— Sim, senhorita, exatamente isso.

— Mas por que o príncipe exigiria esse troféu? A presença dele não é o suficiente?

— Não saberia dizer, senhorita. Só acho que eu sirvo para lembrar às pessoas como o império é misericordioso, sabe. Para contar a história do príncipe heroico e do gatuno do sul.

— Entendo. — O entusiasmo de Alizeh diminuiu. — E ele foi? — perguntou ela depois de um momento. — Heroico?

— De verdade, não sei dizer, senhorita. — Omid deu de ombros. — Eu estava quase morto quando ele salvou a minha vida.

Alizeh ficou quieta, abatida pelo lembrete de que aquela criança vibrante e ansiosa tentara tirar a própria vida. Ela tentou pensar no que dizer em seguida, hesitando.

— Senhorita?

Ela levantou o olhar.

— Sim?

— Acabei de perceber que você nunca me disse seu nome.

— Ah. — Ela se assustou. — Sim. Claro.

Alizeh conseguiu viver muito tempo sem precisar informar seu nome a quem quer que fosse, pois preferiam chamá-la só de *você* ou de *menina*. Mas, ah, que mal faria se ela dissesse a Omid seu nome agora? Quem estava ouvindo, afinal?

Baixinho, ela disse:

— Eu sou Alizeh.

— Alizeh — repetiu o garoto, sentindo-o nos lábios. — Pensei…

— *Chega.* — A sra. Amina pegou a ampulheta. — Já foi o bastante. Os quinze minutos acabaram. De volta ao trabalho, menina.

Alizeh pegou o pergaminho na velocidade da luz, deslizando-o para a manga com a habilidade de uma ladra experiente. Ela ficou de pé e fez uma reverência.

— Sim, senhora — respondeu a criada.

Ela arriscou um olhar na direção de Omid, oferecendo-lhe um aceno quase imperceptível, e já estava correndo para o corredor quando ele gritou:

— *Minda*! *Setunt tesh.* "Amanhã! Nove horas." *Manotan ai*! "Vejo você lá!"

A sra. Amina se endireitou, os braços tensos de raiva ao lado do corpo.

— Alguém, por favor, escolte essa criança para fora. *Agora.*

Dois serviçais apareceram em um instante, com braços estendidos como se fossem enxotar o menino, mas Omid não se atemorizou. Ele estava sorrindo, segurando os pergaminhos perto do peito e escorregando para fora do alcance deles quando disse:

— *Bep shayn aneti, eh? Wi nek snoda.* "Vista algo bonito, está bem? E nada de *snoda.*"

DEZOITO

Kamran inclinou a cabeça para o alto, para o mosaico azul no teto abobadado do centro de comando, não apenas para admirar a engenhosidade geométrica da execução, mas para afastar do colarinho rígido da túnica seu pescoço torturado.

O príncipe mostrara-se disposto a vestir aquela roupa apenas porque lhe tinha sido assegurado pelo criado que era feita de seda pura... E a seda, presumira, provaria ser mais confortável do que o seu outro traje formal. Supostamente, a seda deveria ser um tecido suave e macio, não deveria?

Então, como explicar a atrocidade que ele estava usando agora?

Kamran não conseguia entender por que a maldita roupa era tão áspera, ou por que fazia tanto barulho quando ele se mexia.

Claramente seu criado era um idiota.

Levou horas, mas a raiva de Kamran havia diminuído apenas o suficiente para levá-lo de volta para casa. Suas frustrações ainda fervilhavam num fogo baixo e constante, mas, quando a névoa da fúria clareou, ele olhou ao redor e decidiu que a única maneira de passar o dia era se concentrar nas coisas que poderia controlar. Temia que pudesse passar cada minuto fuzilando o relógio com raiva até ter certeza de que a garota estava morta.

Não poderia ser assim.

O príncipe pensou que seria muito melhor exorcizar os seus demônios perseguindo um inimigo conhecido — e pediu a Hazan que reunisse uma dúzia de militares de alto escalão. Havia muito o que discutir em relação às crescentes tensões com Tulan, e Kamran esperava passar o restante do dia dedicando-se a pensar em estratégias no centro de comando do palácio. Pensou que o trabalho o acalmaria.

Ele estava errado.

Como se aquele dia não estivesse sendo uma abominação desde o início, agora o príncipe parecia condenado a passar o restante das horas interagindo com imbecis; imbecis cujo trabalho era vesti-lo e guiá-lo e aconselhá-lo mal em todos os assuntos, tanto estrangeiros quanto domésticos.

Idiotas, todos idiotas.

Ele estava ouvindo um dos idiotas agora. O império de Ardunia tinha um Ministro da Defesa prolixo e inútil, e a criatura ensebada não só estava presente no centro de comando, como não parou de falar em nenhum momento para que alguém o retrucasse.

— Certamente, existem algumas preocupações sobre as relações com Tulan — o ministro explicava, pronunciando as palavras em um tom preguiçoso, com um ritmo tão entediante que Kamran desejava estrangular o homem. — Mas temos a situação sob controle, e eu humildemente vou lembrar Vossa Alteza, pois nosso estimado príncipe ainda não tinha colocado os pés em um campo de batalha quando essas provisões foram feitas, que foi o serviço de inteligência arduniano que formou alianças secretas com muitos dos funcionários do alto escalão de Tulan, que agora podem relatar qualquer informação digna de nota para seus aliados ardunianos...

Kamran fechou os olhos brevemente, cerrando os punhos para não bater nas próprias orelhas ou rasgar a camisa do corpo. Ele era obrigado a vestir roupas formais para aquela reunião, o que constituía um dos costumes mais ridículos dos tempos de paz. A década que haviam passado longe dos campos de batalha tornara os líderes militares de Ardunia — outrora lendários — homens burros e preguiçosos, despojados da urgência de sua função, degradados pelo tempo.

Kamran não era apenas príncipe de Ardunia, mas um dos únicos cinco tenentes-generais responsáveis pelos cinco respectivos exércitos em campo — cada um com a força de cem mil soldados —, e ele levava o cargo muito a sério.

Quando chegasse a sua hora de herdar o trono, Kamran também herdaria o posto do avô como comandante-geral de todo o exército arduniano, e havia poucos que não se ressentiam da iminente elevação do príncipe a uma posição de destaque em idade tão jovem. O posto deveria ter sido de seu pai, é verdade, mas esse era o destino de Kamran. Não poderia fugir disso, assim como não poderia ressuscitar os mortos.

Seu único recurso era trabalhar mais — e de maneira mais inteligente — para provar o seu valor.

Entre outras razões, isso explicava por que seus colegas não haviam aceitado bem o conselho excessivamente agressivo de Kamran, e quase o chamado de criança ignorante por ter ousado sugerir um ataque preventivo em solo tulaniano.

Kamran não se importou.

Era verdade que aqueles homens tinham o benefício da idade e de décadas de experiência, mas também estiveram ociosos nos últimos anos de paz, preferindo desfrutar o lazer em suas grandes propriedades, abandonando esposas e filhos para gastar moedas com cortesãs e entorpecer a mente com ópio.

Enquanto isso, Kamran de fato lia os relatórios semanais enviados pelas divisões.

Havia cinquenta divisões abrangendo todo o império, cada qual com dez mil soldados, e cada uma comandada por um major-general cujo trabalho, entre outras coisas, era produzir relatórios semanais com base em informações essenciais colhidas dos batalhões inferiores e regimentos.

Esses cinquenta relatórios eram então emitidos *não* para os superiores diretos, mas para o Ministro da Defesa, que lia os materiais e compartilhava informações pertinentes com o rei e seus cinco tenentes-generais. Cinquenta relatórios vindos de todo o império, cada um com cinco páginas.

Eram duzentas e cinquenta páginas por semana.

O que significava que, todo mês, mil páginas de conteúdo essencial eram confiadas a um único homem ensebado de cujas supostas instruções e análise crítica o rei dependia.

Foi isso, *isso* que fez Kamran perder a paciência.

Compartilhar informações-chave por meio de um Ministro da Defesa era uma prática antiga, que havia sido estabelecida durante a guerra para poupar os oficiais do alto escalão, evitando que passassem horas analisando centenas de páginas de relatórios. Um dia, isso fez sentido. Mas Ardunia estava em paz havia sete anos, e seus tenentes ainda não liam os relatórios, confiando apenas em um ministro que se tornava cada vez mais desqualificado.

Kamran há muito havia driblado essa prática ineficaz, preferindo ler os relatórios na íntegra com seus próprios olhos, em vez de confiar na leitura do ministro.

Se mais alguém naquela sala tivesse se dado ao trabalho de ler trechos dos materiais, que vinham de todos os cantos do império, poderia ver o que Kamran via: as observações eram ao mesmo tempo fascinantes e críticas, e esboçavam uma imagem sombria das relações de Ardunia com o reino ao sul, Tulan. Infelizmente, ninguém lia nada.

A mandíbula de Kamran se contraiu.

— De fato — ainda falava o ministro —, é muitas vezes benéfico manter um senso de rivalidade com outra poderosa nação, pois um inimigo em comum ajuda a manter os cidadãos de nosso império unidos, lembrando o povo de ser grato pela segurança prometida não apenas pela coroa, mas pelo exército... Ao qual seus filhos dedicarão quatro anos de suas vidas e cujos movimentos foram tão bem calculados neste século passado, sob a orientação de nosso rei misericordioso. Nosso príncipe foi divinamente abençoado por herdar os frutos de um reino construído incansavelmente ao longo de muitos milênios. Realmente, o império que um dia herdará é agora tão magnífico que se destaca como o maior do mundo desbravado, tendo com sucesso conquistado seus muitos inimigos, de modo que seus milhões de cidadãos podem agora desfrutar um período de paz bem-merecida.

Pelos anjos, o homem se recusava a calar a boca.

— Certamente há provas nisso, não há? — continuou o ministro. — Provas não apenas da hábil liderança de Ardunia, mas da sabedoria coletiva de seus líderes. É nossa esperança que Sua Alteza, o príncipe, verá com o tempo que seus experientes anciãos, que também são seus mais humildes servos, trabalharam diligentemente para tomar decisões ponderadas e acertadas a cada passo, pois certamente podemos ver como...

— *Chega.* — Kamran se levantou com tanta violência que quase derrubou a cadeira.

Aquilo era loucura.

Ele não podia continuar sentado ali, usando aquela maldita camisa áspera, nem ouvir mais aquelas desculpas insípidas. O ministro piscou lentamente, com os olhos vagos brilhando como contas de vidro.

— Peço perdão, Vossa Alteza, mas…

— Chega — disse Kamran novamente, com raiva. — Chega da sua tagarelice. Chega da sua insuportável estupidez. Não quero mais ouvir outra palavra ridícula saindo da sua boca…

— Vossa Alteza — gritou Hazan, pondo-se de pé.

Ele lançou a Kamran um olhar mortificado de terrível advertência, e Kamran, que geralmente tinha um controle muito melhor de suas faculdades, não teve compostura o suficiente para se importar com isso.

— Sim, entendo muito bem — disse Kamran, encarando o ministro. — Você deixou claro: você me acha jovem e tolo. No entanto, não sou tão jovem e tolo a ponto de ser cego para suas agressões passivas mal disfarçadas, suas fracas tentativas de abrandar as minhas preocupações genuínas. Na verdade, não sei quantas vezes precisarei lembrar-lhes, cavalheiros — olhou ao redor da sala agora — de que retornei há apenas uma semana de uma viagem de dezoito meses pelo império, além de recentemente ter acompanhado nosso almirante em uma viagem por águas traiçoeiras, durante a qual metade dos nossos homens quase se afogou depois que colidimos com uma barreira invisível perto da fronteira de Tulan. Quando voltamos para Ardunia, vestígios de magia foram encontrados no casco do nosso navio…

Suspiros. Sussurros.

— … uma descoberta que deveria interessar a todos nesta sala. Estamos em desacordo com Tulan há séculos e, infelizmente, suspeito que nossos funcionários em exercício se acostumaram com o que se tornou um fato. Você parece ficar cego quando vira seu olhar para o sul — disse o príncipe agudamente. — Sem dúvida, nossas trocas com Tulan se tornaram tão banais para você quanto seus próprios movimentos intestinais…

Houve vários protestos e exclamações de indignação que Kamran ignorou, levantando a voz, em vez disso, acima do barulho.

— ... tão comuns, na verdade, que você não mais as vê como uma ameaça. Deixe-me refrescar suas memórias, cavalheiros! — Kamran bateu na mesa com o punho, de maneira a colocar ordem no caos. — Nos últimos dois anos capturamos sessenta e cinco espiões tulanianos, que, mesmo sob intensa coação, não revelaram mais do que informações limitadas sobre seus interesses em nosso império. Com grande esforço, pudemos concluir apenas que buscam algo valioso aqui; algo que esperam extrair de nossa terra, e relatórios recentes indicam que estão se aproximando do objetivo...

Mais protestos eclodiram, e Hazan, que tinha ficado escarlate até o couro cabeludo, parecia estar a ponto de estrangular o príncipe pela afronta.

— Eu digo, cavalheiros — gritou Kamran, agora para ser ouvido. — Digo que prefiro esse método de discurso e que gostaria de encorajá-los a dirigirem sua raiva a mim com mais frequência, para que eu possa responder-lhes na mesma moeda. Estamos discutindo uma *guerra*, não estamos? Não deveríamos deixar de lado a delicadeza ao abordar um assunto tão agressivo? Confesso que detesto quando falam comigo com rodeios — ergueu o tom de voz ainda mais —, tão detestável quanto cansativo, e me pergunto se vocês se escondem atrás do jogo de palavras apenas para disfarçar a própria ignorância...

— *Vossa Alteza* — gritou Hazan.

Kamran encontrou os olhos do ministro, enfim reconhecendo a ira mal contida do único homem na sala pelo qual ele tinha algum respeito. O príncipe respirou fundo, elevando o peito com esforço.

— Sim, ministro?

A voz de Hazan quase tremeu de fúria ao falar:

— Ocorreu-me neste momento, senhor, que necessito de sua imediata orientação sobre um assunto de grande importância. Posso convencê-lo a se reunir comigo lá fora, para que possamos discutir esse tema crucial?

Com isso, a impetuosidade deixou o corpo de Kamran.

Não era divertido lutar contra uma horda de idiotas quando isso causava um ataque de fúria em Hazan. Ele inclinou a cabeça para o velho amigo.

— Como quiser, ministro.

Em seguida, os outros oficiais explodiram de indignação.

Hazan não disse nada até quase arrastar o príncipe aos seus aposentos, fechando a porta somente depois de os criados se retirarem. Se Kamran estivesse em um estado de espírito diferente, poderia ter achado graça do olhar furioso de Hazan.

O jovem estava quase roxo de raiva.

— Que diabos está acontecendo com o senhor? — Hazan disse com uma calma ameaçadora. — Ordenou que esses homens deixassem seus postos, alguns deles a dezenas de quilômetros daqui, por puro *capricho*, para o que afirmou ser uma reunião imprescindível. E, então, quase arranca suas cabeças? Está louco? Perderá o respeito deles antes mesmo de reivindicar o trono, que...

— Você não se importa se eu pedir um chá, não é? Estou com bastante sede. — Kamran tocou a campainha sem esperar resposta, e o ministro gaguejou com a impertinência.

— O senhor vai pedir um chá? Agora? — Hazan ficou rígido de raiva. — Estou pensando em esganá-lo, senhor.

— Você não teria coragem de me esganar, Hazan. Nem se dê ao trabalho de fingir que teria.

— O senhor me subestima, então.

— Não, ministro. Apenas sei que, no fundo, aprecia sua posição, e ouso dizer que não consegue imaginar sua vida sem mim.

— O senhor está iludido, Vossa Alteza. Imagino minha vida sem o senhor o tempo todo.

Kamran ergueu as sobrancelhas.

— Mas você não nega que goste do cargo.

Houve um breve e tenso silêncio antes de Hazan suspirar, relutante. O som cortou a tensão entre eles, mas logo foi seguido por um chamado.

— Ora, Hazan — disse o príncipe. — Certamente percebe a lógica em meus argumentos. Esses homens são uns idiotas. Tulan virá cortar o nosso pescoço em breve, e então eles verão, tarde demais, como estavam cegos.

Hazan balançou a cabeça.

— Esses *idiotas*, como os chama, compõem a estrutura necessária de seu império. São leais a Ardunia desde antes do nascimento de Vossa Alteza. Sabem mais sobre sua própria história do que o senhor, e merecem um mínimo respeito...

Houve uma forte batida na porta, e Hazan interrompeu o discurso para atender, interceptando a bandeja de chá antes que o criado pudesse entrar na sala. Ele fechou a porta com um chute, colocando a bandeja em uma mesa próxima. Serviu uma xícara para cada um e continuou:

— Continue. Acredito que eu estava a ponto de apresentar um excelente argumento, e você estava prestes a me interromper.

Kamran riu, tomou um gole rápido de chá e prontamente xingou em voz alta:

— Por que esse chá está tão quente?

— Desculpe, senhor. Sempre esperei que um dia sua língua seria queimada de vez. Vejo agora que as minhas orações foram atendidas.

— Minha nossa, Hazan, você deveria ser fuzilado. — O príncipe balançou a cabeça ao colocar a xícara em uma mesa baixa. — Mas, por favor, diga-me — continuou, virando-se para o ministro — o porquê... *Por que* sou considerado o tolo quando na verdade sou a única voz da razão?

— O senhor é um tolo porque age como um tolo — explicou Hazan. — Sabe que não deve insultar seus colegas e subordinados para buscar o progresso. Mesmo que apresente um bom argumento, não é assim que se faz. Nem é este o momento de fazer inimigos em sua própria casa.

— Sim, mas haverá um momento para isso? Talvez mais tarde? Amanhã? Você marcaria outra reunião?

Hazan bebeu o restante de seu chá.

— O senhor está agindo como um príncipe ridículo e mimado. Não posso apoiar sua imprudência.

— Ah, deixe-me em paz.

— Como? Espero mais do senhor.

— Sem dúvida, esse é o seu primeiro erro.

— Acha que não sei por que está brigando desse jeito hoje? Eu sei. Está de mau humor porque o rei pretende dar um baile em sua homenagem, porque ele o ordenou a escolher uma esposa entre um bando de mulheres bonitas, talentosas e inteligentes… E o senhor preferiria aquela que está destinada a matar Sua Majestade. — Hazan balançou a cabeça. — Ah, como o senhor sofre.

Kamran estava pegando o bule, mas congelou no meio do movimento.

— Ministro, está zombando de mim?

— Estou apenas fazendo uma observação evidente.

Kamran endireitou-se, esquecendo o chá.

— E essa observação que lhe é tão evidente me torna, ao mesmo tempo, um ser humano insensível. Diga-me: acha que sou incapaz de sofrer? Que sou tão indigno dessa experiência?

— Com todo o respeito, senhor, não acredito que saiba o que é sofrer.

— Ah, é? — Kamran recostou-se. — Que profunda sabedoria a do meu ministro. Já esteve dentro da minha mente, não é? Fez um tour pela minha alma?

— Chega disso — disse Hazan calmamente. Ele não iria mais olhar para o príncipe. — O senhor está sendo insensato.

— Insensato? — indagou Kamran, pegando a xícara. — Pensa que estou sendo insensato? Uma garota vai morrer esta noite, Hazan, e a morte dela foi provocada por minha arrogância.

— Está falando como um tolo vaidoso.

Kamran sorriu, mas com uma expressão de dor.

— Ainda assim… Não é verdade? Que eu estive tão determinado a duvidar de uma pobre criada? Que a julguei tão incapaz de um básico ato de decência, de mostrar misericórdia por uma criança faminta, que mandei caçá-la, analisar seu sangue?

— Não seja estúpido — falou Hazan, mas Kamran podia notar que ele não acreditava mesmo naquilo. — O senhor sabe que há mais coisas envolvidas. Sabe que isso se estende muito além do seu alcance.

Kamran balançou a cabeça.

— Eu a sentenciei à morte, Hazan, e você sabe que é verdade. É por isso que estava relutante em me dizer quem ela era aquela noite. Já naquele momento você sabia o que eu tinha feito.

— Sim. Isso. — Hazan passou a mão pelo rosto, de repente parecendo cansado. — E então eu o vi com ela na rua naquela noite. Seu mentiroso miserável.

Kamran levantou a cabeça devagar. Sentiu o pulso acelerar.

— Ah, sim — disse Hazan calmamente. — Ou o senhor me julgava assim tão incapaz de encontrá-lo em uma tempestade? Eu não sou cego, sou? Também não sou surdo, infelizmente.

— Como você é talentoso — provocou Kamran, suavemente. — Admito que não fazia ideia de que meu ministro aspirava aos palcos teatrais. Suspeito que mudará de carreira em breve.

— Estou bastante satisfeito onde estou, obrigado. — Hazan ofereceu um olhar penetrante para o príncipe. — Embora ache que sou eu quem deveria estar o parabenizando, senhor, pela atuação naquela noite.

— Tudo bem. Chega — disse Kamran, exausto. — Eu o deixei me repreender ao seu bel-prazer. Sem dúvida, nós dois tivemos o nosso papel nessa história desagradável.

— Mesmo assim — disse Hazan. — O senhor não pode me convencer de que sua preocupação com a garota tem relação com a bondade do coração dela... Nem do seu, aliás. Pode ser que o senhor esteja um pouco comovido pela inocência dela; sim, eu poderia ser persuadido a acreditar nisso; mas também está em guerra consigo mesmo, reduzido a esse estado por uma ilusão. O senhor não sabe nada sobre a garota, embora tenha sido prenunciado por nossos estimados Profetas que ela será o motivo da ruína de seu avô. Com todo respeito, senhor, seus sentimentos sobre o assunto deveriam ser claros.

Ao ouvir isso, Kamran ficou em silêncio, e um minuto de quietude se estendeu.

Finalmente, Hazan suspirou.

— Admito que não consegui ver o rosto dela naquela noite. Não como o senhor. Mas deduzo que ela seja bonita.

— Não — respondeu o príncipe.

Hazan emitiu um som estranho, parecido com uma risada.

— Não? Tem certeza?

— Há pouco sentido em discutir isso. Embora, caso a visse, acho que entenderia.

— Acho que entendo o suficiente. Devo lembrá-lo, senhor, que, como seu Ministro do Interior, meu trabalho é mantê-lo seguro. Minha principal tarefa é garantir a segurança do trono. Tudo que faço é para mantê-lo vivo, para proteger seus interesses...

Kamran riu alto, soando um pouco louco até para si mesmo.

— Não se engane, Hazan. Você não protege meus interesses.

— Remover uma ameaça ao trono é proteger seus interesses. Não importa quão bonita seja a garota, ou quão amável. Vou lembrá-lo mais uma vez que o senhor não a conhece. Nunca trocou mais do que algumas palavras com ela... Não tem como conhecer a história dela, suas intenções, ou do que ela pode ser capaz. Deve tirá-la da mente.

Kamran assentiu, olhando as folhas de chá no fundo da xícara.

— Você percebe, ministro, que mandar assassinar a garota vai deixá-la em minha mente para sempre?

Hazan soltou um suspiro, exalando uma frustração óbvia.

— Não vê o poder que ela já tem sobre o senhor? Essa jovem é sua inimiga direta. A simples existência dela é uma ameaça à sua vida, ao seu sustento. E, ainda assim... Olhe para si. Reduzido a esses comportamentos infantis. Eu temo, senhor, que ficará desapontado ao descobrir que sua mente no momento é tão banal e previsível quanto a de tantos outros que vieram antes. O senhor não é o primeiro nem o último homem do planeta a perder a cabeça por um rosto bonito. Isso não o assusta? Não tem medo de imaginar o que poderia fazer por ela e o que poderia fazer consigo mesmo se ela se tornasse real de repente? Se ela se tornasse carne e osso sob suas mãos? Isso não lhe parece uma terrível fraqueza?

Kamran sentiu seu coração se remexer com a ideia, com a mera fantasia de tê-la em seus braços. Ela era tudo que ele nunca percebera almejar em sua futura rainha: não apenas bela, mas graciosa; não apenas graciosa, mas forte; não apenas forte, mas compassiva. Ele a ouvira falar o suficiente para saber que ela era não apenas educada, mas inteligente; orgulhosa, mas não arrogante.

Por que ele não deveria admirá-la?

E, no entanto, Kamran não esperava salvá-la pensando em si mesmo. Hazan podia não acreditar, mas o príncipe não se importava: salvar a vida da garota ia além de um interesse pessoal.

Porque matá-la...

Matá-la agora, em sua inocência, parecia-lhe tão sem sentido quanto atirar flechas na lua. Esse tipo de luz não se extinguia tão facilmente, e o que havia para comemorar em uma vitória que só deixaria a terra mais sombria?

Mas o assustava o poder que ela exercia sobre suas emoções, tão rapidamente? Assustava-o imaginar do que ele seria capaz caso a garota se tornasse uma realidade em sua vida? Do que ele seria capaz de abrir mão por ela?

Ele respirou fundo.

Não, não era apenas assustador. Causava-lhe pânico; uma intoxicação febril. De todas as mulheres que podia desejar, era loucura desejar aquela. Abalava-o admitir essa verdade mesmo na privacidade de sua mente, mas seus sentimentos não podiam mais ser negados.

Isso o assustava?

Baixinho, ele disse:

— Sim.

— Então é meu trabalho — Hazan disse suavemente — certificar-me de que ela desapareça. O mais depressa possível.

DEZENOVE

A sra. Amina era uma mulher estranha.

Era um pensamento do qual Alizeh não conseguiu se livrar ao andar através da escuridão, abaixando a cabeça contra o vento tempestuoso de mais uma noite brutalmente fria. Estava a caminho da Casa Follad — a grande propriedade do embaixador de Lojjan —, para o que seria um dos compromissos mais importantes de sua curta carreira, sem dúvida. Enquanto caminhava, refletia sobre todos os eventos estranhos do dia, e refletia mais ainda sobre a severa governanta sem cuja permissão nada daquilo teria acontecido.

Alizeh tinha planejado sair da Casa Baz naquela noite sem ser notada pela sra. Amina; embora não estivesse infringindo nenhuma regra ao sair após cumprir o trabalho do dia, a criada permanecia cautelosa para não ter de explicar a ninguém o que estava fazendo em seu tempo livre, muito menos para a sra. Amina. A mulher tantas vezes a acusara de ser petulante que Alizeh temia ser vista como alguém que acreditava ser melhor que a sua posição, buscando um trabalho extra como costureira.

O que de fato ela estava fazendo.

Sendo assim, Alizeh ficou muda quando a sra. Amina a encontrou quando estava prestes a sair: uma mão na porta, a outra segurando a modesta bolsa de tapeçaria — que ela mesma confeccionara. Alizeh era apenas uma criança grandinha de três anos de idade no dia em que subiu no banco de um tear, acomodando seu pequeno traseiro entre os corpos aconchegantes dos pais. Ela assistia às mãos hábeis da mãe e do pai realizando a magia mesmo sem seguir um padrão, e exigiu ser ensinada no mesmo momento.

Quando sua mãe morreu e a garota afundou-se em uma profunda melancolia, passou a forçar os dedos trêmulos a trabalhar. Foi durante esse tempo sombrio que ela teceu a bolsa que sempre carregava consigo — na qual guardava os suprimentos de costura e poucos pertences preciosos — e que abria sempre que encontrava um lugar para descansar.

Na maioria dos dias, permanecia no chão ao lado da cama de armar, transformada em um pequeno tapete usado para aquecer o cômodo de forma muito bem-vinda.

Ela a estava carregando no dia em que chegara à Casa Baz.

Esta noite a governanta avaliou Alizeh, prestes a sair, examinando a jovem da cabeça aos pés, com olhos aguçados parando por mais tempo na bolsa.

— Não estamos fugindo, estamos? — indagou a sra. Amina.

— Não, senhora — respondeu Alizeh rapidamente.

A governanta quase sorriu.

— Não antes do baile de amanhã à noite, de qualquer maneira.

Alizeh não ousou respirar ao ouvir aquilo; não ousou falar. Permaneceu imóvel por tanto tempo que seu corpo começou a tremer, e a sra. Amina riu, sacudindo a cabeça.

— Você é uma menina estranha — disse a mulher, calmamente. — Contemplar uma rosa e notar apenas os espinhos, nunca a flor.

O coração de Alizeh bateu sôfrego no peito.

A governanta a estudou por mais um momento antes de mudar a expressão; seu humor se alterava como as fases da lua. Incisivamente, falou:

— E não se atreva a esquecer de apagar o fogo antes de ir para a cama.

— Não, senhora — afirmou Alizeh. — Nunca me esqueceria disso.

A sra. Amina deu meia-volta e saiu da cozinha, deixando Alizeh adentrar na noite fria, atordoada.

Caminhou pela rua com cautela, atentando para permanecer o mais perto possível da luz dos lampiões a gás suspensos, pois sua bolsa de tapeçaria, além de estar difícil de carregar, com certeza atrairia atenção indesejada.

Alizeh raramente era poupada quando estava sozinha, embora à noite fosse sempre pior. Uma jovem em sua posição sofria com mais frequência em tais circunstâncias porque não tinha ninguém de confiança em relação à segurança e ao bem-estar. Como resultado, ela sempre era mais abordada do que as outras pessoas, sendo considerada um alvo fácil por ladrões e canalhas.

A jovem aprendera a lidar com isso ao longo do tempo, encontrando pequenas maneiras de se proteger, ainda que tivesse ciência de que foi sua força física que a salvou de destinos piores ao longo dos anos. Sendo assim, conseguia imaginar com facilidade quantas mulheres em sua posição tinham sofrido ataques mais graves do que ela jamais sofreria, embora tal compreensão lhe desse pouco conforto.

O chilrear agudo de um noitibó perfurou o silêncio de repente, prontamente seguido pelo pio de uma coruja. Alizeh estremeceu.

No que estava pensando?

Ah, sim, na sra. Amina.

A jovem já trabalhava na Casa Baz por quase cinco meses agora e, nesse período, a governanta havia dedicado a ela tanto uma bondade inesperada quanto uma crueldade assustadora. Ela esbofeteava o rosto da criada por mínimos erros, mas nunca se esquecia da água prometida a Alizeh. Ameaçava a garota constantemente, encontrando defeitos em trabalhos perfeitos, e exigindo que ela os refizesse de novo e de novo. E, do nada, por nenhum motivo aparente, permitia que a criada de nível mais baixo da casa recebesse um visitante questionável por quinze minutos.

Alizeh não sabia o que pensar da mulher.

E sabia que tais reflexões eram estranhas — era estranho refletir sobre a estranheza da governanta, que sem dúvida devia parecer estranha até para si mesma —, mas a noite estava tranquila até demais, o que fazia as mãos de Alizeh tremerem não só de medo. Seu pavor constante e crescente da escuridão evoluíra de desconfortável para perturbador nos últimos minutos e, com bem menos distrações para seus sentidos naquela noite, em comparação à noite anterior, ela precisava manter os pensamentos nítidos e a perspicácia aguçada.

Essa última parte era mais difícil de conseguir do que esperava. Alizeh sentiu-se lenta ao se mover, com os olhos implorando para fechar mesmo com a sensação constante do frio contra a sua face. A sra. Amina a tinha feito trabalhar quase até a morte após a visita de Omid, equilibrando cada ato de generosidade com um castigo. Era quase como se a governanta pressentisse a felicidade de Alizeh e assumisse a missão de arrancá-la de tais ilusões.

Era uma pena, então, que a sra. Amina quase tivesse alcançado seu objetivo.

Ao fim da jornada, Alizeh estava tão exausta que se assustou ao passar por uma janela e descobri-la escura. Ficara a maior parte do dia nos andares superiores e quase não tinha notado o sol se movendo no horizonte. Mesmo agora, ao andar pelos paralelepípedos iluminados pelos lampiões a gás, não conseguia imaginar como o dia havia se passado ou quais alegrias ele trouxera.

O brilho da visita de Omid havia se esvanecido no que viera depois, por conta de todo o tormento físico, e a melancolia piorou com o sumiço do vaga-lume. Diante dessa ausência, Alizeh percebeu que tinha criado um pouco de esperança com a aparição do inseto; a perda repentina da criatura a fez pensar que o vaga-lume tinha ido ao seu encontro por um equívoco e que, ao se dar conta do erro, foi procurar o verdadeiro destino.

Uma pena, porque Alizeh estava ansiosa por encontrar quem o tinha enviado a ela.

A caminhada da Casa Baz à Casa Follad foi interrompida de súbito. A garota estivera tão absorta nos próprios pensamentos que não se deu conta da rapidez com que percorreu o caminho. Seu espírito se animou com a expectativa de adentrar um lugar aquecido e iluminado, então logo se dirigiu à entrada de serviço.

Bateu os pés no chão frio antes de tocar duas vezes na grande porta de madeira. Considerou vagamente se poderia usar seus novos ganhos para comprar lã para um casaco de inverno adequado.

Talvez até um chapéu.

Posicionou a bolsa entre as pernas, cruzou os braços bem apertados contra o peito. Era um sacrifício ficar parada naquele clima. É verdade, Alizeh às vezes se sentia gelada de uma maneira surreal — mas aquela era mesmo uma noite particularmente fria. Avaliou toda a imponência da Casa Follad, sua silhueta pontuda em relevo contra o céu da noite.

Alizeh sabia que era raro uma filha ilegítima ser criada na residência de uma família nobre, mas sabia-se que o embaixador de Lojjan era um homem peculiar e que cuidava da srta. Huda e de seus outros filhos com relativa igualdade. Embora Alizeh duvidasse da veracidade do boato, ela não pensava muito sobre ele. Nunca tinha encontrado a srta. Huda e não achava que suas opiniões pouco fundamentadas sobre o assunto fariam diferença na situação em que ela se encontrava agora: Alizeh tinha sorte de estar ali.

A srta. Huda era o mais próximo da alta sociedade que suas produções haviam chegado, e ela só conseguira por meio da dama de companhia da srta. Huda, uma mulher chamada Bahar, que certa vez parou Alizeh na praça para elogiar o plissado de suas saias. Alizeh vira uma oportunidade ali e não a perdera: rapidamente informou à moça que era costureira nas horas vagas e que oferecia seus serviços a preços excelentes. Não levou muito tempo para que fosse contratada para fazer o vestido de casamento da moça, vestido que fora admirado pela patroa, a srta. Huda, durante a cerimônia.

Alizeh respirou profunda e firmemente. Fora um longo caminho tortuoso até este momento, e ela não podia vacilar.

Bateu na porta mais uma vez, agora um pouco mais forte — e, desta vez, ela se abriu imediatamente.

— Sim, menina, eu ouvi da primeira vez — disse a sra. Sana, irritada. — Entre logo.

— Boa noite, senhora. Eu só... *Ai*! — Alizeh exclamou, assustada.

Algo como uma pedrinha a atingira no rosto. Ela olhou para cima, procurando por granizo na limpidez do céu.

— Pois bem? Entre, então — dizia a sra. Sana conforme acenava para que ela entrasse. — Está um frio de doer aí fora e você está deixando todo o calor daqui escapar.

— Sim, é claro. Desculpe, senhora. — Alizeh rapidamente passou pela porta, mas seu instinto a fez olhar para trás no último instante, analisando a escuridão com os olhos.

Ela foi recompensada.

Diante de si faiscava uma luzinha sem corpo. Rapidamente, a luz se moveu, acariciando-a na bochecha.

Ah.

Não era granizo, mas um vaga-lume! Seria o mesmo de antes? Qual era a chance de encontrar dois vaga-lumes diferentes em tão pouco tempo? Eram baixas, ela concluiu.

E *ali*...

Seus olhos arregalaram-se. Bem ali, na cerca-viva. Teria sido um movimento?

Virou-se para questionar o vaga-lume e congelou na mesma hora, com os lábios abertos numa interrogação.

Ela mal podia acreditar.

A criaturinha desaparecera pela segunda vez. Frustrada, a garota voltou o olhar para as sombras, tentando mais uma vez enxergar através dos véus da escuridão.

Desta vez, ela não viu nada.

— Se eu tiver de mandá-la entrar mais uma vez, menina, vou arrastá-la para fora e bater a porta na sua cara.

Alizeh endireitou-se e adentrou pela porta, estremecendo ao sentir a onda de calor invadir seu corpo congelado.

— Perdoe-me, senhora... Só pensei ter visto...

Raivosa, a sra. Sana passou por ela e bateu a porta, quase arrancando os dedos de Alizeh ao fazer isso.

— Sim? O que foi que você viu?

— Nada. — Alizeh corrigiu-se logo, pegando a bolsa em seus braços. — Perdoe-me. Vamos ao trabalho.

VINTE

بيست

A noite chegara rápido demais.

Kamran estava esparramado na cama com nada além de uma carranca estampada no rosto e os lençóis carmesins enrolados no corpo. Seus olhos estavam abertos, mirando a uma curta distância, com o corpo relaxado como se estivesse submerso em um banho de sangue.

Era uma cena dramática.

O mar de seda vermelho-escura que o envolvia lisonjeava os tons de bronze de sua pele. O brilho dourado das lâmpadas artisticamente dispostas esculpia ainda mais os contornos de seu corpo, retratando-o mais como uma estátua do que como um ser sensível. Mas Kamran não teria notado tais coisas nem se se esforçasse muito.

Ele não tinha escolhido aqueles lençóis. Nem as lâmpadas.

Não escolhia as roupas do próprio guarda-roupa nem os móveis do quarto. Tudo o que ele tinha, que era dele de verdade, eram suas espadas, que ele mesmo forjara, e que carregava sempre consigo.

Todo o restante em sua vida era uma herança.

Cada taça, cada joia, cada fivela e bota vinha com um preço, uma expectativa. Um legado. Kamran não fora questionado sobre nada disso; era ordenado a obedecer, o que nunca lhe parecera particularmente cruel, já que essa vida não era tão difícil assim. Ele tinha problemas, certamente, mas não tinha a propensão para os contos de fadas. Não era tão iludido a ponto de imaginar que poderia ser mais feliz como camponês, nem sonhava em viver uma vida humilde com uma mulher de origem comum e inteligência fraca.

Nunca havia questionado sua vida antes, uma vez que nunca se sentira limitado por ela. Não desejava nada e, assim, dignava-se a não se rebaixar à experiência do desejo, pois o desejo era o passatempo dos homens mais pobres, dos homens cuja única arma contra a crueldade do mundo era a imaginação.

Kamran não desejava nada.

Pouco se importava com comida, pois sempre fora abundante; olhava para objetos materiais com desprezo, pois nada lhe era raro ou incomum. Ouro, joias, os mais singulares objetos do mundo — caso se interessasse um pouquinho por algo, era preciso apenas dizer a Hazan, e tudo seria providenciado. Mas quanto valiam aquelas ninharias? Quem ele esperava impressionar com bugigangas e quinquilharias?

Ninguém.

Ele detestava conversar, porque sempre havia abundância de visitantes, convites infindáveis, sem dúvida centenas de milhares — se não milhões — de pessoas em todo o império que desejavam falar com ele.

Mulheres...

Mulheres ele desejava menos ainda. Quão interessante seria uma interação sem nenhuma incerteza? Cada moça elegível que ele já conhecera o aceitaria de bom grado, mesmo que o considerasse indigno.

Talvez as mulheres fossem sua maior praga.

Elas o perseguiam, entediando-o em massa sempre que era forçado, por ordem do rei, a dar-lhes atenção. Ele estremecia com as lembranças de suas raras aparições na corte, em eventos sociais nos quais sua presença era necessária. Ele era sufocado por imitações de beleza, por ambições mal disfarçadas. Kamran não tinha a estupidez necessária para desejar qualquer uma que o assediasse apenas para reivindicar o dinheiro, o poder e o título dele.

A mera ideia o enchia de repulsa.

Houve um tempo em que pensara em buscar uma companhia além do seu círculo social, mas logo ficou claro que ele nunca iria se dar bem com uma mulher ignorante e, por isso, nunca poderia olhar além de seus pares. Kamran não tolerava idiotas de nenhum tipo; para ele, nem mesmo a mais extraordinária beleza poderia recompensar uma falta de massa cinzenta. Aprendera a lição no início da juventude, quando fora tolo o suficiente para ser levado por um rostinho bonito.

Desde então, o príncipe se decepcionava com cada moça que seus guardiões bajuladores lhe impunham. Como ele não tinha nem nunca teria a eternidade necessária para vasculhar hordas de mulheres por conta própria, ele prontamente extinguiu quaisquer expectativas que tivera em relação a casamento. Dispensando a possibilidade da própria felicidade, tornava-se mais fácil aceitar seu destino: que o rei — e sua mãe — escolhessem a noiva mais adequada. Mesmo em relação a uma parceira, ele aprendera a não querer nem esperar nada, resignando-se ao que parecia inevitável.

O dever.

Era uma pena então que a primeira e única razão de seu desejo estivesse agora — ele olhou para o relógio — certamente na iminência de morrer.

Kamran se arrastou para fora da cama, colocou um roupão e caminhou até a bandeja de chá colocada ali mais cedo por seu ministro. O serviço simples havia sido abandonado horas atrás: bule de prata, duas xícaras de chá pequenas, uma tigela de cobre cheia de cubos de açúcar pontiagudos e recém-cortados. Havia até um pratinho decorado carregado de tâmaras grossas.

Kamran ergueu a xícara, pesou-a em sua mão. Não era maior do que sua palma e se parecia um pouco como uma ampulheta; não tinha alça, era feita para ser segurada apenas pelos lados. Ele embalou o objeto fechando levemente o punho , cerrando os dedos em torno do pequeno objeto. Perguntou-se se deveria exercer um pouco mais de pressão, se deveria esmagar o delicado copo na mão, se a porcelana poderia cortar e lacerar sua pele. A dor, ele pensou, poderia lhe fazer bem.

Suspirou.

Com cuidado, pousou a xícara novamente na bandeja.

Serviu-se de uma xícara de chá frio, colocou um cubo de açúcar entre os dentes e engoliu a bebida de uma só vez, o líquido amargo e revigorante cortado apenas pelos grãos de açúcar dissolvendo-se lentamente na língua. Lambeu uma gota de chá dos lábios, encheu a xícara pequena novamente e começou uma caminhada lenta ao redor do quarto.

Parou na janela, fitando a lua por um longo tempo. Sorveu a segunda xícara de chá frio.

Eram quase duas horas da manhã, mas ele não esperava conseguir dormir. Não ousava fechar os olhos por temer o que poderia surgir em seus sonhos; quais pesadelos poderiam assolar sua noite.

A culpa era só sua, de fato.

Ele não pedira para saber os detalhes. Não queria saber como a buscariam; não queria ser alertado sobre o cumprimento da ação.

O que Kamran não tinha percebido, é claro, é que era muito pior deixar tais detalhes para a sua imaginação.

Respirou fundo.

E repentinamente assustou-se com o som de batidas furiosas em sua porta.

VINTE E UM

O rugido do fogo crepitava alegremente em seu recanto de tijolos, tão alegremente, aliás, que Alizeh ficou impressionada com a estranha inveja que sentia da madeira em chamas. Mesmo depois de três horas — olhou para o relógio, passava pouco da meia-noite — de pé em um quarto quentinho, ela não era capaz de tirar o frio do corpo. Assistia avidamente agora às chamas lambendo a madeira queimada e, exausta, fechou os olhos.

O som dos gravetos queimando era reconfortante — e estranho também, pois os estalos e as crepitações eram tão parecidos com os da água corrente. Se ela não soubesse que estava ao lado fogo, poderia convencer-se de que estava ouvindo o tamborilar de uma chuva suave; a batida rítmica das gotas sobre o telhado do seu quarto no sótão.

Era bizarro, ela se pegou pensando, que elementos tão diferentes em sua essência pudessem soar tão iguais.

Alizeh aguardava havia vários minutos enquanto a srta. Huda experimentava outro vestido, mas não se importou tanto assim em esperar, pois o fogo era uma boa companhia, e a noite tinha sido até que bastante agradável.

A srta. Huda certamente foi uma surpresa.

Alizeh ouviu o rangido de uma porta e seus olhos se abriram; ela logo se endireitou. A jovem em questão entrou na sala, vestindo o que Alizeh esperava que fosse o último vestido da noite. A srta. Huda insistira em provar cada artigo de seu guarda-roupa, tudo na tentativa de provar um argumento que já havia sido dado horas atrás.

Nossa, mas *esse* vestido era mesmo horrível.

— Isso — disse a srta. Huda, apontando para Alizeh. — Está vendo? Posso dizer, só de olhar para o seu rosto, que você o odeia, e está certinha de desdenhar de tal monstruosidade. Vê o que fazem comigo? Como sou forçada a sofrer?

Alizeh caminhou até a srta. Huda e andou devagar ao redor da moça, examinando atentamente cada ângulo do vestido.

Não demorou muito para Alizeh compreender por que a srta. Huda havia lhe concedido oportunidade de confeccionar um traje inédito. Minutos depois de conhecer a moça, na verdade, Alizeh tinha entendido quase tudo que havia para entender.

Na verdade, foi um alívio entender.

— Eu não fico a cara de uma morsa amarrada? — dizia a srta. Huda. — Pareço uma tola em todos esses vestidos, está vendo? Fico ou enorme ou apertada demais; fico uma porca empoada com chinelinhos de seda. Eu poderia fugir para o circo e ouso dizer que me aceitariam. — Ela riu. — Eu juro que às vezes acho que mamãe faz isso de propósito, apenas para me irritar...

— Perdoe-me — interrompeu Alizeh bruscamente.

A srta. Huda parou de falar, embora sua boca permanecesse aberta de espanto. Alizeh não podia culpá-la. Um *snoda* estava apenas um mísero nível acima da mais baixa escória da sociedade; Alizeh mal pôde acreditar na própria audácia.

Ela sentiu as bochechas corarem.

— Perdoe-me, de verdade — disse Alizeh novamente, desta vez baixinho. — Não é minha intenção ser descortês. É só que escutei a senhorita depreciando a própria aparência a noite inteira e começo a me preocupar que interprete o meu silêncio como um endosso de suas declarações. Por favor, permita que deixe claro: suas críticas me parecem não apenas injustas, mas muito fantasiosas. Imploro que nunca mais faça comparações nada lisonjeiras de si com animais de circo.

A srta. Huda olhava para ela sem piscar, o espanto atingindo seu apogeu. Para grande consternação de Alizeh, a jovem não disse nada.

Alizeh sentiu uma pontada de nervosismo.

— Temo tê-la chocado — continuou suavemente. — Mas, pelo que vejo, sua silhueta é divina. Que esteja completamente convencida do contrário mostra apenas que foi vítima do trabalho de costureiras indiferentes, que não dedicavam tempo para estudar suas formas antes de recomendar um modelo. E ouso dizer que a solução para os seus problemas é bem simples.

Com isso, a jovem enfim soltou um suspiro exagerado e caiu em uma espreguiçadeira, fechando os olhos para o lustre brilhante no teto. Ela jogou um braço sobre o rosto, e um único soluço escapou de sua garganta.

— Se é mesmo tão simples como diz, então você precisa me salvar. — A moça choramingou. — Mamãe encomenda vestidos idênticos para mim e todas as minhas irmãs, apenas em cores diferentes, embora *saiba* que meu corpo é muito diferente do das outras. Ela me veste com cores horríveis e todos esses babados horríveis. Não posso pagar uma costureira tradicional sozinha, não com apenas o meu dinheiro, e estou com medo de deixar escapar uma palavra que seja para o meu pai, porque, se mamãe descobrir, as coisas aqui em casa ficarão ainda piores para mim. — Ela soltou outro soluço. — E agora não tenho nada para vestir no baile amanhã; serei motivo de chacota para Setar, como sempre. Ah, você nem imagina como me atormentam.

— Vamos — falou Alizeh com gentileza. — Não há por que ficar arrasada, se estou aqui para ajudá-la. Venha, vou mostrar como é fácil remendar a situação.

Com relutância dramática, a srta. Huda arrastou-se para a pequena plataforma redonda construída no closet, quase tropeçando nas muitas saias.

Alizeh tentou sorrir para a srta. Huda — suspeitava que ambas tinham quase a mesma idade — quando a jovem subiu. A srta. Huda, por sua vez, retribuiu com um sorriso fraco.

— Não vejo mesmo como a situação pode ser salva — disse a senhorita. — Achei que teria tempo de encomendar um vestido novo a tempo para o baile, pois presumi que o evento levaria semanas para acontecer, mas agora que está quase em cima, mamãe insiste que eu vista *isto*... — ela se engasgou, olhando para o vestido — amanhã à noite. Diz que já o pagou e, se eu não o usar, é porque sou uma ingrata miserável. Então ameaçou cortar minha mesada se eu não parasse de reclamar.

Alizeh estudou a cliente por um momento.

Estivera analisando a jovem a noite toda, na verdade, mas Alizeh falara muito pouco nas três horas desde que chegara ali. No entanto, por meio de uma série de comentários e anedotas casuais, foi ficando bem evidente a crueldade e a descortesia que a srta. Huda sofrera ao longo da vida; não só devido a sua condição de filha ilegítima, como por tudo o mais considerado incomum ou irregular nela. A dor dela, sem sucesso, estava disfarçada sob um verniz de sarcasmo e de indiferença mal fingida.

Alizeh abriu sua bolsa de tapeçaria.

Com cuidado, abotoou a almofada de alfinetes em volta do pulso, afivelou o cinto de ferramentas na cintura e desenrolou a fita métrica com suas mãos enfaixadas.

Como a garota sabia, a srta. Huda não se sentia apenas desconfortável em seus vestidos, mas na própria pele — e Alizeh entendeu que ela não conseguiria nada se não conseguisse primeiro conquistar a confiança da moça.

— Por enquanto, vamos nos esquecer de sua mãe e suas irmãs, sim? — Alizeh abriu mais o sorriso. — Primeiro, gostaria de salientar que a senhorita tem uma bela pele…

— Com certeza não tenho — retrucou a srta. Huda de imediato. — Mamãe diz que minha pele é muito oliva e que eu deveria lavar o rosto com mais frequência. Ela também diz que meu nariz é muito grande para o meu rosto e meus olhos, pequenos.

Foi por um milagre que o sorriso de Alizeh não vacilou, nem mesmo quando seu corpo ficou tenso de raiva.

— Nossa — disse ela, lutando para esconder o desdém de sua voz. — Que coisas estranhas sua mãe lhe disse. Devo dizer que acho suas feições muito agradáveis, e sua tez, bem bonita…

— Você é cega, então? — rebateu a srta. Huda, com uma careta ainda maior. — Peço-lhe que não me insulte mentindo na minha cara. Você não precisa me alimentar com falsidades para ganhar seus cobres.

Alizeh encolheu-se com isso.

A insinuação de que ela estaria disposta a enganar a garota por suas moedas foi um golpe no seu orgulho, mas ela sabia que não devia se permitir abater. Não, Alizeh entendia bem o que era sentir medo — estar tão assustada a ponto de temer até a esperança, a armadilha da decepção. A dor tornava as pessoas espinhosas às vezes. Era um sinal de sua presença; um sintoma dessa condição.

Alizeh sabia disso e tentaria novamente.

— Mencionei sua pele radiante — disse ela com cuidado — só porque queria, em primeiro lugar, assegurar-lhe de que estamos na posse de um pouco de boa sorte esta noite. O tom rico de joia preciosa deste vestido faz-lhe um grande favor.

A srta. Huda franziu a testa; ela estudou o vestido verde, que era de um tafetá de seda, o que lhe conferia um brilho iridescente. Sob certa luz, parecia mais esmeralda do que verde-musgo. Não era um tecido que Alizeh teria escolhido para a garota — da próxima vez, escolheria algo com melhor caimento, talvez um veludo pesado —, mas, no momento, teria que se contentar com o tafetá, que ela acreditava poder reaproveitar lindamente. A srta. Huda, por outro lado, permaneceu visivelmente pouco convencida, embora não de maneira agressiva.

Já era alguma coisa.

— Agora, então… — com gentileza, Alizeh virou a garota para o espelho — … peço à senhorita, em segundo lugar, que fique ereta.

A srta. Huda a encarou.

— Estou de pé.

Alizeh forçou um sorriso.

Ela subiu no estrado, rezando para ter ganhado o suficiente da confiança da garota naquela noite para poder tomar certas liberdades. Então, com um pouco de força, pressionou a palma da mão contra a lombar da srta. Huda.

A garota arfou.

Seus ombros recuaram, seu peito aprumou-se, sua coluna endireitou-se. A srta. Huda levantou o queixo reflexivamente, olhando para si mesma no espelho com alguma surpresa.

— Assim — afirmou Alizeh — você já está transformada. Mas este vestido, como você vê, é exagerado. A senhorita é escultural. Tem ombros proeminentes, um busto generoso, uma cintura marcada. Sua beleza natural é sufocada por todos os exageros e restrições da moda moderna. Todos esses enfeites e babados — Alizeh fez um gesto amplo para o vestido — são destinados a aumentar os atrativos de uma mulher com uma silhueta mais modesta. Como seu corpo não precisa de aprimoramento, os ombros exagerados e as anquinhas apenas a sobrecarregam. Eu recomendaria, daqui para a frente, que não nos importássemos com o que está em voga atualmente; vamos nos concentrar no que complementa melhor a sua silhueta natural.

Sem esperar pela permissão da cliente, Alizeh arrancou a gola alta, fazendo botões voarem pela sala, um deles batendo no espelho com um barulho irritante.

Ela já entendera que as palavras tinham causado danos demais à srta. Huda para serem de alguma utilidade. Por três horas, escutara em silêncio a senhorita desabafar suas frustrações, e agora era hora de oferecer uma solução.

Alizeh pegou uma tesoura do cinto de ferramentas e, depois de pedir à garota assustada que ficasse muito, muito quieta, abriu as costuras das mangas enormes e bufantes. Fez um corte na gola restante do vestido, abrindo-o de ombro a ombro. Usou um abridor de casas para cuidadosamente retirar os babados colocados por cima do corpete e também desatou as pregas centrais que comprimiam o busto da moça. Mais alguns recortes, e arrancou as anquinhas plissadas, permitindo que a saia caísse em torno dos quadris. Tão cuidadosamente quanto podia com os dedos enfaixados, Alizeh começou a drapejar, dobrar e prender uma silhueta inteiramente nova na menina.

Ela transformou a gola alta e franzida em um decote canoa simples. Ela remodelou o corpete, com cuidado refinando as pregas para que enfatizassem a cintura estreita, em vez de restringir o busto, e reduziu as mangas monstruosamente exageradas de modo a deixá-las simples e ajustadas. A saia ela drapejou de maneira mais simples, ajustando a seda para que fluísse ao redor dos quadris em uma única camada limpa, sem todos os babados apertados.

Quando enfim terminou, ela se afastou.

A srta. Huda colocou a mão sobre a boca.

— Oh. — Ela deu um suspiro. — Você é uma feiticeira?

Alizeh sorriu.

— A senhorita precisa de muito pouco para ficar bonita. Pode ver que não fiz nada além de remover os enfeites excessivos do vestido.

A srta. Huda ficou um pouco mole quando enfim pôde relaxar. Ela se estudou agora com um otimismo cauteloso, primeiro passando os dedos pelas linhas do vestido, depois tocando com cuidado, usando aqueles mesmos dedos, em sua face, na maçã do rosto.

— Pareço tão elegante — afirmou a srta. Huda suavemente. — Nadinha como uma morsa amarrada. Que magia incompreensível é essa.

— Não é magia, garanto — Alizeh disse a ela. — Seu corpo sempre foi elegante, senhorita. Só lamento que tenha sido torturada para pensar o contrário por tanto tempo.

Alizeh não sabia que horas eram quando ela finalmente deixou a Casa Follad, só que estava tão exausta que começava a sentir-se zonza. Fazia pelo menos uma hora desde a última vez que verificara o horário, o que significava que, se seus cálculos estavam corretos, já passava de uma hora da manhã. Ela teria poucas horas para dormir antes de o sino tocar.

Sentiu um aperto no peito.

Forçou os olhos a se abrirem enquanto se arrastava, até mesmo parando para beliscar de maneira leve as próprias bochechas quando, por conta do sono, pensou ter visto duas luas no céu.

Carregava a bolsa de tapeçaria com o máximo de cuidado possível no frio intenso, pois agora continha o vestido verde da srta. Huda, que ela prometera terminar de consertar antes do baile da noite seguinte. Bahar, a criada da srta. Huda, iria buscar o vestido às oito horas, precisamente uma hora depois de Alizeh terminar o seu turno.

Ela exalou alto ao pensar nisso , olhando por um momento para a pluma de gelo formada por sua respiração contra a escuridão.

Alizeh tirara todas as medidas da srta. Huda; a jovem a instruíra a elaborar os cinco vestidos adicionais da maneira que ela achasse melhor. Isso era tanto uma benção quanto um fardo, pois, ao mesmo tempo que dava a Alizeh total licença artística, também colocava toda a responsabilidade estilística nos ombros dela.

Pelo menos estava grata pelo fato de os outros vestidos não terem de ser entregues antes de uma semana. Ela já não conseguia imaginar como gerenciaria todo o trabalho do dia seguinte e ainda encontraria algo adequado para ela mesma usar no baile, mas se consolou com a lembrança de que não importaria o que ela usasse, pois ninguém a notaria mesmo — e melhor assim.

Foi quando Alizeh ouviu um som estranho.

Era estranho por não se tratar de um som típico da noite; era mais como o raspar de uma pedra chutada, um deslizar súbito que desaparece em um lampejo.

Foi o suficiente.

O sono desapareceu de seu cérebro enquanto a adrenalina se movia pelo corpo dela, intensificando seus sentidos. A garota não se atreveu a interromper o passo; não ousou acelerar nem desacelerar. Admitiu, silenciosamente, que o som poderia ter sido provocado por um animal. Ou um grande inseto. Podia até culpar o vento, se houvesse brisa.

Na verdade, não havia nenhuma evidência para corroborar o súbito e arrepiante medo de estar sendo seguida, nada além do instinto — que não custava nada levar a sério. Se ela parecesse tola por exagerar, que assim fosse.

Ela não se arriscaria àquela hora.

Tão casualmente quanto ela conseguiu, ergueu a bolsa de tapeçaria nos braços e a abriu. Sem parar de caminhar, colocou a almofada de alfinetes no pulso esquerdo, vasculhando objetos pontiagudos e inserindo agulhas entre os dedos. Ela pegou, por fim, a tesoura de costura, que manteve firme no punho direito.

Os passos — suaves, quase indetectáveis — ela ouviu logo em seguida.

A garota deixou a bolsa cair no chão e sentiu seus batimentos cardíacos dispararem. Ela ficou plantada na calçada, com o peito arfando conforme se obrigava a ficar calma.

Então fechou os olhos e escutou.

Havia mais de um par de passos. Quantos, então? Quatro. Cinco. *Seis.*

Quem enviaria seis homens para perseguir uma criada indefesa? Seu pulso e seus pensamentos se aceleraram. Apenas alguém que soubesse quem ela era, que soubesse a importância dela. Seis homens enviados para interceptá-la na calada da noite, e a encontraram ali, a meio caminho da Casa Baz, longe da segurança de seu quarto.

Como sabiam onde ela estava? Há quanto tempo vinham a seguindo? E o que mais sabiam?

Os olhos de Alizeh se arregalaram.

Ela sentiu o corpo, tenso ao tomar consciência, ficando de repente rígido e calmo. Seis silhuetas pesadas — vestidas de preto — aproximaram-se dela lentamente por todos os lados.

Alizeh fez uma oração em silêncio, pois sabia que necessitaria de perdão antes que a noite terminasse.

Os agressores a cercaram por completo quando ela enfim quebrou o silêncio com uma única palavra:

— *Esperem.*

As seis formas pararam de súbito.

— Vocês não me conhecem — disse com calma. — Certamente são indiferentes e não cultivam nenhum ódio pessoal contra mim. Estão apenas cumprindo ordens esta noite. Sei disso.

— Que tá querendo dizer? — soltou um deles rispidamente. — A gente vai é acabar logo com essa missão, se você é tão entendidinha assim. A gente tem negócios a cumprir, né não?

— Estou lhes oferecendo um perdão — disse Alizeh. — Dou a minha palavra: vão embora agora e eu os pouparei. Deixem-me em paz e não lhes farei nenhum mal.

As palavras foram recebidas com risos, uma gargalhada que encheu a noite.

— Nossa, que ousadia — exclamou outro homem. — Acho que tô triste de matar você hoje, senhorita. Mas prometo que vai ser rápido.

Alizeh fechou os olhos brevemente, decepção inundando o corpo dela.

— Então recusam formalmente a minha oferta?

— Sim, Alteza — zombou outro dela, fingindo uma reverência com um floreio. — Não precisamos de sua misericórdia esta noite.

— Muito bem, então — afirmou ela suavemente.

Alizeh respirou fundo, abriu a tesoura na mão direita e avançou. Ela atirou as lâminas pelo ar, ouvindo seus efeitos — ali, um grito — quando um segundo agressor disparou em sua direção. Ela pulou, levantando as saias enquanto girava e chutava com força a mandíbula dele, a força do golpe empurrando a cabeça do homem para trás a ponto de ela ouvir o pescoço dele estalar bem quando teve de enfrentar o terceiro oponente, no qual atirou uma agulha de bordar, apontando para a sua jugular.

Ela errou.

Ele rugiu, arrancando a agulha da pele ao desembainhar uma adaga e avançando em direção a ela com fúria. Alizeh não perdeu tempo, lançando-se para a frente, enfiando um cotovelo no baço dele antes de socá-lo repetidamente na garganta, os alfinetes cuidadosamente presos no punho perfurando a pele dele no processo. Quando terminou, ela tinha enterrado todas as suas agulhas no pescoço do homem.

Ele caiu no chão com um baque.

O quarto e o quinto avançaram juntos, correndo, cada um com uma cimitarra brilhante. Alizeh não fugiu; em vez disso, ela disparou em direção a eles e — a centímetros de contato — prontamente desapareceu, agarrando suas espadas, quebrando seus pulsos, e jogando-os de costas no chão. Ela se rematerializou em seguida, confiscou as armas e, abaixando-se de joelhos, enterrou uma lâmina no peito de ambos ao mesmo tempo.

O sexto homem estava logo atrás dela, que girou em um piscar de olhos e, sem aviso, agarrou-o pelo pescoço.

Ela levantou o homem no ar com uma única mão, lentamente extraindo a vida do corpo dele.

— Agora — sussurrou ela — pode me dizer quem os enviou?

O homem ofegou; seu rosto estava ficando roxo. Com muito esforço, ele balançou a cabeça.

— Você foi o último dos seis a se aproximar de mim — disse ela baixinho. — O que significa que é o mais inteligente... Ou o mais fraco. De qualquer modo, servirá a um propósito. No primeiro caso, sabe que não deve me contrariar. No segundo, sua covardia o tornará flexível.

— Eu não... — Ele se engasgou, com dificuldade de falar. — Não estou entendendo...

— Volte para o seu mestre — disse ela. — Diga-lhe que desejo ser deixada em paz. Diga-lhe que considere isto um aviso.

Então soltou o homem, que torceu o tornozelo ao cair no chão. Ele gritou, ofegante, enquanto lutava para ficar de pé.

— Suma da minha vista — falou Alizeh suavemente — antes que eu mude de ideia.

— Sim, senhorita, i-imediatamente, senhorita!

O bruto saiu mancando, tão rápido quanto a perna machucada permitia.

Somente quando ele desapareceu de vista, a garota enfim expirou. Observou os corpos espalhados pela rua ao seu redor. E suspirou.

Alizeh não gostava de matar pessoas.

Ela não tinha prazer com a morte de nenhum ser vivo, pois não só era algo difícil e exaustivo, como a deixava extremamente triste. Já havia tentado, ao longo dos anos, apenas ferir, sem matar. Tentara negociar diversas vezes. Ela sempre tentava ser misericordiosa.

Mas eles sempre riam da cara dela.

A jovem tinha aprendido da maneira mais difícil que uma mulher desprotegida de baixa estatura e baixa posição social nunca seria tratada com respeito pelos inimigos. Eles a achavam estúpida e incapaz; por ser gentil, viam nela apenas fraqueza.

Nunca ocorria à maioria das pessoas que a compaixão de Alizeh fosse forjada não com base em uma ingenuidade frágil, mas em uma dor feroz. Ela não tentava mergulhar nos próprios pesadelos, mas sim superá-los, todos os dias. E, ainda assim, suas ofertas de misericórdia nunca eram aceitas. Os outros nunca deixavam de lado a própria escuridão por tempo suficiente a fim de permitir que Alizeh se afastasse da sua escuridão também.

Que escolha lhe restava, então?

Com pesar, ela puxou a tesoura de costura do peito de um homem destroçado, limpando as lâminas no casaco dele antes de colocá-la em sua bolsa. Ela buscou nos paralelepípedos a agulha de bordado e, em seguida, puxou cada um dos alfinetes da garganta do outro homem morto, tomando cuidado para limpar cada um antes de guardar.

Teria de se mudar de novo?, ela se perguntou. Será que teria de recomeçar tudo novamente?

Assim tão rápido?

Deu mais um suspiro, parando um momento para se recompor e ajeitar as saias antes de pegar sua bolsa, fechando-a.

Alizeh estava tão cansada que não conseguia se imaginar andando pelo curto caminho que a separava de casa, mas, ainda assim...

Lá estava a rua, e abaixo dela, dois pés.

Ela não tinha asas, nem carruagem, nem cavalo. Não tinha dinheiro suficiente para um transporte, e ninguém apareceria para levá-la embora mesmo.

Como sempre, a garota teria que se arrastar.

Um pé antes do outro, um passo de cada vez. Permaneceria concentrada até chegar à Casa Baz. Ela ainda tinha que abafar o fogo da cozinha, mas conseguiria.

Ela conseguiria, seja como fosse. Talvez só então ela enfim fosse capaz de...

Ela tropeçou.

Um único ponto de luz brilhou diante de seus olhos, depois sumiu novamente.

Alizeh piscou devagar. Seus olhos estavam secos, precisando desesperadamente de descanso. Céus, ela estava cansada demais para isso.

— Exijo que você se mostre — disse, frustrada. — Estou cansada deste jogo. Mostre-se ou deixe-me continuar. Eu imploro.

Com isso, uma silhueta de repente se materializou. Era um rapaz — Alizeh não conseguia discernir o seu rosto —, e ele se ajoelhou diante dela.

— Sim, Vossa Majestade — respondeu ele com suavidade.

VINTE E DOIS

بیست و دو

Estaria ele ficando louco? Kamran se perguntou.

Quem bateria à sua porta àquela hora? Se o palácio estivesse sob cerco, ele com certeza saberia, não é? Obviamente haveria mais barulho, mais comoção. Ele não viu nada de errado pela janela que estivera olhando apenas momentos antes.

Ainda assim, Kamran se vestiu de modo apressado e calçava as botas quando as batidas subitamente se intensificaram. Ele sabia que era uma extravagância, mas colocou o coldre da espada em torno da cintura mesmo assim, pois era um hábito tão incorporado que seria seguido de toda forma.

O príncipe enfim foi até a porta, mal a abrindo antes de subitamente ficar cego. Alguém havia lançado um saco sobre sua cabeça enquanto outra pessoa agarrava seus braços, torcendo-os de modo doloroso nas costas.

Kamran gritou, com o choque e a confusão deixando-o paralisado por um momento antes de se lembrar de jogar a cabeça para trás com força suficiente para quebrar o nariz da figura monstruosa que o segurava. O homem rugiu com raiva, mas não afrouxou o suficiente, e pior: o segundo agressor logo apertou o capuz ao redor do pescoço de Kamran, sufocando-o.

O príncipe ficou sem fôlego e de imediato sentiu o tecido em sua boca; alguém tinha enfiado uma pedra na boca dele, por fora do capuz, prendendo-a com uma fita que agora estava sendo amarrada em torno da cabeça dele. Kamran tentou gritar, cuspi-la, mas conseguiu soltar apenas sons abafados de protesto. Balançou seu corpo, debatendo-se o melhor que podia, mas os dois homens o seguraram com firmeza, um torturando seus braços em uma posição não natural, enquanto o outro prendia as mãos do príncipe.

Logo ficou óbvio que aqueles homens haviam sido ordenados a sequestrá-lo, não a matá-lo, pois, se tivessem ordens para assassinar o príncipe, com certeza já teriam feito isso a essa altura.

Nesse ponto, Kamran tinha a vantagem.

Era preciso mantê-lo vivo, mas, para Kamran, sua vida valia pouco, e ele estava mais do que disposto a perdê-la lutando por sua liberdade.

Além do mais, ele estava mesmo querendo uma briga.

Durante todo o dia o príncipe esteve contendo a raiva, tentando lutar contra a tempestade em seu peito, portanto isso seria um alívio.

Ele a libertaria agora.

Kamran golpeou com o pé, chutando para trás entre as pernas do sequestrador o mais forte que podia. O homem gritou, enfim afrouxando o aperto por alguns centímetros, folga que o príncipe aproveitou para desferir no segundo homem um golpe utilizando o peso do ombro, depois o joelho. Com meros segundos para aproveitar, ele conseguiu livrar os punhos das amarras, entretanto ainda não conseguia enxergar enquanto se movia; golpeou a esmo, sem se importar para onde seus punhos se direcionavam ou quantas costelas quebrava.

Quando enfim derrubou os dois homens por tempo suficiente para arrancar o capuz, Kamran prontamente desembainhou a espada, piscando pela súbita luz, tomando fôlego.

Ele se moveu em direção aos dois sequestradores com toda a calma, avaliando-os. Um grande, um médio. Ambos agachados, respirando com dificuldade, com boca e nariz ensanguentados.

O maior atacou o príncipe sem aviso, e Kamran girou graciosamente, utilizando a força do próprio agressor para puxá-lo pelo ombro e atirá-lo ao chão. O homem caiu com um estrondo retumbante sobre as próprias costas, tirando o ar de seus pulmões e possivelmente as vértebras de sua coluna.

Kamran então pôs os dedos ao redor do cabo de sua espada e avançou sobre o outro sequestrador, que olhou nervosamente para o grande corpo de seu companheiro antes de encontrar os olhos do príncipe.

— Por favor, senhor — disse o homem, levantando ambas as mãos —, nós não desejamos mal algum ao senhor; estávamos apenas cumprindo ordens...

Kamran o agarrou pela nuca, pressionando a ponta da lâmina contra o pescoço do homem até arrancar sangue. O rapaz choramingou.

— Quem o enviou? — questionou Kamran com raiva. — O que quer de mim?

O traste balançou a cabeça; Kamran afundou um pouco mais a lâmina. O homem apertou os olhos.

— Por favor, senhor, nós…

— *Quem os enviou*?

— Fui eu.

Kamran largou o sequestrador de imediato, afastando-se de repente como se o homem tivesse entrado em combustão. O agressor caiu no chão e o príncipe virou-se lentamente, tão espantado que suas funções motoras foram reduzidas a quase nada. Uma gota de sangue pingou da espada e pousou em sua bota.

Kamran encontrou os olhos do avô.

— Você virá comigo diretamente — disse o rei —, pois temos muito o que conversar.

VINTE E TRÊS

بیست و سه

Alizeh olhou atordoada para a figura se curvando à sua frente.

— Perdoe-me — disse o estranho, com calma. — Eu só quis ficar por perto esta noite caso precisasse de ajuda... Da qual, claramente, não precisou.

Mesmo na penumbra, ela viu a luz rápida de seu sorriso.

— Meu vaga-lume, no entanto, está bastante interessado em você e insiste em chamar a sua atenção sempre que a oportunidade surge.

— Então ela é sua?

O estranho assentiu.

— Em geral, ela é mais obediente, mas, quando te vê, parece me esquecer por completo, e tem abordado a senhorita contra a minha vontade nesses últimos dois dias. Ela me desobedeceu pela primeira vez na noite em que se conheceram na Casa Baz... Disparou pela porta da cozinha mesmo depois que eu expressamente a proibi de fazer isso. Peço desculpas por qualquer problema que a impulsividade dela tenha causado.

Alizeh piscou, confusa.

— Quem é você? Como me conhece? Como sabia que eu poderia precisar de ajuda esta noite?

O estranho abriu um largo sorriso, um brilho claro no escuro. Então, estendeu a mão enluvada, na qual havia uma pequena esfera de vidro do tamanho de uma bola de gude.

— Primeiro — disse —, isto é para você.

Alizeh de súbito ficou imóvel.

Ela reconheceu o objeto imediatamente; chamava-se *nosta*, uma antiga palavra tulaniana que significava *confiança*. Dizer que era um objeto raro seria um eufemismo grosseiro. Alizeh não via um desde criança; pensou que tivessem se perdido com o tempo.

Com cuidado, a garota pegou o pequeno objeto. Ao longo de todos os séculos, poucos *nostas* haviam sido feitos, uma vez que sua criação exigia uma magia antiga da qual apenas os Profetas eram capazes. Os pais de Alizeh costumavam dizer que a magia de Tulan era diferente

— mais forte — do que a encontrada em Ardunia, pois o império do Sul, embora pequeno, tinha uma concentração mais poderosa do mineral em suas montanhas e, como consequência, uma população muito maior de Profetas. Muitos jinns haviam fugido para Tulan nas primeiras guerras com os Argilas justamente por essa razão; havia algo nas montanhas de lá que os atraía, os imbuía de poder.

Pelo menos era o que Alizeh tinha ouvido.

Os poucos *nostas* que existiam em Ardunia haviam sido, em sua maioria, roubados de Tulan; pequenas lembranças de muitas guerras fracassadas.

Como esse estranho conseguira algo tão precioso, Alizeh não tinha a mínima ideia.

Ela o olhou com espanto.

— Isto é para mim?

— Por favor, considere-o um símbolo de minha lealdade, Vossa Majestade. Mantenha-o sempre consigo, para que nunca precise se perguntar quem são seus inimigos.

Alizeh sentiu os olhos arderem com uma emoção inesperada.

— Obrigada — sussurrou. — Nem sei o que dizer.

— Então eu ousaria pedir seu perdão. Você sofreu todos esses anos sozinha, sem saber que muitos de nós a procurávamos em silêncio. Estamos tão gratos por a termos encontrado agora.

— Nós?

— Sim. Nós. — Outro lampejo de um sorriso, embora esse fosse sombrio. — Sua presença foi divulgada a mim apenas recentemente, Vossa Majestade, e tenho esperado todos os dias pelo momento certo para me aproximar. Nesse ínterim, rastreei seus movimentos para que eu pudesse oferecer proteção, se necessário.

Enquanto ele falava, o *nosta* brilhava quente na mão dela. A jovem sabia que, se ele contasse mesmo a menor das mentiras, a esfera se transformaria em gelo.

A mente de Alizeh girava tanto que ela mal conseguia respirar.

— Pode se levantar — sussurrou ela.

Ele o fez, endireitando-se lentamente para revelar um corpo muito mais amplo do que ela imaginara.

— Aproxime-se da luz — pediu ela.

Ele se moveu para o brilho de um lampião a gás próximo, as chamas incendiando os cabelos e os olhos claros. Ele estava bem-vestido e arrumado; suas roupas eram de um tecido refinado, o sobretudo de pelo de camelo ajustado à perfeição. Se não fosse pelo *nosta*, pensou que não acreditaria que aquele jovem estivesse lutando por ela. Ele parecia muito bem alimentado.

Alizeh lutava agora para decidir o que pensar sobre ele.

Ainda assim, quanto mais ela o analisava, mais ela via. Ele era bonito de uma forma inesperada, o rosto composto de muitas pequenas imperfeições que resultavam em algo interessante.

Forte.

Era estranho, mas as feições dele a lembravam um pouco de Omid… A cor adamascada de sua pele, as sardas generosas no rosto. Era apenas o cabelo claro que o diferenciava dos ruivos nativos do sul.

Alizeh respirou fundo e se acalmou.

— Você provavelmente não se lembra da minha mãe — disse o jovem, baixinho —, mas ela fazia parte da corte. Isso foi depois do estabelecimento dos Tratados de Fogo, quando os jinns foram enfim autorizados a ingressar livremente na corte; mas ela estava tão acostumada a se esconder que continuou a manter sua identidade em segredo.

A mente de Alizeh começou a girar. Como o *nosta* se aqueceu, ela percebeu que havia algo naquela história que lhe parecia familiar.

— Em uma de suas muitas noites na corte — continuou ele —, minha mãe ouviu a falecida rainha mencionar a profecia, e ela soube então que…

— Uma profecia? — Alizeh franziu a testa, interrompendo-o. — Uma profecia sobre mim, você quer dizer?

O jovem ficou subitamente imóvel. Por um longo momento ele não disse nada.

— Rapaz? — Alizeh insistiu.

— Deve aceitar as minhas muitas desculpas, Vossa Majestade. — Ele parecia um pouco preocupado agora. — Não me dei conta de que não soubesse.

Agora o coração de Alizeh estava disparado.

— Não soubesse do quê?

— Temo que deva, mais uma vez, pedir o seu perdão, porque essa é uma história um tanto longa, e não há tempo suficiente para contá-la esta noite. Assim que a sua segurança estiver garantida, prometo explicar tudo em maiores detalhes. Mas hoje não posso me ausentar por muito tempo, sob o risco de darem pela minha ausência.

Novamente, o *nosta* queimou.

Uma profecia. Seus pais sabiam disso? Seria essa a verdadeira razão pela qual ela fora escondida? A razão por que todos que a conheciam foram assassinados?

O jovem continuou:

— Permita-me apenas dizer agora que um dia minha mãe, há muito tempo, conheceu seus pais. Ela agia como os olhos deles dentro dos limites do palácio e visitava sua casa com frequência, sempre com as atualizações que era capaz de reunir na corte. De vez em quando, ela me levava junto. Não penso que se lembre de mim, Vossa Majestade...

— Não — sussurrou ela, descrença colorindo sua voz. — Como pode ser verdade? É possível que uma vez tenha me ensinado a jogar cinco-marias com avelãs?

Em resposta, o jovem sorridente enfiou a mão no bolso e presenteou-a com uma avelã.

Então uma emoção repentina e dolorosa tomou conta do corpo dela; um alívio tão grande que ela mal podia mensurar.

Ela pensou que iria chorar.

— Tenho esperado perto da coroa, como minha mãe fez, por notícias sobre você. Quando eu soube de sua existência, imediatamente comecei a tomar providências para uma transferência segura. Imagino que tenha recebido um convite para o baile amanhã à noite?

Alizeh ficou atordoada, por um momento, em silêncio.

— O baile? — indagou ela finalmente. — Foi... você?

O estranho balançou a cabeça.

— A ideia veio da criança. Vi uma oportunidade e ajudei. O contexto vai nos ajudar.

— Temo ter ficado sem palavras — falou ela suavemente. — Eu só posso agradecer. Luto agora para pensar em qualquer outra coisa para dizer.

E, em um gesto de boa vontade, tirou o *snoda.*

O jovem espantou-se, deu um passo para trás. Ele a encarou com os olhos arregalados, com um pouco de apreensão. Ela o observou lutar para analisá-la sem que a jovem percebesse, e isso quase a fez rir.

Alizeh percebeu, tarde demais, que o colocara em uma posição constrangedora. Sem dúvida, ele achava que a garota estava à espera de uma observação sobre sua aparência.

— Sei que meus olhos tornam difícil olhar para mim — disse Alizeh suavemente. — É o gelo que faz isso, embora eu não entenda por quê. Acredito que meus olhos sejam de fato castanhos, mas sinto com frequência uma dor de cabeça aguda, uma sensação de uma geada repentina. É o ataque do frio, acho, que mata a cor natural. É a única explicação que tenho para esse estado de cintilação. Espero que seja capaz de ignorar a minha estranheza.

Ele a estudou então como se estivesse tentando gravar aquela imagem na memória — e, por fim, desviou o olhar bruscamente para o chão.

— Você não parece estranha, Vossa Majestade.

O *nosta* ardeu, quente.

Alizeh sorriu e recolocou o *snoda.*

— Você diz que está providenciando uma transferência segura... O que isso significa? Aonde pretende me levar?

— Temo que não possa dizer. É melhor, por ora, que saiba o mínimo possível, caso os planos não deem certo e a senhorita seja capturada.

Mais uma vez, o *nosta* ficou quente.

— Então, como vou saber como encontrá-lo?

— Não saberá. É imperativo que vá ao baile amanhã à noite. Precisa de ajuda para cumprir essa parte do plano?

— Não. Acho que não.

— Muito bem. O vaga-lume vai procurá-la no momento certo. Conte com ela para guiar o caminho. Perdoe-me, Vossa Majestade. — Ele fez uma mesura. — Está ficando cada vez mais tarde, devo ido embora. Já falei demais.

Ele se virou para partir.

— Espere — pediu ela suavemente, agarrando seu braço. — Você não vai me dizer ao menos o seu nome?

Ele encarou a mão enfaixada em seu braço por um instante e, quando levantou o olhar, disse:

— Eu sou Hazan, Vossa Majestade. Pode confiar sua vida a mim.

VINTE E QUATRO

بیست و چهار

Kamran não disse nada durante a longa caminhada com o avô, sua mente confusa pensando em todo tipo de confusão e traição. Jurou para si mesmo que não se precipitaria chegando a conclusões absolutas até que ouvisse toda a explicação do rei, mas, a cada minuto, foi ficando mais difícil ignorar a raiva fervendo em seu sangue, pois os dois não pareciam estar indo para os aposentos reais, como Kamran havia pensado, e ele não conseguia imaginar para onde o avô o estava conduzindo.

Em sua vida, nunca imaginara que o rei poderia enviar mercenários para o seu quarto na calada da noite.

Por quê?

O que acontecera com o relacionamento deles em tão pouco tempo a ponto de inspirar tamanha crueldade? Tanta loucura?

Felizmente, o rei não o deixou pensando por muito tempo.

O caminho tortuoso pelo qual seguiram foi ficando mais escuro e mais frio à medida que andavam, além de se tornar mais familiar e alarmante. Kamran tinha vagado por esse caminho poucas vezes na vida, pois raramente tinha motivos para visitar as masmorras do palácio.

Uma onda de pânico percorreu sua espinha.

O avô estava vários passos à frente, e o príncipe ouviu o gemido de uma gaiola de metal se abrindo antes que visse o artefato primitivo. O fato de um trio de tochas ter sido aceso em antecipação à sua chegada era chocante o suficiente, mas a iluminação forçou os cantos grosseiros daquele espaço sinistro a se tornarem nítidos, tornando o horror palpável. O medo e a confusão de Kamran se eletrificaram ainda mais conforme o gotejar constante de algum líquido desconhecido batia no chão entre eles, o cheiro de podridão e umidade enchendo seu nariz.

Ele havia entrado em um pesadelo.

Por fim, o rei Zaal virou-se para o neto, e o príncipe, que mesmo agora deveria ter se curvado diante de seu soberano, permaneceu ereto.

E também não guardou sua espada.

O rei Zaal agora olhava para aquela espada, estudando a insolência do jovem com quem compartilhava aquelas sombras. Kamran viu a raiva mal contida na expressão de seu avô, a indignação que ele pouco fazia para esconder.

Sem dúvida, sentimentos semelhantes estavam refletidos no rosto de Kamran.

— Como seu rei — o velho disse friamente —, eu o condeno pelo crime de alta traição...

— *Alta traição*? — Kamran explodiu. — Com base em quê?

— ... e o sentencio a um período indefinido de prisão nas masmorras reais, de onde será libertado apenas para desempenhar suas funções, durante as quais permanecerá sob vigilância estrita e após as quais retornará...

— O senhor me condenaria a esse destino sem julgamento, Vossa Majestade? Sem provas? Ficou maluco?

O rei Zaal respirou fundo, levantando o queixo com o insulto. Passou-se um momento antes que ele falasse.

— Como seu rei, decreto-o tão culpado que perde o direito a um julgamento. Mas, como seu avô — acrescentou, com uma calma incomum —, ofereço-lhe este único encontro no qual pode tentar exonerar-se. Se não conseguir defender a própria inocência em tempo hábil, ordenarei aos guardas que o algemem sem demora. Se insistir em modificar a sentença por um crime tão hediondo, forçará sobre si mesmo a punição máxima por alta traição e aguardará sua execução ao nascer do sol, quando sofrerá uma morte honrosa pela espada, em um local ainda a ser determinado; sua cabeça será decepada de seu corpo e empalada em uma lança por sete dias e sete noites, para que todo o império dê testemunho.

Kamran sentiu o golpe dessa declaração por todo corpo, sentindo-o estremecer com uma dor de tirar o fôlego.

Sentiu-se vazio.

O avô — o homem que o criou, que lhe ensinou quase tudo o que ele sabia, que tinha sido sua inspiração por toda a vida — estava ameaçando-o de morte? Que o rei Zaal fosse capaz de tal crueldade com os próprios parentes era impressionante o suficiente, mas o mais chocante era que Kamran não fazia ideia do que os havia levado a este momento.

Alta traição?

Rapidamente, Kamran perguntou-se se o Ministro da Defesa o tinha acusado, mas lutou para acreditar que aquele homem seboso tivesse influência suficiente para provocar este nível de raiva em seu avô. Se o ministro tivesse se queixado ao rei, Kamran provavelmente teria sido informado à luz do dia; teria sido castigado e enviado aos seus afazeres com um aviso para se comportar.

Mas aquilo…

Aquilo era diferente. O rei havia recrutado homens armados para buscá-lo em seus aposentos privados na calada da noite. Aquilo era maior do que um momento de infantilidade em uma sala de reuniões.

Não era?

Um tenso silêncio pairou sobre eles, um longo minuto durante o qual Kamran foi forçado a aceitar o pior. Ele era um príncipe, sim, mas antes era um soldado, e esta não era a primeira vez em que enfrentava tamanha brutalidade.

Com uma calma forçada, falou:

— Confesso que não sei, Vossa Majestade, como me defender de uma acusação tão infundada. Mesmo todo esse momento de silêncio não inspirou minha imaginação a uma explicação adequada para tal acusação. Não posso tentar justificar o que não consigo compreender.

O rei Zaal soltou uma gargalhada irritada, uma exclamação de incredulidade.

— Você nega, então, completamente, toda e qualquer alegação que possa haver contra você? Nem se esforça para se defender?

— Não sei do que me defender — afirmou o príncipe com firmeza —, porque não sei por que razão estou aqui, diante do senhor, nem por que motivo mandaria homens me prenderem em meus aposentos de forma tão desumana. De que maneira cometi alta traição, imploro que, por favor, me diga. Em que momento posso ter cometido tal proeza?

— Insiste em fingir ignorância? — esbravejou o rei Zaal com raiva, a mão segurando com força a clava dourada. — Ainda agora me ofenderia, na minha cara?

Um músculo saltou da mandíbula de Kamran.

— Vejo agora que já se decidiu em relação a mim. Que se recuse a revelar o crime que acredita que cometi já é evidência suficiente. Se quer me ver aprisionado, que assim seja. Se quer a minha cabeça, pode tê-la. Não se preocupe, pois não vou lutar contra isso, Vossa Majestade. Eu não desafiaria as ordens do meu rei.

O príncipe enfim atirou sua espada e curvou-se. Ele manteve o olhar no chão imundo de pedra da masmorra pelo que pareceu um século, mas que devem ter sido minutos. Ou segundos.

Quando o rei Zaal enfim voltou a falar, sua voz estava controlada:

— A garota não está morta.

Kamran levantou a cabeça. Levou um instante para falar, uma respiração deixando seu corpo de forma irregular.

— Não a matou?

O rei Zaal o encarou, sem piscar.

— Parece surpreso.

— Estou, sim. — Kamran hesitou. — Embora tenha de admitir que não entendo a relação entre os assuntos. Claro, estou muito curioso para saber o motivo da sua mudança de ideia em relação à moça, mas também estou ansioso, Vossa Majestade, para saber se devo em breve fazer desses aposentos grotescos minha casa, e neste momento o segundo tópico reivindica minha total e indivisa atenção.

O rei suspirou.

Fechou os olhos, pressionou as pontas dos dedos nas têmporas.

— Enviei seis homens atrás dela esta noite. E a garota não está morta.

Lentamente, as engrenagens congeladas do cérebro de Kamran começaram a girar. Sua mente enferrujada era justificável: era tarde; o príncipe estava exausto; sua consciência estivera concentrada em um esforço recente para se defender de um ataque surpresa encomendado pelo próprio avô. Mesmo assim, perguntou-se como tinha demorado tanto para entender.

Quando por fim entendeu, perdeu o ar.

Kamran fechou os olhos com uma nova onda de raiva — ira — subindo pelos ossos. Quando falou, sua voz estava tão fria que ele mesmo mal a reconheceu.

— O senhor pensa que eu a avisei.

— Mais do que isso — afirmou o rei. — Creio que você a ajudou.

— Que sugestão odiosa, Vossa Majestade. A ideia é absurda.

— Demorou muito para que você atendesse à porta — disse Zaal. — Eu me pergunto: estava de volta em seus aposentos? Na calada da noite, tendo sido arrastado de seu quarto, agora está diante de mim completamente vestido, carregando suas espadas e bainha. Espera que eu acredite que já estava na cama?

Kamran riu. Como um lunático, ele riu.

— Você nega, então? — questionou o rei.

Kamran dirigiu um olhar violento ao avô, o ódio atravessando seu corpo.

— Do fundo da minha alma. Que o senhor me considere capaz de tamanha falta de dignidade é tão ofensivo e tão surpreendente para mim que chega a ser enlouquecedor.

— Você estava determinado a salvá-la.

— Apenas pedi que poupasse a vida de uma inocente! — Kamran gritou, já não mais tentando conter a raiva. — Foi apenas um pedido de piedade, nada mais. O senhor me considera fraco a ponto de desobedecer um decreto do rei do meu próprio império? O senhor julga minha mente tão fraca, sem pulso firme nem coragem?

Pela primeira vez na vida, Kamran viu o avô hesitar. O velho abriu e, em seguida, fechou a boca, lutando para encontrar as palavras certas.

— Eu... Eu fiquei preocupado — explicou o rei Zaal enfim — que seus pensamentos estivessem ocupados em demasia por ela. Eu também ouvi sobre seu comportamento tolo com o Ministro da Defesa, que, apesar de sua aversão indisfarçável ao homem, é um ancião proeminente da Casa de Ketab, e seu discurso para ele foi quase um motim...

— Então o senhor enviou homens armados à minha porta? Condenou-me a uma prisão indefinida sem julgamento? Teria arriscado minha cabeça por um mero mal-entendido... *Uma suposição*? Isso lhe parece uma reação apropriada às suas preocupações, Vossa Majestade?

O rei Zaal virou-se, pressionou dois dedos sobre os lábios fechados. Ele parecia perdido em pensamentos.

Kamran, por outro lado, tremia de fúria.

O desenrolar dos eventos da noite de repente lhe pareceu tão improvável, tão impossível, que ele se perguntou se tinha perdido a cabeça.

Era verdade que havia considerado não cumprir a ordem do avô de encontrar uma esposa. Era verdade, também, que em um momento de loucura pensou em avisar a garota, tinha até fantasiado sobre salvar a vida dela. Mas Kamran sempre soube, no fundo, que aqueles delírios silenciosos foram criados apenas por uma emoção transitória; eram sentimentos superficiais que não podiam competir com a profunda lealdade que sentia por seu rei, por seu lar, por seus ancestrais.

Por seu império.

Kamran nunca teria planejado contra-atacar o rei e seus planos — não por uma garota desconhecida, não contra o homem que considerava mais como pai do que seu próprio pai jamais foi capaz de ser.

Essa traição... Não poderia ser suportada.

— Kamran — falou o rei finalmente. — Você tem que compreender. A garota estava preparada. Ela estava armada. As feridas infligidas indicam que ela teve acesso a armas altamente incomuns, que só podemos supor que lhe foram fornecidas por alguém com acesso a um arsenal complexo. A profecia diz que ela tem aliados formidáveis...

— E você pensou que um desses aliados poderia ser eu?

A expressão de Zaal escureceu.

— Suas ações ridículas, infantis... Seu desejo fervoroso de poupar a vida dela, mesmo ciente de que ela poderia provocar a minha morte... Deixou-me sem escolha a não ser me perguntar, sim, pois permanece altamente improvável que ela fosse capaz de se livrar de seis homens armados sem ajuda. Cinco dos seis ela assassinou categoricamente; ela só poupou o último, para que enviasse um aviso...

— *A garota é uma jinn!* — Kamran gritou, mal conseguindo respirar com a pressão que apertava seu peito. — Ela é herdeira de um reino. Além de ter força e velocidade sobrenaturais e de poder invocar a invisibilidade à vontade... Ela sem dúvida foi treinada em autodefesa desde a mais tenra idade, assim como eu fui. O senhor não esperaria que eu me defendesse facilmente de seis guardas, Vossa Majestade? Ou o quê? Pensou que seria fácil matar uma rainha?

O rei Zaal ficou subitamente lívido.

— Você é o herdeiro do maior império do mundo desbravado — berrou o avô. — Foi criado em um palácio com os melhores tutores e mestres que existem. Ela é uma criada órfã e sem instrução, que passou os últimos anos vivendo principalmente na rua...

— O senhor esquece, Vossa Majestade — afirmou Kamran, de modo brusco —, que o senhor mesmo disse que ela não era uma garota comum. E mais: eu o avisei. Eu lhe disse que a garota falava feshtoon. Compartilhei com o senhor desde o início minhas suspeitas de suas habilidades, de sua inteligência. Eu a vi desarmar aquela criança de rua como se fosse um galho, e não uma árvore. Eu a ouvi falar; ela é afiada e articulada, o que é perigoso para uma garota que usa um *snoda*...

— Eu digo, menino, que você parece saber muito sobre uma jovem mulher que nega tão veementemente defender.

Uma rajada de fúria atingiu Kamran, rasgando-o com uma virulência que o despojou inteiramente de calor. Em seu rastro, ele sentiu apenas frio.

Anestesiado.

O príncipe olhou para o chão, tentou respirar. Não podia acreditar na conversa que estava tendo; ele duvidava que fosse capaz de suportar muito mais as suspeitas nos olhos do avô.

Uma vida inteira de lealdade, tão facilmente esquecida.

— O senhor a subestimou — afirmou Kamran, com calma. — Deveria ter enviado vinte homens. Deveria ter antecipado a desenvoltura dela. *Você* cometeu um erro e, em vez de assumir a culpa pelo próprio fracasso, achou melhor culpar seu neto. Com que facilidade o senhor me condena. Sou tão supérfluo assim, senhor?

O rei Zaal emitiu um som ao ouvir essa resposta, um bufo incrédulo.

— Acha que tive prazer em tomar a decisão? Fiz o que eu tinha que fazer. O que considerei certo, dadas as esmagadoras evidências circunstanciais. Se tivesse ajudado a garota esta noite, teria se tornado um traidor de sua coroa, de seu império. Eu tive a misericórdia de sentenciá-lo ao tão gentil destino da prisão, pois aqui, pelo menos, você estará seguro. Se as notícias de suas ações traiçoeiras tivessem sido descobertas pelo público, teria sido estripado por uma multidão na mesma hora. Certamente você entende — prosseguiu o rei — que meu dever *deve* ser primeiro para com o meu império, não importa quão agonizantes sejam as consequências. Na verdade, deveria saber disso melhor do que ninguém. Você foi longe demais, Kamran.

Zaal balançou a cabeça e continuou:

— Você não pode acreditar que gostei de suspeitar de sua participação nisso, e me recuso a ouvir mais sobre essa bobagem dramática.

— Bobagem dramática? — Os olhos do príncipe se arregalaram. — O senhor me considera dramático, Vossa Majestade, por me ofender com sua prontidão em me sentenciar a *isso*... — gesticulou em direção à cela úmida atrás dele — sem um pingo de evidência concreta?

— Você se esquece de que eu primeiro lhe dei a oportunidade de se defender.

— De fato, o senhor permitiu primeiro que eu me defendesse de um ataque hediondo ordenado contra mim por Vossa Majestade...

— *Basta* — soltou o avô com raiva, sua voz subindo uma oitava. — Você me acusa de coisas que não entende, menino. As decisões que tive que tomar durante meu reinado... As coisas que tive de fazer para proteger o trono... Seriam suficientes para alimentar seus pesadelos por uma eternidade.

— Nossa, que alegrias estão por vir.

— Você se atreve a brincar? — indagou o rei sombriamente. — Muito me admira. Nunca o levei a acreditar que governar um império seria fácil ou, mesmo por um momento, agradável. De fato, se não nos matar primeiro, a coroa fará o possível para reivindicar-nos por inteiro, nosso corpo e nossa alma. Este reino nunca poderia ser governado por fracos de coração. Cabe a você, sozinho, encontrar a força necessária para sobreviver.

— E é isso que pensa de mim, Vossa Majestade? Que sou fraco de coração?

— Sim.

— Entendo.

O príncipe riu, passando as duas mãos pelo rosto, pelo cabelo. Sentiu-se de repente tão cansado que se perguntou se tudo aquilo não passava de um sonho, de um estranho pesadelo.

— Kamran.

O que era isso, esse sentimento? Essa estática em seu peito, queimando sua garganta? Era a chama da traição? Desgosto? Por que Kamran sentiu de repente como se fosse chorar?

Ele não choraria.

— Você acha que a compaixão não tem preço — falou o avô bruscamente. — Acha que poupar uma vida inocente é fácil; e que aquele que fizer o contrário está apenas dando mostras de desumanidade. Você ainda não percebeu que pode se dar ao luxo da compaixão porque carreguei em seu lugar o peso de toda a crueldade, de toda a impiedade necessária para garantir a sobrevivência de milhões. Eu afasto a escuridão — o rei continuou —, para que você possa desfrutar a luz. Destruo seus inimigos, para que possa reinar de forma suprema. E, ainda assim, agora você se decidiu, em sua ignorância, a me odiar por isso; a deliberadamente interpretar mal as minhas motivações, quando sabe, no fundo da sua alma, que tudo que já fiz foi para garantir o seu sustento, a sua felicidade, o seu sucesso.

— O senhor está sendo sincero, meu avô? — Kamran disse suavemente. — O que diz é mesmo verdade?

— Você sabe que é verdade.

— Como, diga-me, o senhor garante o meu sustento e a minha felicidade ao ameaçar cortar a minha cabeça?

— Kamran…

— Se não há mais nada, Vossa Majestade — o príncipe curvou-se —, vou agora me retirar aos meus aposentos. Foi uma noite tediosamente longa.

Kamran já estava a meio caminho da saída quando o rei chamou:

— Espere.

O príncipe hesitou, respirou de forma irregular. Não olhou para trás ao responder:

— Sim, Vossa Majestade?

— Conceda-me mais um momento, menino. Se quer mesmo me assegurar de sua lealdade ao império…

Kamran voltou-se com tudo, seu corpo tenso.

— … há uma tarefa importante que quero dar a você agora.

VINTE E CINCO

Alizeh estava de joelhos em um canto da grande sala de estar com a mão congelada no escovão; o rosto tão próximo do chão que ela quase podia ver o próprio reflexo na pedra brilhante. Não ousava respirar ao ouvir o som do chá enchendo as xícaras, o borbulhar do ar tão familiar como seu próprio nome. Exceto pelo elixir da água, a garota nunca se importara muito com comida ou bebida, mas adorava chá tanto como qualquer um em Ardunia. Beber chá estava tão arraigado à cultura que era tão comum quanto respirar, mesmo para os jinns, e estar tão perto da bebida agora enviava uma pequena vibração em seu peito.

Claro, ela não deveria estar ali.

Fora enviada para esfregar aquele canto em particular depois que um grande pássaro voou pela janela e prontamente defecou por todo o chão de mármore.

Ela não sabia que a duquesa Jamilah estaria presente.

Embora Alizeh não fosse ter problemas por cumprir ordens, a preocupação da garota era que alguém a visse no mesmo cômodo que a dona da casa; sendo assim, ela seria dispensada na mesma hora e enviada para trabalhar em outro lugar. Criados não eram autorizados a ficar por muito tempo em cômodos onde os ocupantes da casa se encontravam. Ela deveria fazer o trabalho e ir embora o mais rápido possível, mas, pelos últimos cinco minutos, estivera esfregando o mesmo lugar já limpo.

Ela não queria ir embora.

Nunca tinha visto a duquesa Jamilah antes, não de perto, e, embora não pudesse exatamente *ver* a mulher, sua curiosidade crescia a cada segundo. Por baixo das pernas finamente esculpidas dos sofás rígidos, Alizeh conseguia observar uma faixa horizontal da mulher. De vez em quando, a duquesa levantava-se sem aviso, depois sentava-se de novo. Então levantava-se e mudava de lugar.

A garota ficou fascinada.

Ela avistou outro pedaço da bainha da mulher, espiando os sapatos dela se moverem pela quarta vez em minutos. Mesmo daquela perspectiva estranha, Alizeh podia dizer que a senhora usava uma crinolina sob as saias, que atualmente não era apenas incomum, mas um pouco extravagante. Para dez e meia da manhã, a duquesa Jamilah estava exageradamente vestida para ficar em casa. Então, com certeza ela devia estar à espera de alguém.

Foi esse último pensamento que inspirou uma terrível reviravolta no estômago de Alizeh.

Nos dois dias desde o anúncio do retorno do príncipe a Setar, a sra. Amina havia feito os criados trabalharem quase até a exaustão, de acordo com as ordens emitidas pela própria dona da casa. A garota não podia deixar de se perguntar agora se o momento tão esperado enfim chegara... Se ela mesma veria o príncipe novamente.

No mesmo instante, voltou os olhos para o chão.

Seu coração começou a bater forte no peito diante da possibilidade. *Por quê?*

Alizeh não se permitira pensar muito no príncipe nos últimos dias. Por alguma razão inexplicável, o diabo a havia avisado sobre o jovem — e diariamente ela ficava ainda mais perplexa quanto ao motivo. A princípio, aquilo que fora um mau presságio recentemente comprovara-se algo bem menos assustador: o príncipe não era um monstro nem um assassino de crianças.

A recente visita de Omid não apenas dissipara quaisquer preocupações que Alizeh poderia ter sobre as motivações do jovem com relação ao menino, como a própria Alizeh agora carregava a prova da bondade do príncipe. Além de defendê-la de uma figura sombria, ele lhe devolveu os pacotes no meio de uma tempestade, e não importa como conseguiu encontrá-la. Ela decidiu não pensar mais sobre aquilo, pois não via razão para tal.

As advertências do diabo sempre eram complicadas.

Alizeh aprendera que Iblees era consistente apenas como presságio. Suas aparições breves e trêmulas eram seguidas sempre de tristeza e agitação em sua vida. E isso já tinha se tornado realidade.

Quanto ao restante, ela não se torturaria.

Além do mais, a garota duvidava de que o príncipe tivesse lhe dirigido um único pensamento sequer; na verdade, ficaria surpresa se ele não tivesse se esquecido completamente daquela interação fugaz. Naqueles dias, Alizeh tinha poucos rostos preciosos para olhar e recordar, mas não havia razão para o príncipe de Ardunia se lembrar de que, por uma única hora, uma pobre criada aparecera em sua vida.

Não, não importava quem faria a visita. Não deveria importar. O que chamou a atenção de Alizeh foi o seguinte: o farfalhar das saias da duquesa Jamilah ao se posicionar no canto de outra poltrona.

A mulher cruzava, depois descruzava os tornozelos. Ajeitava a bainha, drapejando o material para exibi-lo de seu melhor ângulo, e então mexia os dedos dos pés para que as pontas dos sapatos de cetim aparecessem de debaixo das saias, chamando a atenção para os pés finos e delicados.

Alizeh quase sorriu.

Se a duquesa Jamilah estava realmente esperando uma visita do príncipe, a situação seria apenas mais desconcertante. A mulher era *tia* do príncipe, e tinha quase o triplo da idade dele. Ver aquela grande dama se reduzir a tais demonstrações prosaicas de nervosismo e pretensão era divertido e surpreendente; e provava ser a distração perfeita para a mente fervilhante e caótica de Alizeh.

Ela já tinha problemas suficientes.

Alizeh colocou o escovão sobre a pedra polida e lutou contra uma onda repentina de emoção. Quando chegara de volta à casa na noite anterior, restavam apenas três horas de descanso antes de o sino do trabalho soar, e ela passara duas das três revirando-se, inquieta, na cama. Uma ansiedade ruminante cantarolava mesmo agora dentro dela, não apenas uma consequência de quase ter sido assassinada — nem mesmo dos assassinatos que ela mesma cometera —, mas provocada pelo jovem que se ajoelhara à sua frente naquela noite.

Vossa Majestade.

Seus pais sempre lhe disseram que aquele momento chegaria, mas tantos anos se passaram sem notícias que há muito tempo parara de esperar. No primeiro ano depois da morte da mãe, a garota sobrevivera aos dias longos e sombrios apenas agarrada à esperança; ela tinha certeza de que seria encontrada e resgatada em breve. Certamente, se ela fosse tão importante, alguém viria protegê-la?

Dia após dia, ninguém viera.

Alizeh tinha treze anos quando sua casa foi reduzida a cinzas; ela não tinha amigos que pudessem lhe oferecer abrigo. Vasculhou os destroços da casa para sobreviver, estraçalhou pedaços de ouro e de prata para vender, a um valor muito menor do que valiam, e comprar os suprimentos necessários de costura e tecelagem que possuía até hoje.

Como precaução para não revelar sua identidade, a jovem mudava-se de cidade em cidade com frequência; durante o seu esperançoso primeiro ano, não lhe ocorreria buscar trabalho como *snoda*. Em vez disso, começara a trabalhar como costureira, migrando rumo ao sul — ao longo dos anos — de uma aldeia para outra, de uma aldeia para uma vila, de uma vila para uma pequena cidade. Ela aceitava qualquer trabalho, não importava quão pequeno fosse, dormindo onde quer que encontrasse um lugar confiável para colapsar. Ela se confortava com a certeza de que os dias insuportáveis logo chegariam ao fim, que a qualquer momento seria encontrada.

Cinco anos, e ninguém viera.

Ninguém estivera ao seu lado para poupá-la da forca. Ninguém viera oferecer-lhe segurança na chegada a cada nova cidade; ninguém estivera por perto para guiá-la por um gentil rio ou córrego na intransponível aglomeração da cidade. Ninguém a ajudara quando ela quase morreu de sede; ou, mais tarde, quando desesperadamente tomou um gole de água do esgoto e passou mal a ponto de ficar brevemente paralisada.

Por duas semanas, a jovem ficara deitada em uma sarjeta gélida, com o corpo acometido por convulsões violentas. Possuía energia suficiente apenas para ficar invisível — para se poupar dos piores assédios. Naquela época, conforme olhava para a lua prateada, tinha certeza de que morreria ali na rua, e morreria sozinha, com os lábios rachados de frio e de desidratação.

Havia muito tempo, ela deixara de viver com a esperança de ser resgatada. Mesmo ao ser caçada e sitiada por homens e mulheres aterrorizantes, ela já não pedia ajuda — não quando todos os seus chamados haviam ficado sem resposta.

Alizeh aprendera a confiar em si mesma.

Sua jornada de sobrevivência fora solitária e agonizante. Parecia impossível que alguém enfim a encontraria, e agora ela estava dominada pela esperança e pelo medo, alternando entre os dois com tanta frequência que pensava estar à beira da loucura.

Perguntou a si mesma se seria tolice sentir felicidade, nem que fosse por apenas um momento?

Ao se mexer, sentiu o movimento do *nosta* contra o peito. Ela tinha escondido a esfera no único lugar seguro em que conseguiu pensar: dentro do espartilho, com o vidro polido pressionado junto à pele. Ela sentia o *nosta* brilhar, ficando quente ou frio conforme as conversas aconteciam ao seu redor, cada mudança de temperatura uma lembrança do que acontecera na noite anterior. O *nosta* acabara sendo um presente de muitas maneiras, pois, sem aquilo, ela poderia ter começado a se perguntar se, na verdade, suas memórias não passavam de um sonho.

Hazan, era assim que ele dissera ser chamado.

Alizeh respirou fundo. Era um grande conforto saber que ele se lembrava dos pais dela, que já estivera na casa de infância dela. Isso fez com que sua vida passada — e o papel dele em seu presente — parecesse de repente real, provando-se mais concreto do que as suas ilusões. Ainda assim, ela estava atormentada; não apenas por otimismo e apreensão, mas por outra preocupação mais vergonhosa: ela não tinha certeza de como se sentia por ter sido encontrada.

Muito tempo atrás, Alizeh estava pronta.

Desde a infância a garota estivera preparada para o dia em que seria convocada para liderar, para ser uma força motriz para o seu povo. Para construir-lhes um lar, protegê-los. Para promover a paz.

Agora Alizeh não sabia quem era.

Ela ergueu as mãos enfaixadas, olhando-as como se não lhe pertencessem; como se nunca as tivesse visto.

O que ela havia se tornado?

A criada se assustou de repente com o som de vozes distantes e abafadas. Estava tão perdida nos próprios pensamentos que não notou a nova mudança na posição da duquesa Jamilah, nem a comoção repentina na entrada da casa.

Como se fosse possível, Alizeh se agachou ainda mais para perto do chão e espiou pelas frestas dos móveis. A duquesa Jamilah era a representação fiel da indiferença afetada: o jeito casual com que segurava sua xícara de chá, o suspiro que deu ao relancear uma coluna no jornal local de Setar, o *Daftar*. A publicação era famosa por suas páginas verde-claras e por longos anos tinha sido objeto de interesse para Alizeh, que raramente podia usar uma moeda para comprar uma cópia. Ela apertou os olhos agora, tentando ler a manchete do dia de cabeça para baixo. Antes, conseguia espiar apenas os artigos de vez em quando, mas...

Então se sobressaltou com violência.

Ela ouviu a voz do príncipe, distante no início, mas depois mais nítida e compreensível, os saltos das botas ressoando no mármore. Ela cobriu a boca com uma mão e se abaixou para não ser vista. Com a mão livre, agarrou o escovão, pensando agora na própria tolice.

Como diabos ela escaparia sem ser percebida?

A sala foi de repente invadida por criados carregando bandejas de chá e bolos; um pegava o pesado casaco cor de musgo do príncipe — hoje, sem a capa — e uma clava dourada que Alizeh nunca o tinha visto carregar. Entre a equipe movimentada, estava a sra. Amina, que sem dúvida inventara uma desculpa para estar presente. Se a sra. Amina pegasse a garota ali, naquele momento, na presença do príncipe, provavelmente bateria na criada apenas para lhe ensinar uma lição.

Alizeh engoliu em seco.

Não havia chance de passar despercebida. Até o fim da visita, ela estava certa de que todos os criados da casa inventariam uma desculpa para ir àquela sala apenas com o intuito de ter um vislumbre do visitante real.

Infelizmente, Alizeh só conseguia ver as botas dele.

— Sim, obrigado — anunciou o príncipe em resposta a uma pergunta sobre o chá.

Alizeh congelou.

A resposta do príncipe foi dita em um momento casual de silêncio, com as palavras soando com tanta clareza que Alizeh pensou ser possível tocá-las. A voz dele era tão bonita e complexa quanto ela se lembrava, mas ele parecia diferente hoje. Não exatamente indelicado, mas também não satisfeito.

— Receio ter dormido mal ontem à noite — explicava ele à tia. — Outro chá é sempre bom.

— Ah, meu querido — disse a duquesa Jamilah, sem fôlego. — Por que dormiu mal? Não está confortável no palácio? Não preferiria ficar um pouco aqui, no seu antigo quarto? Tenho tudo preparado...

— Minha tia é muito gentil — disse ele, com calma. — Agradeço, mas estou bastante confortável em meus próprios aposentos. Perdoe-me por ter falado sem pensar; eu não quis causar preocupação. — Uma pausa. — Tenho certeza de que vou dormir melhor esta noite.

— Bem, se você tem certeza...

— Tenho, sim...

Outra pausa.

— Vocês podem ir — disse a duquesa em um tom mais frio, ostensivamente dispensando os criados presentes.

O pulso da garota acelerou — aquela era a sua chance. Se pudesse se levantar a tempo, poderia desaparecer com os outros, ir para outra sala e ocupar-se com outra tarefa. Seria complicado conseguir isso segurando um balde de água ensaboada e um escovão, mas não havia escolha. Tinha de conseguir, a não ser que quisesse ir ao baile aquela noite com um olho inchado e um hematoma na bochecha.

Tão silenciosamente — e rapidamente — quanto foi capaz, Alizeh ficou de pé. Ela quase correu para alcançar os outros, mas a água quente do balde espirrava conforme ela se movia, respingando nas suas roupas e, como temia, no chão.

Por apenas meio segundo, Alizeh olhou para trás a fim de examinar a água derramada no mármore, quando, de repente, escorregou na poça pela qual procurava.

Ela exclamou e, por reflexo, mexeu os braços para recuperar o equilíbrio, mas só piorou a situação. O movimento brusco derrubou completamente o conteúdo do balde, derramando uma onda escaldante de água ensaboada por toda a sua saia e pelo chão.

Alizeh, horrorizada, deixou o balde cair.

No desespero para escapar da cena, ela se moveu sem pensar, com a ponta de sua bota prontamente escorregando no piso molhado e arrastando a barra da saia. Ela caiu para a frente com força, apoiando-se com as duas mãos só depois de bater um joelho no mármore.

Uma dor a percorreu, ramificando-se pela perna; a criada não se atrevera a gritar, silenciando a exclamação nos pulmões em um único som surdo de desconforto.

Em vão, implorou a si mesma para ficar de pé, mas a dor era tão paralisante que mal conseguia pensar direito; de fato, ela mal conseguia respirar. Lágrimas ardiam em seus olhos — de vergonha e de angústia.

A criada temera perder seu trabalho na Casa Baz muitas vezes, mas agora sabia que, sem dúvida, este seria o fim. Ela seria colocada na rua, e justo naquele dia, quando precisava de um lugar seguro para se preparar para o baile…

— Sua garota estúpida e desastrada — gritou a sra. Amina, correndo em direção a ela. — O que é que você fez? Levante-se neste instante!

A sra. Amina não esperou que a criada se movesse; agarrou a garota de modo rude pelo braço e a puxou. Alizeh gritou o mais baixo que ousou, sua respiração soltando-se em um suspiro torturado.

— Eu… Eu peço perdão, senhora. Foi um aci…

A sra. Amina a empurrou, com força, na direção da cozinha, fazendo a garota tropeçar e a perna ferida doer. Ela se apoiou contra a parede, com desculpas morrendo em sua garganta.

— Lamento muito pelo que fiz.

— Você vai limpar isso, garota, e então vai pegar as suas coisas e sair desta casa.

A sra. Amina estava lívida, o peito arfando com uma raiva que até mesmo Alizeh nunca testemunhara. A governanta ergueu a mão como se fosse dar um tapa nela.

— De todos os dias para ser desajeitada e burra. Eu deveria chicotear você por…

— Abaixe a mão.

A sra. Amina congelou, piscando com o som inesperado da voz dele. A mão da governanta caiu com uma lentidão teatral ao se virar, com confusão se aguçando em seus olhos, em sua linguagem corporal.

— Peço perdão, senhor…

— Afaste-se da garota.

A voz do príncipe estava baixa e letal, e seus olhos piscavam em um tom de preto tão insondável que aterrorizou até mesmo Alizeh ao olhar para ele.

— Você perdeu a cabeça, senhora. A lei de Ardunia proíbe bater em criados.

A sra. Amina ofegou, então fez uma profunda reverência.

— Mas… Meu senhor…

— Não vou me repetir. Afaste-se da garota ou mando prendê-la.

A sra. Amina soltou um soluço súbito e temeroso, tropeçando de maneira deselegante para se afastar de Alizeh, cujo coração batia tão rápido que a fazia se sentir zonza de medo. Seu joelho latejava implacavelmente, deixando-a sem fôlego. Ela não sabia o que fazer, mal sabia para onde olhar.

Houve um súbito farfalhar de saias.

— Ah, meu querido! — A duquesa Jamilah correu, agarrando-se ao braço do príncipe. — Imploro que não se incomode. A culpa é só minha por expô-lo a tal inépcia. Peço que me perdoe por sujeitá-lo a essa incivilidade e por inspirar seu desconforto…

— Minha querida tia, a senhora me entendeu mal. Meu desconforto, se houve algum, é inspirado apenas por um desrespeito manifesto pelas leis que governam nosso império e que temos o dever de sempre obedecer.

A duquesa Jamilah deu uma risada nervosa e ofegante.

— Sua adesão estrita às nossas leis lhe cai bem, meu querido, mas com certeza deve saber que a menina merecia ser punida… A sra. Amina estava apenas fazendo o que julgou cabível…

O príncipe virou-se bruscamente, desvencilhando-se da tia.

— A senhora me surpreende — disse. — Certamente não quer dizer que tolera tal crueldade com os seus criados? A garota estava carregando um balde de água e escorregou. Ninguém se machucou, somente ela. A senhora a colocaria na rua por um mero acidente?

A duquesa dirigiu um sorriso tenso ao príncipe, depois olhou para a governanta.

— Saia da minha vista — disse ela acidamente. — E leve a garota com você.

A sra. Amina empalideceu.

Fez uma reverência, dizendo:

— Sim, Vossa Graça. — E agarrou o braço de Alizeh, empurrando-a para a frente.

A garota tropeçou na perna latejante e quase mordeu a língua para evitar soltar um grito.

Sob o pretexto de oferecer ajuda, a sra. Amina puxou a garota para mais perto.

— Se eu pudesse, quebraria seu pescoço agora mesmo — sussurrou. — E não se atreva a se esquecer disso.

Alizeh fechou os olhos com força.

A governanta a empurrou pelo corredor, com a voz da duquesa desaparecendo a cada passo.

— Seu bom coração é uma lenda — falava a duquesa. — Claro, todos nós ouvimos a história sobre ter salvado a imunda criança do sul, mas agora sai em defesa de uma *snoda*? Kamran, meu querido, você é bom demais para nós. Venha, vamos tomar chá no meu aposento pessoal, onde poderemos refletir com mais calma...

Kamran.

O nome dele era Kamran.

Alizeh não sabia por que tal revelação a confortou enquanto era arrastada... Ou mesmo por que se importava.

Entretanto, ela imaginou, talvez aquela fosse a razão de o diabo ter lhe mostrado o rosto do príncipe. Talvez fosse por esse momento. Talvez porque o rosto dele fosse no qual ela pensaria antes que sua vida fosse destruída.

Mais uma vez.

VINTE E SEIS

بیست و شش

Sem piscar, Kamran olhou a garota ser meio arrastada, meio empurrada pelo corredor. Como se os curativos em torno das mãos e do pescoço não fossem provas suficientes, começou a notar agora, com um pouco de medo, que a reconheceu por seus movimentos, pelo contorno de sua silhueta, pelos cachos pretos brilhantes dela.

O jovem murmurou um agradecimento vago para a tia, cuja resposta ele nem sequer ouviu, e permitiu que ela o conduzisse para outra sala, sem prestar atenção aos detalhes. Mal conseguia se concentrar nas falas da tia, e assentia apenas quando parecia apropriado, oferecendo breves e monossilábicas respostas quando solicitado.

Por dentro, estava revoltado.

Por que você não revida?, ele queria gritar.

Na privacidade da própria mente, Kamran não parava de gritar com a garota. Ela fora capaz de matar cinco homens a sangue frio, mas permitia que a monstruosa governanta a tratasse assim? Por quê? Ela não tinha mesmo nenhuma opção a não ser trabalhar ali, como a menor das criadas, permitindo que pessoas inferiores a tratassem como lixo? Abusando dela? Por que ela não procurava emprego em outro lugar?

Por quê?

Com isso, a luta deixou seu corpo.

Aquela era a verdadeira agonia: Kamran entendia por que ela ficava. Recentemente, não só lhe ocorrera como era difícil para uma jinn encontrar um emprego na casa de um nobre, mas também, com o passar dos dias, sua mente compreendeu por que ela procurara trabalho em uma grande casa. Ele começou a entender tudo isso quando ela hesitou em tirar o *snoda* mesmo em meio a uma tempestade; ele entendeu completamente apenas quando soube como sua vida estava em perigo. Kamran conhecia a garota havia apenas alguns dias, mas, naquele curto período, já estava a par de três ataques diferentes contra a vida dela.

Três.

Ficou claro então não apenas que ela desejava viver sem ser notada, mas que não se sentia segura o suficiente na cidade para viver sozinha.

Esses eram dois desejos conflitantes.

Kamran percebeu que o trabalho como criada lhe fornecia mais do que as necessidades básicas de dinheiro e abrigo. O próprio *snoda* lhe oferecia um certo anonimato, mas também havia a segurança oferecida por uma grande propriedade. Proteção garantida. Guardas em todos os pontos de acesso.

Uma criada sem rosto em uma casa movimentada e fortemente protegida... Para alguém em sua posição, era um disfarce brilhante. Sem dúvida, ela aceitava as agressões frequentes que sofria em troca de proteção.

Era uma situação que Kamran desprezava.

O chá que ele bebeu caiu ácido em seu estômago, a casual posição de seus membros escondendo uma tensão que o envolvia de dentro para fora. Ele sentiu como se seus músculos estivessem se atrofiando lentamente sob a pele, um acúmulo de xingamentos silenciosos em sua boca, mesmo quando sorria.

— Sim, obrigado — murmurou. E aceitou uma segunda massa folhada do prato oferecido por sua tia. Enfiou um quitute atrás do outro na boca e, em seguida, colocou o prato de sobremesa sobre uma mesa baixa. Estava sem apetite.

— ... muita empolgação para o baile desta noite — dizia a tia. — A filha de um querido amigo meu deve estar presente, e esperava apresentá-la...

Por que Kamran sentia a necessidade irresistível de sempre proteger aquela garota sem nome, ele não sabia explicar, pois ela com certeza não era impotente, e não era sua responsabilidade.

— Hum? — a tia insistiu. — O que me diz, querido? Você não se importaria muito, não é?

— Nem um pouco — respondeu o príncipe, olhando para a xícara de chá. — Eu ficaria feliz de conhecer alguém que a senhora respeita tanto.

— Ah! — gritou a tia, batendo palmas. — Que jovem adorável você é, como...

Ainda assim, Kamran achava que devia ser exaustivo viver como a jovem; ter consciência de sua própria força e inteligência e ainda viver cada dia sendo insultada e repreendida. A moça passava cada minuto esquecida, a menos que estivesse sendo caçada. E, pelos demônios, ele estava cansado de caçá-la.

O príncipe fora enviado à Casa Baz como espião.

Não era a primeira vez que fazia um trabalho secreto para o império, e ele sabia que não seria o último. O que detestava não era o trabalho em si, mas a natureza da ordem que lhe fora dada.

Embora Kamran duvidasse que a raiva e a animosidade que agora sentia em relação ao avô fossem diminuir, também sabia que, apesar disso, estava condenado a enterrar tais sentimentos, fingindo para sempre como se nada de desagradável tivesse acontecido entre os dois. Ele não podia condenar o rei nem desconsiderar seus deveres; não tinha escolha a não ser persistir, mesmo em seu dilema atual, por mais extenuante que fosse.

— ... pensando em usar minha seda lilás — dizia a tia agora —, mas há um cetim creme lindo que ainda não estreei, e eu poderia...

O rei não poderia ser persuadido: a profecia dizia que a garota tinha aliados poderosos e, como resultado, Zaal acreditava firmemente que ela tinha recebido ajuda no ataque da noite anterior. Agora, ele queria uma pista sobre os aliados desconhecidos. Se ela trabalhava com uma equipe de espiões ou rebeldes, como o avô argumentou, era essencial que soubessem logo.

— Esperávamos eliminá-la com absoluta discrição — havia dito o rei. — Os eventos da noite passada, porém, exigem que recuemos um pouco, pois, se ela estiver de fato ligada a um plano, ou um exército particular, seus aliados agora estão cientes de que houve uma tentativa organizada de atentar contra a vida dela. Se tivermos sucesso em nossa missão em uma segunda tentativa, detalhes de sua morte podem então se espalhar por todo o império, inspirando rumores nocivos que causariam conflitos entre jinns e Argilas. Não podemos permitir uma guerra civil — o avô havia insistido. — Então, devemos esperar para prosseguir, até que saibamos exatamente com quem ela está trabalhando e do que são capazes. No entanto, não podemos esperar muito.

O príncipe não sabia como desfazer o que ele mesmo tinha iniciado. Aquela criada parecia destinada a ser a ruína dele e, por mais que desejasse culpar os outros pela posição em que se encontrava, não podia.

Experimentava apenas um tormento incessante.

Kamran respirava de forma instável e se assustou, de repente, com a figura inesperada da tia, que estava à sua frente segurando um bule. Ele voltou a si, mas muito lentamente.

Ela lhe dirigiu um olhar estranho.

O príncipe murmurou agradecimentos, estendeu a xícara vazia e forçou-se a evocar um sorriso.

— Tenho certeza de que a senhora ficará linda, não importa o que vista — disse a ela. — Tudo fica bem na senhora.

A tia sorriu.

Os homens do rei Zaal, ao que parece, vinham seguindo a garota implacavelmente por quase dois dias e, ao fazer isso, haviam recolhido muitas informações, mas não encontraram evidências de uma conexão mais perigosa.

— Precisamos de acesso aos aposentos dela — explicara o rei. — Qualquer informação sensível está sem dúvida escondida ali. Mas, como ela ocupa o quarto à noite, a melhor hora para se infiltrar é durante o dia, quando ela está trabalhando.

— Entendo — falou Kamran, com calma. — E o senhor não pode enviar mercenários à Casa Baz à luz do dia.

— Então você entende. É da maior importância manter os interesses da coroa, e nossas preocupações, tão discretas quanto possível. Já arriscamos muito por tê-la seguido. Se for divulgado que o império está preocupado em caçar uma jinn demoníaca disfarçada em meio à vista de todos, as pessoas vão se assustar e se virar umas contra as outras. Mas a visita à casa de sua tia não levantará suspeitas; na verdade, ela está esperando por você há muito tempo.

— Sim — afirmou o príncipe. — Estou em posse das cartas da minha querida tia.

— Muito bem. Sua tarefa é simples. Encontre uma desculpa para passear pela casa por conta própria e vasculhe os aposentos da garota com minúcia. Caso descubra qualquer coisa que pareça remotamente incomum, quero saber.

Era uma missão estranha.

Se Kamran fosse inteligente *e* tivesse sorte, ele poderia ser capaz de cumprir a ordem do rei e poupar a garota de um segundo ataque. Ele só precisava de provas de que ela tinha aliados formidáveis. O problema era que o príncipe não concordava com a teoria do avô. Kamran não achava que a garota tivesse recebido ajuda para se livrar dos bandidos contratados e, por isso, não sabia se poderia ajudá-la. Sua única esperança era encontrar algo... Não importa quão tênue fosse a evidência... Que pudesse adiar as ações do rei.

Kamran ouviu o trinado agudo de prata e porcelana, uma colher mexendo em uma xícara. Ele se forçou, mais uma vez, a voltar para o momento presente.

A duquesa Jamilah sorria.

Ela estendeu a mão sem aviso, colocando-a sobre a de Kamran. Era um pequeno milagre que ele conseguisse não vacilar.

— Vejo que há muita coisa em sua mente — falou a tia, com gentileza. — Mal posso expressar quanto estou grata por ter vindo me visitar mesmo com tanto para ocupar seus pensamentos.

— É sempre um prazer ver minha querida tia — disse Kamran automaticamente. — Só espero que me perdoe por não ter vindo antes.

— Vou perdoá-lo contanto que prometa me visitar muitas vezes mais daqui em diante — afirmou a mulher, triunfante, recostando-se em seu assento. — Senti muita falta de tê-lo aqui.

Kamran sorriu.

Era um sorriso raro e genuíno, despertado por uma afeição antiga. A tia Jamilah era a prima mais velha de seu pai e tinha sido mais uma figura materna para ele do que sua própria mãe. O príncipe passara incontáveis dias — meses, até — na Casa Baz ao longo da vida, e não era mentira dizer que estava feliz em ver a tia agora.

Mas, por outro lado, já não era a mesma coisa.

— Como senti falta de estar aqui — disse ele, olhando sem prestar muita atenção para uma tigela brilhante cheia de caquis. Levantou o olhar. — Como tem estado? Seus joelhos ainda a incomodam?

— Você se lembra dos males de sua pobre tia, não é? — Ela quase brilhou de felicidade. — Que príncipe gentil você é.

Kamran negou o riso crescendo em seu peito; ele estaria mentindo se dissesse que não gostava do efeito que tinha sobre a tia — embora ela precisasse de tão pouco encorajamento para elogiá-lo que às vezes isso o deixava envergonhado.

— Meus joelhos estão velhos — falou ela simplesmente. — As coisas começam a desmoronar quando se envelhece. Não há muito a ser feito sobre isso. De qualquer forma, você não precisa se preocupar comigo quando estou tão ocupada me preocupando com você. — Uma pausa. — Você está apenas preocupado com suas idas e vindas usuais? Ou há algo diferente o incomodando, meu querido?

Kamran não respondeu a princípio, preferindo estudar a filigrana de sua xícara.

— A senhora tem certeza — disse ele, por fim — de que apenas a idade explica nosso constante declínio? Se assim for, sou forçado a questionar se talvez a senhora e eu tenhamos a mesma idade, tia, pois temo estar desmoronando também.

A expressão da tia ficou subitamente triste; ela apertou sua mão.

— Ah, meu querido. Desejo tanto poder…

— Perdoe-me. A senhora faria a gentileza de me conceder um breve intervalo? Eu adoraria passear pela casa um pouco e afastar minha nostalgia com novas lembranças de sua bela residência.

— Mas é claro, querida criança! — A duquesa Jamilah colocou a xícara de chá sobre a mesa com um pouco de força demais. — Esta é a sua casa, tanto quanto é minha. Embora espero que me perdoe por não poder acompanhá-lo no passeio. Meus joelhos, como sabe, não podem suportar todas as escadas, a menos que seja absolutamente necessário.

— De jeito nenhum. — Ele se levantou e abaixou a cabeça. — Por favor, permaneça aqui à vontade, e me juntarei à senhora logo depois.

Ela sorriu de forma ainda mais radiante.

— Muito bem. Vou providenciar o almoço na sua ausência. Tudo estará pronto quando terminar o passeio.

Kamran assentiu.

— Não vou demorar.

VINTE E SETE

بیست و هفت

Os criados curiosos o seguiam a cada passo.

Kamran fazia barulho ao percorrer os corredores da Casa Baz, abrindo portas e atravessando alas sem nenhuma graciosidade, deixando evidências de seus interesses por toda parte. Ele parava dramaticamente a cada porta, passava os dedos pelas molduras trabalhadas; olhava instavelmente pelas janelas e pegava livros das prateleiras, levando capas de couro até o peito.

Talvez Hazan estivesse certo. O príncipe era muito bom em atuar quando julgava necessário. Manteve o pequeno espetáculo pelo tempo que sentiu ser necessário a fim de evidenciar suas intenções melancólicas; só então, quando teve certeza de que quaisquer suspeitas da criadagem estavam completamente apaziguadas, ele se embrenhou pelas sombras.

Silencioso como a luz, ele subiu as escadas.

O coração de Kamran começou a bater um pouco rápido demais, era um traidor em seu peito. Apesar das péssimas circunstâncias, parte dele ainda ardia com a perspectiva de descobrir mais sobre a garota.

Já soubera pelo avô que ela era órfã, que estava em Setar havia poucos meses e que morava na Casa Baz apenas como uma criada em período de experiência. Sendo assim, ela não tinha um quarto na ala da criadagem, nem lhe era permitido interagir ou se comunicar com os outros. Em vez de um quarto, ela recebera o direito de se alocar em um antigo armário de armazenamento, no sótão da casa principal.

Um antigo armário de armazenamento.

Essa descoberta o chocou, mas o avô rapidamente assegurou ao príncipe que a localização isolada do quarto só tornaria a tarefa mais fácil.

O rei entendera mal o espanto de Kamran.

Mesmo agora, ao subir mais um lance de escadas, o príncipe lutava para imaginar como seria esse armário. Ele sabia que os criados ocupavam as casas mais humildes, mas não supunha que a garota pudesse viver entre vegetais podres. Ela dividia o quarto com sacos de batatas e alho em conserva? A pobre garota não tinha outro recurso a não ser dormir num chão úmido e molhado com apenas ratos e baratas como seus companheiros? Ela trabalhava tanto que quase esfolara a pele das próprias mãos — e ainda assim não era recompensada com a oferta mais básica de um dormitório limpo?

As vísceras de Kamran se contorceram com a ideia.

Ele não gostava de pensar o que tais revelações mostravam sobre sua tia e, pior que isso: ele não sabia se teria feito diferente. O príncipe não sabia como cada *snoda* no palácio era tratado, e nunca lhe ocorreu perguntar. Embora considerasse que talvez fosse tarde demais para descobrir.

Kamran já havia perdido a conta dos lances de escada que subira. Seis? Sete? Era estranho seguir o árduo trajeto que ela fazia dia e noite — e ainda mais estranho descobrir como ela vivia distante dos outros.

Por um momento, ele se perguntou se a garota preferia estar tão afastada. Certamente ninguém faria essa viagem até o sótão sem motivo. Talvez fosse um conforto sentir-se tão protegida.

Mas talvez também fosse incrivelmente solitário.

Quando Kamran enfim parou em frente à porta da garota, hesitou; sentiu uma vibração desconcertante no peito. O príncipe não sabia o que poderia descobrir ali, mas tentou se preparar, pelo menos, para uma visão da pobreza. Não estava ansioso por vasculhar a vida particular da jovem, então fechou os olhos ao abrir a porta do armário, sussurrando um pedido de desculpas para o fantasma dela.

Kamran de imediato congelou no limiar da porta.

Foi recebido por um brilho suave de luz e dominado de repente pelo perfume inebriante de rosas-damascenas, cuja fonte ele avistou em uma pequena cesta de crochê em um canto do cômodo. A tigela improvisada estava cheia de corolas de pétalas de rosas secando lentamente, uma espécie de *pot-pourri* caseiro.

Kamran ficou atordoado.

O minúsculo aposento — tão pequeno que, caso ele se deitasse, ocuparia toda a extensão — era quente e aconchegante, inundado com perfume, cheio de cor. Nenhuma barata à vista.

Tal qual um louco, ele queria rir.

Como? Como ela sempre conseguia reduzi-lo a este estado vergonhoso? Mais uma vez ele estava convencido de que a compreendia

— tinha até pena dela — antes de ser humilhado em seguida por sua própria arrogância.

Uma visão de pobreza abjeta, de fato.

O quarto estava impecável. Paredes, pisos e teto haviam sido esfregados até ficarem tão limpos que as tábuas não combinavam com a porta externa preta e mofada — que ela deixara intocada. Havia um pequeno e lindo tapete estampado disposto no chão ao lado da modesta cama de armar, coberta por uma colcha de seda e um travesseiro. Os poucos artigos de roupa pendiam de ganchos coloridos — não, eram pregos, ele percebeu, pregos que haviam sido cobertos com fios de tecido — e uma coleção de itens diversos estava posicionada com cuidado sobre uma antiga caixa de maçãs limpa. A maioria parecia ser itens de costura. Também havia um livro, o único, cujo título ele não conseguia discernir, mas que analisava agora, dando um passo inconsciente para dentro do quarto. Todo o espaço veio à vista e, tarde demais, Kamran avistou a vela queimando em um canto escondido.

Ele ficou subitamente paralisado.

Houve a pressão familiar de uma lâmina fria contra seu pescoço, a sensação de uma pequena mão em suas costas. Ele ouviu a respiração suave e podia dizer apenas pelo som nítido, não abafado, que ela não usava o *snoda*.

Ele deve tê-la surpreendido.

O nervosismo da antecipação de repente aumentou. Era uma sensação bizarra: senti-la segurar uma faca contra o seu pescoço não lhe despertava medo, mas euforia. A garota não deveria estar ali, e ele não esperava ficar sozinho com ela novamente.

Era, então, um milagre: a mão dela ainda pressionada contra as costas dele; a pulsação da jovem estava tão acelerada que era quase audível no silêncio.

— Fale — disse ela. — Diga-me o que procura aqui. Responda com sinceridade e dou-lhe minha palavra de que vou deixá-lo ir embora ileso.

Era terrível que seu coração batesse forte no peito ao som suave da voz dela? Era preocupante que ele não sentisse nada além de prazer ao ser mantido à sua mercê?

Que criatura fascinante ela era, sendo tão ousada a ponto de oferecer poupar-lhe a vida em troca de informações. Ele se perguntou de quais mundos desistiria na busca por saber mais sobre sua mente.

Ela apertou a faca com mais força.

— Fale a verdade agora — insistiu. — Ou vou cortar seu pescoço.

Nem por um momento ele duvidou daquilo.

— Fui enviado como espião — respondeu ele. — Vim vasculhar seu quarto na esperança de reunir informações.

A lâmina se afastou.

Kamran ouviu o som familiar do metal se fechando, percebendo que se tratava de um par de tesouras, não de uma lâmina. Ele quase riu.

Então a garota parou à sua frente e todo o riso ficou preso em sua garganta.

Ela não estava vestida.

O cabelo estava solto; longos cachos de obsidiana caindo sobre os olhos de prata, e ela os afastou com impaciência. Kamran assistiu, paralisado, as mechas sedosas roçarem os ombros nus dela, a delicada extensão de seu pescoço, a suave linha de seu colo. O decote perigosamente profundo da camisola, sustentada apenas por um espartilho, e Kamran descobriu, para sua consternação, que ele não conseguia respirar.

A garota não estava vestida.

Ela não estava despida, de jeito nenhum, mas usava apenas a anágua e o espartilho, e mal se cobria com uma mão, segurando o vestido ensopado contra o corpete, o punho direito ainda fechado em torno da tesoura.

Ele havia se esquecido de como ela era linda.

Esta revelação foi surpreendente, pois ele passara tempo demais pensando na garota — mais tempo do que gostaria de admitir —, invocando o rosto dela quando fechava os olhos à noite. Ele não se achava capaz de esquecer nada a respeito dela, no entanto, deve ter esquecido, pois ficou boquiaberto novamente, aproximando-se dela como uma chama faminta da lenha.

Kamran não gostou da sensação que o dominou. Sentia pouco prazer nesse tipo de desespero, em um desejo tão potente que o engolia.

Nunca sentira isso, não assim, pois essa era uma força excepcionalmente poderosa que o deixou desorientado.

Fraco.

— Vire-se — ordenou ela. — Preciso terminar de me vestir.

Ele levou um momento para processar o pedido. Não só sua mente estava perturbada, mas Kamran nunca recebia ordens de ninguém, exceto do rei. Isso o fez se sentir como se alguém o tivesse empurrado para um trágico inverso de sua vida real... E o que mais o surpreendeu foi que ele não se desagradou com aquilo.

Obedeceu à ordem sem dizer uma palavra, castigando-se em silêncio pela própria reação incompreensível à garota. As mulheres usavam todo tipo de roupas escandalosas em sua presença; algumas exibiam vestidos com decotes tão profundos que os espartilhos eram abolidos por completo. E mais: o príncipe não era uma criança sem experiência. Não estava desacostumado à presença de belas mulheres. Como, então, explicar o que o tomou agora?

— Então — disse a garota, com calma. — Você veio me espionar.

Kamran ouviu o farfalhar distinto de tecido e fechou os olhos. Ele era um cavalheiro de honra, não a imaginaria se despindo.

Não imaginaria.

— Sim — respondeu.

Mais barulho de tecido; algo batendo no chão com um baque surdo.

— Se isso for verdade — disse ela —, me pergunto por que ousaria admitir.

— E me pergunto por que você duvidaria de mim — completou ele com uma calma impressionante. — Você disse que cortaria meu pescoço se eu não lhe desse uma resposta honesta.

— Então deveria entender a minha suspeita melhor que todas as pessoas. Certamente não vai surpreendê-lo saber que ninguém aceitou a minha proposta antes.

— Ninguém? — Ele sorriu sozinho. — Você costuma se encontrar em uma posição de negociação com espiões e assassinos?

— Muitas vezes, na verdade. Por quê? Você acha que é o primeiro a me considerar um objeto de interesse? — Uma pausa. — Pode virar agora.

Ele se virou.

Ela tinha prendido o cabelo, abotoado até o pescoço um vestido limpo. Não tinha adiantado. O vestido modesto não diminuíra em nada sua beleza. Ele se sentiu enfeitiçado ao observá-la, demorando-se muito em seus olhos cativantes, na curva delicada dos lábios.

— Não — falou ele, suavemente. — Ouso dizer que não sou o primeiro.

Ela o fitou, por um momento surpresa, desumanamente imóvel. Kamran viu, com algum espanto, quando um leve rubor queimou a face dela. Ela se virou, juntou as mãos.

Ele a deixara nervosa?

— Dei a minha palavra — disse ela calmamente — de que o deixaria ir ileso em troca de sua honestidade. Falei a verdade e agora não irei me contradizer. Pode ir.

— Perdoe-me, mas não vou.

Ela levantou o olhar bruscamente.

— Perdão?

— Você pediu uma confissão em troca da minha vida, o que prontamente ofereci. Mas nunca prometi que abriria mão da minha tarefa. Eu vou entender, é claro, se preferir não ficar aqui enquanto vasculho suas coisas, e suspeito que esteja ansiosa para voltar ao trabalho. Devo esperar para começar até que você saia?

Os lábios da garota se abriram em choque, seus olhos se arregalando com descrença.

— É tão louco quanto parece, senhor?

— É a segunda vez que me chama de senhor — falou ele, com um leve sorriso nos lábios. — Não posso dizer que gosto disso.

— Por favor, como prefere que eu o chame? Diga-me agora e anotarei para esquecer no futuro, pois há pouca chance de nossos caminhos se cruzarem novamente.

— Eu ficaria muito triste se esse fosse o caso.

— Você diz isso ao me expulsar do meu próprio quarto, para que possa revistá-lo? Está brincando, *Vossa Alteza*?

Kamran quase riu.

— Vejo agora que você sabe quem eu sou.

— Sim, nós dois estamos bem informados. Conheço seu legado como certamente você conhece o meu.

O sorriso de Kamran desapareceu por completo.

— Você me julga uma tola? — perguntou a garota, com raiva. — Por que então o príncipe de Ardunia seria enviado para me espionar? Foi você que enviou aqueles homens para me matar ontem à noite, não foi? — Ela se virou. — Que tola fui. Eu deveria ter ouvido o diabo.

— Você está enganada — disse Kamran um pouco acalorado.

— Com relação a quê? Quer dizer que não é responsável pelo atentado contra minha vida?

— Não sou.

— E ainda assim sabia que aconteceria. Importa de quem são os lábios que emitiram a ordem? A ordem não veio da sua corte?

Kamran respirou fundo, não disse nada. Havia pouco que ele poderia dizer sem se tornar um traidor do império. O avô tinha mais do que provado quão prontamente decapitaria o príncipe, e apesar das muitas demonstrações contrárias de Kamran, ele preferiria permanecer vivo.

— Nega essas alegações, Vossa Alteza? — indagou a garota, virando-se para ele. — Há quanto tempo seus homens estão me observando? Há quanto tempo sou um assunto de interesse para a coroa?

— Você sabe que não posso responder a essas perguntas.

— Sabia quem eu era naquela noite? Na noite em que veio à Casa Baz devolver as minhas encomendas? Estava me seguindo?

Kamran desviou o olhar. Vacilou.

— Eu... É complicado... Eu não sabia, não a princípio...

— Nossa. E pensei que estava apenas sendo gentil. — Ela deu uma risada triste. — Suponho que deveria saber que tal bondade não seria concedida sem um preço alto.

— Meus atos naquela noite não tiveram segundas intenções — Kamran afirmou de modo bruto. — Essa é a verdade.

— É mesmo?

O príncipe lutou para manter a compostura.

— Sim.

— Você não quer me ver morta?

— Não.

— O rei, então. Ele deseja me matar. Ele pensa que sou uma ameaça ao trono?

— Você já sabe que não posso responder a essas perguntas.

— Você não pode responder às perguntas mais pertinentes, as mais relevantes para a minha vida, para o meu bem-estar? E ainda sorri e me provoca, fala comigo como se fosse uma amiga e não uma rival implacável. Onde está seu senso de honra, Vossa Alteza? Vejo que o perdeu.

Kamran engoliu em seco. Levou um momento antes que falasse novamente.

— Eu não a culpo por me odiar — disse calmamente. — E não tentarei convencê-la do contrário. Existem aspectos do meu papel, da minha posição, que me limitam e que só posso reprovar na privacidade da minha mente. Eu pediria que apenas me permita dizer o seguinte, em minha própria defesa: não me entenda mal — afirmou, encontrando os olhos dela. — Não lhe desejo nada de ruim.

VINTE E OITO

بیست و هشت

Alizeh lutou para respirar. O *nosta* ficou quente contra a pele; o príncipe não mentira para ela nenhuma vez.

Deveria ser um conforto saber que ele não lhe desejava mal, mas ela não estava em completo controle de si. Ele a pegara de surpresa, atrapalhada. Raramente, se é que alguma vez, se permitia ficar tão brava, mas aquele era um dia estranho, que se tornava mais e mais difícil a cada hora.

Ela havia sido demitida sem hesitação.

Alizeh fora mandada subir para arrumar suas coisas e sair da residência o mais rápido possível. Conseguira fugir da surra inevitável, mas apenas porque enfim se defendeu, aterrorizando a sra. Amina.

Não havia sentido em sofrer, Alizeh pensou, se fosse ser mandada embora de qualquer maneira — embora ela não tivesse realmente *batido* na sra. Amina. Apenas levantara a mão para se proteger, e a governanta quase desmaiou.

A governanta não esperava resistência, e a força do impacto de sua mão no antebraço de Alizeh foi tal que torceu o pulso da governanta.

Foi uma vitória modesta e custou caro a Alizeh.

Na melhor das hipóteses, a sra. Amina lhe negaria uma referência — uma referência que podia fazer toda a diferença para encontrar outro emprego rapidamente. Na pior das hipóteses, a sra. Amina poderia mostrar o machucado para a duquesa Jamilah, que poderia então relatar Alizeh para os magistrados, que a acusariam de agressão.

As mãos da garota tremiam.

Tremiam não apenas de raiva, mas de medo por sua vida, por tudo. Pela primeira vez tinha a esperança de escapar, mas o próprio Hazan lhe dissera que havia uma chance de seus planos darem errado. Era imperativo que Alizeh fosse ao baile naquela noite, mas a ação deveria ser feita de modo discreto: ela precisaria se camuflar no ambiente, o que significava que precisaria de um vestido, o que significava que precisava de tempo e espaço para trabalhar; um lugar seguro para se preparar.

Como isso aconteceria agora?

Tudo aquilo começava a afogá-la, as conclusões se formando como sedimentos em sua cabeça. A dor no joelho diminuíra, mas ainda latejava, e o incômodo surdo lhe lembrava agora apenas de seu próprio tormento inesgotável.

Nunca lhe era concedido um momento de tranquilidade; nunca seus demônios a deixavam em paz. Ela estava sempre cansada, sempre tensa. Não podia nem tirar as roupas miseráveis, encharcadas, sem ser perseguida, e agora seria atirada nas ruas em pleno inverno. Tudo o que ela incansavelmente construíra — a luz que escavara da escuridão — tinha se extinguido tão facilmente.

O mundo todo parecia assustadoramente sombrio.

Os magistrados já eram aterrorizantes o suficiente, mas, com a coroa no seu encalço, Alizeh sabia que sua vida estava por um fio. Se as coisas não corressem bem naquela noite, não haveria outra opção a não ser fugir de Setar, começar de novo em outro local e esperar que Hazan pudesse encontrá-la novamente. De repente, sentiu-se à beira das lágrimas.

Então, houve um sussurro de movimento, um toque de pluma ao longo de seu braço. Ela olhou para cima.

O príncipe a fitava, com olhos escuros como breu, brilhando à luz de velas. Alizeh não pôde deixar de o admirar. Era um rosto que raramente se via na multidão; tão impressionante que ela parou para examinar os traços do jovem.

Seu coração começou a acelerar.

— Perdoe-me — pediu ele. — Não tinha intenção de incomodá-la.

Alizeh desviou o olhar, piscou para conter as lágrimas.

— Que estranha pessoa que você é — retrucou. — Tão educado em sua determinação de vasculhar as minhas coisas sem minha permissão; de me negar privacidade.

— Seria melhor se eu fosse rude?

— Não tente me distrair com conversas paralelas. — Ela fungou e enxugou os olhos. — Você sabe muito bem que é estranho. Se não queria me incomodar mesmo, poderia ter ido embora de uma vez.

— Não posso fazer isso.

— Mas deve.

Ele inclinou a cabeça.

— Não vou.

— Apenas momentos atrás você disse que não me desejava nenhum mal. Se é verdade, por que não me deixa em paz?

— E se eu lhe dissesse que sua segurança depende dos resultados da minha busca?

— Eu não acreditaria em você.

— Ainda assim — ele quase sorriu —, sua segurança depende dos resultados da minha busca.

O *nosta* ficou tão quente que Alizeh se encolheu, depois encarou o príncipe, de olhos arregalados.

— Quer dizer que procura violar minha privacidade no interesse de minha proteção?

Ele fez uma careta.

— Sua síntese é de mau gosto.

— Mas você mal me conhece. Por que o príncipe de Ardunia se preocupa em proteger uma estranha odiada?

Ele suspirou, parecendo frustrado pela primeira vez.

— Quanto às minhas motivações, temo não as poder explicar de modo adequado.

— Pelas divindades, por que não?

— A verdade pode parecer improvável para você. Duvido que acredite em uma só palavra.

Alizeh então sentiu a pressão da pequena esfera de vidro, mais grata do que nunca por sua presença.

— Eu pediria que tentasse mesmo assim.

A princípio, o príncipe não falou nada.

Em vez disso, enfiou a mão no bolso, recuperando o que parecia ser um lenço — que então estendeu como uma oferenda.

Alizeh ofegou, reconhecendo-o de imediato.

O corpo da jovem foi tomado por uma corrente de choque ao pegar o tecido familiar nas mãos. Ah, pensou que estivesse perdido… Pensou que estivesse perdido para sempre. O alívio que a dominou foi tal que chegou a cogitar poder cair em lágrimas, de repente.

— Como? Como você…

— É minha culpa que esteja sendo caçada agora — disse o príncipe, baixinho. — Quando a vi desarmar o menino fesht naquela terrível e fatídica manhã, pensei que você tivesse roubado o uniforme de uma criada desavisada, pois me pareceu mais provável que fosse uma espiã tulaniana do que uma criada de *snoda*. Fiz perguntas e acabei a colocando em risco.

Alizeh deu um passo incerto para trás.

Mesmo com o *nosta* quente contra a pele, comprovando cada palavra dele, ela lutava para acreditar.

— Perdoe-me — pediu ele, olhando para as próprias mãos. — Fiquei sabendo de mais alguns detalhes sobre a sua vida nestes últimos dias e...

Devagar, ele limpou a garganta.

— Eu a tenho em alta consideração — explicou. — Talvez você não saiba muito sobre mim, mas já vi o suficiente para entender que você foi tratada de maneira abominável pelo mundo e seus habitantes, por mim inclusive. Pretendo poupá-la do pior que possa suceder, à medida que me for possível fazer isso.

Alizeh se acalmou, piscando pelo golpe de emoção. Ela tentara erguer um escudo e falhara: estava comovida.

Fazia muito tempo desde que alguém a notara ou a achara digna de qualquer bondade. O que o príncipe vira que o inspirara a isso? Ela queria muito saber — queria perguntar —, mas seu orgulho não permitia.

Em vez disso, ela fitou o rosto dele, abaixado.

Seus olhos viajaram sobre as ondas grossas e acetinadas do cabelo preto, pelos ombros largos sob o agasalho intrincado, cor de marfim. Ele era alto e forte, tão lindamente em posse de si mesmo. Então ela viu o príncipe nele, a elegância da nobreza, da honra; naquele momento, ele parecia a graça personificada.

— Você diz — falou ela calmamente — que me tem em grande consideração.

— Sim.

O *nosta* se aqueceu.

— E pretende me proteger agora como se fosse uma penitência?

O príncipe a mirou.

— De certa forma — explicou, sorrindo. — Embora a missão não me cause nenhum sofrimento, então suponho que até nisso consigo ser egoísta.

Alizeh respirou fundo. Ela queria rir, queria chorar. Que dia estranho era aquele.

— Se tudo o que diz é verdade, senhor, por que não pode apenas ir embora? Não precisa revistar meu quarto. Pode retornar ao palácio e dizer a Sua Majestade o que acha que melhor contribuirá para o seu objetivo.

— Eu não disse que fui enviado por Sua Majestade.

— Não foi?

— Não posso responder.

Ela suspirou, virando-se ao dizer:

— Vejo que está determinado a ser irritante.

— Desculpe-me. Talvez você devesse voltar ao trabalho.

Ela se virou, toda a ternura esquecida.

— Você se atreve a me expulsar do meu próprio quarto? Como consegue ser tão gentil em um momento e tão irritante no próximo?

Ele inclinou a cabeça para ela.

— Você é a primeira a pensar que sou capaz de tal dicotomia. Na verdade, não sou conhecido por possuir uma personalidade muito volúvel, e sou forçado a me perguntar se a fonte de sua frustração está enraizada em outro lugar.

Os olhos de Alizeh se arregalaram com a afronta.

— Acha que a culpa é minha, então? Acha que eu sou volúvel?

— Com todo o respeito, gostaria de salientar apenas que você saudou minha chegada com a promessa de cortar meu pescoço e, desde então, foi às lágrimas pelo menos duas vezes na minha presença. Dificilmente chamaria esse tipo de comportamento de constância.

Ela cerrou os punhos.

— Então não tenho o direito de experimentar uma gama de emoções quando meus nervos estão sendo atacados sem piedade? Quando você me apresenta tantas revelações chocantes?

— O que acho — falou o príncipe, lutando contra um sorriso — é que você logo fará falta à sua desprezível governanta. Peço que retorne aos seus deveres apenas por medo do que esse atraso pode lhe custar. Não precisa se preocupar comigo. — Ele olhou ao redor do cômodo. — Também tenho uma tarefa a cumprir.

Alizeh fechou os olhos com força.

Ah, ela queria sacudi-lo. Não adiantava tentar convencê-lo de coisa alguma.

Ela se afastou, curvando-se com apenas um pouco de dificuldade para recolher a bolsa de tapeçaria aberta no chão. Puxou rapidamente os fios esticados, remodelando a pequena bagagem. Estava ciente do escrutínio do príncipe ao fazer isso, mas tentou ignorá-lo tanto quanto possível.

Rapidamente, ela recolheu os poucos itens pendurados... Incluindo o vestido inacabado da srta. Huda, dobrando-os na cama antes de colocá-los na bolsa. Depois voltou-se para o caixote de maçãs...

— O que está fazendo?

Ela estava virando a caixa, despejando o conteúdo na bolsa, quando sentiu a mão dele em seu braço.

— Por que está...

— Você não me escuta — disse ela, afastando-se. — Já lhe pedi várias vezes para sair, e você não me escuta nem se explica. Assim, decidi ignorá-lo.

— Ignore-me o quanto quiser, mas por que arrumar suas coisas? Não deixei claro que preciso revistá-las?

— Sua arrogância, Vossa Alteza, é surpreendente.

— Peço desculpas, mais uma vez, por qualquer incômodo que a minha personalidade lhe cause. Por favor, desembale os pertences.

Alizeh apertou a mandíbula. Ela queria chutá-lo.

— Fui demitida da Casa Baz — explicou. — Não posso voltar ao trabalho. Tenho pouco tempo para desocupar o local, depois devo, com toda a pressa possível, correr para salvar minha vida. — Ela arrancou a colcha da cama. — Então, por favor, com licença.

Ele se colocou na frente dela.

— Mas é um absurdo. Não vou permitir que isso aconteça.

Ela deu um passo para o lado.

— Você não controla o universo, Vossa Alteza.

— Eu controlo mais do que pode imaginar.

— Você ao menos se ouve quando fala? Se sim, como se aguenta?

Improvavelmente, o príncipe riu.

— Devo dizer, você é uma surpresa. Não imaginei que se irritaria com tanta facilidade.

— Acho difícil acreditar que tenha imaginado como sou.

— Por quê?

Alizeh hesitou, piscando para ele.

— Perdão? Que motivo teria para imaginar o meu temperamento?

— Quer apenas um? Eu tenho muitos.

Os lábios de Alizeh abriram-se de surpresa.

— Está zombando de mim?

Ele sorriu, um sorriso tão largo que ela vislumbrou seus dentes brancos. O sorriso o deixava diferente, de alguma forma. Mais terno.

Ele não disse nada.

— Mas você está certo — disse Alizeh. — Não me irrito tão facilmente. — Ela mordeu o lábio. — Temo, no entanto, que haja algo em você que me irrita mais do que a maioria.

Ele riu de novo.

— Creio que não devo me importar com isso, desde que eu seja memorável.

Alizeh suspirou. Enfiou o pequeno travesseiro na bolsa e fechou a bolsa cheia com dificuldade.

— Tudo bem, eu…

Houve um barulho.

Um rangido diferente nas escadas, o som de madeira se expandindo e se contraindo. Ninguém subia até lá em cima, a menos que fosse absolutamente necessário — e, se houvesse alguém ali agora, com certeza era para se certificar de que ela já fora embora.

Alizeh não pensou antes de reagir, o instinto ativando todos os movimentos. Na verdade, tudo aconteceu de maneira tão rápida que ela não se deu conta do que fizera até que o juízo retornasse ao corpo, os sentidos retornassem à sua pele.

Ela o sentia por todos os lados, tudo ao mesmo tempo.

Ela os tinha arrastado para um canto do cômodo, onde ambos estavam agora agachados; Alizeh os tornara invisíveis, com a bolsa.

Ela também estava quase sentada no colo dele.

Um calor feroz espalhou-se por seu corpo, como uma vergonha intensa. Ela não podia se mover agora, por medo de expô-los, mas também não sabia se sobreviveria àquilo: o corpo dele pressionado contra o dela, a respiração quente do príncipe em seu pescoço. Ela inalou seu perfume sem querer — de flor de laranjeira e couro — e a combinação encheu-lhe cabeça, despertou seus nervos.

— É possível que esteja tentando me matar? — sussurrou ele. — Seus métodos são bastante peculiares.

Ela não se atreveu a responder.

Se ela e o príncipe fossem pegos sozinhos no quarto, haveria consequências para os dois. Não parecia haver uma explicação coerente.

Quando a maçaneta da porta se virou um segundo depois, ela sentiu o príncipe enrijecendo em alerta. Ele a puxou pela cintura, e o coração de Alizeh só bateu mais alto.

Ela se esquecera de apagar a vela.

Alizeh ficou tensa quando a porta se abriu. Não havia como saber quem fora enviado para verificar; se fosse um dos raros criados jinn, a ilusão de invisibilidade não funcionaria, pois era eficaz apenas com Argilas. Também não sabia se sua tentativa de estender a proteção para o príncipe seria bem-sucedida, pois nunca tentara tal façanha antes.

Uma figura entrou na sala — não a sra. Amina, Alizeh notou com alívio —, mas um criado. Os olhos dele percorreram o quarto, e a garota tentou ver o espaço sob o ponto de vista dele: despido de todos os objetos pessoais, exceto pela pequena cesta de flores secas.

E a vela, a vela acesa.

O empregado pegou as flores e foi direto para a vela, balançando a cabeça com irritação óbvia antes de apagá-la. Sem dúvida, ele se perguntou se a garota planejava incendiar a casa ao sair.

Ele se foi um momento depois, batendo a porta logo atrás.

E foi isso.

Haviam passado pela provação.

Alizeh deveria ter se alegrado com o sucesso, mas o pequeno sótão sem janelas sumira de repente, restando um breu sufocante, e um familiar pânico começou a arranhar sua garganta, apertar seu peito. Ela sentiu como se estivesse no fundo do mar, consumida inteira pela noite infinita.

Pior, percebeu que não podia se mover.

Alizeh piscou em desespero em meio ao azeviche, desejando que seus olhos se ajustassem à escuridão impenetrável, arregalando-os para encontrar uma única faísca de luz, mas de nada adiantou. Quanto mais desesperada ficava, mais difícil se tornava permanecer quieta; sentiu o coração bater mais rápido no peito, a pulsação vibrando em sua garganta.

O príncipe se moveu, de repente, tocando-a ao se mexer, com as mãos ao redor da cintura dela. Ele a ergueu um pouco, apenas para ajustar-se, mas não fez nenhum esforço para se afastar dela.

Na verdade, ele a puxou para mais perto.

— Perdoe-me — sussurrou ele em seu ouvido. — Mas pretende ficar sentada sobre mim para sempre?

Alizeh sentiu como se estivesse prestes a desmaiar, e não sabia se culpava a escuridão ou a proximidade com o príncipe, que, tornando-se cada vez maior, parecia se revelar uma cura inesperada para o pânico. A proximidade entre os dois de alguma forma suavizava a agudeza afiada de seu medo, agora imbuindo nela uma calma inesperada.

Ela foi se deixando levar aos poucos, afundando devagar contra ele de modo inconsciente; ele aceitava cada centímetro a que ela se entregava, atraindo-a mais profundamente para o seu calor, mais completamente em seu abraço. O calor do corpo dele logo a envolveu tão completamente que ela imaginou, por um sublime momento, que o gelo em suas veias começava a derreter, que poderia dissolver-se aos pés dele. Ela suspirou em silêncio, suspirou enquanto o alívio percorria o sangue congelado. Até a pulsação acelerada começou a se estabilizar.

Ela não podia nomear aquele remédio.

Só sabia que ele era forte — podia sentir —, os membros pesados e sólidos, o peito largo como o lugar ideal para descansar a cabeça. Ela estava cansada há anos; foi dominada então pelo desejo irracional de se deixar envolver pelo peso reconfortante dos braços que envolviam seu corpo e dormir. Ela queria fechar os olhos, queria enfim adormecer sem medo, sem preocupação.

Ela não se sentia segura havia tanto tempo.

O príncipe se inclinou um centímetro para a frente e sua mandíbula roçou o rosto dela, superfícies duras e macias se tocando, recuando.

Ela o ouviu expirar.

— Não tenho a menor ideia do que estamos fazendo — disse ele suavemente. — Mas, se você pretende me sequestrar, é só pedir. Eu irei de boa vontade.

Alizeh quase riu, grata pela fala dele. Ela concentrou sua consciência fragmentada no príncipe, permitindo que sua voz, seu peso, orientassem-na. Ele parecia firme de uma maneira tão maravilhosa, seguro não só de si mesmo, mas do mundo que ocupava. Alizeh, por outro lado, muitas vezes se sentia como um navio à deriva, agitado a cada tempestade, evitando por pouco um desastre a cada vez. Então, ela foi atingida por um estranho pensamento: nunca afundaria se tivesse uma âncora assim para a estabilizar.

— Se eu contar uma coisa — sussurrou Alizeh, a mão inconscientemente em torno do antebraço dele —, promete não zombar de mim?

— Claro que não.

Ela emitiu um som gutural, parecendo triste.

— Muito bem — suspirou ele. — Diga.

— Tenho um pouco de medo do escuro.

Houve um momento antes de ele dizer:

— Perdão?

— Fico em pânico, na verdade. Tenho pânico do escuro. Sinto-me quase paralisada agora.

— Não está falando sério.

— Estou, sim.

— Você matou cinco homens na noite passada... No escuro. E quer que eu acredite nisso?

— É verdade — insistiu ela.

— Entendi. Se você está inventando essa fantasia apenas para proteger a sua modéstia, saiba que só subestima a minha inteligência, porque a mentira não é convincente o bastante para ser acreditada. Você poderia só admitir que me acha atraente e que queria ficar perto de m...

Alizeh protestou, tão horrorizada que saltou para ficar de pé e tropeçou, pois o joelho machucado tinha ficado na mesma posição por muito tempo. Ela se segurou na velha cama e abafou um grito, apoiando-se no colchão fino com as duas mãos.

O coração batia violentamente no peito.

Ela estremeceu inteira conforme seu corpo se enchia de gelo novamente; o terror também havia retornado, dessa vez com tanta força que seus joelhos ficaram bambos. Na ausência do príncipe — na ausência do seu calor, do seu corpo confiável —, a jinn sentiu-se fria e exposta. A escuridão ficara mais assustadora sem ele por perto, como se o breu fosse devorá-la. Ela estendeu as mãos trêmulas à sua frente, para encontrar a saída que se recusava a mostrar-se iluminada.

Em teoria, ela sabia que aquele era um medo irracional... Sabia que era apenas uma ilusão de sua cabeça...

Ainda assim, ele a dominava.

O medo se agarrava à sua mente com os dois punhos e a girava em um vórtice de insensatez. De repente, tudo o que conseguia pensar era que não queria morrer ali, encolhida na escuridão. Não queria ser abandonada pelo sol, pela lua, pelas estrelas; não queria ser sugada pela força do universo em expansão.

De repente, mal conseguia respirar.

Alizeh sentiu os braços do príncipe ao seu redor, as mãos fortes a segurando. Ele desenhou um mapa dela com os dedos até encontrar seu rosto, que segurou com as mãos e no qual fez uma descoberta que o paralisou. Alizeh sentiu a mudança nele, quando os dedos do príncipe encontraram as lágrimas caindo lentamente pelo rosto dela.

— Pelos anjos — sussurrou ele. — Você tem mesmo medo do escuro. Sua garota estranha.

Ela se afastou e enxugou o rosto, apertou os olhos.

— Só preciso me orientar. Minha... Minha cama está aqui, o que significa que a porta está bem... Bem do outro lado. Vou ficar bem, você vai ver.

— Não entendo. De todas as coisas em sua vida a temer... Já a vi no escuro antes, e você nunca reagiu assim.

— Não estava... — Ela engoliu em seco, recompondo-se. — Não estava totalmente escuro. Havia lampiões na rua. E a lua... A lua é um grande conforto para mim.

— A lua é um grande conforto para você — repetiu ele, sem emoção. — Que coisa estranha de se dizer.

— Por favor, não zombe de mim. Você disse que não faria isso.

— Não estou zombando. Estou afirmando um fato. Você é muito estranha.

— E você, Vossa Alteza, é rude.

— Você está chorando em um quarto escuro do tamanho do meu polegar; a porta está a poucos passos de distância. Certamente sabe que está sendo irracional.

— Ah, agora você está apenas sendo cruel.

— Estou sendo honesto.

— Está sendo mau sem necessidade.

— Mau? Você diz isso para o homem que acabou de salvar sua vida?

— Salvar a minha vida? — disse Alizeh, enxugando com raiva a última das lágrimas. — Com que facilidade você se elogia. Você não salvou a minha vida.

— Ah, não? Sua vida não estava em perigo? Não é por isso que estava chorando?

— Claro que não, não foi...

— Então aceita o meu argumento de que não havia um perigo real. Que você estava sendo irracional.

— Eu... — Ela vacilou. Sua boca se abriu. — Ah, você é uma pessoa horrível. Você é malvado, horrível...

— Sou uma pessoa muito generosa. Já se esqueceu de quanto tempo permiti que ficasse sentada sobre mim?

Alizeh ofegou.

— Como se atreve...

Ela parou, as palavras morrendo na garganta ao ouvir o som abafado da risada dele, o tremor palpável do corpo enquanto lutava para contê-la.

— Por que se irrita com tanta facilidade? — indagou ele, ainda lutando contra o riso. — Não vê que a sua indignação só me faz querer provocá-la ainda mais?

Alizeh endureceu; sentiu-se de repente estúpida.

— Então você *está* zombando de mim? Mesmo depois de eu lhe pedir para não fazer isso?

— Perdoe-me — disse ele, a descontração persistente na voz. — Eu estava provocando você, sim, mas só com o objetivo de distraí-la de seu medo. Vejo agora que você não ri de si mesma, nem dos outros.

— Ah — disse ela, sentindo-se pequena. — Entendo.

Então ele a tocou, um roçar de dedos no braço dela que deixou um rastro de fogo no caminho.

Alizeh não ousava respirar.

Ela não sabia quando haviam chegado até ali, ou como, mas, em tão pouco tempo, ela se sentia mais próxima daquele príncipe peculiar do que jamais se sentira com outra pessoa na vida. Até a maneira como ele a tocava lhe parecia familiar — a proximidade era familiar. Ela não sabia explicar por que, mas se sentia segura ao lado dele.

Sem dúvida era o efeito do *nosta*, sem o qual ela poderia ter questionado cada palavra e ação do príncipe. De fato, saber inequivocamente que tudo o que ele lhe dizia era verdade, que tinha interesse em protegê-la, indo deliberadamente contra a vontade do rei... Isso a tinha afetado muito. Não era porque ele era bonito ou nobre, ou que tivesse agido como um príncipe cavalheiresco...

Não, seu prazer era muito mais simples que isso.

Alizeh havia muito era forçada a uma vida de obscuridade e insignificância. Cuspiam nela; ela era assediada, espancada e desrespeitada. Fora reduzida a nada aos olhos da sociedade, dificilmente reconhecida como um ser vivo, e era logo esquecida por quase todos que conhecera.

Era um milagre, então, que ele a tivesse notado.

Como, ela se perguntava, como aquele príncipe tinha sido o único a ver algo notável nela, algo digno de lembrança? Ela nunca teria dito as palavras em voz alta, mas ter sido descoberta — por mais perigoso que fosse — significava mais para ela do que ele jamais saberia.

Ela o ouviu respirar.

— Eu quero muito — disse ele suavemente — dizer a você no que estou pensando agora, mas sem dúvida você vai pensar que exagero, mesmo se eu jurar que é verdade.

Alizeh queria rir.

— Você não acha que é um tipo de trapaça, Vossa Alteza, fazer tal declaração quando sabe que vou insistir em sua confissão? Não parece injusto colocar esse fardo inteiramente sobre os meus ombros?

Houve um momento de silêncio, no qual Alizeh pensou conseguir sentir a surpresa dele.

— Receio que tenha me confundido com outra pessoa — disse ele, baixinho. — Eu não lhe imponho nenhum fardo. Não temo a repercussão da honestidade.

— Não?

Agora ela é quem estava nervosa.

— Não.

— Ah — soltou ela, em um respiro.

O príncipe diminuiu a estreita distância entre os dois até ficarem perigosamente próximos — tão perto que ela suspeitava que bastava levantar o queixo para que seus lábios se tocassem.

Ela não conseguia acalmar o coração.

— Você tem consumido os meus pensamentos desde o momento em que a conheci — admitiu o príncipe. — Eu me sinto agora, em sua presença, inteiramente estranho. Acho que buscaria a lua para você, somente para poupar outras lágrimas suas.

Mais uma vez, o *nosta* esquentou contra a pele de Alizeh, prova que apenas aterrorizou o coração, disparando-o como em galope, enviando uma inundação de sentimentos através de seu corpo. Ela se sentiu desorientada, em alerta e ainda confusa; apenas pouco ciente de que outro mundo a esperava; de perigo e de urgência, apenas esperando por ela para vir à tona.

— Me diga seu nome — sussurrou ele.

Lenta, muito lentamente, Alizeh tocou na cintura dele e se ancorou ao corpo do jovem. Ela ouviu sua respiração suave.

— Por quê? — perguntou ela.

Ele hesitou, brevemente, antes de dizer:

— Começo a temer que você tenha me causado danos irreparáveis. Gostaria de saber de quem é a culpa.

— Danos irreparáveis? Sem dúvidas agora está exagerando.

— Eu gostaria de estar.

— Se isso for verdade, Vossa Alteza, então é melhor nos separarmos como amigos anônimos, de modo a poupar um ao outro de mais danos.

— Amigos? — indagou ele, consternado. — Se sua intenção era me machucar, saiba que conseguiu.

— Você tem razão. — Ela sorriu. — Não temos esperança nem de uma amizade. Melhor só dizer adeus. Vamos trocar um aperto de mãos?

— Ah, agora você realmente me fere.

— Não tema, Vossa Alteza. Este breve momento será relegado a um cemitério povoado por todas as recordações semiesquecidas.

Ele riu, brevemente, mas havia pouca alegria.

— Você sente prazer em me torturar com essa bobagem?

— Um pouco, sim.

— Bem, fico feliz em saber que prestei um serviço, ao menos.

Ela ainda estava sorrindo.

— Adeus — sussurrou. — Nosso tempo juntos chegou ao fim. Nunca mais nos encontraremos. Nossos mundos nunca mais vão colidir.

— Não diga isso — pediu ele, de repente sério. Sua mão moveu-se para a cintura dela, viajou até a curva de seu torso. — Diga qualquer coisa, menos isso.

Alizeh não estava mais sorrindo. Seu coração batia tão forte que ela pensou que poderia se machucar.

— O que devo dizer, então?

— Seu nome. Quero ouvir isso de seus lábios.

Ela respirou fundo. Soltou o ar lentamente.

— Meu nome — falou — é Alizeh. Eu sou Alizeh, de Saam, filha de Siavosh e Kiana. Embora você possa me conhecer como a rainha perdida de Arya.

Ele endureceu ao ouvir isso, ficou em silêncio.

Por fim ele se moveu, uma mão segurando o rosto dela, com o polegar roçando sua face por um momento fugaz, que logo passou. Sua voz era um sussurro quando ele disse:

— Deseja saber meu nome também, Vossa Majestade?

— Kamran — disse ela suavemente. — Já sei quem você é.

Ele a pegou de surpresa quando a beijou, pois a escuridão lhe havia negado um aviso antes que seus lábios se encontrassem, antes que ele reivindicasse a boca dela com tamanha necessidade que lhe provocou um som angustiado, um gemido fraco que a chocou.

Alizeh sentiu o desespero dele enquanto era tocada, enquanto ele a beijava a cada segundo que passava com uma necessidade maior do que a do segundo anterior, inspirando nela uma reação que ela não conseguia explicar em palavras. Ela apenas o sentia, absorvia a fragrância da pele dele em seu sangue, o aroma floral marcante invadindo sua mente como um opiáceo. Ele passava as mãos pelo corpo dela com um desejo indisfarçável que ela retribuía em igual medida; um desejo que nem sequer sabia que possuía. Ela nem mesmo pensou antes de buscá-lo, entrelaçando os braços ao redor do pescoço dele; passando as mãos por seu cabelo macio. Ele ficou brevemente imóvel, então a beijou profundamente, e ela o provou, seu calor e sua doçura, repetidamente. Cada centímetro de sua pele estava de repente tão cheia de sensações que ela mal conseguia se mexer.

Não, ela não queria se mexer.

Ela se atreveu a tocá-lo também, sentir a extensão de seu peito, as linhas esculpidas de seu corpo; ela o sentiu mudar conforme o descobria, respirar mais forte ao tocar-lhe os lábios e a linha afiada da mandíbula, a extensão de seu pescoço. Ele emitiu um som, um gemido grave, gutural, acendendo uma chama de consciência no peito dela que irradiou contra a própria pele antes que ele encostasse as costas de repente contra a parede, colocando os braços ao redor da cintura dela. Ainda assim, ela não conseguia chegar perto o suficiente. Ela se desesperou quando ele se afastou, sentindo a perda mesmo enquanto ele ainda beijava seu rosto, de olhos fechados e, de repente, as mãos dele estavam em seu cabelo, puxando grampos, alcançando os botões do vestido dela...

Ah.

Alizeh se afastou, cambaleando para trás com as pernas tremendo.

Seus ossos não paravam de tremer. Ambos lutavam para recuperar o fôlego, mas Alizeh mal se reconhecia naquele momento, mal reconhecia o violento bater de seu coração, o desejo incompreensível que havia surgido dentro de si. Agora ela queria coisas que nem conseguia nomear, coisas que sabia que nunca poderia ter.

O que diabos ela tinha feito?

— Alizeh.

Um frenesi de sentimentos percorreu-a ao ouvir seu nome, ao torturado som da voz dele, o nome dela em seus lábios. Seu peito estava arfando; seu espartilho, muito apertado. Ela se sentiu repentinamente zonza, desesperada por ar.

Pelas divindades, ela tinha perdido a cabeça.

O príncipe de Ardunia não era alguém com quem se deveria brincar. Ela sabia disso. Sabia disso e, ainda, de alguma forma, por um breve período, não pareceu se importar; ela havia perdido o juízo e agora sofreria por seu lapso de julgamento. Já estava sofrendo, se a dor em seu coração era sinal de alguma coisa.

Alizeh não queria nada além de se jogar de volta em seus braços, mesmo sabendo que seria uma loucura.

— Perdoe-me — sussurrou Kamran, a voz pesada, quase irreconhecível. — Eu não quis... Eu não estava pensando...

— Não estou chateada — disse ela, tentando se equilibrar. — Não precisa se preocupar. Nós dois perdemos a cabeça.

— Você me entendeu mal — disse ele, sentido. — Eu não fiz nada que não quisesse fazer. A única coisa que desejo é fazer isso de novo.

Ah, não, ela não conseguia respirar.

O que ela percebeu então, mesmo enquanto o corpo tremia, foi um único e incontestável fato: o que havia acontecido entre os dois fora muito mais do que um beijo. Mesmo inexperiente como era, Alizeh tinha consciência suficiente para entender que algo extraordinário havia sido despertado entre eles.

Algo incomum.

Era fundamental que primeiro reconhecesse isso para em seguida admitir outra coisa: que não havia futuro entre os dois.

De alguma forma, ela sabia — de alguma forma percebeu, com uma clareza chocante — que uma semente plantada entre eles havia florescido. Ramos verdes surgiram do chão sob seus pés; ramos que, se nutridos, poderiam um dia florescer em algo majestoso, uma grande árvore que não apenas daria frutos e ofereceria sombra, mas também forneceria um tronco contra o qual poderia descansar seu corpo cansado.

Isso era impossível.

Não só impossível, mas perigoso. Devastador. Não só para os dois, mas para os reinos que ocupavam. A vida deles havia sido colocada uma contra a outra. Ele tinha um reino para um dia governar, e ela tinha sua própria vida para seguir. Qualquer outro caminho levaria apenas ao caos.

O avô dele estava tentando *matá-la*.

Não, Alizeh entendeu na mesma hora, mesmo isso ferindo seu coração, que, se não destruísse a frágil florescência entre eles, um dia aquilo cresceria o suficiente para esmagá-los.

Ela tinha que partir.

Então deu um passo para trás e sentiu a maçaneta roçar suas costas.

— Espere — disse o príncipe. — Por favor...

Ela estendeu o braço para trás, envolveu a mão ao redor da maçaneta e empurrou-a para abri-la.

Um único e fraco raio de luz penetrou no quarto. Ela viu a bolsa em um canto e rapidamente a pegou.

— Alizeh — disse ele, movendo-se em direção a ela.

Ela viu a angústia naquele olhar, um lampejo de pânico.

— Por favor, não desapareça. Não agora, não quando acabei de encontrá-la.

Ela o encarou, o coração batendo na garganta.

— Você precisa entender — disse — que não existe ponte entre as nossas vidas; nenhum caminho que conecte os nossos mundos.

— Como isso pode importar? Este império um dia não será meu, para governá-lo como bem entender? Vou construir uma ponte. Posso abrir um caminho. Ou você não me acha capaz disso?

— Não diga coisas que não são verdadeiras. Nenhum de nós está em sã consciência...

— Estou cansado — disse ele, tentando respirar — de estar em sã consciência. Prefiro essa loucura.

Alizeh agarrou com as duas mãos a alça da bolsa e deu um passo nervoso para trás.

— Você não deveria... Não deveria dizer tais coisas para mim...

Ele se aproximou dela.

— Você sabe que devo escolher uma noiva esta noite?

Alizeh ficou surpresa com o próprio choque, com a vaga náusea que a atingiu. Ela se sentiu repentinamente mal.

Confusa.

— Estou destinado a me casar com uma completa estranha — explicou ele. — Uma pretendente escolhida por outros para ser minha esposa, para um dia ser minha rainha...

— Então... Então ofereço minhas congratulações...

— Eu imploro que não faça isso. — Ele estava diante dela agora, uma mão estendida, como se pudesse tocá-la. Ela não conseguia respirar sem a certeza de que ele a tocaria, então não conseguiu respirar quando ele enfim o fez, quando os dedos dele roçaram seu quadril, depois subiram até a curva do corpete, tremendo ligeiramente ao se desvencilharem.

— Você não vai me dar esperança? — sussurrou ele. — Diga que a verei novamente. Me peça para esperar por você.

— Como ousa dizer essas coisas quando sabe que as consequências seriam terríveis... Seu povo pensará que você enlouqueceu... Seu próprio rei vai abandoná-lo...

De maneira surpreendente, Kamran riu, mas parecia zangado.

— Sim — falou ele suavemente. — Meu próprio rei me abandonará.

— Kamran...

Ele deu um passo à frente e ela exclamou, dando outro passo para trás.

— Você deve... Você deve saber... — A voz de Alizeh parecia instável. — Devo dizer agora como sou grata pelo que fez hoje... Por tentar me proteger. Estou em débito com você, *Vossa Alteza*, e não vou me esquecer disso tão cedo.

A garota viu a expressão do príncipe mudar, o alvorecer da percepção de que ela realmente iria embora, de que era assim que eles se separariam.

— Alizeh — chamou ele, os olhos brilhando de dor. — Por favor... Não...

Então, ela se foi.

VINTE E NOVE

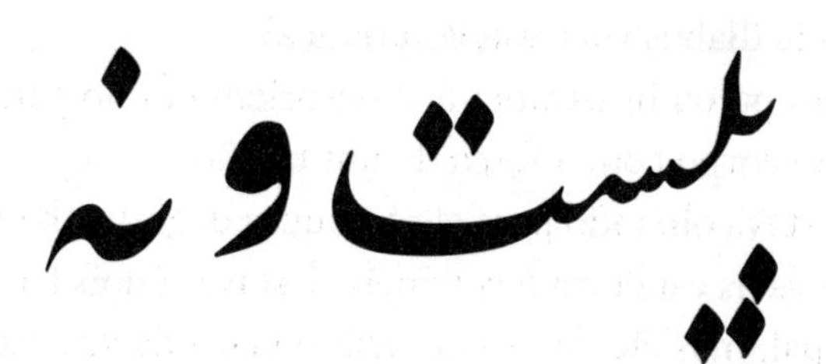

Kamran a perseguiu, descendo as escadas correndo como um tolo, como se pudesse alcançar um fantasma, como se encontrá-la fosse mesmo o suficiente. Ele não sabia de que modo conseguiria, em sua mente, conciliar o desejo pela garota com a lealdade para com o seu rei, mas mesmo que o bom senso o condenasse pela dissidência, ele não podia negar o assustador sentimento se enraizando dentro de si. Suas ações eram tão traiçoeiras quanto fúteis, e ainda assim ele não conseguia se conter; não conseguia acalmar as batidas do coração nem a loucura que o havia tomado.

Ele tinha de vê-la, de falar com ela apenas mais uma vez...

— Onde diabos você esteve, criança?

Kamran parou bruscamente e desorientado no patamar, o juízo retornando ao corpo com a força de um trovão.

A tia estava olhando para ele a poucos degraus abaixo, uma mão segurando as saias e a outra o corrimão. Estavam dois lances acima do andar principal, mas ele viu — no brilho claro de seu rosto, no vinco acentuado da testa dela — quanto custava à mulher idosa ir procurá-lo.

Kamran desacelerou.

A fadiga o atingiu tão repentinamente como um golpe físico, o que o fez agarrar o corrimão a fim de se firmar.

Ele fechou os olhos.

— Perdoe-me — pediu ele, calmamente recuperando o fôlego. — Perdi a noção do tempo.

Ele ouviu a tia fazer um *tsc, tsc* de desaprovação e abriu seus olhos para vê-la ainda o analisando, examinando seu cabelo, seus olhos... Até as mangas de seu suéter, que ele em algum momento levantara até os antebraços. Em silêncio, Kamran endireitou-os, passando a outra mão pelos cabelos, empurrando as ondas negras para longe dos olhos.

Assustou-o perceber a facilidade com que seu coração e sua mente se separaram.

A duquesa Jamilah apertou os lábios e estendeu a mão, e Kamran logo se aproximou, com os dedos delicados na altura do cotovelo dela. Com cuidado, ajudou a idosa a descer as escadas.

— Então — disse ela. — Você diz que perdeu a noção do tempo.

Kamran emitiu um som evasivo.

— Entendo. — A tia suspirou. — Parece ter feito uma análise completa vagando pela casa, de qualquer forma. Os criados estão em polvorosa com a sua inspeção. Primeiro o menino de rua, depois a *criada*, agora está sonhando com a casa, olhando ansiosamente pelas janelas. Todos pensam que você não passa de um romântico trágico e desesperançado, e ficarei surpresa se todas as fofocas não ganharem alguns centímetros de jornal amanhã. — Ela hesitou um pouco e o fitou. — Cuidado, criança. As moças podem começar a desmaiar só de olhar para você.

Kamran forçou um sorriso.

— A senhora tem um dom, querida tia. Sua bajulação é sempre a ficção mais elaborada.

Ela deu uma gargalhada.

— Acha que exagero?

— Acho que gosta de exagerar.

Ela lhe deu um leve tapa no braço.

— Criança impertinente.

Dessa vez, o sorriso dele foi genuíno.

Ambos chegaram ao andar principal. Agora estavam andando pela grande sala e, ainda assim, o coração de Kamran se recusava a desacelerar o ritmo descompassado. Estivera no escuro por tanto tempo que foi um choque ver o sol ainda brilhando através das janelas altas. Ele se afastou do clarão, enterrando a tristeza repentina que o atravessou com aquela visão. Kamran conhecia uma jovem mulher que adoraria o sol, que encontraria consolo na luz.

A lua é um grande conforto para mim.

Ele percebeu, com algum desespero, que tudo lhe lembraria dela. Mesmo o sol e a lua, a mudança de claro para escuro.

Rosas cor-de-rosa.

Ali — elas estavam ali, o buquê vívido dentro de um vaso, o arranjo no centro de uma mesa alta na sala que agora ocupavam. Kamran se separou da tia e vagou em direção ao arranjo sem pensar; com cuidado, tirou uma flor do vaso, roçando as pétalas de veludo com os dedos antes de levar a flor ao nariz e inalar o perfume inebriante.

A tia deu uma risada aguda, e Kamran se encolheu.

— Tenha piedade, meu querido — disse ela. — Notícias do nosso melancólico príncipe se espalharão para muito além de Setar se você não exercer um mínimo de discrição.

Com muito cuidado, o príncipe devolveu a flor ao vaso.

— O nosso mundo é realmente tão ridículo — afirmou ele, com calma — que cada ato cotidiano meu é digno de notícia, pronto para o escrutínio? Não me é permitida nenhuma humanidade? Não posso desfrutar a simples beleza sem censura nem suspeita?

— O fato de fazer tal pergunta me diz que não está agindo como si mesmo. — Ela se aproximou. — Kamran, um dia você será rei. As pessoas olham para a sua disposição como um indicador de tudo que está por vir; a ternura do seu coração definirá o espírito do seu governo, que, por sua vez, afetará todos os aspectos da vida das pessoas. Certamente você não se esquece disso. Não pode se ressentir da curiosidade das pessoas, não quando sabe que sua vida diz respeito à vida delas.

— Certamente não — respondeu com calma afetada. — Como poderia? Nunca deveria me ressentir do medo dessas pessoas, nem poderia me esquecer das algemas que ornamentam de maneira tão intensa todos os meus momentos conscientes.

A tia deu um profundo suspiro e aceitou o braço do príncipe, a fim de retomarem a lenta caminhada.

— Você está começando a me assustar, criança — afirmou ela, com suavidade. — Não vai me contar o que o desordenou tanto?

Desordenou.

Sim.

Kamran fora reordenado. Ele sentia isso; sentia seu coração remexido, suas costelas apertadas ao redor dos pulmões. Estava diferente, desalinhado, e não sabia se aquele sentimento passaria.

Alizeh.

Ele ainda ouvia o sussurro da voz dela, o jeito como ela desenhou a silhueta do próprio nome na escuridão entre eles; o jeito como suspirou quando ele a beijou. Ela o tocou com uma ternura que o fez se sentir selvagem, encarando-o com uma sinceridade que o partiu ao meio.

Desde o início não houve falsidade nela, nenhuma pretensão, nenhuma autoconsciência agonizante. Alizeh não se impressionava com o príncipe nem se intimidava com ele; Kamran sabia, sem dúvida, que ela o julgava inteiramente por seus próprios méritos, e que a coroa não significava nada. Que ela o achava digno, que se entregou a ele por um momento...

Só naquele segundo ele percebeu quanto ansiava para que ela tivesse uma boa opinião sobre ele. O julgamento dela de seu caráter de alguma forma se tornou crucial para o julgamento de si mesmo.

Como?

Ele não sabia, não se importava; quem era ele para questionar os movimentos de seu coração. Reconheceu apenas que ela era muito mais do que ele esperava, e que isso o havia mudado: a mente dela era tão afiada quanto o coração; o sorriso, tão esmagador quanto as lágrimas. Alizeh sofreu tanto durante a vida que Kamran não sabia o que esperar; ele teria entendido se ela fosse receosa e cínica, mas ela era vibrante, cheia de sentimento, vívida em cada emoção, entregando-se de todas as maneiras.

Ele ainda podia sentir o corpo dela sob suas mãos, o cheiro de sua pele inundando-lhe a cabeça, cada um de seus pensamentos. A própria pele ficou quente com a memória de seus sons ofegantes, de como ela ficou entregue em seus braços. Seu sabor.

Ele queria dar um soco na parede.

— Meu querido?

Kamran voltou a si com uma respiração repentina.

— Perdoe-me — pediu, gentilmente limpando a garganta. — Estou afligido pelo menor dos problemas humanos. Dormi mal ontem à noite e não comi muito hoje. Tenho certeza de que meu humor vai melhorar após a nossa refeição juntos. Vamos almoçar?

— Ah, meu querido. — A tia hesitou, consternada e com a testa franzida. — Receio que devamos dispensar o almoço de hoje. Seu ministro veio buscá-lo.

Kamran virou-se bruscamente para encará-la.

— Hazan está aqui?

— Temo que sim. — Ela desviou o olhar. — Ele está esperando há algum tempo, e ouso dizer que não está tão satisfeito com isso. Afirma que sua presença é necessária no palácio. Alguma coisa a ver com o baile, imagino.

— Ah. — Kamran fez um aceno de cabeça. — De fato.

Mentira.

Se Hazan viera buscá-lo pessoalmente — não confiando em um mensageiro para solicitar seu retorno apressado — era porque algo de muito errado estava acontecendo.

— Uma pena — lamentou a tia com forçada alegria — que a sua visita tenha sido tão breve.

— Por favor, aceite as mais sinceras desculpas — Kamran pediu, baixando os olhos. — Sinto que apenas a distraí e a decepcionei hoje. — Eles pararam na entrada principal. — A senhora permitiria que eu compensasse a visita desperdiçada com uma outra?

Ela se iluminou ao ouvir isso.

— É claro, meu querido. Você sabe que é bem-vindo aqui a qualquer momento. É só escolher o dia.

Kamran pegou a mão da tia e a beijou, fazendo uma reverência diante dela. Quando seus olhos se encontraram novamente, ela estava corada.

— Até a próxima, então.

— *Vossa Alteza*.

Kamran virou-se ao som enérgico da voz do ministro. Hazan não podia — e nem se esforçaria para tanto — esconder a sua irritação.

Kamran forçou um sorriso.

— Pelos céus, Hazan, está tendo um surto? Não pode permitir que eu me despeça da minha tia?

O ministro não respondeu à pergunta.

— A carruagem está esperando lá fora, senhor. Não se preocupe com o seu cavalo, já providenciei o retorno dele ao palácio em segurança.

— Entendo — falou o príncipe com calma.

Ele conhecia Hazan bem o suficiente. Havia algo errado.

Um criado estendeu a Kamran seu casaco e outro, a clava. Em questão de momentos ele se despediu da tia, percorreu o curto caminho até a carruagem e se sentou de frente para o ministro.

A porta da carruagem acabara de se fechar quando a expressão de Kamran ficou séria.

— Prossiga, então — disse.

Hazan suspirou.

— Nós recebemos uma mensagem de Tulan, Vossa Alteza.

TRINTA

Alizeh estava parada no meio do caminho movimentado, de olhos fechados e mascarados voltados para o sol.

Era um dia lindamente claro com um cortante ar frio e nenhuma nuvem no céu. O mundo ao seu redor estava barulhento com o bater de cascos, o chocalhar de rodas, a fumaça saborosa de uma loja de *kebab* próxima envolvendo seus sentidos. Meio-dia na cidade real de Setar significava que as ruas douradas estavam vivas com cor e comoção, carrinhos de comida cheios de clientes, lojistas gritando alto sobre as mercadorias.

Alizeh estava igualmente esperançosa e devastada ao ficar ali, as duas metades de seu coração repletas de desculpas, todas elas convincentes. Muito em breve ela seria forçada a examinar de perto sua longa lista de problemas, mas, naquele momento, queria apenas um intervalo para respirar, para apreciar a cena.

Pequenos tentilhões saltitavam e riam ao longo do caminho enquanto corvos grandes e brilhantes grasnavam alto no céu, alguns voando baixo para pousar na cabeça e no chapéu dos transeuntes, para bicar suas guloseimas. Comerciantes furiosos perseguiam os animais alados com vassouras, um proprietário azarado acidentalmente batendo na cabeça de um homem que logo caiu nos braços capazes de uma criança de rua, que então agarrou a bolsa do homem e disparou no meio da multidão. O cavalheiro gritou, perseguindo-o, mas a busca ao pequeno ladrão foi frustrada pela comoção de uma loja próxima de quitutes, que abriu as portas sem aviso, liberando um fluxo de criados para o meio da loucura.

Em fila única, nada menos que uma dúzia de *snodas* cortava um caminho que mais parecia uma serpentina através da multidão, cada qual carregando uma ampla bandeja circular bem acima da cabeça, cada prato pesado carregado com baclava e pistache crocante, *nougat* macio, rosquinhas açucaradas e bolos embebidos em mel. O aroma inebriante de água de rosas e açúcar enchia o ar à medida que a procissão passava, todos manobrando com cuidado para não atrapalhar os muitos ocupantes do caminho.

Alizeh virou-se.

Grandes tapetes coloridos estavam estendidos sobre os paralelepípedos dourados, sobre o qual mulheres em trajes brilhantes e florais sentavam-se de pernas cruzadas, rindo e compartilhando fofocas conforme separavam porções de flores roxas de açafrão. As mãos hábeis paravam apenas ocasionalmente, e apenas para beber chá de xícaras com bordas douradas; de resto, seus movimentos ágeis não cessavam. Repetidamente separando estigmas e estiletes das flores exuberantes, acrescentando os fios de açafrão vermelho-rubi às pilhas crescentes entre elas.

Alizeh não conseguia se mexer, de tão hipnotizada.

Na última vez em que ousara parar por tanto tempo na rua ela tinha sido agredida por um trombadinha e, ainda assim, como poderia se negar a tal prazer agora, uma vez que era livre para aproveitar a luz do dia por tanto tempo? Aquele mundo vivo, respirando, pertencia a ela, para que o admirasse por um único momento no tempo, e ela queria sorvê-lo; deleitar-se no coração pulsante da civilização.

Depois daquela noite, ela nunca mais o veria.

Se as coisas corressem bem, ela iria embora dali; se tudo corresse mal, não teria escolha a não ser fugir.

Lágrimas brotaram dos olhos de Alizeh ao sorrir.

Ela conseguiu encontrar um caminho através das pétalas de açafrão, parando apenas para admirar uma ou outra exibição de flores dispostas na vitrine de uma floricultura próxima: rosas de inverno, camélias cor de manteiga e campainhas-brancas que sorriram para ela em vasos de cristal lapidado, deixando Alizeh tão encantada com a visão que quase trombou com um fazendeiro que parara sem aviso para alimentar a cabra desgrenhada com alfafa.

Inquieta, seus nervos não se acalmariam agora.

Apressadamente, a garota afastou-se para o lado, apertando-se contra a vitrine de uma chapelaria. Tentou se concentrar, mas não adiantou; sua mente não lhe obedecia. Foi golpeada de uma vez por um dilúvio de lembranças e sensações: o sussurro de uma voz em seu ouvido, um sorriso perto de sua bochecha, o peso dos braços ao redor de seu corpo. Ela ainda saboreava os lábios dele, ainda podia invocar a textura sedosa de seu cabelo, o contorno duro de sua mandíbula sob a mão dela. Só as lembranças já eram devastadoras.

Repetidas vezes, a garota tentou entender por que o diabo a havia avisado sobre o príncipe — e mesmo agora ela estava incerta. Era por isso, então?

Foi por causa de um beijo?

Alizeh ficou tensa, respirou fundo. Conforme seu coração começou a disparar, sua mente esfriou. O que havia acontecido entre ela e o príncipe fora um momento de tolice por uma infinidade de razões... Não menos importante era o fato de que ele era herdeiro de um império cujo soberano tentava matá-la. Ela mal tinha começado a desvendar as ramificações de tal descoberta, nem como isso poderia explicar os amigos queridos e a família que ela havia perdido devido a inexplicáveis atos de violência. Isso significava que o rei já tentara matá-la antes? Fora ele quem mandou assassinar seus pais?

Era perturbador que não conseguisse saber com certeza.

Kamran podia ter burlado as ordens do avô para ajudá-la neste dia, mas Alizeh não era uma garota qualquer; ela sabia que as relações entre parentes não eram desfeitas com tanta facilidade. O príncipe poderia tê-la concedido um momento de bondade, mas a lealdade dele, sem dúvida, pertencia a outro lugar.

Ainda assim, Alizeh não podia se castigar com muita severidade. Não só a interação entre os dois não fora planejada, como se mostrou um alívio inesperado — um raro momento de prazer — do que era a escuridão interminável de seus dias. Por anos ela se perguntou se alguém poderia tocá-la novamente com carinho, ou olhá-la como se ela fosse importante.

Ela não menosprezava tal experiência.

De fato, havia uma compaixão nele, na sua ternura, que ela agora aceitaria graciosamente, guardando as memórias antes de seguir em frente. Tais ações impensadas nunca mais se repetiriam por parte dela.

Além disso, ela se consolou, os dois nunca mais se encontrariam, e era melhor assim...

Um bando de pássaros a seus pés voou sem aviso, assustando-a tanto que ela se exclamou e tropeçou para trás, colidindo com um jovem que logo viu o *snoda* e desdenhou dela, acotovelando-a para fora do caminho. Uma pancada forte em suas costelas, e de novo Alizeh cambaleou, embora desta vez tenha se equilibrado, correndo em meio à multidão.

Ela sabia, é claro, mesmo quando se despediu do príncipe, que havia uma chance de vê-lo de novo no baile daquela noite. Não julgou necessário informá-lo sobre sua presença, porque achava que encontrá-lo novamente era uma má ideia; e agora, ciente de que o baile era na verdade para arranjar um casamento a ser celebrado em breve...

Não, ela não pensaria nisso.

Isso não importava. *Não podia importar.* De qualquer modo, não havia maneira de suas classes sociais se cruzarem em tal evento; ela não teria motivos para vê-lo.

Alizeh não conhecia todo o escopo do plano de fuga de Hazan, mas duvidava que tivesse muito a ver com as festividades, e do príncipe — para quem o baile tinha sido organizado — esperava-se, sem dúvida, que se envolvesse totalmente em suas atividades.

Não, com certeza os dois não se veriam de novo.

A garota sentiu uma pontada ao concluir isso, uma dor aguda que não conseguia decifrar; era saudade ou tristeza, ou talvez os dois sentimentos fossem idênticos, os dois lados da mesma moeda.

Ah, o que importava?

Ela suspirou, esquivando-se para evitar um trio de garotas perseguindo umas às outras através da multidão, e olhou, sem entusiasmo, para a vitrine contra a qual se apertava.

Uma fileira de crianças estava sentada em um balcão alto, cada qual devorando sanduíches de sorvete de romã, o deleite cor-de-rosa pressionado entre discos crocantes de *waffles* recém-assados. Os adultos sorriam e repreendiam as crianças, enxugando as bocas pegajosas e as bochechas manchadas de lágrimas daquelas que conseguiam pegar, as outras bagunçando loucamente a loja, vasculhando bacias de caramelos de frutas e de marzipã colorido, torrões de açúcar e *nougat* de pétala de rosa.

Alizeh ouviu as risadas abafadas pelo vidro.

Ela apertou a bolsa na mão, ficando tensa enquanto seu coração se partia no peito. Alizeh também havia sido uma criança, havia tido pais que a mimavam assim. Que bom era ser amada, pensou. Como era importante.

Uma garotinha curiosa chamou a sua atenção e acenou.

Com cautela, Alizeh acenou de volta.

Ela não tinha casa. Não tinha emprego. Tudo que possuía no mundo estava em uma única bolsa de tapeçaria desgastada, a soma total de suas economias mal chegava a dois cobres. Ela não tinha nada nem ninguém, somente a si mesma, e teria de ser suficiente.

Sempre teria de ser suficiente.

Mesmo nos momentos de maior desespero, Alizeh encontrava a coragem para seguir em frente buscando nas profundezas de si mesma; encontrara esperança na lucidez de sua mente, na capacidade de suas próprias mãos habilidosas, na resistência de seu espírito implacável.

Ela não seria destruída por nada.

Ela se recusava.

Então, era hora de encontrar uma fuga das dores de sua vida. Hazan a ajudaria, mas primeiro ela teria que encontrar um caminho através de sua situação atual.

Precisava traçar um plano.

Como poderia obter o material e os itens necessários para costurar o próprio vestido? Ela teria mais moedas caso a srta. Huda lhe pagasse um adiantamento pelos cinco vestidos que encomendara; mas a jovem esperava primeiro ver como Alizeh poderia transformar o traje de tafetá antes do baile daquela noite, que agora estava amassado dentro de sua bolsa.

Alizeh suspirou.

Dois cobres eram tudo o que tinha neste momento, e não dariam para comprar quase nada com os comerciantes de tecidos.

Ela fez uma careta e continuou botando a mente para trabalhar. Um idoso com barba rala e turbante branco passou por ela em uma bicicleta azul brilhante, parando de maneira aterrorizante a uns cinco metros de distância. Ela o assistiu levantar o estreito corpo do assento, tirar um cartaz da cesta do transporte e enganchar a tábua de madeira na frente de um carrinho próximo.

Dentista, dizia.

Quando ele a viu olhando, chamou-a para perto, oferecendo-lhe um desconto por um par de molares.

Alizeh quase sorriu enquanto balançava a cabeça, olhando para as cenas ao seu redor agora com um toque de tristeza. Por meses ela vivera na cidade real e nunca tinha podido vê-la assim, na sua hora mais dinâmica e encantadora. Trovadores estavam sentados intercalados entre instrumentos como *santoor* e *sitar*, enchendo as ruas de música, inundando seu coração de emoção. Ela sorriu ao ver pedestres alegres gastarem momentos para dançar, batendo palmas enquanto passavam.

Toda a sua vida de repente lhe parecia surreal, surreal porque os sons e cenas que a rodeavam eram tão incongruentes com a sua vida.

Com algum esforço, Alizeh lutou contra o turbilhão de emoção ameaçando dominar sua mente e concentrou os pensamentos nas muitas tarefas à sua frente. Com pés decididos, ela passou pela confeitaria e pelo barulhento caldeireiro ao lado; passou por um empório de tapetes empoeirados, rolos coloridos empilhados até o teto e saindo pelas portas; depois por uma padaria com janelas abertas, o aroma maravilhoso do que ela sabia ser pão fresco enchendo seu nariz.

De repente, desacelerou, com o olhar demorando um momento nos grandes sacos de farinha junto à porta.

Alizeh podia confeccionar uma roupa com quase qualquer coisa, mas mesmo se fosse capaz de obter o suficiente de um tecido de qualidade inferior, chegar ao baile com um vestido de estopa só chamaria a atenção para si. Se ela quisesse desaparecer, precisaria se parecer com as outras moças presentes, o que significava não usar nada incomum.

Ela hesitou, avaliando-se por um momento.

A garota sempre cuidara meticulosamente do pouco que possuía, mas, mesmo assim, seu vestido de chita estava quase puído. O vestido cinza sempre fora sem graça, mas parecia ainda mais sem vida no momento, desbotado e gasto de tanto ser usado. Tinha um outro vestido de reserva, mas não precisava vê-lo para saber que estava em um estado semelhante. Contudo, suas meias ainda eram úteis e as botas também, resistentes, apesar de precisarem de um polimento e ela ainda tivesse de consertar o rasgo no dedão.

Alizeh mordeu o lábio.

Ela não tinha opção. Sua vaidade não podia ser poupada; ela teria que desfazer um de seus monótonos vestidos e refazê-lo, esperando que tivesse material suficiente. Podia até ser capaz de reaproveitar o restante do avental rasgado para fazer um simples par de luvas... Caso pudesse encontrar um espaço seguro para trabalhar.

Ela suspirou.

Primeiro, decidiu, visitaria o *hamam* local. Ainda podia pagar pela possibilidade de se limpar e de mergulhar na água, pois os preços de um banho tinham sempre sido razoáveis para os pobres, mas...

Alizeh parou de repente.

Ela viu o boticário; a forma conhecida da loja fazendo-a estacar no lugar. A visão a fez se perguntar sobre os curativos.

Com cuidado, tocou o curativo de linho em seu pescoço.

Ela não sentia mais dor nas mãos ou no pescoço já fazia algumas horas; mesmo que fosse cedo demais para remover os curativos, talvez não fosse cedo demais para removê-los por uma noite, ou não? Pois ela certamente atrairia olhares indesejados se chegasse com um machucado à mostra.

Alizeh franziu a testa e olhou de novo para a loja, imaginando se Deen estaria lá. Decidiu entrar, perguntar a opinião profissional dele, mas depois se lembrou com horror do que ela lhe dissera naquela noite horrível... De como injustamente criticara o príncipe e de como o lojista a repreendera por isso.

Não, era melhor não ir.

Ela correu pela calçada, evitando por pouco esbarrar em uma mulher varrendo pétalas de rosa da rua, mas parou de novo repentinamente. A garota fechou os olhos e balançou a cabeça com força.

Estava sendo tola.

Não lhe servia de nada evitar o boticário, não quando precisava da ajuda dele. Agora ela só evitaria dizer qualquer coisa estúpida.

Antes que pudesse mudar de ideia, marchou de volta rua abaixo e direto para a loja do boticário, onde empurrou a porta com um pouco de força demais.

Um sino tocou conforme ela entrou.

— Logo a atenderei — murmurou Deen, sem olhar, de trás do balcão.

Ele estava ajudando uma mulher mais velha com uma grande encomenda de flores secas de hibisco, que lhe aconselhava a preparar três vezes ao dia.

— Manhã, meio-dia e noite — orientou. — Um copo de chá à noite vai ajudar muito com...

Deen avistou Alizeh e de imediato congelou, com os olhos escuros se arregalando aos poucos. Alizeh ergueu a mão hesitante em uma saudação, mas o boticário desviou o olhar.

— Isto é... Vai ajudar com o sono — continuou, aceitando as moedas da cliente e as contando. — Se a senhora experimentar qualquer desconforto digestivo, reduza a ingestão para duas xícaras, pela manhã e à noite.

A mulher agradeceu em silêncio e se despediu.

Alizeh a observou ir embora, o sino da loja soando baixinho com a saída dela.

Houve um breve momento de silêncio.

— Então — disse Deen enfim, olhando para ela. — Você veio mesmo. Confesso que não estava certo se viria.

Alizeh sentiu-se nervosa com o comentário; sem dúvida, ele a vira refletindo do lado de fora. Em seu íntimo, esperava que Deen pudesse tê-la esquecido completamente, inclusive a estranheza da última conversa. Mas, ao que pareceu, não teve essa sorte.

— Sim, senhor — disse ela. — Embora eu também não tivesse certeza de que viria, para ser honesta.

— Bem, que bom que está aqui agora. — Ele sorriu. — Devo buscar a sua encomenda?

— Ah, eu não... — Alizeh sentiu-se corar, o valor irrisório dos dois cobres de repente pesando em seu bolso. — Receio que não esteja aqui para... Na verdade — emendou apressadamente —, queria saber se o senhor poderia examinar os meus ferimentos um pouco antes do que combinamos.

O boticário esguio franziu a testa.

— Mas são cinco dias antes do combinado. Acredito que não houve complicações, correto?

— Não, senhor. — Alizeh deu um passo à frente. — As pomadas foram de uma tremenda ajuda. É só que os curativos são... Eles são, bem, um pouco chamativos, eu acho. Chamam bastante a atenção e, como prefiro não ser reconhecida, esperava poder removê-los de uma vez.

Deen a encarou por um momento, estudando o pouco do rosto da garota que podia ver.

— Você quer remover os curativos cinco dias mais cedo?

— Sim, senhor.

— É a governanta que está lhe causando problemas?

— Não, senhor, não é que...

— Você está dentro do seu direito de tratar os machucados, sabe? Ela não tem permissão para impedir sua recuperação...

— Não, senhor — repetiu Alizeh, um pouco mais exasperada desta vez. — Não se trata disso.

Como ela não disse mais nada, Deen respirou fundo, não se esforçando para esconder sua descrença, e Alizeh ficou silenciosamente surpresa com a sua preocupação.

— Muito bem, então — disse ele, exalando. — Sente-se. Vamos dar uma olhada.

A garota ergueu-se para se sentar na cadeira alta junto ao balcão, para ser mais bem examinada. Devagar, Deen começou a retirar o curativo do pescoço.

— Você fez o curativo muito bem — murmurou ele, mas ela apenas acenou em reconhecimento.

Havia algo reconfortante naqueles movimentos suaves e, por um momento, Alizeh se atreveu a fechar os olhos.

Ela nunca poderia expressar com clareza o quanto estava exausta. Nem conseguia se lembrar da última vez que dormira mais de apenas algumas horas ou se sentira segura o suficiente para ficar parada por muito tempo. Raramente tinha permissão para se sentar, e quase nunca lhe era permitido parar.

Ah, se ela pudesse ir ao baile naquela noite, qualquer coisa seria possível. Alívio. Segurança. Paz. Quanto à verdadeira resolução de tais sonhos...

Ela tinha poucas expectativas.

Alizeh era uma rainha fracassada, sem reino, sem nem mesmo um pequeno país para governar. Os jinns estavam espalhados por Ardunia, sua população muito reduzida, e eram difíceis de encontrar. Há muito tempo havia um plano para sua ascensão, detalhes os quais não tinham sido informados a Alizeh com tão pouca idade. Seus pais sempre insistiram que ela se concentrasse nos estudos, em aproveitar a infância por mais algum tempo.

Ela tinha doze anos quando seu pai morreu, e só depois a mãe começou a se preocupar que a filha soubesse muito pouco sobre seu destino. Foi então que ela lhe contou sobre as montanhas Arya, sobre como a magia dali era essencial para desbloquear os poderes que, segundo rumores, ela um dia possuiria. Quando Alizeh perguntou por que ela não podia apenas ir coletar tal magia, sua mãe riu, e com tristeza.

— Não é uma tarefa tão simples — explicou. — A magia deve ser reunida por um grupo de súditos leais, todos dispostos a morrer por você no processo. A terra a escolheu para governar, minha querida, mas você deve primeiro ser considerada digna do papel por seu próprio povo. Cinco devem estar dispostos a sacrificar a vida para dar origem ao seu reinado; só então as montanhas se separarão de seu poder.

Sempre parecera a Alizeh uma exigência desnecessária e brutal; ela não se achava capaz de pedir a meia dúzia de pessoas que morressem por ela, nem mesmo em nome do bem comum. Mas, como no momento não podia pensar em nem mesmo uma única pessoa disposta a perder sua vida em busca de seus interesses — ela achava precipitado confiar até mesmo em Hazan —, tudo isso parecia fútil demais para ser considerado.

Além do mais, Alizeh sabia que, mesmo que por algum milagre conseguisse reivindicar seu trono de direito e conquistar a lealdade de dezenas de milhares, ela já teria falhado como sua rainha, pois estaria sentenciando seu próprio povo a morrer. Não era necessário ter muita criatividade para imaginar que o rei de Ardunia esmagaria um rival em suas próprias terras; sua recente tentativa de capturá-la era prova suficiente de tais preocupações. Ele nunca abriria mão voluntariamente de seu trono nem de seu povo, e os jinns lhe pertenciam agora.

Alizeh abriu os olhos assim que Deen retirou a última faixa de linho de seu pescoço.

— Se você puder, por favor, estenda as mãos, senhorita, pois vou tirar o curativo delas também — orientou ele. — Embora o corte no pescoço parece estar cicatrizando muito bem…

Alizeh estendeu as mãos, mas virou a cabeça para a janela, distraída como estava naquele momento pela visão de uma mulher pequena e velha empurrando um carrinho de mão. A mulher envelhecera como uma árvore, com o rosto tão graciosamente talhado pela passagem do tempo que Alizeh pensou que poderia saber sua idade contando cada ruga. A cabeleira branca tinha ficado laranja brilhante pelo efeito da hena e estava presa por um lenço com flores que combinava com sua saia floral viva. Alizeh vislumbrou a colheita da mulher: amêndoas verdes empilhadas no alto do carrinho, suas cascas macias ainda intactas, brilhando com a geada.

A velha acenou para ela, e Alizeh sorriu.

Ela ficara surpresa, ao chegar em Setar, em descobrir o quanto amava a comoção da cidade real; o barulho e a loucura eram um conforto, um lembrete de que não estava sozinha no mundo. Poder testemunhar todos os dias o esforço coletivo de tantas pessoas lutando e trabalhando e respirando…

Isso lhe trazia uma calma inesperada.

Ainda assim, Alizeh não era como os outros que moravam ali. Suas diferenças eram muitas, mas talvez a mais problemática delas fosse que ela não aceitava, sem questionar, a grandeza do império arduniano. Ela não aceitava que os Tratados de Fogo fossem um ato absoluto de misericórdia. De algumas maneiras, sim, eles tinham sido uma gentileza, mas apenas porque a maioria ansiava pelo fim da luta milenar entre as raças.

Foi precisamente por isso que seu povo tinha cedido.

Os jinns se cansaram de viver com medo, de ter seus lares incendiados, de ver seus amigos e familiares sendo caçados e massacrados. As mães de ambos os lados ficaram cansadas de receber os corpos mutilados de seus filhos do campo de batalha. A dor do derramamento de sangue sem fim tinha atingido seu auge e, embora ambos os lados desejassem a paz, seu ódio mútuo não podia ser desaprendido da noite para o dia.

Os Tratados foram promulgados sob a bandeira da união — um apelo por coesão, por harmonia e compreensão —, mas Alizeh sabia que foram articulados inteiramente por forças militares estrategistas. Jinns suficientes haviam sido massacrados, e agora que seus números não eram mais considerados uma ameaça, então era vantajoso absorver dezenas de milhares dos mais fortes e mais poderosos seres da Terra, concedendo aos sobreviventes o verniz de segurança e de pertencimento. O rei de Ardunia tinha efetivamente os subjugado. Os jinns ardunianos eram autorizados a exercer suas habilidades naturais apenas durante a guerra, e apenas no campo de batalha. Todos os cidadãos capazes eram obrigados a servir no exército do império por *quatro anos*, e os jinns recém-integrados não estavam isentos disso.

Toda o reino considerava o rei Zaal um governante generoso e justo, mas Alizeh não podia confiar nele. Ele tinha, com um único e astuto decreto, não apenas absolvido os Argilas das atrocidades cometidas contra os jinns, como também se tornara magnânimo, acrescentando a suas tropas uma enxurrada de recrutas sobrenaturais e despojando os jinns a sangue-frio de qualquer direito aos seus próprios poderes.

— Tudo bem, então — Deen disse com entusiasmo. — Tudo pronto, senhorita.

Seu tom animado foi tão inesperado que Alizeh se virou imediatamente para ele, surpresa colorindo sua voz.

— É uma boa notícia? — perguntou ela.

— Sim, senhorita, sua pele se recuperou excepcionalmente bem. Devo dizer... Aquelas pomadas eram de minha própria autoria e, embora eu reconheça meus muitos pontos fortes, também estou ciente dos meus limites, e nunca soube que elas fossem capazes de levar a uma cura tão rápida.

Alizeh sentiu uma onda de medo a atingir com essa declaração, e ela rapidamente recolheu as mãos, estudando-as agora na sala ensolarada. Ela só trocara os curativos uma vez desde que estivera ali pela última vez, e apenas no final da noite, vencida pela exaustão, seu esforço iluminado pelo brilho fraco de uma única vela. Agora estudou suas mãos com espanto. Estavam macias e perfeitas, sem nenhum dano, nenhuma cicatriz visível.

Ela deixou cair as mãos no colo, apertando-as com força.

Alizeh muitas vezes se perguntou como tinha sobrevivido a tantas doenças na rua, como se recuperara tantas vezes mesmo quando quase à beira da morte. Ela sabia que poderia suportar o fogo — era a profunda geada dentro de si que o repelia —, mas ela nunca tivera uma evidência tão irrefutável da força de seu corpo.

Ela olhou para o boticário então, seus olhos arregalados com algo parecido com pânico.

O sorriso de Deen começou a desaparecer.

— Perdoe-me a ignorância, senhorita, mas como não trato muitos jinns, tenho pouca base para comparação. Isso é... Esse tipo de recuperação é incomum entre sua espécie?

Alizeh queria mentir, mas se preocupou que a informação equivocada afetaria negativamente o tratamento dos poucos jinns que viessem buscar sua ajuda. Suavemente, ela disse:

— É raro.

— E suponho que estava, até agora, sem saber que era capaz de uma cura tão rápida?

— Sim.

— Entendo — disse ele. — Bem, suponho que devamos aceitar isso, então, como um golpe inesperado de boa sorte, que é sem dúvida esperado há muito tempo. — Ele esboçou um sorriso. — Acho que está mais do que pronta para remover os curativos, senhorita. Não precisa se preocupar nesse sentido.

— Sim, senhor. Eu agradeço — disse Alizeh, ficando de pé. — Quanto lhe devo pela visita?

Deen riu.

— Eu não fiz nada além de remover seus curativos e anunciar em voz alta o que seus próprios olhos poderiam facilmente ter testemunhado. Você não me deve nada.

— Oh, não, você é generoso demais… Eu tomei seu tempo, certamente eu…

— De jeito nenhum. — Ele acenou para ela. — Foram apenas cinco minutos, no máximo. Além disso, estive esperando por sua chegada o dia todo, e já fui muito bem pago por isso.

Alizeh congelou.

— Perdão?

— Seu amigo me pediu para esperar por você — disse o lojista, franzindo a testa ligeiramente. — Não foi essa a principal razão para ter vindo hoje?

— Meu amigo? — O coração de Alizeh começou a bater forte.

— Sim, senhorita. — Deen a estava olhando estranhamente agora. — Ele veio esta manhã… Um sujeito alto, não era? Usava um chapéu interessante e tinha o azul mais vívido nos olhos. Ele insistiu que você viria e me pediu para não fechar a loja, nem para ir almoçar, como sempre faço. Ele pediu para que eu fizesse a gentileza de lhe entregar isso… — Deen levantou um dedo e, em seguida, desapareceu debaixo do balcão para pegar um grande pacote pesado. — E aí você enfim chegou.

Cuidadosamente, o boticário acomodou a pesada e pálida caixa na superfície desgastada da bancada e então a deslizou até ela.

— Eu tinha certeza que ele tinha informado você de sua visita — disse o homem —, pois parecia tão confiante de que você viria hoje. — Uma pausa. — Espero não a ter assustado.

Alizeh olhou para a caixa, o medo se movendo através dela com uma velocidade alarmante. Tinha medo até de tocar no pacote.

Devagar, ela engoliu em seco.

— Teria o meu… Meu amigo… Ele disse qual era o seu nome?

— Não, senhorita — falou Deen, que parecia agora estar percebendo que havia algo de errado. — Não foi a minha descrição suficiente para despertar sua memória? Ele disse que seria uma agradável surpresa para você. Confesso que achei que parecia… Algo muito divertido.

— Sim. É claro. — Alizeh forçou uma risada. — Sim, obrigada. Eu estava apenas... Estou apenas chocada, veja. Não estou acostumada a receber presentes tão extravagantes, e temo não saber como aceitá-los graciosamente.

Deen se recuperou com a fala, seus olhos brilhando.

— Sim, claro, senhorita. Entendo bem.

Houve um momento de silêncio, durante o qual Alizeh estampou um sorriso no rosto.

— Quando o senhor disse que meu amigo veio entregar o pacote?

— Ah, não sei exatamente — falou Deen, franzindo a testa. — Foi no fim da manhã, eu acho.

No fim da manhã.

Como se a descrição de Deen do estranho não fosse prova suficiente, Alizeh agora tinha certeza de que a entrega não fora feita pelo príncipe, que estava na Casa Baz exatamente naquele horário. Havia apenas uma outra pessoa que poderia ter feito aquilo por ela, mas havia um único porém...

Hazan não tinha olhos azuis.

Era possível, é claro, que o lojista tivesse cometido um erro. Talvez Deen tivesse falado errado, ou até mesmo visto Hazan sob a luz errada. Hazan era alto, afinal, isso era verdade; embora Alizeh não soubesse o suficiente sobre ele para julgar, com qualquer convicção real, se usaria ou não chapéus interessantes.

Ainda assim, era o que faria mais sentido.

Hazan disse que cuidaria dela, não disse? Quem mais estaria prestando tanta atenção a seus movimentos... Quem mais lhe dirigiria tal generosidade?

Alizeh olhou de novo para o lindo pacote; para a sua impecável apresentação. Cautelosamente, passou um dedo ao longo das bordas recortadas da caixa, a fita amarela sedosa a envolvendo no centro.

Alizeh sabia exatamente o que era aquilo; era seu trabalho saber o que era. Ainda assim, parecia impossível.

— Você não quer abri-lo, senhorita? — Deen ainda estava olhando para ela. — Admito que também estou terrivelmente curioso.

— Ah — disse ela suavemente. — Sim. É claro.

Uma emoção envolta em antecipação a atravessou — um medo e uma agitação —, perturbando qualquer aparência de paz que seu corpo tivesse conseguido reunir recentemente. Com cuidado meticuloso, ela soltou a fita, então levantou a tampa pesada, revelando um papel delicado e transparente. Deen tirou a tampa de suas mãos trêmulas, e Alizeh espiou dentro da caixa com os olhos arregalados de uma criança, descobrindo, em suas profundezas, a maravilha elegante de um vestido.

Ela ouviu Deen suspirar.

No início, tudo o que ela viu foram camadas de seda muito fina de chiffon, em um tom de lilás pálido. Ela afastou os embrulhos, levantando cuidadosamente a peça translúcida. O vestido tinha um corpete e era justo na cintura; uma capa longa e transparente estava afixada nos ombros, no lugar das mangas. O sussurro de uma saia parecia vento em suas mãos, deslizando por entre os dedos como uma suave brisa. Era elegante sem ostentação, o equilíbrio perfeito de tudo o que ela precisava para aquela noite.

Alizeh pensou que iria chorar.

Ela congelaria até a morte naquele vestido e não pronunciaria uma única palavra de reclamação.

— Há um cartão, senhorita — disse Deen calmamente.

Alizeh olhou para ele então, aceitando o cartão de sua mão e prontamente o colocando em seu bolso. Ela decidiu se despedir do boticário, para ler a nota longe de seus olhos curiosos, mas foi impedida pelo olhar estranho em seu rosto.

Deen parecia... Satisfeito.

Ela percebeu ali, na suavidade de sua expressão, que ele achava que ela era a destinatária de um gesto romântico. Ele não tinha visto seu rosto todo, ela percebeu, e talvez só pudesse adivinhar a idade dela. Sem dúvida, ele presumiu que Alizeh fosse um pouco mais velha do que era, que talvez fosse a amante de um nobre casado. Seria sob qualquer outra circunstância uma suposição profundamente desfavorável, uma que a tornaria, aos olhos da sociedade, uma meretriz comum.

De alguma forma, porém, Deen não parecia se importar.

— Não sou tão avarento a ponto de invejar sua felicidade — disse ele, lendo a confusão em seus olhos. — Eu imagino quão difícil deve ser viver sua vida.

Alizeh recuou, de tão surpresa que ficou.

Ele não poderia estar mais longe da verdade e ainda assim sua sinceridade a tocou, significando mais do que ela poderia dizer. Na verdade, ela se sentiu subitamente sem as palavras certas para dizer.

— Obrigada. — Foi tudo que conseguiu responder.

— Sei que não nos conhecemos — Deen disse, gentilmente limpando a garganta. — E, por isso, você pode me achar esquisito por dizer isso... Mas senti, desde o início, uma identificação com a senhorita.

— Uma identificação? — questionou ela, espantada. — Comigo?

— De fato. — Ele riu brevemente, mas seus olhos escuros expressaram uma emoção obscura. — Eu também sinto que devo me esconder do mundo. É algo difícil, não é? Preocupar-se sempre sobre como os outros nos perceberão; perguntar-se se será aceito pelo que você realmente é.

Alizeh sentiu um calor repentino atrás de seus olhos, uma pontada de emoção.

— Sim — respondeu com suavidade.

Deen sorriu, mas ainda assim seu esforço foi forçado.

— Talvez aqui, entre dois estranhos, pode não existir tal apreensão.

— Certamente — concordou Alizeh sem hesitação. — Esperemos pelo dia em que todos possamos remover as nossas máscaras, senhor, e viver na luz sem medo.

Deen estendeu os braços e apertou as mãos dela, segurando suas palmas entre as dele em um gesto de amizade que inundou o coração dela de emoção. Permaneceram assim por um longo momento antes de se separarem lentamente.

Em silêncio, Deen a ajudou a recolher suas coisas, e com apenas um breve aceno de cabeça, eles se despediram.

A campainha da loja tocou suavemente quando ela saiu.

Só quando já estava no meio da rua, seu coração e mente completamente preocupados com o comportamento inesperado do boticário, o peso da bolsa de tapeçaria e da caixa grande que abrigava seu vestido de gaze, que ela se lembrou do cartão.

Com um sobressalto violento, Alizeh deixou sua bolsa cair no chão. Puxou o pequeno envelope do bolso e, com o coração agora acelerado em seu peito, rasgou o grosso papel.

Ela mal pôde respirar ao passar os olhos pelo bilhete, em sua caligrafia firme e confiante:

Use-o esta noite, e será vista apenas por aqueles que lhe querem bem.

TRINTA E UM

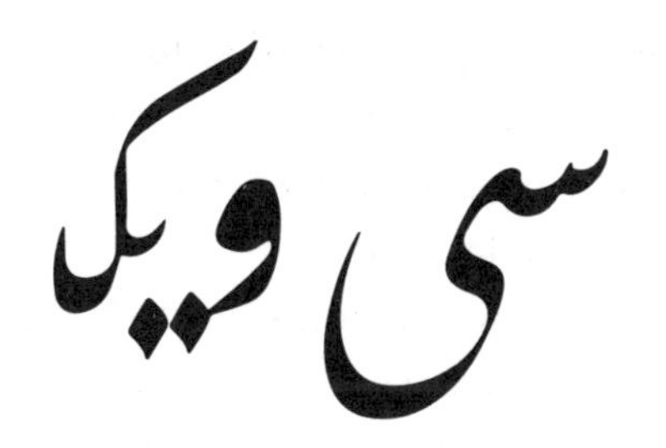

O palácio real fora construído na base do cânion Narenj, sua imponente entrada posicionada entre penhascos traiçoeiramente escarpados da cor coral, contra os quais as brilhantes cúpulas e minaretes de mármore branco do palácio erguiam-se contrastantes. A magnífica estrutura que era a casa do príncipe estava embalada por uma fissura colossal, entre formações terrestres, na base das quais prosperava uma vegetação luxuriante mesmo no inverno. Hectares de grama selvagem e zimbro florescente preenchiam a elevação perpendicular da rocha alaranjada, as árvores com suas folhagens azul-esverdeadas retorcidas sobre galhos irregulares, subindo enviesadamente até o céu, em direção a um rio vasto e caudaloso que corria paralelo à entrada do palácio. Sobre aquele corpo de água trêmulo, serpenteante, fora construída uma enorme ponte levadiça, uma temível obra-prima que se conectava, na ponta, à estrada principal... E ao coração de Setar.

Kamran estava parado naquela ponte levadiça agora, olhando para o rio que outrora lhe parecera tão formidável.

As chuvas vieram apenas brevemente nesta temporada e, por isso, o leito sob os seus pés ainda estava bastante raso, imóvel na hora sem vento. Todos os dias Kamran esperava, com tensão, pela volta das chuvas; para uma varredura de tempestades que poupasse seu império. Se elas não viessem...

— Você está pensando nas cisternas — disse seu avô calmamente. — Não está?

Kamran olhou para o rei.

— Sim — respondeu ele.

— Bom.

Os dois estavam lado a lado na ponte, um ponto de encontro comum entre os visitantes do palácio. Todos paravam em seus cavalos enquanto os guardas puxavam as portas imponentes e agourentas que levavam ao pátio do palácio real. O príncipe ficara surpreso ao descobrir, em seu retorno da Casa Baz, que o avô tinha esperado para interceptá-lo na própria ponte.

A carruagem que entregou Kamran de volta ao palácio já tinha partido há muito tempo — e Hazan com ela —, mas, ainda assim, o avô tinha falado pouco. Ele nem perguntou sobre os resultados da busca de Kamran, nem disse uma palavra sobre a mensagem tulaniana, da qual Hazan já tinha fornecido um resumo.

A notícia tinha sido desconcertante, de fato.

Mesmo assim, o rei e o herdeiro não discutiram o assunto. Em vez disso, assistiram em silêncio a uma criada remando uma canoa nas águas calmas lá embaixo, o barco ágil arfando com uma vívida explosão de flores frescas.

Raramente Kamran passava algum tempo ali, na parte externa dos jardins do palácio, embora sua hesitação não surgisse de um medo de se sentir exposto. O palácio era quase impenetrável, protegido como estava de todos os lados por defesas naturais. Os vastos terrenos também eram protegidos por uma muralha externa, no topo das quais passavam nuvens, e onde havia nada menos que mil soldados, todos vigilantes, setas apontadas na espera.

Não, o príncipe não se sentia desprotegido.

Apesar das vistas de tirar o fôlego desse mirante, Kamran evitava ficar muito tempo sobre a ponte porque se lembrava de sua infância, de um dia em particular. Ele achava difícil acreditar que tanto tempo se passara desde aquele fatídico dia, pois ainda lhe parecia, em certos momentos, que o evento tivesse ocorrido minutos atrás.

Na verdade, já fazia sete anos.

O pai de Kamran já estava longe de Ardunia havia muito, ausente de casa por meses para liderar uma guerra sem sentido em Tulan. Sendo ainda criança, Kamran estava preso em casa com tutores, a mãe distante e um rei preocupado; os longos períodos de preocupação e tédio eram interrompidos apenas por visitas à casa da tia.

No dia em que seu pai deveria voltar ao palácio, Kamran estava esperando do alto das janelas. Ele procurava, inquieto, pela visão da carruagem do pai e, quando ela enfim apareceu, correu desesperadamente para fora, sem fôlego de tanta expectativa, parando sobre aquela mesma ponte, sobre aquele mesmo rio. Ele esperou do lado da carruagem estacionada, os pulmões queimando com o esforço, para dar as boas-vindas ao pai.

A estação chuvosa tinha sido feroz naquele ano, tornando o rio turbulento, agitado por uma força aterradora. Kamran lembrava-se disso porque ficou ali, ouvindo-o enquanto esperava; esperando que seu pai abrisse a porta, que chegasse logo.

Como, depois de um longo momento, as portas não se abriram, Kamran as escancarou por si mesmo.

Mais tarde, ele descobriu que tinham enviado uma mensagem — é claro, tinham feito um comunicado —, mas ninguém havia pensado em comunicar à criança de onze anos que seu pai não voltaria mais para casa. Que seu pai estava, de fato, morto.

Lá, em um assento exuberante da carruagem que lhe era tão familiar quanto o próprio nome, Kamran não viu o pai, mas a cabeça ensanguentada dele, sobre uma bandeja de prata.

Não era exagero dizer que a cena tinha inspirado no jovem príncipe uma reação tão violenta e paralisante que ele desejou, de repente, a chegada de sua própria morte. Kamran não podia imaginar viver em um mundo sem o pai; não podia imaginar viver em um mundo que fizesse aquilo com seu pai.

Ele caminhou calmamente até a beira da ponte, escalou o parapeito alto e se jogou no rio gelado e agitado abaixo de si.

Foi seu avô que o encontrou, que mergulhou nas profundezas congeladas para salvá-lo, que puxou o corpo azul e flácido de Kamran dos braços amorosos da morte. Mesmo com os Profetas trabalhando para ressuscitar seu coração, foram necessários dias para que Kamran abrisse os olhos e, quando o fez, ele viu apenas os conhecidos olhos castanhos de seu avô; o familiar cabelo branco de seu avô. Seu gentil sorriso de sempre.

Ainda não, o rei havia dito, acariciando a bochecha do menino.

Ainda não.

— Você acha que eu não entendo.

O som da voz de seu avô surpreendeu Kamran, trazendo-o de volta ao presente, levando-o a respirar fundo. Ele olhou o rei.

— Vossa Majestade?

— Você acha que eu não entendo — repetiu o avô, virando um pouco para encará-lo. — Acha que não sei por que fez isso, e me pergunto como pode me achar tão indiferente.

Kamran não disse nada.

— Eu sei por que as ações do menino de rua o chocaram tanto — falou o rei com calma. — Sei por que transformou aquele momento em um espetáculo, por que se sentiu compelido a salvá-lo. Exigiu muito de nós administrar a situação, mas eu não estava irritado com suas ações, pois sabia que você não queria fazer nenhum mal. Na verdade, sei que não estava pensando claramente.

Kamran olhou para longe. Novamente, ele não disse nada.

O rei Zaal suspirou.

— Eu vi a forma do seu coração desde o momento em que você abriu os olhos pela primeira vez. Toda sua vida, fui capaz de entender suas ações... Fui capaz de encontrar sentido mesmo em seus erros. — Ele fez uma pausa. — Mas nunca tive tanta dificuldade como agora. Não consigo entender seu interesse permanente por essa garota, e suas ações começaram a me assustar mais do que gostaria de admitir.

— *Essa garota*? — Kamran voltou-se; seu peito ficou de repente apertado. — Não há nada para discutir sobre ela. Pensei que tínhamos encerrado esta conversa. Esta manhã, de fato.

— Também pensei — disse o rei, parecendo subitamente cansado. — E, no entanto, já recebi relatos de seu incomum comportamento na Casa Baz. Já há uma discussão sobre sua... Sua *melancolia*, como ouvi dizer.

A mandíbula de Kamran se contraiu.

— Você defendeu uma jovem de *snoda*, não defendeu? Defendeu-a em voz alta, desrespeitando sua tia e aterrorizando a governanta.

Em silêncio, o príncipe murmurou um xingamento.

— Diga-me — disse o rei —, essa não era a mesma garota que queríamos eliminar? A mesma *criada* vinculada à minha morte? Aquela que quase o levou para as nossas masmorras?

Os olhos de Kamran brilharam de raiva. Ele não podia mais entorpecer a raiva que ainda sentia pela recente traição do avô, nem poderia suportar mais essas exibições condescendentes de superioridade. Estava cansado delas; cansado dessas inúteis conversas.

O que ele tinha feito de errado, afinal?

Ainda naquele dia fora para a Casa Baz apenas para cumprir o dever cobrado pelo rei; não tinha planejado o resto. Não era como se tivesse a pretensão de fugir com a garota, ou pior, se casar com ela; torná-la rainha de Ardunia. Kamran ainda não estava pronto para admitir a si mesmo toda a verdade: que, em um ataque de loucura, certamente poderia ter tentado fazer dela sua rainha, se ela assim o tivesse permitido.

Ele não via sentido em insistir naquilo.

Kamran nunca mais veria Alizeh, disso estava certo, e não achava que merecia ser tratado assim pelo avô. Ele iria ao baile naquela noite; acabaria por se casar com a jovem considerada mais apropriada para ele, e, com grande amargura, não se envolveria enquanto seu avô continuasse a fazer planos para matar a moça. De sua parte, os erros não eram irreversíveis; nenhum deles merecia tal condenação implacável.

— Ela deixou cair um balde de água no chão — falou o príncipe, irritado. — A governanta ia expulsá-la por isso. Intercedi apenas para manter o emprego da garota por tempo suficiente, para que ela ficasse na residência. Vasculhar o quarto dela, como o senhor se lembra, era a minha única missão, e a demissão teria frustrado nossos planos. Ainda assim, meus esforços foram em vão. Ela foi prontamente atirada na rua; o quarto estava vazio quando o encontrei.

O rei cruzou as mãos atrás das costas, girando totalmente para desafiar o neto. Ele encarou Kamran por um longo tempo.

— A perfeita conveniência da demissão dela não lhe parece estranha? Não lhe ocorreu, então, que ela provavelmente orquestrara a cena? Que ela o viu, suspeitou de seu objetivo, e planejou o momento de sua saída, assim escapando de todo tipo de escrutínio?

Kamran hesitou.

Uma onda de incerteza o desorientou por um momento; ele precisou de um único segundo para rever as memórias, considerar e descartar absolutamente a premissa da duplicidade de Alizeh; Kamran teria conseguido negar a acusação se tivesse tido um instante a mais. Em vez disso, a pausa para reflexão lhe custou sua credibilidade.

— Você me decepciona — disse o rei. — Quão maleável se tornou sua mente diante de uma inimiga tão óbvia. Não posso mais fingir que não estou totalmente perturbado. Diga-me, ela é assim tão linda? E você... Você tão facilmente fica de joelhos?

A mão do príncipe apertou o cabo de sua clava.

— Com que rapidez o senhor calunia meu caráter, Vossa Majestade. Imaginou que eu silenciosamente aceitaria tal difamação da minha pessoa... Que eu não contestaria acusações tão ridículas, tão desviadas da verdade, que não poderiam jamais significar...

— Não, Kamran, não, eu esperava desde o início que você fingisse indignação, como faz agora.

— Eu não fin...

— Chega, criança. É o suficiente. — O rei fechou os olhos, agarrou o corrimão da ponte levadiça. — Este mundo procura em cada momento me abandonar, e acho que não tenho tempo e recursos necessários para puni-lo por sua tolice. É bom, pelo menos, que tenha essas desculpas prontas. Suas explicações devem ser robustas e os detalhes, bem considerados.

O rei Zaal abriu os olhos e estudou o neto.

— Eu me conforto — disse o rei calmamente — em saber que você faz o esforço agora para esconder suas ações indignas, pois suas mentiras indicam, no mínimo, que possui consciência das falhas. Só posso rezar para que seu julgamento seja vitorioso, no final.

— Vossa Majestade...

— O rei tulaniano estará presente no baile esta noite, como você sem dúvida já ouviu.

Com grande esforço, Kamran engoliu os xingamentos, pedindo a si mesmo que ficasse calmo.

— Sim. — Ele mordeu a língua.

O rei Zaal assentiu.

— Não se deve brincar com o jovem rei deles, Cyrus. Ele assassinou o próprio pai, como você também deve saber, para lhe roubar o trono, e sua vinda ao baile esta noite, embora não seja um presságio de guerra, é sem dúvida uma hostilidade que devemos abordar com cautela.

— Concordo plenamente.

— Bom. Muito b...

O avô respirou fundo, perdendo o equilíbrio por um momento alarmante.

Kamran pegou o rei Zaal pelos braços, firmando-o enquanto seu coração disparava, agora com medo. Não importava quanto se enfurecesse contra o avô ou quanto ele fingira detestar aquele homem; a verdade sempre esteve ali, no terror que calmamente o agarrou com a perspectiva de perdê-lo.

— O senhor está bem, Vossa Majestade?

— Meu querido menino — disse o rei, seus olhos se fechando brevemente. Ele estendeu a mão, apertou o ombro do príncipe. — Você deve se preparar. Em breve serei incapaz de poupá-lo da visão de um campo encharcado de sangue, embora o Senhor saiba que tentei, nestes últimos sete anos.

Kamran congelou ao ouvir isso; sua mente agarrando-se a uma assustadora suposição.

Toda a sua vida ele se perguntara por que, após o assassinato brutal, o rei não tinha vingado a morte do filho, por que não havia derramado a fúria dos sete infernos sobre o império do Sul. Nunca fizera sentido para o jovem príncipe e, ainda assim, ele nunca o questionou, pois temia, mesmo muito depois da morte do pai, que essa vingança significaria que ele também perderia o avô.

— Não entendo — disse Kamran, a voz agora carregada de emoção. — O senhor quer dizer que fez as pazes com Tulan... Por minha causa?

O rei sorriu tristemente. Sua mão caiu do ombro do príncipe.

— Você fica chocado — disse — ao descobrir que também tenho um coração frágil? Uma mente fraca? Que também fui imprudente? Na verdade, tenho sido egoísta. Tomei decisões... Decisões que afetariam a vida de milhões... Que foram motivadas não pela sabedoria da minha mente, mas pelos desejos do meu coração. Sim, minha criança — afirmou ele suavemente —, fiz isso por você. Eu não podia suportar vê-lo sofrer, mesmo sabendo que o sofrimento era inevitável. Nas primeiras horas da manhã, tentei — o rei prosseguiu — assumir minhas próprias falhas, punindo-o da maneira que um rei deve punir qualquer homem que se mostre desleal. Foi um exagero, veja. Uma maneira de compensar uma vida toda de contenção.

— Vossa Majestade. — O coração de Kamran estava batendo forte. — Eu ainda não entendi.

O rei Zaal sorriu ainda mais, com os olhos brilhando de emoção.

— Minha maior fraqueza, Kamran, sempre foi você. Sempre quis abrigá-lo. Protegê-lo. Depois que o seu... — Ele hesitou, respirou fundo — ... depois daquilo, eu não suportaria me separar de você. Durante sete anos consegui adiar o inevitável, convencer nossos líderes a baixarem as espadas e permanecer em paz. Mas, como estou agora no final da minha vida, vejo que apenas adicionei mais peso ao seu fardo. Ignorei meus próprios instintos em troca de uma ilusão de alívio. A guerra está chegando — sussurrou. — Faz muito tempo que se aproxima. Só espero não o ter deixado despreparado para enfrentá-la.

TRINTA E DOIS

سی و دو

Alizeh deixou a bolsa de tapeçaria no chão, perto da entrada de serviço da Casa Follad, muito ansiosa para largar a bagagem por um momento. A grande caixa que continha seu vestido, porém, ela apenas ajeitou em seus braços cansados, sem querer colocá-la no chão, a não ser que fosse absolutamente necessário.

O longo dia estava longe de terminar, mas, mesmo diante das muitas dificuldades, a garota estava esperançosa. Após um banho minucioso no *hamam*, sentiu-se nova em folha, impulsionada pela percepção de que seu corpo não seria martirizado de novo por intermináveis horas de trabalho pesado. Mesmo assim, era difícil ficar entusiasmada de verdade, pois Alizeh sabia que, se as coisas corressem mal naquela noite, seria obrigada a encontrar um emprego parecido novamente.

Ela transferiu o peso para a outra perna; tentou acalmar seus nervos.

Na noite anterior, a Casa Follad lhe parecera terrivelmente imponente, mas, à luz do dia, era ainda mais impressionante. Ela não havia notado antes quão vastos eram os jardins que a circundavam, nem quão bem cuidados, e desejou não ter tido oportunidade para notar tais detalhes agora.

Alizeh não queria estar ali.

Ela estava evitando o máximo possível esta última, inevitável tarefa do dia, tendo chegado ali apenas para devolver o vestido inacabado da srta. Huda e aceitar com graça as críticas e a condenação que sem dúvida lhe seriam dirigidas. Era um eufemismo dizer que ela não ansiava por tal experiência.

A jovem já havia batido na porta e sido recebida pela sra. Sana, que, por milagre, não descartou de imediato uma criada de *snoda* solicitando um encontro com a jovem dona da casa. Contudo, a mulher tinha exigido saber a natureza da visita, e Alizeh hesitou, dizendo apenas que precisava falar com a srta. Huda diretamente. A governanta olhou por muito tempo para a linda caixa de roupas nos braços de Alizeh e, sem dúvida, concebeu uma explicação satisfatória para a visita, uma explicação que Alizeh não fez nenhum esforço para negar.

Agora Alizeh esperava ansiosamente pela srta. Huda, que iria recebê-la assim que possível. Apesar do frio cortante, ela estava preparada para esperar por algum tempo caso a jovem senhorita tivesse saído, mas, mesmo ali, ela teve também um golpe de sorte inesperado. Na verdade, apesar dos desafios recentes que enfrentara, quase sendo assassinada, perdendo o emprego e ficando sem casa novamente, ela se sentia também a improvável receptora de boa sorte. Em meio a tudo aquilo, Alizeh tinha descoberto razões bastante sólidas para manter o otimismo, sendo as principais:

Em primeiro lugar, seu pescoço e suas mãos estavam curados, o que por si só já era um motivo de celebração, pois não só fora um alívio livrar-se da coleira em torno do pescoço e ter o pleno uso de seus dedos novamente; além disso, os curativos de linho coçavam e se sujavam facilmente, o que a incomodava mais do que o razoável. Em segundo lugar, Hazan deixou-lhe um vestido de tirar o fôlego para usar no baile daquela noite, o que não apenas a pouparia da tarefa e do possível custo de fazer um artigo tão complicado em pouco tempo, como também da necessidade de encontrar um espaço seguro para trabalhar. Isso sem mencionar o fato de que o vestido era dotado, de alguma forma, de magia — magia que supostamente ocultaria sua identidade de quem lhe desejasse mal.

Esta era talvez a maior sorte de todas.

Alizeh, que sabia que não poderia usar o *snoda* no baile real, decidira apenas manter os olhos baixos durante toda a noite, levantando o olhar apenas quando necessário. Essa solução alternativa era infinitamente preferível.

Ainda assim, estava cautelosa, pois sabia que o vestido era de uma safra extremamente rara. Mesmo a realeza de Ardunia não usava vestimentas mágicas, a menos que estivessem no campo de batalha... E, mesmo assim, havia limites para as proteções que as roupas poderiam fornecer, pois não existia magia forte o suficiente para repelir a morte. Além do mais, apenas uma técnica complicadíssima poderia fornecer uma proteção personalizada para o usuário de uma peça de vestuário, e poderia ser realizada apenas por um Profeta experiente, dos quais havia poucos.

A magia, Alizeh sabia há muito tempo, era extraída como qualquer outro mineral: diretamente da terra. Ela tinha certeza de onde o império escavava o precioso recurso, pois não só era feito com relativo sigilo, como era diferente da magia que Alizeh conhecia das montanhas de Arya. A que pertencia aos seus ancestrais era de uma linhagem mais rara e, embora muitos esforços dos Argilas tivessem sido empregados ao longo de milênios, o material arcano provou ser impossível de ser escavado.

Ainda assim, todos os tipos de magia arduniana existiam apenas em pequenas e finitas quantidades, e não podiam ser manipuladas pelos não iniciados, pois matavam com facilidade qualquer um que manuseasse as substâncias voláteis de maneira errada. A população de Profetas era, por isso, muito pequena; ensinava-se pouco sobre magia às crianças ardunianas, a menos que mostrassem um interesse verdadeiro em profecias, e apenas algumas eram escolhidas a cada ano para estudar o assunto.

Assim, Alizeh não podia imaginar como Hazan fora capaz de adquirir tais itens raros para ela. Primeiro o *nosta*, e agora o vestido?

Ela respirou fundo outra vez, exalando no frio. O sol estava desaparecendo no horizonte, fragmentando a cor pelas colinas, levando consigo o pouco calor que restava no céu.

A garota já estava esperando pelo menos por trinta minutos, do lado de fora, com um casaco fino e cabelos úmidos. Sem chapéu nem lenço para cobrir os cachos congelados, ela batia os pés, franzindo a testa para o sol fugidio, preocupando-se com os minutos que restavam da luz do dia.

O chão sob os pés estava grosso com a púrpura decadente das folhas aparentemente recém-caídas do pequeno bosque de árvores que cercava a magnífica casa. Os galhos fantasmagóricos recém-despidos formavam um arco trêmulo, um se estendendo em direção ao outro, curvando-se para dentro de forma não muito diferente das patas tortas de uma aranha de muitas pernas, com a intenção de devorar a presa.

Foi então, enquanto Alizeh se dedicava a essa perturbadora imagem em sua mente, que a pesada porta de madeira abriu-se com um rangido, revelando o rosto atormentado e a forma aborrecida da própria srta. Huda.

Alizeh fez uma reverência.

— Boa tarde...

— *Nem um pio* — disse a jovem asperamente, agarrando Alizeh pelo braço e puxando-a para dentro.

Alizeh conseguiu agarrar a bolsa antes que saíssem em disparada, correndo descontroladamente pela cozinha e pelos corredores, a incômoda bagagem batendo contra as paredes e os pisos conforme ela lutava para acompanhar os movimentos bruscos da srta. Huda.

Quando enfim pararam de correr, Alizeh cambaleou para a frente com a força da inércia, tropeçando um pouco ao ouvir o som de uma porta batendo.

Sua caixa e bolsa caíram no chão com baques consecutivos, e só depois Alizeh se firmou, virando-se a tempo de ver a srta. Huda lutando para recuperar o fôlego, olhos fechados enquanto ela apoiava as costas na porta fechada.

— Nunca — disse a srta. Huda, ainda tentando respirar. — Nunca, nunca apareça sem avisar. *Nunca*. Entendeu?

— Sinto muito, senhorita. Não pensei...

— Só consegui marcar nosso último encontro porque fingi receber uma grande amiga em uma noite que *sabia* que a família tinha sido convidada para jantar, mas agora *todos* estão em casa, preparando-se para o baile, e é por isso que a minha dama de companhia deveria ir até *você* pegar o vestido e, *ai*, se mamãe descobrir que eu a contratei para fazer um vestido, serei reduzida a pouco mais do que um saco ensanguentado e contorcido na rua, pois ela *literalmente* arrancará todos os membros do meu corpo.

Alizeh piscou. O *nosta* não pareceu nem quente nem frio contra sua pele em resposta a isso, e Alizeh não entendeu sua falta de reação.

— Certamente a senhorita não... A senhorita não quer dizer isso *literalmente*...

— Eu falo muito sério — a srta. Huda retrucou. — Mamãe é o diabo encarnado.

Alizeh, que conhecia o diabo pessoalmente, franziu a testa.

— Perdoe-me, senhorita, mas isso não é…

— E agora, como vou tirar você daqui? — A srta. Huda passou as mãos pelo rosto. — Papai receberá convidados a qualquer minuto e, se um único deles vir você, se até mesmo um criado vir você, oh, céus, mamãe certamente me matará enquanto durmo.

Mais uma vez, o *nosta* não reagiu, e por um único e aterrorizante momento Alizeh pensou que o objeto poderia estar quebrado.

— Ah, isso é ruim — disse a srta. Huda. — Isso é muito, muito ruim…

O *nosta* ficou subitamente quente.

Não estava quebrado, então.

Alizeh experimentou uma onda de alívio rapidamente suplantada por consternação. Se a pequena esfera de vidro não estava quebrada, então talvez a srta. Huda que não tivesse certeza da veracidade de suas declarações. Talvez, pensou Alizeh um pouco alarmada, a jovem não tivesse certeza se a mãe poderia matá-la.

Alizeh estudou a figura em pânico e exausta da moça à sua frente e se perguntou se a srta. Huda não estava com mais problemas em casa do que deixava transparecer. Ela sabia que sua mãe tinha se mostrado abertamente cruel, mas a srta. Huda nunca descrevera a mulher como uma ameaça física.

Calmamente, Alizeh perguntou:

— Sua mãe é mesmo tão violenta?

— O quê? — A srta. Huda levantou os olhos.

— A senhorita está genuinamente preocupada com a possibilidade de que sua mãe a mate?? Porque, se acredita que ela é uma séria ameaça à sua vi…

— Perdão? — A srta. Huda ficou boquiaberta. — Você não sabe o que é uma hipérbole? Claro que não estou *genuinamente* preocupada com a possibilidade de que a minha mãe me mate. Estou em pânico. Não tenho permissão de florear um pouco a verdade quando estou em pânico?

— Eu... Sim — respondeu Alizeh, calmamente limpando a garganta. — Eu apenas quis dizer... Isto é, eu queria apenas verificar se estava de fato temendo por sua segurança. Estou aliviada.

Ao ouvir isso, a srta. Huda de repente ficou em silêncio.

Encarou Alizeh por um longo tempo, encarou-a como se ela não fosse uma pessoa, mas um enigma. Era um olhar reprovador, que realmente deixou Alizeh desconfortável.

— E o que, dê-me a honra de saber — disse finalmente a srta. Huda —, você pretendia fazer com relação a isso?

— Perdão?

— Se eu tivesse dito — explicou a srta. Huda com um suspiro — que a minha mãe gostaria mesmo de me matar, o que você teria feito? Pergunto, pois você me pareceu, por um momento, bem determinada. Como se tivesse um plano.

Alizeh sentiu-se corar.

— Não, senhorita — respondeu baixinho. — De jeito nenhum.

— Você tinha, sim, um plano — insistiu a srta. Huda, com o pânico anterior se dissipando agora. — Não adianta negar, então diga. Vamos ouvi-lo. Vamos ouvir o seu plano para me salvar.

— Não era um plano, senhorita. Apenas... tive uma ideia.

— Você admite, então? Que teve uma ideia para me salvar de uma mãe assassina?

Alizeh baixou os olhos e não respondeu. Ela achou que a srta. Huda estava sendo cruel de uma maneira inaceitável.

— Muito bem, então — disse a jovem, atirando-se em uma poltrona de modo teatral. — Não precisa falar em voz alta se considera a confissão muito sofrível. Só fiquei curiosa. Afinal, você mal me conhece, estava apenas me perguntando por que se importaria comigo.

O *nosta* aqueceu.

Espantada, Alizeh falou:

— Você estava se perguntando por que eu me importaria se a sua mãe realmente quisesse matá-la?

— Não foi isso que acabou de dizer?

— A senhorita está... Está falando sério?

Alizeh sabia que a srta. Huda estava, sim, falando sério, mas por algum motivo não conseguiu evitar a pergunta.

— É claro que estou. — A srta. Huda endireitou-se na poltrona. — Alguma vez lhe pareci interessada em sutilezas? Na verdade, sou conhecida pela minha sinceridade, e ouso dizer que a minha mãe odeia essa minha falta de refinamento mais do que odeia a minha silhueta. Ela diz que a minha boca e os meus quadris são um produto daquela *mulher*, daquela *outra mulher*... É assim que ela se refere, é claro, à minha mãe biológica.

Alizeh manteve o silêncio em resposta ao esforço óbvio da srta. Huda de chocá-la, e por isso a jovem ergueu as sobrancelhas.

— Será possível que você não soubesse? Isso a tornaria a única pessoa em Setar que desconhece as minhas origens, a minha famigerada história, já que meu pai se recusava a esconder seus pecados da sociedade. Ainda assim, sou considerada ilegítima, a filha bastarda de um nobre com uma cortesã. Não é segredo para ninguém que nenhuma das minhas mães me quis.

Alizeh continuou calada. Não ousava falar.

A fingida indiferença da srta. Huda era tão óbvia que se tornava quase triste de assistir; Alizeh não sabia se chacoalhava a moça ou se a abraçava.

— Sim — respondeu Alizeh, por fim. — Eu sabia.

Então, ela viu um lampejo de emoção nos olhos da srta. Huda, algo como alívio, ali apenas por um momento, antes de desaparecer. E, assim, o coração de Alizeh começou a amolecer.

A srta. Huda estava preocupada.

Estava preocupada com o fato de Alizeh, uma criada de baixo escalão, não saber de sua origem; preocupada que essa criada pudesse descobrir e julgá-la duramente. A tentativa da senhorita de escandalizar o fato fora, na verdade, um esforço para antecipar tal revelação e poupar-se da perda dolorosa da bondade, ou amizade, caso fosse descoberta.

Esse era um medo que Alizeh entendia bem. Mas que a srta. Huda se incomodasse com a opinião inútil de uma criada de *snoda* mostrou a Alizeh quão profundas eram as inseguranças da jovem; essa era uma informação que ela guardaria na mente, para não esquecer.

Calmamente, Alizeh disse:

— Eu teria encontrado uma forma de proteger a senhorita.

— O quê?

— Se tivesse me contado — esclareceu Alizeh — que sua mãe estava tentando mesmo matá-la. Eu teria encontrado uma forma de proteger a senhorita.

— Você? — A srta. Huda riu. — *Você* me protegeria?

Alizeh baixou a cabeça, lutando contra uma nova onda de irritação.

— A senhorita me pediu uma confissão... E essa ideia passou pela minha mente. Só isso.

Houve um breve silêncio.

— Está mesmo falando sério — afirmou a jovem, por fim.

Alizeh virou-se para o som suave da voz da garota. Ela ficou surpresa ao descobrir que o sorriso de escárnio sumira do rosto da srta. Huda; os olhos castanhos estavam arregalados com um sentimento puro. Ela pareceu, de repente, muito jovem.

— Sim, senhorita — confirmou Alizeh. — Estou falando sério mesmo.

— Pelos céus. Você é uma garota muito estranha.

Alizeh respirou fundo. Era a segunda vez naquele dia que alguém a acusava de ser estranha, e ela não tinha certeza de como se sentia sobre isso.

Decidiu mudar de assunto.

— Passando ao que interessa — disse —, vim falar sobre seu vestido.

— Ah, *sim* — afirmou a srta. Huda, ansiosamente se levantando e se movendo em direção à grande caixa. — É esse, então? Posso abrir...

Alizeh correu para a caixa e a pegou, apoiando-a contra o peito. Deu vários passos para trás enquanto seu coração batia forte contra o peito.

— Não — rebateu rapidamente. — Não, isto aqui... Isto é outra coisa. Para outra pessoa. Na verdade, vim aqui para lhe dizer que não terminei seu vestido. Que, na verdade, não vou conseguir terminá-lo.

Os olhos da srta. Huda se arregalaram de indignação.

— Você... Mas como você *pode*...

— Fui dispensada da minha posição na Casa Baz — explicou Alizeh rapidamente, agarrando logo a bolsa. — Eu queria muito terminar a encomenda, senhorita, mas não tenho lugar para morar nem para trabalhar, e as ruas estão tão frias que mal consigo segurar uma agulha sem que meus dedos fiquem dormentes...

— Você me *prometeu*... Você disse... Disse que seria feito a tempo do baile...

— Sinto muito — pediu Alizeh, agora avançando devagar em direção à porta. — Realmente sinto muito, e posso imaginar sua decepção. Vejo agora que devo ir, pois já atrapalhei demais o seu dia, embora, é claro, tenha de deixar o vestido. — Ela abriu o fecho da bolsa, pegou o vestido. — Não vou incomodá-la.

— *Não se atreva.*

Alizeh congelou.

— Você disse que precisava de um lugar para trabalhar? Bem aqui. — A srta. Huda gesticulou para o cômodo. — Pode ficar e terminar o trabalho. Você pode sair discretamente assim que todos forem para o baile.

A bolsa de tapeçaria escorregou dos dedos congelados de Alizeh e caiu com um baque surdo no chão.

A sugestão era ultrajante.

— A senhorita quer que eu termine agora? — questionou Alizeh. — Aqui? No seu quarto? Mas e se uma empregada entrar? E se sua mãe precisar da senhorita? E se...

— Ah, não sei — exasperou-se a srta. Huda. — Mas não vejo como você poderia sair agora, de qualquer forma, pois os convidados do meu pai já chegaram... — Ela olhou para o relógio na parede, com seu pêndulo dourado oscilante. — Sim, com certeza já chegaram, o que significa que a casa estará lotada com todos os embaixadores antes do baile, já que são tão pontuais...

— Mas... Talvez eu pudesse sair pela janela?

A srta. Huda a encarou.

— Você não vai fazer isso. Não só a ideia é absurda, como quero meu vestido. Não tenho mais nada para vestir, e você, como bem admitiu, não tem mais nada para fazer. Não foi isso que disse? Que foi dispensada do seu emprego?

Alizeh fechou os olhos com força.

— Sim.

— Então não tem ninguém esperando por você, e nenhum lugar aquecido para ir nesta noite de inverno?

Alizeh abriu os olhos.

— Não.

— Então não entendo sua hesitação. Agora tire de uma vez essa monstruosidade que cobre o seu rosto — disse a srta. Huda, acenando com o queixo. — Você não é mais uma criada para usar *snoda*; agora é costureira.

Alizeh levantou os olhos, sentiu uma chama se acender em seu coração. Ela apreciou a tentativa da jovem de levantar o seu ânimo, mas a srta. Huda não compreendia. Se Alizeh tivesse que esperar até que todos partissem da Casa Follad, ela chegaria muito atrasada. Como não tinha escolha a não ser chegar ao evento a pé, planejou sair muito mais cedo. Mesmo com velocidade sobrenatural, ela não conseguia se mover tão rápido quanto uma carruagem, e certamente não ousaria correr rápido demais usando um vestido tão delicado.

Omid se perguntaria se ela o havia abandonado. Hazan se perguntaria se tinha conseguido chegar em segurança ao baile.

Ela não podia chegar atrasada. Simplesmente não podia. Havia muita coisa em jogo.

— Por favor, senhorita. Preciso mesmo ir. Eu sou... Na verdade, sou uma jinn — confessou Alizeh de modo nervoso, empregando agora a única tática que lhe restava. — A senhorita não precisa se preocupar que eu seja vista, pois posso me tornar invisível quando...

Os olhos da srta. Huda se arregalaram de espanto.

— Sua audácia me choca. Você ao menos sabe com quem está falando? Sim, sou uma filha bastarda, mas sou a filha bastarda de um embaixador arduniano — esbravejou ela, ficando visivelmente irritada. — Ou se esqueceu de que está agora na casa de um oficial da coroa? Como tem coragem para sequer ousar sugerir, na minha presença, fazer algo tão decididamente ilegal eu não consigo entender...

— Perdoe-me — disse Alizeh, em pânico. Só agora que estava sendo repreendida ela se deu conta de seu erro; uma pessoa diferente poderia já ter chamado os magistrados. — Eu não estava pensando com clareza... Apenas tive a intenção de sugerir uma solução para um problema óbvio, e eu...

— O problema mais óbvio, acho, é que você me fez uma promessa que quebrou sem a menor cerimônia. — A srta. Huda estreitou os olhos. — Você não tem uma boa desculpa para não terminar o trabalho, e exijo que você o faça agora.

Alizeh tentou respirar. Seu coração disparou perigosamente no peito.

— Bem? Vá em frente, então — pediu a srta. Huda, sua raiva diminuindo aos poucos. Ela gesticulou de modo frouxo para a máscara da garota. — Considere esse o início de uma nova era. Um recomeço.

Alizeh fechou os olhos.

Ela se perguntou se o *snoda* ainda importava. De uma forma ou de outra, ela iria embora de Setar no final da noite. Nunca veria a srta. Huda de novo, e Alizeh duvidava que a garota fosse fofocar sobre a cor estranha de seus olhos — algo que ela provavelmente não entenderia, já que a maioria dos Argilas não tinha estudado a história dos jinns e não saberia a importância disso.

Nunca era por medo das massas que Alizeh escondia o rosto; era por medo de um único e cuidadoso par de olhos. Se fosse descoberta pelo estranho errado, ela sabia que sua vida estaria arruinada; de fato, sua posição precária naquele exato momento era a prova disso. De alguma forma, impossivelmente, Kamran tinha visto algo de diferente em sua astúcia, tinha visto até mesmo através de seu *snoda.*

Em todos aqueles anos, ele tinha sido o único.

Alizeh respirou fundo e tentou esquecê-lo, tentou poupar seu coração de pensamentos sobre ele. Em vez disso, de súbito ela pensou em seus pais, que sempre se preocuparam com seus olhos, sempre se preocuparam com sua vida. Eles nunca perderam a esperança de que ela recuperasse a terra — e a coroa — que acreditavam ser dela por direito.

Alizeh fora criada desde a infância para recuperá-la.

O que pensariam se a vissem agora? Desempregada, sem ter onde morar, à mercê de uma senhorita qualquer. Alizeh sentiu-se um pouco envergonhada de si mesma, de sua impotência naquele momento.

Sem uma única palavra, ela desamarrou o *snoda,* retirou-o de cima dos olhos e, relutantemente, deixou a seda deslizar por entre os dedos. Quando Alizeh enfim levantou o olhar, encontrando os olhos da moça, a srta. Huda ficou rígida de medo.

— Pelos céus. — Ela ofegou. — É você.

TRINTA E TRÊS

سی و سه

Kamran se encolheu.

A costureira o espetou com mais um alfinete, cantarolando baixinho para si mesma conforme trabalhava, puxando aqui, dobrando ali. A mulher era ou distraída, ou sem coração, ele ainda não tinha se decidido. Não parecia se importar que estivesse o mutilando, nem mesmo quando ele pediu, repetidas vezes, para parar com aqueles atos de fútil crueldade.

Ele olhou para a costureira, a velha em um vestido de veludo de estatura tão diminuta que mal alcançava a sua cintura e que se debruçava sobre ele agora em cima de um banquinho. Ela cheirava a berinjela caramelizada.

— Madame — disse ele concisamente —, ainda não terminamos?

Ela se assustou com o som de sua voz e o espetou mais uma vez, fazendo Kamran respirar fundo. A senhora piscou os grandes olhos de coruja para ele; olhos que ele sempre achava desconcertantes.

— Quase lá, Vossa Alteza — respondeu ela com uma voz desgastada. — Falta pouco agora. Só mais alguns minutos.

Silenciosamente, Kamran suspirou.

Ele detestava aqueles acessórios e não conseguia entender por que precisava deles, não quando já possuía um guarda-roupa inteiro cheio de roupas ainda não usadas, qualquer uma das quais teria sido apropriada para as festividades daquela noite.

De qualquer forma, aquilo era obra de sua mãe.

A princesa o havia interceptado no exato momento em que ele entrara no palácio, recusando-se a ouvir uma palavra sensata. Ela insistiu, apesar dos protestos de Kamran, que tudo o que o rei e seus oficiais tinham para falar poderia esperar e que estar vestido adequadamente para os convidados era muito mais importante. Além disso, ela jurou, a prova levaria apenas um momentinho. *Um momentinho.*

Fazia quase uma hora.

Ainda assim, era bem possível, Kamran considerou, que a costureira estivesse o alfinetando agora por vingança. O príncipe não dera atenção à mãe quando chegou, nem tinha se recusado de pronto a acompanhá-la. Em vez disso, escapara com uma vaga promessa de voltar. Um inimigo no campo de batalha ele poderia atravessar com uma espada, mas sua mãe em posse de uma costureira na noite do baile...

Ele não estava devidamente armado contra tal adversária, e tinha resolvido ignorá-la.

Passara três horas discutindo sobre as possíveis motivações do rei de Tulan com Hazan, o avô e um seleto grupo de funcionários e, quando enfim voltou para seu closet, sua mãe atirou uma lamparina nele.

Milagrosamente, Kamran se esquivou do projétil, que caiu no chão, causando um pequeno incêndio no momento do impacto. A princesa ignorou o fogo por completo, aproximando-se do filho com um brilho violento nos olhos.

— Cuidado, querido — disse ela suavemente. — Pode lhe custar caro ignorar a própria mãe.

Kamran estava ocupado apagando as chamas.

— Receio não entender sua lógica — retrucou, carrancudo —, pois não posso imaginar que me custe qualquer coisa evitar uma mãe que sempre tem prazer em tentar me matar.

A princesa sorriu, mesmo com os olhos ainda brilhando de raiva.

— Dois dias atrás eu disse que precisava falar com você. Dois dias esperei para ter uma simples conversa com meu próprio filho. Dois dias fui ignorada repetidamente, mesmo que você tenha tempo para passar uma manhã inteira com a sua querida tia.

Kamran franziu a testa.

— Eu não...

— Sem dúvida você esqueceu — disse ela, interrompendo-o. — Sem dúvida meu pedido saiu da sua cabeça bonita no mesmo momento em que foi feito. Tão rapidamente sou esquecida.

Em resposta, Kamran ficou em silêncio, pois, se ela realmente pedira um momento de seu tempo, ele não conseguia se lembrar de tal convocação.

Sua mãe se aproximou.

— Em breve — disse — serei tudo o que resta neste palácio. Você vai andar pelos corredores sem amigos, sozinho, e aí vai me procurar.

Você vai querer sua mãe apenas quando tudo o mais estiver perdido, e não prometo que vai me encontrar com facilidade.

Kamran sentiu uma sensação enervante passar por seu corpo; um pressentimento que ele não conseguia nomear.

— Por que a senhora diz essas coisas? Do que está falando?

A princesa já estava indo embora, sem outra palavra. Kamran quase a seguiu, mas foi detido pela chegada da costureira, madame Nezrin, que entrou no closet imediatamente após a saída de sua mãe.

Mais uma vez, Kamran se encolheu.

Mesmo que merecesse, ele não achava que madame Nezrin deveria ser autorizada a alfinetá-lo impunemente. No mínimo, ela devia tomar mais cuidado. A mulher era a costureira mais confiável da coroa; trabalhava com a família real desde o início do reinado do avô. Na verdade, Kamran muitas vezes se maravilhava com o fato de ela não ter ficado cega até agora.

Bem, talvez ela tivesse ficado.

Não parecia haver outra explicação para os ridículos trajes que ele regularmente descobria em seu guarda-roupa. As ideias dela eram meticulosamente executadas, mas antiquadas; ela o vestia como se estivessem em outro século. E Kamran, que sabia pouco de moda e tecidos, sabia apenas que não gostava de suas roupas; mas não tinha alternativas para propor e, como resultado, sentia-se impotente diante de tal problema básico, o que o levava à loucura. Certamente, o simples ato de se vestir não deveria inspirar em uma pessoa tal tormento.

Mesmo agora ela o vestia em camadas de brocado de seda, apertando as longas vestes cor de esmeralda na cintura com ainda mais seda, desta vez um cinto cravejado de joias tão pesado que teve de ser preso com um alfinete no lugar. Em seu pescoço, havia ainda mais do material horrível: um lenço verde pálido, translúcido, artisticamente atado. A seda parecia áspera como uma lixa sobre sua pele.

A camisa, pelo menos, era de um linho conhecido e confortável.

Em uma única ocasião, da qual já se arrependera, ele dissera à sua mãe — distraidamente — que aquela seda parecia uma *boa ideia*, e agora tudo o que ele possuía era uma abominação.

A seda, como ele viria a descobrir, não era o tecido macio e confortável que esperava; não, era um tecido barulhento e detestável que irritava a pele. A gola rija das vestes que agora cravavam seu pescoço não pareciam muito diferentes do fio de uma faca cega, e ele virou a cabeça bruscamente, incapaz de ficar parado por mais tempo, pagando sua impaciência com mais uma agulhada na costela.

Kamran fez uma careta. A dor o tinha pelo menos distraído das palavras de despedida de sua mãe.

O sol começara a descer no céu, projetando a luz rosa e alaranjada através das janelas de treliça da sala, os vãos geométricos gerando um caleidoscópio de formas alongadas ao longo das paredes e do piso, dando-lhe um ponto ideal para focar os olhos e também os pensamentos. Cedo demais, os convidados começariam a chegar ao palácio e, em breve, ele deveria recebê-los. Um convidado, em especial.

Como se não tivesse sofrido o suficiente naquele dia.

As notícias de Tulan eram menos angustiantes do que Kamran esperava e, ainda assim, de alguma forma, muito piores.

— Lembre-me novamente, ministro, por que diabos o homem foi convidado?

Hazan, que estava quieto no canto, agora limpou a garganta. Olhou de Kamran para a costureira, seus olhos se arregalando em advertência.

Kamran franziu o cenho.

Nada disso era culpa de Hazan — logicamente, o príncipe entendia isso —, mas a lógica não parecia importar para os seus nervos desgastados. Kamran estivera de mau humor o dia todo. Tudo o incomodava. Tudo era insuportável. Ele lançou um olhar irritado a Hazan, que se recusou terminantemente a sair do lado do príncipe na sequência das notícias recentes.

O ministro apenas o encarou.

— Não faz quase nenhum sentido você estar aqui — falou o príncipe com irritação. — Você deveria voltar para os seus aposentos. Sem dúvida tem preparativos para fazer antes que a noite comece.

— Agradeço a consideração, Vossa Alteza — disse Hazan friamente. — Mas vou permanecer aqui, ao seu lado.

— Você exagera — disse o príncipe. — Além disso, se deve se preocupar com alguém, não deveria ser comigo, mas com...

— Madame — disse Hazan bruscamente. — Devo agora escoltar Vossa Alteza para uma reunião importante; a senhora poderia fazer a gentileza de terminar o trabalho em sua ausência? Sem dúvida já tem as medidas do nosso príncipe.

Madame Nezrin piscou para Hazan; ela pareceu incerta, por um momento, de qual dos dois jovens tinha falado com ela.

— Muito bem — disse. — Dará tudo certo.

Kamran resistiu ao impulso infantil de chutar alguma coisa. Com muito cuidado, a costureira soltou as vestes de seu corpo, apanhando cada artigo meticulosamente em seus pequenos braços e quase caindo ao fazer isso.

Resumidamente, a metade superior de Kamran foi deixada nua.

Kamran, que passava pouco tempo olhando para o próprio reflexo e que não estava de frente para o espelho conforme era despido, ficou inquieto ao ver-se agora tão exposto. O espelho de três painéis apareceu diante dele, revelando ângulos de seu corpo que ele raramente examinava.

Alguém lhe entregou um suéter, que Kamran aceitou sem uma palavra. Ele deu um passo hesitante para mais perto dos espelhos, passou a mão ao longo de seu torso nu.

Franziu a testa.

— O que foi? — Hazan perguntou, a raiva em sua voz tingida agora de preocupação. — Há algo de errado?

— Está diferente — disse Kamran calmamente. — Não está diferente?

Hazan aproximou-se lentamente.

Era tradição dos reis ardunianos entregar seus herdeiros, no próprio dia do nascimento da criança, para que os Profetas o marcassem com uma magia irreversível que os distinguiria para sempre como sucessores legítimos. Era uma prática roubada dos jinns, cuja realeza nascia com tais marcas, poupando seus reinos de quaisquer falsas reivindicações ao trono. A realeza dos Argilas encontrou uma maneira de incorporar tal proteção a suas próprias linhagens, embora o que antes era considerado uma precaução séria ao longo dos séculos tornou-se mais uma tradição — uma tradição que logo esqueceram ter sido emprestada de outro povo.

No dia de seu nascimento, todos os membros da realeza arduniana eram marcados pela magia, que tocava a cada um de forma diferente.

O rei Zaal havia encontrado uma constelação azul-escura, de estrelas de oito pontas, na base de seu pescoço. O próprio pai do príncipe havia descoberto linhas pretas e ramificadas ao longo de suas costas, como traços misteriosos que envolviam parcialmente seu torso.

Kamran também tinha sido marcado.

Todos os anos de sua infância, o príncipe havia assistido, com um tipo de fascinação horrorizada, a pele de seu peito e do torso dar a ilusão de estar aberta no centro, revelando em seu corte um vislumbre de folha de ouro. A marca de ouro polida aparecia, como houvesse sido pintada, bem no meio de seu corpo, atravessando do fim de seu pescoço até a base de seu abdômen.

Os Profetas prometeram que a magia exibiria sua forma final até o seu décimo segundo aniversário, e assim foi. A fenda brilhante há muito não era objeto de interesse do príncipe, pois tornara-se tão familiar para ele quanto seus olhos, a cor de seu cabelo. Era uma parte sua que ele pouco notava atualmente. Mas agora, de repente…

Parecia diferente.

O corte parecia um pouco mais largo, e o ouro, outrora fosco, parecia agora um pouco mais brilhante.

— Não vejo diferença, Vossa Alteza — respondeu Hazan, olhando para o espelho. — Está sentindo-a diferente de alguma forma?

— Não, a sensação não é diferente — explicou Kamran de maneira distraída, agora correndo os dedos ao longo da linha dourada. Sempre fora um pouco mais quente ali, no centro, mas a marca nunca doera, nunca despertara nada estranho. — Só parece… Bem, suponho que seja difícil descrever. Faz tanto tempo que não a noto.

— Talvez só pareça diferente — disse Hazan calmamente —, porque ultimamente o senhor se tornou um idiota, e a estupidez obscurece o melhor dos julgamentos.

Kamran lançou um olhar sombrio para o ministro e imediatamente colocou o suéter sobre sua cabeça, puxando-o pela barra e cobrindo o tronco. Ele olhou em volta, à procura da costureira.

— Não precisa se preocupar — disse Hazan. — Ela já se foi.

— Já se foi? — O príncipe franziu o cenho. — Mas não éramos nós que deveríamos sair daqui? Ela não pretendia ficar aqui para terminar o trabalho que começou?

— De fato. A mulher é um pouco maluca.

Kamran balançou a cabeça, desabou em uma cadeira próxima.

— Quanto tempo nós temos?

— Antes do baile? Duas horas.

Kamran lançou-lhe um olhar.

— Você sabe muito bem a que estou me referindo.

— A que está se referindo, senhor? — Hazan quase sorriu. — O rei tulaniano está com o embaixador agora. Deve chegar ao palácio dentro de uma hora.

— Céus, como eu o odeio — disse Kamran, passando a mão pelo cabelo. — Ele tem aquele tipo de rosto que deveria ser chutado com frequência.

— Isso parece um pouco injusto. Não é culpa do embaixador tulaniano ser encarregado de um império tão amplamente detestado. O cavalheiro é em si bem simpático.

Kamran virou-se de modo brusco para encarar o ministro.

— Obviamente, estou falando do rei.

Hazan franziu a testa.

— O rei? Cyrus, o senhor quer dizer? Não sabia que já o tinha encontrado pessoalmente.

— Não. Ainda não tive o prazer. Estou apenas supondo que ele tenha o tipo de rosto que deveria ser chutado com frequência.

A carranca de Hazan se dissipou ao ouvir isso; ele lutou contra outro sorriso.

— O senhor não o subestima, espero?

— Subestimá-lo? Ele matou o próprio pai. Roubou uma coroa ensanguentada do rei legítimo diante do testemunho de todos, e agora vem mostrar seu rosto sem vergonha aqui? Não, não o subestimo.

Acho-o louco. Embora eu deva dizer que temo que nossos próprios oficiais não lhe deem o devido valor, o que revela sua incompetência. Eles o subestimam pelas mesmas razões fúteis que me subestimam.

— Sua falta de experiência, quer dizer?

Kamran se virou.

— Minha idade, seu desgraçado miserável.

— Tão facilmente irritável. — Hazan abafou uma risada. — O senhor está em um estado e tanto hoje, Vossa Alteza.

— Você pode fazer um favor a todos, Hazan, e começar a administrar melhor as suas expectativas sobre o meu *estado*. É aqui que eu moro, ministro. Aqui, entre zangada e irritável, reside a minha encantadora personalidade. Isso não mudará. Você pode ser grato pela consistência, pelo menos, de minha grosseria.

O sorriso de Hazan se alargou ainda mais.

— Penso que estas são estranhas declarações do príncipe melancólico de Setar.

Kamran endureceu. Muito lentamente, ele se virou para encarar Hazan.

— Perdão?

O ministro retirou de dentro de sua jaqueta uma cópia do jornal noturno mais popular de Setar, o *Pena & Coroa*. A edição da noite era conhecida por ser descartável, uma repetição desleixada das notícias da manhã, entremeada por opiniões nada bem-vindas de seu pretensioso editor. De fato, havia pouca notícia relevante ali; era puro sensacionalismo na forma impressa, bobagem inútil. Continha cartas verborrágicas de leitores ofegantes, e era cheio de artigos como:

Sugestões para o Rei em dez itens

E ainda dedicava uma página inteira a fofocas infundadas sobre a cidade real.

— Diz aqui — começou Hazan, examinando o papel — que você é um idiota sentimental, que seu coração transbordante foi atingido duas vezes agora, antes por uma criança de rua e agora por uma criada de *snoda*...

— Me dê isso aqui — disse Kamran, saltando para arrancar o jornal das mãos de Hazan e prontamente o atirando ao fogo.

— Tenho outra cópia, Vossa Alteza.

— Seu traste desleal. Como pode ler tamanho lixo?

— Posso ter exagerado um pouco — admitiu Hazan. — Mas o artigo era realmente muito elogioso. Seus atos aleatórios de bondade para com as classes mais baixas parecem ter conquistado os corações da plebe, que parecem ansiosas para louvar suas ações.

Kamran estava apenas ligeiramente apaziguado.

— Ainda assim.

— Ainda assim — Hazan limpou a garganta. — O senhor foi gentil com uma criada de *snoda*, então?

— Não vale a pena discutir.

— Não? Mesmo tendo passado grande parte da manhã na companhia de sua tia na Casa Baz, onde nós dois sabemos que reside uma jovem de interesse? Uma jovem que usa um *snoda*.

— Ah, vá dar uma volta, Hazan. — Kamran desmoronou mais uma vez na cadeira. — O rei está bem ciente de minhas ações e minhas razões, o que deveria ser mais do que suficiente para você. Por que está me seguindo, aliás? Não penso que o rei tulaniano vá me matar na minha própria casa.

— Ele pode.

— Que vantagem ele teria? Se está tão preocupado, deveria estar protegendo o rei. Sou perfeitamente capaz de me defender.

— Vossa Alteza — disse Hazan, parecendo subitamente preocupado. — Se tem alguma dúvida sobre a vida que se aproxima, permita-me assegurar-lhe agora: o inevitável está por vir. Deve se preparar para isso.

Kamran se virou, exalando em direção ao teto.

— Você quer dizer que meu avô irá morrer.

— Quero dizer que em breve você será coroado rei do maior império do mundo desbravado.

— Sim — disse o príncipe. — Estou bem ciente disso.

Um silêncio tenso se estendeu entre eles.

Quando Hazan enfim falou, o calor desaparecera de sua voz:

— Foi uma formalidade.

Kamran olhou para cima.

— Sua pergunta — disse o ministro. — O senhor perguntou por que o rei tulaniano foi convidado. É uma tradição antiga, em tempos de paz, convidar a realeza vizinha para os eventos da elite. Trata-se de um gesto de boa vontade. Muitos semelhantes convites foram feitos nestes últimos sete anos, mas o rei tulaniano nunca aceitara.

— Excelente — disse Kamran em tom seco. — Ele veio agora para desfrutar um pedaço de bolo, sem dúvida.

— Certamente é bom ser cauteloso, porque...

Nesse momento, houve uma batida forte, e imediatamente depois a porta do closet abriu-se. O mordomo idoso do palácio entrou e fez uma reverência.

— O que foi agora, Jamsheed? — O príncipe virou-se no assento para encarar o homem. — Diga à minha mãe que não faço ideia do destino da costureira, nem o que ela fez com as minhas roupas. Melhor ainda, diga à minha mãe para vir me encontrar se ela quiser falar comigo, e parar de mandá-lo de um lado para outro do palácio como se você não tivesse coisas muito melhores para fazer em uma noite como essa.

— Não, Vossa Alteza. — Jamsheed, por mérito próprio, não sorriu. — Não é sobre sua mãe. Vim porque o senhor tem um jovem visitante.

Kamran franziu a testa.

— Um jovem visitante?

— Sim, senhor. Ele professa que o próprio rei lhe concedeu permissão para visitá-lo, e venho agora perguntar-lhe, em máximo respeito a Sua Majestade, se existe alguma verdade na afirmação da criança.

Hazan endireitou-se ao ouvir isso, parecendo perturbado de repente.

— Certamente você não pode estar se referindo à criança de rua?

— Não me parece uma criança de rua — respondeu o mordomo. — Mas também não me parece ser confiável.

— No entanto, ele aparece aqui, a esta hora, exigindo uma audiência com o príncipe? Isso é ultrajante...

— Não me diga que ele tem uma cabeleira ruiva? — Kamran passou uma mão sobre os olhos. — E que é alto demais para a idade dele?

O mordomo confirmou.

— Sim, Vossa Alteza.

— O nome dele é Omid?

— Ora... Sim, Vossa Alteza — disse Jamsheed, não mais capaz de esconder seu espanto. — Ele diz que seu nome é Omid Shekarzadeh.

— Onde ele está?

— Ele o espera agora no salão principal.

— Ele disse por que veio? — Hazan questionou. — Deu uma razão para tal impertinência?

— Não, ministro, embora seus modos estejam um pouco alterados. Ele parece muito agitado.

Com grande relutância, Kamran ficou de pé; o dia parecia interminável.

— Diga ao menino que vou descer em um momento.

O mordomo olhou estupefato para o príncipe.

— Então o que a criança diz é verdade, senhor? Ele tem a permissão do rei para falar com o senhor?

Kamran nem teve chance de responder antes que Hazan se movesse para a frente dele, bloqueando seu caminho.

— Vossa Alteza, isso é um absurdo — disse o ministro em um sussurro forte. — Por que o menino pediria uma audiência a essa hora? Não confio nisso.

O príncipe estudou Hazan por um momento: o lampejo de pânico em seus olhos, a forma tensa de seu corpo, a mão que ele ergueu para detê-lo. Kamran conhecia Hazan há muitos anos para interpretá-lo mal agora, e uma inquietação aguda e desorientadora moveu-se de repente pelo corpo do príncipe.

Algo estava errado.

— Não sei — disse Kamran. — Embora eu pretenda descobrir.

— Então o senhor pretende cometer um erro. Isso pode ser uma armadilha...

Ao mordomo, o príncipe disse:

— Vou encontrar o menino na sala de recepção.

— Sim, Vossa Alteza. — Jamsheed olhou do príncipe para o seu ministro. — Como quiser.

— Vossa Alteza...

— Isso é tudo — afirmou o príncipe bruscamente.

O mordomo curvou-se de imediato, depois desapareceu, com a porta fechando-se logo atrás.

Quando ficaram sozinhos, Hazan virou-se para o príncipe.

— Está louco? Não entendo por que consentiria…

Em um movimento único e rápido, Kamran agarrou Hazan pela gola e bateu as costas dele contra a parede.

Hazan ofegou.

— Você está escondendo alguma coisa — esbravejou Kamran sombriamente. — Qual é a sua?

Hazan ficou rígido de espanto, seus olhos se arregalando com uma pincelada de medo.

— Não, Vossa Alteza. Perdoe-me, eu não quis me exceder…

Kamran apertou ainda mais os punhos.

— Você está mentindo para mim, Hazan. Qual é a sua preocupação com…

O príncipe parou de falar, de repente, porque se assustou com um som suave, um zumbido, em seu ouvido esquerdo.

Kamran se virou e piscou, surpreso. Um leve e brilhante inseto pairava a centímetros de seu rosto, batendo incessantemente contra sua bochecha.

Top.

Top.

— Que diabos… — O príncipe fez uma careta e deu um passo para trás, largando o ministro para espantar o mosquito do rosto; Hazan tombou contra a parede, respirando com dificuldade.

Vá, Kamran pensou tê-lo ouvido sussurrar.

Ou foi apenas sua expiração?

Kamran assistiu, atordoado, ao mosquito disparando em linha reta em direção à porta, pelo buraco da fechadura, desaparecendo para fora.

O inseto tinha obedecido a um comando? Ou Kamran estava enlouquecendo? Ele dirigiu ao ministro um único e estranho olhar antes de sair do quarto, abrindo a porta com uma calma forçada e caminhando pelo corredor com velocidade incomum, a pele formigando com desconforto.

Para onde tinha ido a maldita criatura?

— Vossa Alteza — Hazan chamou, alcançando-o, depois acompanhando seu ritmo. — Vossa Alteza, perdoe-me, apenas me preocupo que a criança possa ser uma distração em uma noite tão importante... Falei sem pensar. Não quis desrespeitá-lo.

Kamran o ignorou ao descer a escadaria de mármore, as botas batendo repetidamente contra a pedra, os sons agudos preenchendo o silêncio entre eles.

— Vossa Alteza...

— Deixe-me, Hazan. — Kamran chegou ao andar principal e continuou se movendo, marchando em direção à grande sala com determinação. — Acho sua sombra incômoda.

— Não posso deixá-lo agora, Vossa Alteza, não com tal ameaça iminente...

Kamran parou abruptamente, desorientado.

Omid.

O menino fesht não estava na sala de recepção, onde deveria estar. Omid estava andando pelo salão principal quando se aproximaram e não esperou permissão para correr em direção ao príncipe, escapando do alcance dos criados que procuraram contê-lo.

— Alteza — chamou o menino sem fôlego, antes de falar em um feshtoon muito rápido. — O senhor tem que ajudar... Contei a todos, mas ninguém acredita em mim... Fui aos magistrados, e eles me chamaram de mentiroso, e é claro que tentei informar ao rei, mas não...

Kamran recuou repentinamente.

Omid cometera o erro de tocar o príncipe, estendendo a mão trêmula em um ato impensado e desesperado.

— *Guardas* — chamou Hazan. — Contenham esta criança.

— Não... — Omid se virou enquanto os guardas vinham correndo de todos os lados, prendendo com facilidade os braços do menino atrás das costas. Os olhos de Omid estavam selvagens de pânico. — Não... Por favor, o senhor tem de vir agora, nós temos de fazer alguma coisa...

Omid gritou enquanto eles torciam seus membros, resistindo ao ser arrastado.

— Saiam de cima de mim — gritou —, preciso falar com o príncipe... Eu tenho que... Por favor, eu imploro, é importante...

— Como ousa colocar suas mãos no príncipe herdeiro de Ardunia? — Hazan se virou para ele. — Você será enforcado por isso.

— Eu não quis fazer mal nenhum — gritou o menino, debatendo-se contra os guardas. — Por favor, eu só...

— Já basta — ordenou o príncipe, com calma.

— Mas, Vossa Alteza...

— Eu disse *basta*.

De repente, a sala ficou assustadoramente quieta. Os guardas congelaram onde estavam; Omid ficou mole sob suas mãos. Todo o palácio pareceu parar de respirar.

No silêncio, Kamran estudou o menino fesht, as lágrimas no rosto dele e os braços trêmulos.

— Libertem-no — ordenou o príncipe.

Os guardas largaram a criança sem a menor cerimônia no chão, onde Omid caiu de joelhos e se curvou, o peito arfando enquanto lutava para respirar. Quando a criança enfim olhou para cima novamente, seus olhos se encheram de lágrimas.

— Por favor, Alteza... — repetiu. — Eu não quis fazer nenhum mal.

Kamran estava estranhamente calmo quando disse:

— Diga-me o que houve.

Uma única lágrima rolou pelo rosto do menino.

— Os Profetas — explicou ele. — Estão todos mortos.

TRINTA E QUATRO

Alizeh olhou inexpressiva para a jovem.

— Não posso mesmo acreditar — afirmava a srta. Huda, com os olhos largos de espanto. — É você. Como pode?

— Perdoe-me, mas não entendo…

— *Isto* — disse a srta. Huda, correndo em direção a uma cômoda. Ela abriu uma das gavetas, vasculhou suas coisas e, nem um segundo depois, ergueu um envelope cor de creme.

— Isto. *Isto.*

Alizeh a encarou.

— Uma carta?

— Recebi hoje cedo. Tome. — Ela a pressionou nas mãos de Alizeh. — Leia.

Involuntariamente, o coração da garota disparou em sua batida familiar, seus nervos latejando devagar sob a pele. Com grande apreensão, Alizeh tirou o bilhete de dentro do envelope, desdobrou o papel e ficou imóvel ao ver a letra conhecida. Fora escrito com a mesma caligrafia firme da nota que ela recebera mais cedo naquele dia e que estava naquele momento enfiada em seu bolso.

Hoje, você encontrará uma
jovem de olhos prateados.
Por favor, entregue a ela
este pacote em mãos.

Como se fosse uma ampulheta, Alizeh se sentiu preenchida com grãos de consciência; de súbito ficou inquieta, com uma sensação de medo. Quem quer que tivesse lhe entregado o vestido também havia escrito aquele bilhete — mas, se isso fosse verdade, ela não deveria ter motivos para se preocupar.

Por que então se preocupava?

— Aqui diz que há um pacote — falou Alizeh, olhando para cima. — Existe um pacote?

— Sim — afirmou a srta. Huda, sem fazer nenhuma menção de se mover. Ela apenas a encarou, como se Alizeh lhe parecesse esquisita.

— Não vai trazê-lo para mim?

— Não vai primeiro me dizer quem você é?

— Eu? — Alizeh recuou. — Não sou ninguém importante.

A mandíbula da srta. Huda se contraiu.

— Se você não é ninguém importante, então eu sou a rainha de Ardunia. Pense o que quiser de mim, mas ouso dizer que nunca lhe dei a impressão de ser uma idiota.

— Não. — Alizeh suspirou. — Isso você não é.

— Até agora, eu pensava que o bilhete era algum tipo de piada — falou a srta. Huda, cruzando os braços. — Faz tempo que as pessoas gostam de me atormentar com piadinhas sem graça. Essa parecia mais peculiar que as outras, mas ainda assim eu a ignorei, tanto quanto ignoro as pernas de rã que encontro na minha cama de vez em quando. — Ela fez uma pausa. — Você faz parte de alguma brincadeira para me fazer de trouxa?

— Claro que não — disse Alizeh bruscamente. — Eu nunca participaria de um ato tão odioso.

A srta. Huda franziu a testa. Levou um momento para que ela continuasse:

— Sabe, percebi desde o início que você falava extraordinariamente bem para uma criada de *snoda*. Ainda assim, achei esnobe desprezá-la por sua tentativa de se educar. E mesmo assim era você que tirava cada medida minha com seus alfinetes e agulhas, e eu nunca conseguia medir você, não é mesmo?

Alizeh exalou, o ato soltando algo em seus ossos, alguma tensão responsável por aquela fixação em revestir-se de uma fachada deferente. Ela não via sentido em interpretar aquele papel por mais tempo.

Na verdade, estava cansada dele.

— Não seja tão dura consigo mesma — pediu ela à srta. Huda. — Se não conseguiu me medir, foi porque eu não queria que fizesse isso.

— E por que não, pode me dizer?

— Não posso dizer.

— Não pode? — A senhorita estreitou os olhos. — Ou não quer?

— Não posso.

— Por que não? — Ela riu. — Por que não deseja que ninguém saiba quem você é? Não me diga que está fugindo de assassinos?

Alizeh permaneceu em silêncio, e a srta. Huda logo ficou séria.

— Não pode estar falando sério — falou. — Você realmente conhece assassinos?

— Pelo que sei, não se conhece, de fato, assassinos.

— Mas é verdade, então? Sua vida está em perigo?

Alizeh baixou os olhos.

— Senhorita, por favor, pode me trazer o pacote?

— Ah. — Ela fez um aceno com a mão. — O pacote não importa, ele estava vazio.

Os olhos de Alizeh se arregalaram.

— A senhorita o abriu?

— Claro que o abri. Acha que eu acreditei que uma garota de olhos prateados viria à procura de um pacote misterioso? Naturalmente, presumi que a caixa conteria o cérebro sangrento de uma cabra ou talvez uma pequena família de pássaros mortos. Mas estava vazio.

— Isso não pode ser verdade. — Alizeh franziu o cenho. — Ainda assim, a senhorita não vai trazê-lo para mim, para que eu possa inspecioná-lo?

A srta. Huda não pareceu ouvi-la.

— Diga-me — continuou a senhorita —, por que você pegaria trabalhos como costureira se sua vida está em perigo? Não seria difícil atender às demandas das clientes caso precisasse, por exemplo, fugir sem aviso prévio?

De repente, a srta. Huda exclamou.

— É *por isso* que não conseguiu terminar meu vestido? — indagou. — Você está tentando se salvar neste exato momento?

— Sim.

A srta. Huda exclamou novamente, desta vez levantando a mão até o rosto.

— Ah, que terrivelmente emocionante!

— Não é bem assim.

— Talvez não para você. Acho que não me importaria de fugir para salvar a minha vida. Ou de fugir, de modo geral.

Alizeh sentiu o calor quente do *nosta* contra a pele e se acalmou, surpresa ao descobrir que a jovem não exagerava.

— Não faço nada além de evitar minha mãe na maioria dos dias — prosseguiu a srta. Huda. — O resto do tempo passo me escondendo da governanta. Ou de uma série de pretendentes grotescos interessados apenas em meu dote.

— Com certeza a senhorita tem outros interesses — afirmou Alizeh, que estava ficando vagamente preocupada com a garota. — Deve ter amigos... Compromissos sociais...

A srta. Huda descartou isso com um aceno de mão.

— Sempre me sinto como se vivesse em um corredor; não sou nobre o suficiente para me juntar à realeza, nem plebeia o suficiente para me misturar com os nascidos nas classes baixas. Sou como uma leprosa bem alimentada e malvestida. Minhas próprias irmãs não querem ser vistas comigo em público.

— Isso é horrível — disse Alizeh, emocionada. — Lamento profundamente.

— Lamenta mesmo? — A srta. Huda levantou os olhos. Ela estudou o rosto de Alizeh por um momento antes de sorrir. Era um sorriso verdadeiro, sincero. — Como você é estranha. Estou muito feliz por sua estranheza.

Surpresa, Alizeh arriscou um sorriso hesitante.

As jovens ficaram brevemente em silêncio depois disso, ambas avaliando os laços frágeis de uma amizade inesperada.

— Senhorita? — Alizeh disse enfim.

— Sim?

— O pacote.

— Certo.

A srta. Huda assentiu e, sem outra palavra, retirou de dentro do guarda-roupa uma caixa amarelo-clara. Alizeh reconheceu os detalhes de imediato; parecia ser uma prima da caixa que guardava seu vestido, uma combinação perfeita de cores e ornamentação, mas com um quarto do tamanho.

— Então, você não é mesmo uma criada, é?

Alizeh encontrou os olhos da srta. Huda, que ainda hesitava em lhe entregar o pacote.

— Perdão?

— Você não é de fato uma criada — repetiu. — Nunca foi, acho. Você é muito eloquente, está fugindo para salvar a sua vida e agora recebe pacotes misteriosos por meio de estranhos? Você também é linda, mas de um jeito antiquado, como se viesse de outro tempo…

— Antiquado?

— Sua pele é muito bonita, sim, vejo isso agora; e seu cabelo, muito brilhante. Tenho certeza de que você nunca teve escorbuto, ou mesmo um toque da praga e, por sua aparência geral, suspeito que nunca tenha passado muito tempo em um abrigo. E seus olhos são tão incomuns… Ficam mudando de cor, sabe… Na verdade, eles são tão incomuns que me faz pensar que você usava o *snoda* de propósito, para esconder sua… Ah! — exclamou a srta. Huda, com os olhos brilhando de entusiasmo. — Descobri! Eu descobri! Você só usava o *snoda* para proteger sua identidade, não é? Só fingia trabalhar na Casa Baz também? Você é uma espiã? Trabalha para a coroa?

Alizeh abriu a boca para responder, mas a srta. Huda a cortou com um aceno.

— Agora ouça, sei que disse que não pode contar quem você é. Mas, se eu adivinhar, você vai me dizer? Você só precisa confirmar com um aceno de cabeça.

— Não.

A srta. Huda franziu a testa.

— Isso parece muito injusto.

Ignorando o comentário, Alizeh pegou a caixa das mãos da srta. Huda e a colocou em uma mesa próxima. Sem mais demora, levantou a tampa.

A srta. Huda deu um pequeno grito de alegria.

A caixa não estava vazia, nem cheia de cérebros de cabra; em vez disso, aninhado entre delicadas folhas de papel fino, havia um par de botas lilás do tom exato do tecido leve e quase transparente do vestido. Elegantemente trabalhadas em *jacquard* de seda, tinham pontas finas e saltos baixos e grossos, com laços de fita amarrando todo o cano do calçado até o alto. As botas eram tão belas que Alizeh teve medo de tocá-las.

Enfiado ao lado de uma das botas de seda, havia um cartão.

— Magia — sussurrou a srta. Huda. — Isso é *magia*, não é? Céus! Quem diabos é você? E *por que* me deixou tratá-la como se fosse uma criada?

A jovem começou a andar pela sala, batendo as mãos como se estivessem em chamas.

— Ai, estou sentindo uma dolorosa onda de constrangimento retroativo; nem sei o que fazer agora.

Alizeh não prestou atenção àquele pequeno drama. Em vez disso, pegou o cartão, desdobrando-o com cuidado. Era mais da mesma ladainha.

Quando a direção não é clara,
esses sapatos mostram o caminho.

Alizeh estava apenas começando a processar a dimensão do próprio espanto — a dimensão do que tudo isso poderia significar, quando as palavras na nota desapareceram de repente.

Ela respirou fundo.

— O que é isso? — perguntou a srta. Huda ansiosamente. — O que diz?

Devagar, novas palavras floresceram na nota em branco, diante dela: traços nítidos e escuros, tão firmes como se fossem escritos em tempo real, por uma mão invisível.

Não se assuste.

Como se fosse uma deixa, um alarme disparou através de Alizeh com a força de uma flecha, atirando-a um pouco para trás, a mente cambaleando conforme ela se virava, procurando por algo... Por alguém...

Não, ela ficou mortalmente imóvel.

As palavras tinham desaparecido mais uma vez sem aviso, substituídas por outras, mas mais rapidamente desta vez, como se o escritor estivesse com pressa…

Eu não sou seu inimigo.

A srta. Huda arrancou o bilhete das mãos sem reação de Alizeh e examinou-o, então emitiu um som de frustração.

— Por que as palavras desaparecem quando tento lê-las? Eu me ofendo muito com isso. *Quero que saibam que fico muito ofendida com isso* — disse ela para o ar.

Alizeh, enquanto isso, mal conseguia respirar.

— Preciso me vestir — falou a garota. — Preciso me preparar.

— O quê? Vestir-se? — A srta. Huda se virou e piscou repetidamente para ela. — Você perdeu mesmo a cabeça? De todas as coisas para estar pensando neste momento…

— Perdoe-me, mas preciso fazer isso — afirmou Alizeh, apanhando as duas caixas amarelas e, em seguida, correndo para trás de um biombo em um canto distante da sala.

— Espero que entenda agora por que não posso ficar para consertar o seu vestido.

— Ah, esqueça o vestido! — choramingou a srta. Huda. — Aonde você vai?

Alizeh não respondeu de imediato, ocupada em se despir a uma velocidade vertiginosa.

O biombo não era tão opaco quanto Alizeh gostaria que fosse, então ela ficou invisível ao se trocar, sentindo-se bastante exposta ao revelar sua intimidade assim tão perto de uma estranha. Não era assim que ela tinha imaginado que se arrumaria para o baile daquela noite, não em uma corrida louca atrás de um biombo; não ao alcance da srta. Huda e de suas perguntas incessantes.

— Você não vai me responder? — a jovem senhorita questionou mais uma vez, apenas mais alto agora. — Por que precisa se vestir? Aonde pretende ir? Essas botas não são nada práticas para fugir. Se você desviar o olhar de seus pés por um momento, provavelmente pisará em uma pilha de estrume de cavalo... Sabe, eles nunca são capazes de limpar as ruas com rapidez suficiente... E a seda nunca mais será a mesma, disso você pode ter certeza, pois falo com base na experiência...

— Agradeço a sua sabedoria — respondeu Alizeh bruscamente, cortando-a. — Embora eu ainda não saiba para onde estou indo, só que eu...

Como um cisne-mudo, a srta. Huda gritou.

Foi um som torturado, um grito estrangulado de surpresa. Alizeh teria saído de trás do biombo se não fosse pela nudez — um problema que ela correu para resolver — e teria questionado o motivo do grito se outra voz não tivesse abafado a outra sem a menor cerimônia.

— Vossa Majestade. — Ela ouviu alguém dizer.

Alizeh de repente congelou.

Era a voz de um jovem.

— Perdoe-me — pediu ele. — Não quero assustá-la. Presumo que tenha recebido as minhas encomendas?

O coração de Alizeh acelerou descontroladamente no peito. Ela conhecia o som da voz de Hazan — a noite em que se conheceram estava estampada em sua memória —, e não era assim. Não era nenhuma voz que ela reconhecesse.

Quem era, então?

Hazan não havia mencionado mais ninguém, mas ele tinha falado pouco sobre seus planos, em um esforço para poupá-la no caso de ser descoberta. Ainda assim, era possível que Hazan estivesse trabalhando com outra pessoa, não era?

— Eu... Sim, recebi um pacote. — Ela ouviu a srta. Huda dizer. — Mas quem é você? Por que está aqui?

De fato, quanto mais Alizeh pensava a respeito, mais provável parecia que Hazan estivesse trabalhando com mais alguém. Na verdade, ele tinha mencionado algo sobre outros procurando por ela, não tinha? Havia outros além dele procurando por ela durante todos aqueles anos.

Com essa percepção, um grau de tensão deixou seu corpo. Alizeh ajustou o *nosta*, enfiando-o com mais firmeza dentro do espartilho antes de abotoar o vestido novo como uma louca. Ela estava calçando as botas novas quando ouviu a voz do estranho mais uma vez.

— Perdoe-me — repetiu ele, embora ele não soasse nada sentido. — Vejo que a assustei. Na verdade, a ideia nunca foi que nos conhecêssemos dessa forma, mas recebi um aviso e devo escoltá-la agora...

— Por favor, você não entendeu... — a srta. Huda tentou novamente. — Não sou... Não sou quem você pensa que sou.

Houve um breve e tenso silêncio.

Alizeh mal conseguiu se concentrar com os nervos lancinando. Ela tinha acabado de amarrar os cadarços das botas, chutando apressadamente para o lado seu velho e confiável par. As botas rasgadas e o vestido de chita puída estavam sobre o tapete exuberante como uma pele velha, descartada; Alizeh sentiu uma pontada estranha com aquela visão.

Não havia como voltar à sua antiga vida agora.

Então, o som da voz monótona do estranho...

— Por favor, diga-me, quem eu acho que você é?

— Eu não... — A srta. Huda hesitou. — Sabe, eu realmente não sei o nome dela.

Outro silêncio tenso.

— Entendo — falou ele, parecendo subitamente irritado. — Então você deve ser a outra.

— A outra? Ah, pelo amor de Deus — murmurou ela. — Venha aqui neste segundo, *Vossa Majestade*, ou eu vou até aí matá-la.

Alizeh voltou de seu estado de invisibilidade, respirou fundo e saiu de trás do biombo com uma postura impressionante, mesmo com seu coração batendo descontroladamente no peito. Ela não podia se esquecer de quem era, especialmente não agora, quando o medo explodia nela com a força de um vendaval de verão.

O estranho, ela notou, foi uma surpresa.

A idade dele parecia inespecífica; ela suspeitava que fosse jovem, mas apresentava-se como uma velha alma, envolta no manto da juventude. A pele era de um adamascado polido; o cabelo, uma onda afiada de cobre. Ele vestia roupas pretas simples, sem adornos — um casaco, uma sobrecapa —, e em uma mão carregava um chapéu preto alto e uma clava dourada. Ele tinha olhos brilhantes, surpreendentemente azuis, mas havia algo de trágico neles, uma força que os tornava difíceis de encarar, e que aumentou quando ele olhou para ela, seus olhos se alargando quase de maneira imperceptível ao avistá-la.

— Ah — disse ele.

Alizeh não perdeu tempo com sutilezas.

— Como você me conhece?

— Eu não disse que conhecia.

— Vocês nem se conhecem? — indagou a srta. Huda, olhando selvagemente de um para o outro. Para Alizeh, ela disse: — Você não conhece esta pessoa?

Alizeh balançou a cabeça.

— Então saia do meu quarto, seu louco. — A senhorita quase o empurrou em direção à porta. — Fora daqui! Fora de uma vez, seu cafajeste horrível, esgueirando-se no quarto de moças sem permissão...

O jovem escapou com facilidade dela.

— Acho que você não entendeu — disse ele categoricamente. — Sua Alteza e eu não somos totalmente desconhecidos. Temos um amigo em comum.

— Temos?

— Sua Alteza? — A srta. Huda virou-se, olhando agora para Alizeh. — Você realmente... Você realmente...?

O estranho respondeu:

— Sim.

E Alizeh retrucou:

— Não exatamente.

E todos, coletivamente, franziram a testa.

— Não há tempo para isso agora — disse o jovem, virando-se para Alizeh. — Seus planos para a noite podem ter sido comprometidos. Devemos partir de imediato.

O *nosta* brilhou quente contra sua pele, e Alizeh enrijeceu, com o coração doendo do peito.

Então era verdade: as coisas tinham dado errado.

A decepção de Alizeh era de tirar o fôlego, mas pediu a si mesma para manter a calma. Afinal, parecia que Hazan havia elaborado contingências para o plano. Só o *nosta* já fora um tremendo presente;

a certeza que ele lhe dava era um grande bálsamo mesmo agora, estabilizando-a naqueles mares turbulentos. O que foi que dissera quando lhe dera o objeto?

Para que nunca precise se perguntar quem são seus inimigos.

— Foi você — perguntou Alizeh, encontrando os olhos do estranho — quem me enviou o vestido? E os sapatos?

Ele hesitou um pouco antes de responder:

— Sim.

— Por quê?

— Estava retribuindo um favor.

— Um favor? — Ela franziu a testa. — Um favor para mim?

— Não.

Alizeh recuou.

— Para quem, então?

— Para o nosso amigo em comum.

Era a segunda vez que ele mencionava o amigo em comum. Ele estava escondendo a identidade de Hazan na frente da srta. Huda?

— Então você faz isso por ele — afirmou Alizeh suavemente. — O que significa que não tem interesse em me ajudar.

— Meu interesse é apenas em quitar uma dívida antiga — explicou o jovem. — Nosso amigo em comum pediu que eu lhe pagasse assim, com estas instruções específicas, e assim o fiz. Eu nunca deveria ter aparecido aqui, a menos que as circunstâncias exigissem a minha intervenção, como agora.

— Entendo — disse ela.

O *nosta* queimava contra seu esterno. Aquele estranho não era amigo nem inimigo, ela percebia, o que tornava a situação bastante complicada.

— Qual é o seu nome? — perguntou Alizeh.

— Meu nome é irrelevante.

— Irrelevante? — repetiu a jovem. — Como devo chamá-lo, então?

— De nada.

Alizeh não conseguiu esconder o lampejo de irritação que sentiu naquela hora.

— Muito bem — falou de modo seco. — Para onde vamos agora?

O estranho abriu a boca para falar e hesitou ao ver o rosto ansioso da srta. Huda, com olhos curiosos.

Gentilmente, ele limpou a garganta.

— Realmente prefiro não discutir nada disso na frente de... — Ele olhou novamente para a srta. Huda. — De um terceiro, embora reconheça que, nesse ponto, o erro foi meu. De alguma forma, pensei... Isto é, por um momento, parecia haver apenas uma pessoa no cômodo. Imaginei que a jovem da casa tivesse se juntado aos seus familiares lá embaixo.

— Pois estou bem aqui — afirmou a srta. Huda, de modo brusco. — Vocês não precisam falar de mim como se eu não existisse.

— Ah — exclamou ele, inclinando a cabeça. — Mas eu realmente preferiria que você não existisse.

A srta. Huda ficou boquiaberta.

Rapidamente, Alizeh se virou para ela.

— Posso confiar que guardará os detalhes deste dia para si mesma?

— Claro — confirmou a senhorita, aprumando-se. — Nunca na minha vida traí um segredo. Pode confiar em mim, sou a discrição em pessoa.

O *nosta* ficou gelado, enviando um arrepio pelo corpo de Alizeh.

Ela fez uma careta.

Como se também tivesse sentido a mentira, o estranho trocou olhares com Alizeh.

— Temos apenas duas opções — disse. — Mate-a ou leve-a conosco. O erro foi meu, então vou deixar a decisão para você. Recomendo fortemente, no entanto, que nós a matemos.

— Me matar? — gritou a srta. Huda. — Você não pode estar falando sério...

— Não, não. *Não* vamos matar você — assegurou Alizeh, lançando um olhar indelicado para Nada. Então, tentando sorrir, ela se virou para a srta. Huda. — Disse que gostaria de fugir, não é?

Pareceu de repente como se a srta. Huda fosse desmaiar.

— Aqui — continuou Alizeh, abrindo as portas e gavetas do guarda-roupa da srta. Huda, arrancando itens essenciais de suas profundezas. — Vou ajudá-la a fazer as malas.

A srta. Huda ficou boquiaberta.

— Mas… Eu não posso…

Alizeh localizou uma bolsa de tamanho médio no guarda-roupa e pressionou a pequena bagagem nas mãos congeladas da srta. Huda.

— Traga apenas o que puder carregar.

— Mas não quero fugir — sussurrou a srta. Huda, seus olhos brilhando de medo. — Aonde nós vamos? Como eu viveria? Quanto tempo ficarei fora?

— Essas são todas excelentes perguntas — afirmou Alizeh, dando um tapinha no ombro da garota. — Você faz as malas, e eu vou perguntar.

Triste, a srta. Huda puxou um vestido de um cabide, enfiando-o sem entusiasmo na bolsa.

Para o estranho, Alizeh disse:

— Não há necessidade de um subterfúgio agora, não é? Agora você pode me informar sobre seu plano. Para onde vamos?

Ele olhava para a cena que se desenrolava diante dele parecendo vagamente nauseado.

— Os detalhes são vagos — explicou ele. — Vou lhe oferecer um nível de proteção até chegarmos ao baile e, logo após a nossa chegada, vou acompanhá-la até um meio de transporte seguro. Esse transporte vai levá-la ao seu destino.

— Mas qual é o meu destino? — perguntou Alizeh. — O que acontece quando eu chegar?

— Ah, e chove no lugar para onde estamos indo? — indagou a srta. Huda. — Vou precisar de um guarda-chuva?

O estranho fechou os olhos.

— Não posso dizer agora aonde estão indo, mas posso assegurar-lhes que seu destino é seguro. Já garanti uma medida extra de proteção com o vestido e os sapatos.

Alizeh piscou ao ouvir isso, lembrando-se.

— Claro — afirmou, olhando para o vestido e as botas. — Quase esqueci. Como essas peças funcionam, exatamente?

— Você não leu os bilhetes?

— Sim, mas…

— Se não souber para onde ir, seus pés ajudarão; e, se tiver medo de ser vista, o vestido protegerá sua identidade daqueles que lhe desejam o mal etc. etc. Se não funcionar, porém, siga minhas instruções exatas em todos os momentos, pois, do contrário, não posso garantir a sua segurança. Preste atenção aos seus próprios caprichos, pois não serei responsável pelo que acontecer com você, e não vou me importar.

Lentamente, Alizeh ergueu os olhos para encarar o estranho.

— Você achou mesmo necessário adicionar essa última parte?

— Qual parte?

— *E não vou me importar* — repetiu ela, ecoando seu tom sem emoção. — Você gosta de ser desnecessariamente mesquinho?

— Sim. Gosto.

Alizeh abriu a boca para responder algo indelicado, mas mordeu o lábio e recuou.

Ela não conhecia aquele estranho, e ele sabia pouco sobre ela. Mesmo que de modo involuntário, seu compromisso honesto em ajudá-la era nada menos que milagroso, pois, quem quer que fosse, ele estava, sem dúvida, arriscando muito para isso. Talvez ele não soubesse que a ajuda dele era tão valiosa, pois, se as coisas corressem bem aquela noite, a vida de Alizeh poderia ser poupada; os sofrimentos dos últimos anos terminariam.

Finalmente, ela estaria livre.

Ela decidiu então que não poderia — não iria — permitir-se ser rude com aquele jovem, nem mesmo se ele merecesse, não quando ela poderia em breve lhe dever a vida.

Ela limpou a garganta.

— Sabe — começou ela, tentando sorrir —, com toda essa empolgação, me esqueci de dizer algo bastante importante.

Ele lhe dirigiu um olhar sombrio.

— Obrigada — disse ela. — Sei que o fardo é pesado, mas você me faz uma grande bondade esta noite, e não vou me esquecer disso.

O estranho se encolheu, olhou para ela por muito tempo.

— Não faço isso por bondade.

— Eu sei.

— Então, não — retrucou ele, soando, pela primeira vez, como se possuísse uma emoção real: raiva. — Não me agradeça.

Alizeh enrijeceu.

— Muito bem, então. Retiro meu formal agradecimento. Ainda assim, sou grata.

— Não seja.

Ela ergueu as sobrancelhas.

— Você pretende me ordenar a não sentir minhas próprias emoções?

— Sim.

— Isso é um absurdo.

— E, no entanto, se está realmente grata pela minha ajuda, pode me fazer um favor e parar de falar comigo de vez.

Alizeh ficou perplexa.

— Por que está tentando ser cruel?

— Oh, por favor, não briguem — pediu a srta. Huda. — Esta situação já é suficientemente horrível…

— Estou inclinado a concordar — disse o jovem friamente. — Por mais impossíveis que sejam os meus desejos, prefiro que sigamos em silêncio e nos separemos como estranhos.

— Tudo bem — concordou Alizeh baixinho, com a mandíbula apertada.

— Ótimo. — Ele olhou para a srta. Huda. — Agora temos que ir.

— Espere — pediu a senhorita desesperadamente. — Você não vai reconsiderar? Por favor, deixe-me ficar aqui. Prometo que não direi nenhuma palavra a ninguém sobre o que vi… Ficarei silenciosa como a morte, vocês verão…

Pela segunda vez, o *nosta* esfriou contra a pele de Alizeh. Ela se encolheu.

— Eu disse que deveríamos matá-la — disse o estranho.

A srta. Huda choramingou.

— Ignore-o — falou Alizeh. — Ouça, é só por um tempinho. Você poderá voltar para casa assim que conseguirmos chegar a um lugar seguro…

— Está dando falsas esperanças à garota — disse Nada, interrompendo-a. — A única forma de ela retornar à sua casa em segurança seria distorcermos a memória dela, o que exigiria mandá-la de volta no tempo, o que é excessivamente complicado, além de doloroso...

A srta. Huda começou a chorar.

— Será que não vai se calar? — Alizeh repreendeu o estranho, esquecendo-se de sua promessa de ser gentil. — Como não percebe que a sua intimidação só piora as coisas? Nunca passaremos despercebidos se ela não parar de soluçar.

O estranho a fitou, depois olhou a srta. Huda. Ele juntou os dedos, e a srta. Huda de repente ficou muda.

A moça ainda estava gritando, mas já não emitia nenhum som.

Quando a moça se deu conta do que tinha acontecido, agarrou a garganta com os olhos arregalados de medo ao tentar falar, sem dúvida querendo gritar. Tudo em vão.

Alizeh cercou Nada.

— O que foi que você fez? — indagou. — Insisto para que a transforme de novo neste instante.

— Não farei isso.

— Você é algum tipo de Profeta?

— Não.

— Um monstro, então?

Ele quase sorriu.

— Não diga que tem falado com a minha mãe.

— Como você tem acesso a tanta magia, então? O vestido, os sapatos... E agora isto...

— E isto — falou, colocando o chapéu sobre a cabeça.

Sem aviso, Alizeh foi atirada em uma noite sem fim.

— Está dando essas esperanças à garota — disse Nick, [illegible] — A única [illegible] [illegible] tempo [illegible]

— Ah... Hã, [illegible]

— Será que não [illegible]? — Alex [illegible] [illegible] de ser gentil. — Como não percebe que [illegible]?

— O [illegible] — disse, depois de olhar [illegible]. Ele [illegible] dados [illegible] Nada do que se [illegible] mudou.

A moça [illegible]

Quando a [illegible] [illegible], olhos arregalados de [illegible] [illegible] tudo certo.

— Ah, obrigado. Nada.

— O que foi que você fez? — indagou. — [illegible] para que [illegible] transformar de novo nesse [illegible]

— Não fazer isso.

— Você é algum tipo de [illegible]?

— Não.

— Um monstro, então?

— [illegible]

— Não diga que tem [illegible]

— Como você teve acesso a [illegible], então? O [illegible] [illegible]... E [illegible]

— E isso — [illegible] a cabeça.

Sem aviso, Alexis foi atirada em uma noite escura.

TRINTA E CINCO

A música encheu os ouvidos de Kamran, a escuridão gritante de sua mente perfurada ocasionalmente pelo som de risos, pelo tilintar de vidro e prata. Seus olhos escuros estavam delineados com *kohl*; o pescoço, amarrado pesadamente por cordões de safira; e um único aro de ouro trabalhado, aninhado sobre a escuridão de seu cabelo. Ele estava em pé, coberto por camadas pesadas de seda verde-escura, um fecho incrustado de esmeraldas cruzando o peito, preso na cintura, do qual pendia, como sempre, sua espada. Ele estava ao mesmo tempo perfeito e desconfortável ao acenar com a cabeça, saudando, sem de fato ver, os nobres que se curvavam à sua frente, as jovens que faziam reverências aos seus pés.

Vez ou outra, Kamran olhava para o trono brilhante ao seu lado, que era ocupado pelo avô, e para o outro além daquele, no qual sua mãe estava sentada, virando uma taça de vinho. Ambos os membros da realeza estavam sorrindo, mas o semblante alegre do rei era uma fachada necessária, fazendo um grande esforço para acobertar o que era sem dúvida uma tempestade interior desafiando sua capacidade de autocontrole.

Assim também poderia ser descrito o estado de Kamran.

A poucos passos de distância, meio obscurecido pelo vaso de uma oliveira, encontrava-se o embaixador tulaniano, que recebera ordens para ficar de pé, pronto para identificar o rei tulaniano a qualquer momento, caso o jovem chegasse. Mais longe, nas sombras, estava Hazan, aguardando ordens.

Kamran ainda não havia decidido o que sentia sobre o ministro, ou qual seria a melhor forma de proceder; pois, embora os instintos do príncipe assegurassem que havia algo de errado, as ações de Hazan ainda não evidenciavam algo errado. Kamran, no entanto, estava observando-o de perto, tentando captar o menor indício de comportamento incomum.

O menino fesht, pelo menos, não havia mentido.

Omid estava morando na Residência dos Profetas naqueles últimos dias e, por sua própria conta, havia se aproximado bastante dos sacerdotes e sacerdotisas que salvaram sua vida. Fora lhes desejar boa-noite quando descobriu que todos os vinte e cinco profetas tinham sido mortos em suas camas.

Kamran e o rei foram, é claro, testemunhar.

Não havia sangue para limpar, nenhuma evidência clara de um ato violento para investigar. Os rostos estavam pacíficos, as mãos cruzadas sobre os peitos. Só uma busca minuciosa revelou a prova da chacina: uma geada sutil entre seus lábios frios e entreabertos.

Magia das sombras, o rei sussurrou.

Nada mais poderia ter matado com tanta facilidade Profetas dotados de grande poder. Quanto ao autor do crime, havia pouca dúvida a respeito disso também. O rei tulaniano, que mais cedo naquela noite participara de uma reunião com embaixadores de Ardunia, havia abandonado a presença deles sem ser notado, desaparecendo do nada. Ele não se encontrou com o rei antes do baile, como era esperado.

Kamran não sabia se o jovem rei Cyrus darias as caras na festa daquela noite, mas tal ausência falaria por si própria, pois tais ações seriam inquestionavelmente uma declaração de guerra, uma das provocações mais bárbaras que o príncipe já havia testemunhado.

Ainda assim, não havia provas.

Pior, levaria semanas para reunir e trazer ao Quartel Real os raros outros profetas espalhados pelo império e, até que isso acontecesse, todo o reino de Ardunia ficaria vulnerável, sem uma camada essencial de proteção fornecida há muito tempo pelos moradores da Residência dos Profetas.

Mesmo assim, as aparências precisavam ser mantidas.

O rei não queria que a horrível notícia se espalhasse pelo império, não ainda. Não queria que as pessoas entrassem em pânico antes de estar pronto para lidar formalmente com seus medos, o que não seria possível até a manhã seguinte, pois os acontecimentos brutais da noite tinham tornado o baile muito mais importante. Mais atos de violência poderiam ocorrer a qualquer momento... Poderiam ameaçar a coroa a qualquer momento...

O que significava que Ardunia precisava garantir a linhagem real, e rapidamente, com outro herdeiro.

Kamran, cuja mente estava resignada, mesmo que seu coração protestasse, olhava com indiferença para a horda sem rosto, para os indivíduos enfileirando-se para prestar homenagem à realeza arduniana. O príncipe deveria escolher uma noiva entre aquelas estranhas e, no entanto, as damas lhe pareciam todas iguais. Todas em vestidos quase idênticos, cabelos penteados de forma semelhante. Ele não conseguia distingui-las, exceto por ocasionais impressões pouco lisonjeiras que deixavam para trás: um riso espalhafatoso, dentes manchados; uma moça em particular não conseguia parar de roer as unhas, nem mesmo ao falar.

Muitas delas mal conseguiam encarar Kamran, já outras se inclinavam dramaticamente, sussurrando em seu ouvido convites ilícitos para aquela mesma noite.

Tudo isso o deixava exausto.

Entre as muitas decepções do dia, Kamran não era capaz de abandonar as memórias de uma jovem em especial. Ele se perguntava, enquanto acenava com a cabeça para mais uma jovem fazendo uma reverência diante dele, se Alizeh permaneceria para sempre em sua mente, na manifestação ocasional da sensação de sua pele, na respiração acelerada à lembrança de seu toque. Foi um pensamento tão estranho quanto emocionante, e que o encheu de um medo aterrador.

Ele compararia todas as outras mulheres a ela, para sempre?

Alguém mais o faria sentir tanto? E, se não, ele seria condenado para sempre a viver uma vida pela metade, uma vida de conformismo silencioso, de expectativas não realizadas? Ele se perguntou se seria pior nunca saber o que você poderia ter tido... Ou saber e perder antes que fosse possível tê-lo?

— Você não está se esforçando — sussurrou o rei bruscamente, arrancando o príncipe do devaneio.

Kamran não se atreveu a virar a cabeça para fitar o rei. Ele nem percebeu que a jovem que fazia reverências tinha ido embora.

— Você pode fazer uma simples pergunta para as moças — murmurou o avô. — Mas fica aí como uma estátua.

— Isso realmente importa, Vossa Majestade, quando já sei que escolherá para mim aquela que considerar melhor?

O rei Zaal ficou quieto ao ouvir isso, e o coração de Kamran se apertou com a confirmação de seus medos.

— Ainda assim — disse finalmente o rei. — Você pode pelo menos agir como se estivesse em um baile e não em um funeral, por mais terrível que as circunstâncias possam ser. Quero que seu noivado seja anunciado antes do fim da semana. Quero você casado antes do fim do mês. Quero um herdeiro antes do fim do ano. Esta noite não deve ser perturbada antes que seu propósito seja cumprido. Estamos entendidos?

O príncipe enrijeceu o maxilar e estudou a multidão, imaginando como a quantidade de pessoas parecia aumentar diante de seus olhos.

— Sim, Vossa Majestade — respondeu calmamente.

O olhar de Kamran pousou de modo inesperado no menino fesht, que estava de braços cruzados, torcendo as mãos. A criança olhava frequentemente para a entrada, e com óbvia ansiedade. Seus olhos estavam vermelhos de chorar, mas como fora expressamente proibido de derramar lágrimas no baile — sob ameaça de expulsão —, ele só mordia os lábios e se encolhia cada vez que um nome era anunciado.

Kamran franziu a testa.

Ele não conseguia entender o que a criança estava procurando. Certamente Omid não conhecia mais ninguém ali; ele não tinha família. Nem amigos.

Por que, então, parecia tão ansioso?

Uma mulher mais velha bem-vestida apareceu de repente, e o príncipe, distraído, não reconheceu a princípio o familiar rosto da tia — e, então, desarmado, não conseguiu esconder seu alívio. Kamran ficou tão feliz em ver a duquesa Jamilah que pegou sua mão estendida e curvou-se diante dela, prestando à mulher um nível indevido de respeito que atraiu vários olhares indesejados.

Um pouco tarde demais, ele percebeu que sua tia não estava sozinha.

— Vossa Alteza — disse a duquesa, corando ligeiramente pela atenção. — É com grande emoção que lhes apresento esta noite a filha de um querido amigo meu.

Kamran sentiu — e ouviu — o rei se endireitar em seu assento. O príncipe se preparou enquanto se virava, estudando agora a jovem de pé ao lado da tia.

— Por favor, permita-me o prazer de lhe apresentar formalmente lady Golnaz, filha do marquês Saatchi.

Kamran assentiu, e a garota fez uma graciosa reverência, levantando-se diante dele para revelar olhos castanho-claros e um sorriso tranquilo. Ela tinha feições comuns e familiares, nem notáveis, nem feias. As mechas castanhas de cabelos tinham sido puxadas para trás em um coque frouxo; ela usava um vestido sem grandes atrativos, com pouco para chamar a atenção em cor e forma. De maneira racional, Kamran entendeu que a garota era quase bonita, mas ele não sentiu nada quando olhou para ela, e nunca a teria notado em uma multidão.

Ainda assim, ela parecia segura de si de uma forma que ele apreciava. Acima de tudo, Kamran pensava que nunca poderia se casar com alguém que não considerasse uma igual emocionalmente, e ele sempre lutava para respeitar as moças que apenas sorriam, nunca levantando a cabeça com convicção. Dignidade era, em sua opinião, uma qualidade essencial em uma rainha, e ele ficou pelo menos aliviado ao descobrir que lady Golnaz parecia ter autoconfiança.

— O prazer é meu — forçou-se a dizer para a jovem. — Espero que esteja se divertindo esta noite, lady Golnaz.

— Estou, sim, obrigada — respondeu ela em tom vivaz, o sorriso refletindo nos olhos. — Embora eu acredite que o mesmo não possa ser dito sobre o senhor, Vossa Alteza.

O príncipe parou ao ouvir isso, estudando a jovem agora com uma renovada apreciação.

— Meu orgulho insistiria em discordar, embora eu... — Kamran pausou, piscando em direção à imagem embaçada de uma jovem mulher ao longe. — Eu... — repetiu, voltando os olhos para lady Golnaz, lutando agora para lembrar o propósito original de sua declaração. — Não posso...

Outra faísca de cor, e Kamran levantou os olhos novamente, perguntando-se, enquanto isso, por que estaria tão distraído por um único movimento quando toda a sala ao seu redor se movimentava e...

Alizeh.

O príncipe ficou paralisado. O sangue correu de sua cabeça sem aviso, deixando-o zonzo.

Ela estava ali.

Ela estava ali — *ali mesmo* — incandescente em ondas cintilantes de lilás, os cachos de obsidiana presos longe de seu rosto desmascarado, algumas mechas soltas caindo sobre as maçãs do rosto, rosadas pelo esforço físico. Se ele pensou que ela era de tirar o fôlego no traje sem graça de criada, não tinha como descrevê-la agora. Ele só sabia que ela parecia distante desta terra mundana; acima dele.

A simples visão dela o paralisou.

Não havia linho em sua garganta, nenhuma atadura enrolada nas mãos. Ela parecia brilhar ao se mover, flutuava enquanto vasculhava o salão. Kamran prendeu a respiração ao observá-la, sentindo seu coração martelar no peito com uma violência que o assustou.

Como? Como ela estava ali? Ela tinha vindo até ele? Teria ela vindo para encontrá-lo, para estar com ele...?

— Vossa Alteza — alguém chamou.

— Está tudo bem? — Outra voz.

O príncipe assistiu, como se estivesse fora de seu corpo, a um jovem homem agarrar a mão de Alizeh. Ela se virou para encará-lo, seus olhos se arregalaram de surpresa, depois o reconheceu.

Ele disse alguma coisa, e ela riu.

Kamran sentiu o som atingi-lo como uma lâmina, seu peito convulsionando com uma dor desconhecida. Era uma dor diferente de qualquer outra que conhecia; uma dor que desejava arrancar do peito.

— É ele — sussurrou Hazan de repente em seu ouvido.

Kamran respirou fundo e voltou a si, a cena ao redor dele entrando em foco. Alizeh não estava mais lá; havia desaparecido na multidão. Ele viu, em vez disso, os olhos preocupados da tia, o olhar curioso de lady Golnaz. O frenesi da horda diante dele.

— É o cavalheiro com o cabelo acobreado, Vossa Alteza. O que carrega o chapéu incomum. O embaixador tulaniano confirmou.

Passou-se um momento antes que o príncipe pudesse dizer:

— Ele está completamente certo disso?

— Sim, senhor.

— Traga-o até mim — falou Kamran suavemente.

TRINTA E SEIS

سی و شش

Alizeh rodopiava ao cair, despencando pelas camadas da noite, aproximando-se de uma morte que lhe roçava a pele sem reivindicar sua alma. Ela pensou ter se ouvido gritar enquanto caía, mas se perguntou, também, em um piscar de olhos, se poderia na verdade estar sonhando, se toda a sua vida não passava de uma tapeçaria estranha e cintilante, infinitos fios sem sentido.

Ela sentiu os pés baterem no chão primeiro, o impacto estremecendo suas pernas, passando pelos quadris até balançar os dentes. Quando abriu os olhos, viu que tinha colidido com ele e se endireitou segurando no peito dele. A música rugiu em seus ouvidos conforme ela recuava, sua cabeça girando, o barulho de conversas e risadas perfurando a névoa de sua mente, o cheiro de açúcar no nariz, corpos trombando com sua pele.

Havia calor e suor, som e sensações — havia muito de tudo. Ainda assim, ela percebeu logo onde estava e preocupou-se imediatamente com a srta. Huda. Afastou-se do estranho e começou a procurar sua nova amiga, perguntando-se se a moça teria conseguido chegar ali, perguntando-se se ela tinha perdido para sempre a capacidade de falar.

Alizeh já não confiava mais no estranho.

Ela não se importava mais se ele era um aliado de Hazan. Como poderia acreditar em algo que ele dissesse? Ele se mostrara cruel e caprichoso, e ela nunca mais deixaria...

Alguém pegou sua mão e Alizeh girou, assustada, para descobrir o mesmo estranho de olhos azuis, o estranho caprichoso. Ela olhou para suas mãos entrelaçadas, depois para o seu rosto, perguntando-se se era fruto de sua imaginação o terror que entrava e saía dos olhos dele.

— Aonde está indo? — Ele parecia diferente; a antítese do jovem impassível que ela conhecera. — Você não pretende fugir, não é?

Alizeh ficou tão surpresa com o medo nos olhos dele que sorriu.

— Não, não vou fugir, sua criatura ridícula. Estou procurando a srta. Huda. Ela está, sem dúvida, aterrorizada em algum lugar, e incapaz de pedir ajuda. Graças ao que *você* fez com ela.

Alizeh tirou sua mão da dele e foi abrindo caminho por entre as pessoas, grata pela proteção do vestido — e, então, franziu a testa, mordendo o lábio quando se lembrou de quem lhe dera a roupa.

Ele não mentira para ela sobre isso, pelo menos. O vestido realmente era um milagre.

As pessoas pareciam passar por ela como se ela não existisse, seus olhares nunca tocando seu rosto. Era inquietante pensar que tantos estranhos não lhe desejavam bem, mas era também um conforto não se preocupar com seus olhos ou seu *snoda*. Ninguém ali cuspiria nela, ninguém a empurraria para fora do caminho, ninguém a mandaria esfregar fezes de pedras porosas.

Ainda assim, incomodava Alizeh saber que ela devia àquele peculiar estranho um agradecimento por sua segurança, porque tudo nele agora cheirava a traição. Se ele tinha a capacidade de deixar a srta. Huda muda, o que poderia fazer a Alizeh se ela o irritasse? Na verdade, era possível que o vestido e os sapatos fossem uma armadilha. E se tivessem sido enfeitiçados para carregá-la para algum lugar inseguro? E se ela estivesse se conduzindo à própria morte? Talvez ela devesse descartar o vestido... Ou destruí-lo. Mas e os sapatos? O que ela colocaria no lugar? Como ela escaparia?

— Eu já desfiz isso — respondeu o estranho, vindo logo atrás dela.

Alizeh estacou, depois se virou.

— Desfez o quê?

— A outra garota. A escandalosa — disse ele. — Ela será capaz de falar novamente.

Ele não fez nenhum esforço para baixar a voz mesmo se aproximando ao máximo dela, não demonstrando nenhuma preocupação aparente com quem poderia ouvi-los.

Isso fez Alizeh se perguntar se as roupas dele carregavam proteções mágicas também.

— Você apenas desfez o que tinha feito? — Alizeh questionou, encarando-o conforme ele se aproximava mais.

Ele era uma figura desconcertantemente volúvel.

— Sim — disse ele.

De perto, seus olhos eram de um chocante tom de azul, ainda mais sob a luz refletida de tantos lustres.

— Em troca, peço sua palavra de que não vai fugir, não importa o que aconteça.

— Minha palavra? — indagou ela, surpresa. — Mas por que você está tão preocupado que eu possa tentar fugir?

— Porque esta noite será difícil. Fui enviado aqui para pegar você, que é meu objetivo principal, mas, já que estou aqui, pretendo completar certas tarefas, que me ajudarão a ser absolvido de dívidas bem grandes. — Uma pausa. — Você se assusta facilmente?

Alizeh se irritou.

— Você me insulta perguntando isso.

— Ótimo. Então peço sua palavra.

— Pois não a terá.

Os olhos dele se estreitaram.

— Perdão?

— Eu só concederei tal pedido se você primeiro jurar que não vai machucá-la.

— Quem? A garota escandalosa?

— Jure que não vai machucá-la, ou usar magia nela...

— Ora, por favor, você faz exigências demais.

— Quer minha palavra de que não vou fugir? — repetiu Alizeh. — Bem, preciso ser capaz de confiar em você. Dê-me *sua* palavra de que não vai machucá-la. Essa é a minha condição.

— Muito bem — afirmou ele amargamente. — Mas devo avisá-la: se voltar atrás em sua promessa, haverá retaliações.

— Que tipo de retaliações?

— Eu não serei legal com você.

Alizeh riu.

— Quer dizer que está sendo legal comigo agora?

— Virei procurá-la em meia hora — falou ele, carrancudo. — Devo acompanhá-la até o nosso transporte antes da meia-noite, senão a carona vai cair no sono e fazê-la funcionar de novo levará muito tempo.

— Nossa carona vai cair no sono? Não quer dizer nosso motorista?

Ele a ignorou.

— Pegue logo a garota, rapidamente, porque temo que ela será difícil de segurar.

Alizeh fez uma careta.

— E o que você vai fazer?

— Como já disse, tenho alguns negócios a resolver. Mas não vai demorar muito.

— Alguns negócios? — Alizeh sentiu uma palpitação nos nervos. — Com Hazan, você quer dizer?

O estranho piscou.

— Hazan?

— Sim... Tenho muitas perguntas a fazer a ele. Onde ele está agora, você sabe? Ele virá ao baile?

Os olhos do estranho se arregalaram, depois se estreitaram, como se fossem um telescópio.

— Eu não sei.

— Ah. — Alizeh mordeu o lábio. — Bem, você poderia...

— Por ora, apenas arrume uma maneira de encontrar a garota. Se precisar de ajuda para chegar a algum lugar, os sapatos a levarão aonde precisar ir.

— Se isso é verdade, por que você precisa me conduzir ao transporte?

— Porque o transporte é *meu* — explicou com um lampejo de raiva —, e você só vai emprestá-lo.

Ela recuou ao ouvir o veneno na voz dele:

— Tudo que vou lhe dizer é que, enquanto você está tão ocupada se perguntando se sou confiável, estou me perguntando o mesmo sobre você. Posso lhe garantir, *Vossa Majestade*, que também não gostaria de estar aqui. Sou forçado à sua companhia por um mestre impiedoso, o que não me agrada em nada.

Alizeh abriu a boca para protestar, mas o estranho de repente se virou... E foi embora.

Ela o observou atravessando a multidão, desaparecendo com facilidade no mar de corpos. A rapidez com que ele se movia entre tantas pessoas era surpreendente e, ao mesmo tempo, confusa, embora menos do que as suas últimas palavras.

Ele era forçado a ficar na companhia dela por um *mestre impiedoso*? Ele não parecia estar se referindo a Hazan, mas, afinal, o que ela sabia sobre ele? Ou sobre seja lá quem fosse?

Alizeh observou as costas largas do estranho indo embora, as linhas simples dos trajes pretos, o peculiar chapéu que ele carregava em uma das mãos.

Ela não conseguia entendê-lo, e isso a preocupava. Como poderia colocar sua vida nas mãos de alguém em quem não podia confiar?

Com um suspiro, Alizeh começou a se virar, parando apenas quando avistou o estranho de olhos azuis sendo interceptado pelo próprio Hazan, o loiro empoeirado de seu cabelo de um intenso contraste com o rico tom âmbar dos fios acobreados do outro.

Alizeh quase gritou de alívio.

Então eles se conheciam *sim*; tinham planejado tudo isso juntos. Uma forte onda de tranquilidade acalmou seus nervos, tranquilizando suas muitas preocupações. Os métodos do estranho eram heterodoxos, é verdade, mas ela estava errada; podia confiar nele, que havia desfeito o feitiço na srta. Huda, dado sua palavra de que não machucaria a moça, e agora ela tinha uma prova de que ele não mentira. Todo aquele tempo Alizeh confiara no *nosta* para guiá-la, mas havia um grande conforto em obter uma evidência fornecida por seus próprios olhos.

Enfim, Alizeh sentiu como se pudesse respirar.

Ele e Hazan estavam falando rapidamente agora, e Alizeh estava dividida entre procurar a srta. Huda ou juntar-se à reuniãozinha. Havia tantos questionamentos que ela ansiava fazer a Hazan, e talvez...

Talvez, se não procurasse a srta. Huda, nunca a encontrasse, e assim permitiria que ela retornasse à sua vida normal. Afinal, que diferença faria se ela contasse às pessoas o que testemunhara? Alizeh há muito já teria partido.

Embora fosse possível que a fofoca não a prejudicasse, mas sim o estranho de olhos azuis. Saber agora que ele não era um canalha tornava mais difícil não se importar com a vida ele, especialmente considerando-se tudo que ele fizera para poupar a dela.

Alizeh mordeu o lábio, com os olhos varrendo o salão de um lado para outro, passando pelas silhuetas altas dos dois rapazes.

Ah, paciência.

Ela deixaria a srta. Huda em paz. Precisava falar com Hazan; havia dúvidas demais.

Alizeh começou a forçar seu caminho por entre as pessoas para chegar aos cavalheiros, que, por sua vez, começaram a se mover rapidamente na direção oposta.

— Esperem! — chamou ela. — Onde vocês est...

O estranho de cabelos acobreados virou-se ao ouvir isso, estreitando os olhos ao encará-la. Ele acenou com a cabeça para ela uma vez, com firmeza.

Perigo, pareceu dizer. *Não nos siga.*

Alizeh sentiu o calor do *nosta* e se engasgou, espantada. Como é que o *nosta* tinha entendido um aviso silencioso?

Ela permaneceu no lugar, ainda perplexa pelas muitas curiosidades da noite, até sentir os resquícios de um sussurro sedoso inundando sua mente, enchendo-a de terror.

Um medo rastejante tomou seu coração, espatifou-se contra sua pele, aqueceu a sua boca.

Cegamente, ela correu.

Foi o pânico que impulsionou seus movimentos bruscos, o pânico que a conduziu em uma fuga irracional, como se pudesse vencer o diabo em uma corrida. Ela sabia que era inútil recuar, mesmo enquanto atravessava desesperadamente o salão lotado, mesmo ciente de que seus esforços eram em vão.

Como se fosse fumaça, seu sussurro encheu-lhe a cabeça.

Cuidado com o ouro, a coroa, o olhar

— Não — gritou ela ao correr. — Não, não...

Cuidado com o ouro, a coroa, o olhar
Há um rei que reluta em definhar

— Pare — gritou Alizeh, cobrindo os ouvidos com as mãos. Ela não sabia para onde estava indo, apenas que precisava de ar, que precisava fugir do sufocamento da multidão. — Saia, saia da minha cabeça…

Cuidado com o ouro, a coroa, o olhar
Há um rei que reluta em definhar
Atravesse a escuridão, as muralhas
Dois têm um amigo que a todos atrapalha

— Deixe-me em paz! Por favor, deixe-me em paz…

A serpente, o sabre, a luz ardente
Três vão lutar em fúria crescente

Alizeh agarrou-se a uma coluna de mármore e encostou-se nela, pressionando sua bochecha excepcionalmente superaquecida à superfície fria.

— Por favor. — Arfou. — Eu imploro… Deixe-me em paz…

O bobo da corte terá de interferir
Pois não pode haver três soberanos aqui

Como se algo tivesse se quebrado, uma fumaça saiu de sua garganta… E, assim, ele se foi.

Alizeh sentiu-se zonza, sem fôlego de medo. Apertou-se contra o mármore brilhante, sentiu o frio penetrar sua pele através do vestido leve. Ela tivera certeza de que congelaria naquele vestido, mas não previra a multidão de corpos, o calor coletivo, o calor incomum que sentiria naquela noite.

Fechou os olhos tentando acalmar a respiração.

Ela não sabia onde estava e não se importava; mal podia ouvir seus próprios pensamentos, pois estavam encobertos pelo som do próprio coração, que batia de modo descontrolado no peito.

Ela nem tinha sido capaz de decifrar o primeiro enigma que recebera do diabo… Como entenderia o segundo?

Pior, muito pior: as visitas dele já tinham se provado como presságios. Apenas alguns dias atrás ele enchera a cabeça dela com sussurros de tristeza, e, ah, como ela sofrera as consequências. Quão dramaticamente sua vida havia mudado e ruído desde a última vez em que ouvira a voz dele em sua cabeça? O que isso significava agora? Ela perderia cada migalha de esperança que havia enfim coletado?

Não havia precedente para essa visita precipitada de Iblees. Normalmente levava meses, não dias, para que a voz torturante infectasse sua mente novamente, trazendo consigo todo tipo de calamidade e inquietação.

Como, agora, ela seria torturada?

— Alizeh.

Ela endureceu, virando-se para enfrentar um tormento bem diferente, mesmo ainda apegada ao abraço gelado da coluna de mármore. O coração de Alizeh batia agora de uma forma inteiramente nova, de modo vigoroso na garganta.

Kamran estava diante dela, magnificamente transformado em um pesado casaco verde, aberto e sem botões, atado com um complexo fecho de esmeralda, o pescoço envolto até o queixo em joias brilhantes. Seus olhos estavam pintados com *kohl* para ficarem impossivelmente mais escuros, mais ainda devastadores enquanto a revistavam agora. Mas foi o brilho do aro sobre seu cabelo que provocou uma terrível pontada em seu coração.

Ele era um príncipe. Ela quase tinha esquecido.

— Alizeh — repetiu ele, embora sussurrando agora, encarando-a com um desejo que ele não fez nada para esconder.

A escuridão infinita dos olhos dele absorveu cada detalhe do rosto, do cabelo e até do vestido de Alizeh. A garota se sentiu fraca ali, parada tão perto dele, desconexa de sua mente. Nada estava indo de acordo com o plano.

Como ele a tinha avistado?

Ela o vislumbrara de longe, de maneira breve, e observara-o recebendo friamente uma longa fila de convidados que, ela tinha certeza, o distrairia ao longo da noite. Certamente ele tinha responsabilidades que não poderia negligenciar... Certamente alguém logo viria buscá-lo...

O príncipe emitiu um som de angústia que a assustou, aguçando seus instintos; Alizeh se aproximou sem pensar, parando pouco antes de tocá-lo. Viu Kamran estremecer uma segunda vez, puxando suavemente o colarinho para longe de seu pescoço, fazendo o possível para encontrar alívio sem estragar o conjunto de vestimentas artisticamente confeccionado.

— O que há? — perguntou Alizeh. — Está sentindo alguma dor?

Ele balançou a cabeça, tentando rir um pouco para negar seu óbvio desconforto.

— Não, não é nada. Só acho esses trajes sufocantes. Esse casaco deveria ser feito de seda, mas é tão duro e áspero. Sempre foi desconfortável, mas agora parece estar cheio de agulhas. — Ele fez outra careta, puxando a lapela do casaco.

— Agulhas? — Alizeh franziu a testa. De modo tentador, ela o tocou, sentindo-o se enrijecer conforme ela desenhava com as mãos pelo brocado de esmeraldas bordado em relevos. — Você... Você tem alguma sensibilidade a ouro?

As sobrancelhas dele se franziram:

— A ouro?

— Isto é seda, sim — explicou ela —, mas seda tecida com uma trama de ouro. Em alguns pontos, os fios são tecidos com fibras de ouro. E aqui — roçou o bordado da gola, nas lapelas —, e aqui está sobreposto com ainda mais ourivesaria. Estes são fios de ouro de verdade, você não sabia?

— Não — respondeu ele, mas a encarava de forma estranha; por um momento, baixou o olhar para a boca dela. — Eu não sabia que se tecia ouro na roupa.

Alizeh deu um suspiro profundo e recolheu a mão.

— Sim — afirmou. — A peça é pesada, e talvez um pouco áspera, mas não deveria provocar dor. E também não deveria espetar.

— Como você sabe?

— Não importa — falou, evitando os olhos dele. — O que importa é que você está sentindo dor.

— Sim. — Ele deu um passo para mais perto dela. — Muita.

— Eu... Sinto muito por isso — afirmou ela, nervosa agora. Começou a gaguejar. — É um tanto raro, mas acho que você pode ter uma sensibilidade a ouro. Talvez devesse evitar vestir esses tecidos no futuro, ser mais específico com a costureira para que ela use *charmeuse* de seda, ou cetim, e evitar *georgette* e tecidos como tafetá, ou... ou...

Ela parou de respirar quando ele a tocou, quando as mãos dele pousaram sobre a cintura dela, depois deslizaram para os quadris, seus dedos lhe roçando a pele através das camadas de tecido fino. Ela prendeu o fôlego, sentindo as costas afundando contra a coluna de mármore.

Ele estava tão perto.

Cheirava a flor de laranjeira e algo mais, calor e almíscar, couro...

— Por que veio aqui esta noite? — perguntou ele. — Como? E os seus ferimentos... Este vestido...

— Kamran...

— Diga que veio por minha causa — sussurrou ele.

Havia um fio de desejo em sua voz, ameaçando o bom senso dela, sua compostura.

— Diga-me que veio me encontrar. Que mudou de ideia.

— Como... Como pode dizer tais coisas... — afirmou ela, as mãos começando a tremer. — Na noite em que deve escolher sua noiva?

— Eu escolho você — falou ele apenas. — Eu quero você.

— Nós... Kamran, você não pode... Você sabe que seria uma loucura.

— Entendo. — Ele inclinou a cabeça e se afastou, deixando-a sem entender. — Então você veio por outra razão completamente diferente. Não vai compartilhar essa razão comigo?

Alizeh não respondeu. Não conseguia pensar em nada.

Ela o ouviu suspirar.

Demorou um momento para ele dizer:

— Então posso fazer outra pergunta?

— Sim — afirmou, desesperada para falar algo. — Sim, é claro.

Ele ergueu o olhar, dirigiu-o a ela.

— Como, exatamente, você conhece o rei tulaniano?

TRINTA E SETE

سی و هفت

Kamran treinou a própria expressão enquanto aguardava, mascarando a dor que o dominava agora. Duas agonias agrediam seu coração, sua pele. As roupas que usava esta noite ficavam a cada minuto mais dolorosas, e agora isso — *esse espasmo* — que ameaçava rachar seu peito. Ele mal podia encará-la ao esperar pela resposta. Ele a julgara completamente mal? Tinha mesmo se tornado tão tolo quanto o avô e o ministro o acusavam de ter se tornado? A cada esquina, ela parecia surgir com uma surpresa, suas intenções eram impossíveis de compreender, suas ações eram confusas.

Por que ela seria tão amigável com o soberano de um império inimigo? Como — quando — começou essa amizade? Kamran esperava que Alizeh pudesse se absolver de quaisquer suspeitas censuráveis ao admitir que ela tinha vindo esta noite por ele, para estar com ele. Ela ter descartado tal possibilidade tão facilmente fora um golpe e tanto, além de uma confirmação — um endosso de seus medos silenciosos.

Por que, então, ela tinha vindo?

Por que ela se esgueiraria para um baile real realizado dentro da casa dele, com os machucados milagrosamente curados, as roupas de criada milagrosamente desaparecidas? Por que, depois de tantos esforços desesperados para agarrar-se ao seu *snoda* e esconder sua identidade, ela descartaria a máscara agora, revelando-se no meio de um baile onde qualquer estranho poderia vê-la?

Kamran praticamente podia ouvir o rei acusá-la de duplicidade, de manipular sua mente e emoções como uma sereia impossivelmente sedutora. O príncipe ouviu cada palavra do argumento imaginário, viu todas as evidências plausíveis que poderiam condená-la e, ainda assim, não podia denunciar a garota... Por razões tão frágeis que eram risíveis:

Ele tinha a sensação de que ela estava em perigo.

Eram seus instintos que afirmavam aquilo, apesar de todas as evidências condenatórias, que ela não era uma ameaça. Ao contrário, a preocupação dele era que a garota poderia estar em apuros.

Até para si mesmo ele parecia um tolo.

Ele reconheceu os erros flagrantes no próprio julgamento, as muitas explicações que estavam faltando. Não conseguia compreender, por exemplo, como ela poderia ter comprado um vestido tão deslumbrante quando apenas alguns dias atrás mal tinha cobres suficientes para comprar remédio para seus machucados. Ou como, quando apenas naquela manhã estivera esfregando o chão da Casa Baz, ela parecia agora, dos pés à cabeça, uma rainha de tirar o fôlego, caindo facilmente na risada ao conversar com o rei de outro império.

O rei Zaal, o príncipe sabia, diria que ela viera para liderar um golpe, para reivindicar seu trono. O baile era, afinal, a situação perfeita para declarar em voz alta — aos ouvidos de toda a nobreza de Ardunia — que ela tinha o direito de governar.

Talvez Kamran tivesse enlouquecido.

Parecia a única explicação viável para sua inércia, para o medo que o dominara até agora. Com o que mais ele se preocupava, quando deveria entregá-la ao rei? Ela iria ser presa, sem dúvida condenada à morte. Era o curso de ação correto e, no entanto, ele não se movia.

Sua paralisia era um enigma até para si.

O príncipe ordenara a Hazan que convocasse o rei Cyrus, mas Kamran mudara de ideia quando viu o jovem conversando com Alizeh. Cyrus tinha dito algo para ela e se afastado; não muito tempo depois, Alizeh correu loucamente pela multidão, parecendo aterrorizada.

Kamran a seguiu sem pensar, mal reconhecendo a si mesmo. Ele só sabia que tinha de encontrá-la, ter certeza de que ela estava bem, mas agora…

Agora, não conseguia entender a reação dela.

Alizeh pareceu perplexa com a pergunta.

Seus lábios se separaram, sua cabeça se inclinou para um lado.

— De tudo que você pode perguntar… — disse ela. — Que pergunta estranha você escolhe. Claro que não conheço o rei tulaniano…

— Vossa Alteza. — Veio o som da respiração ofegante de seu ministro. — Eu estive procurando pelo senhor em toda parte…

Hazan parou abruptamente ao lado do príncipe. O corpo do ministro estava rígido de choque ao olhar não para o príncipe, mas para Alizeh, cujos olhos prateados eram tudo que ele precisaria para verificar sua identidade.

Kamran suspirou.

— O que foi, ministro?

— *Ministro?*

O príncipe virou-se ao som surpreso da voz de Alizeh, que fitava Hazan com curiosidade, como se ele fosse um quebra-cabeça a ser resolvido, em vez de um oficial a ser saudado.

Não pela primeira vez, Kamran pensou que estava disposto a se separar de sua alma simplesmente para saber o conteúdo da mente dela.

— Vossa Alteza — disse Hazan, baixando a cabeça e os olhos. — Você deve ir. Aqui não é seguro.

— Do que diabos você está falando? — Kamran franziu a testa. — Esta é a minha casa, é claro que é seguro para mim aqui.

— Há complicações, Vossa Alteza. Deve ir. Certamente recebeu minha mensagem.

Agora Kamran ficou irritado.

— Hazan, você enlouqueceu?

— Por favor, confie em mim, Vossa Alteza. Por favor, retorne aos seus aposentos e aguarde novas orientações. Eu me preocupo muito por sua segurança enquanto permanecer aqui. As coisas não estão se desenrolando de acordo com o plano... Não recebeu minha mensagem?

— Chega, ministro. Você não só exagera, como aborrece a dama com essa conversa sobre política. Se isso é tudo...

— Não, não, senhor — explicou, erguendo a cabeça com firmeza. — O rei requisitou sua presença agora mesmo. Devo conduzi-lo ao trono com toda pressa.

A mandíbula de Kamran ficou tensa.

— Entendo.

Ele observou como Hazan olhara de Alizeh para o príncipe, parecendo de repente agitado. E Kamran não podia estar inteiramente certo disso, mas, por um momento, pensou ter visto Hazan fazer um sinal com a cabeça para ela.

Ou ele apenas assentiu?

Alizeh surpreendeu os dois ao curvar-se em uma elegante reverência.

— Boa noite, senhor — falou ela.

— Sim, sim, boa noite. — Desajeitadamente, Hazan fez uma reverência.

Para o príncipe, avisou com calma:

— Senhor, o rei o espera.

— Você pode dizer ao rei que estar…

— *Alizeh!*

Kamran ficou imóvel ao som inesperado de uma voz.

De todas as pessoas possíveis, era Omid Shekarzadeh que se movia rapidamente até eles agora, ignorando tanto o príncipe quanto o ministro em sua busca por Alizeh, que sorriu para o menino.

— Omid! — chamou ela de volta, correndo para encontrá-lo.

E, então, para total espanto de Kamran, ela abraçou a criança. Ela *abraçou* o menino de rua que quase a matou.

Kamran e Hazan trocaram olhares.

Quando o par improvável se separou, o rosto de Omid era de um vermelho brilhante. Em feshtoon, o menino disse nervosamente:

— Eu nem tinha certeza de que era você no início, senhorita, porque nunca te vi sem a máscara, mas te procurei a noite toda e perguntei a todos que pude encontrar se tinham visto uma garota com um *snoda*, no caso de você ainda estar usando o seu… Mas eles continuaram apontando para os criados, e falei que não, que você era convidada do *baile*, e todos riram de mim como se eu estivesse doido, menos uma senhora, é claro, uma senhora, esqueci o nome dela, senhorita alguma coisa, ela me disse que sabia de quem eu estava falando e que você estava usando um vestido roxo e que não estava de *snoda* porque é uma rainha, e aí eu ri tanto, senhorita, e disse…

— Perdão? — interveio Hazan. — Quem é essa pessoa? Por que ela diria essas coisas para você? Como é que ela saberia algo…

— Já que estamos fazendo perguntas, como diabos você sabe o nome dessa dama? — Kamran interrompeu. — Como vocês continuam em contato?

— Perdão, Vossa Alteza — Omid disse —, mas eu poderia lhe fazer a mesma pergunta.

— Seu malandrinho de uma…

— Na verdade, Omid é a razão de eu estar aqui esta noite — Alizeh interveio baixinho, e Kamran ficou tenso de surpresa.

Ela sempre o surpreendia.

Ele a observou sorrir com carinho para a criança.

— Ele me convidou para o baile como um pedido de desculpas por tentar me matar.

De modo impossível, Omid ficou ainda mais enrubescido.

— Ah, mas eu nunca ia matar a senhorita.

— Você usou seu crédito com a coroa para convidar uma garota para um baile? — Kamran olhou para o menino, sem paciência. — Seu patife ardiloso. Você se imagina uma espécie de rapazinho libertino, é?

Omid fez uma careta.

— Eu só estava tentando fazer as pazes com ela, senhor. Não há nada de inapropriado nisso.

— Mas quem era a mulher? — Hazan insistiu. — Aquela que disse que… — Ele olhou para Alizeh nervoso. — Que essa jovem era uma rainha?

Kamran lançou ao seu ministro um olhar de advertência.

— Com certeza foi uma brincadeira, ministro. Uma brincadeira boba para assustar a criança.

— Ah, não, senhor — Omid balançou a cabeça enfaticamente. — Ela não estava brincando. Ela parecia bem séria e assustada, na verdade. Disse que estava se escondendo de alguém, de um homem que tinha feito alguma mágica terrível com ela, e que, se eu encontrasse Alizeh, deveria dizer a ela para fugir. — Ele franziu a testa. — A dama agiu de forma estranhíssima.

Um choque de medo percorreu o príncipe então, uma apreensão que não podia mais deixar de lado. Um homem que fizera magia? Com certeza havia pouca dúvida quanto à identidade do culpado.

Todos os Profetas de Setar estavam mortos.

Apenas o rei Cyrus era suspeito de usar magia naquela noite. Que outro estrago o monstruoso rei poderia ter forjado?

O príncipe cruzou os olhos com Hazan, que parecia em pânico.

— Omid — falou Alizeh, com calma. — Você pode me mostrar onde essa senhora estava se escondendo?

— Vossa Alteza — disse Hazan abruptamente, virando os olhos para o chão mais uma vez. — Deve ir. Vá agora. Com toda a pressa possível...

— Sim, muito bem — concordou Kamran friamente. — Você não precisa se desesperar, ministro. Por favor, me deem licença...

Ele foi interrompido por um grito agudo, de gelar o sangue.

TRINTA E OITO

سی و هشت

Alizeh correu para o caos, com o coração batendo forte no peito e Omid logo atrás. Sua mente já estava rodando com o peso de tantas revelações — e agora isso? O que estava acontecendo?

Ela mal tivera tempo para assimilar a ideia de que Hazan era ministro do príncipe e menos ainda para analisar uma desconcertante suspeita de que Hazan não estava falando com Kamran, mas com *ela,* quando emitira tais avisos de que era preciso deixar o baile, de que não era seguro permanecer ali.

Na verdade, Hazan parecia tão preocupado que a assustou.

Talvez ele temesse que ela estivesse ficando sem tempo; o estranho dissera que Alizeh precisava sair do palácio antes da meia-noite, mas ele a abandonara com tão pouca apreensão que ela não considerou a mensagem literalmente. Além disso, se o que ele dissera era verdade — olhou para o relógio imponente no corredor —, faltavam trinta e cinco minutos. Parecia muito tempo.

Será que Hazan queria que ela chegasse ao transporte sozinha, sem a ajuda do estranho? Ele disse que tinha enviado mensagens, mas a que mensagem ele se referia? Seriam os bilhetes que vieram com o vestido e os sapatos? Ou pelo jovem dos cabelos acobreados?

Não, pensou Alizeh, Hazan devia estar se referindo aos sapatos; que outra mensagem ela teria recebido naquele dia que poderia ajudar na fuga?

Ah, se ela pudesse falar com Hazan sozinha, se conseguisse ao menos um minuto do tempo dele...

Alizeh olhou em volta enquanto se movia, procurando um vislumbre do rosto de Hazan, mas Kamran e o ministro estavam cercados pela massa crescente, que os atingia com mais facilidade, pois a horda sabia abrir caminho até o príncipe, mesmo em meio ao caos.

Embora até o caos fosse estranho.

A gritaria havia parado e a música também. A maioria das pessoas se movia em direção à fonte da comoção, já outras ficaram imóveis; todas pareciam aguardar para saber se o terrível grito podia ser atribuído a um conviva em êxtase — talvez uma jovem tivesse desmaiado, talvez alguém houvesse se entusiasmado demais. Todos pareciam se perguntar se podiam continuar aproveitando a noite sem se preocupar, já que ninguém havia confirmado ainda um motivo para pânico.

Alizeh foi caminhando pela multidão, preocupada com o destino da srta. Huda, perguntando-se para onde ela teria ido, quando o silêncio foi rompido por mais um grito de terror. Alizeh congelou no lugar, atingida pelo som da jovem voz conhecida.

— Não! — Era a srta. Huda que estava gritando. — Não, eu não vou... Você não pode...

O medo acumulou-se como alcatrão no ventre de Alizeh. O estranho estava sem dúvida abordando a srta. Huda agora — disso Alizeh tinha certeza, embora estivesse lutando para entender suas motivações. Por que ele quebrara a promessa tão facilmente? Que razão tinha para torturar a srta. Huda?

As mãos de Alizeh apertaram-se, o corpo se contraindo com uma necessidade urgente de fazer alguma coisa, quando alguém puxou seu braço.

Omid.

— Senhorita — chamou ele com urgência. — Essa é a voz da senhora que estava escondida antes. Acho que ela precisa de ajuda.

Alizeh olhou para o menino alto de doze anos.

— Sim — concordou. — Você pode me levar até ela? E rápido?

— Imediatamente, senhorita — respondeu, já se movendo. — Apenas me siga.

Alizeh seguiu o menino sem dizer uma palavra, os dois tecendo um caminho entre os corpos, contornando cadeiras, ocasionalmente engatinhando por baixo das mesas. Omid, ela percebeu, era ótimo para desvendar atalhos estreitos e inesperados através do caos, pois, mesmo com seus modos reformados, ele tinha sido um menino de rua e sabia muito bem se virar no meio de uma multidão.

Ele conduziu Alizeh através das pessoas com surpreendente rapidez, levando os dois a um canto escuro do outro lado do salão de baile, onde a srta. Huda estava se afastando do que parecia ser uma sombra alta de uma pessoa, com os braços erguidos defensivamente na frente de seu corpo.

Alizeh sentiu que reconheceu aquela sombra.

— Espere — falou bruscamente, estendendo um braço para deter Omid.

Ela o puxou para trás de um biombo, onde os dois se abaixaram, espiando a cena através de uma série de recortes em forma de estrela. Alizeh tinha uma vaga ideia do que esperava ver, mas sua imaginação estava tão longe da verdade que sua boca se abriu de surpresa.

A srta. Huda não estava erguendo os braços, mas um candelabro, e se aproximava da sombra alta como se fosse golpeá-la.

— Não é tão poderoso agora, não é mesmo? — esbravejou a senhorita. — Não é mais tão assustador, não? Não quando está à minha mercê.

— Ouça, sua escandalosa. — Veio a voz azeda e familiar do estranho. — Tentei ser paciente com você por causa dela, mas, se você não for cooperar, não tenho escolha a não ser…

— Não — gritou a srta. Huda. — Você nunca mais vai usar magia em mim, senhor, nunca mais, ou, ou eu… Eu farei algo terrível… Vou ordenar que o senhor seja pisoteado por uma parelha de cavalos…

— Eu nunca disse que usaria magia em você de novo — afirmou, de modo ríspido. — Não se esqueça de que eu estava quieto no meu canto quando *você me* bateu na cabeça… E de uma forma pouco delicada, preciso acrescentar. Com tal violência, quando não fui outra coisa além de acolhedor…

— *Acolhedor?* — gritou ela. — Você roubou a minha voz! E me jogou sem cerimônia no meio de um baile real no meu vestido de dia de musselina! Não estou acompanhada pela minha família, nunca fui formalmente anunciada, ninguém sabe que estou aqui, e agora nunca vou conhecer o príncipe. — Seu peito arfava conforme ela lutava para respirar. — O senhor tem ideia da crueldade de suas ações? — esbravejou ela, batendo nele com o candelabro.

Ele desviou de seus ataques. Ela continuou:

— Não posso deixar ninguém me ver assim. Como se a minha posição social já não estivesse em frangalhos, agora estou no palácio, no que é possivelmente o maior evento da temporada, e não penteei o cabelo, tenho comida nos dentes, não troquei de sapatos, não tenho ideia de como vou para casa...

— Sabe, mudei de ideia — falou o jovem homem. — Talvez eu a mate. Embora, como alternativa, se você está mesmo tão apreensiva com as opiniões dos outros, eu posso deslocar seu cérebro um pouco...

Pela terceira vez, a srta. Huda gritou.

— Oh, não — sussurrou Omid. — Isso não é bom.

As pessoas vieram correndo agora, um grupo começando a se reunir, no qual estavam Hazan e o príncipe. Alizeh e Omid assistiam das sombras ao estranho de olhos azuis suspirar, murmurar uma palavra pouco cavalheiresca e sair da escuridão, revelando-se a todos com um amplo sorriso.

Alizeh sentiu um súbito mal-estar trepidante.

— Bem-vindos, todos vocês — saudou o estranho. — Vejo que vieram ver o espetáculo. Estou ansioso para atendê-los, embora eu precise confessar que nada disso está saindo como imaginei! Mas, na verdade, sempre apreciei um pouco de espontaneidade.

Sem aviso, um anel de fogo, com vários metros de diâmetro, explodiu em torno dele e da srta. Huda, com chamas de um metro de altura, o calor tão opressivo que Alizeh podia senti-lo mesmo de onde estava.

A srta. Huda começou a soluçar, desta vez parecendo quase histérica. O coração de Alizeh bateu com fervor no peito; ela ouviu a respiração aguda de Omid.

Aquela noite inteira não tinha sido nada menos do que um desastre.

Kamran deu um passo à frente então, e a multidão recuou com um suspiro coletivo, deixando-o exposto. O príncipe chegou muito perto das chamas, e os pulmões de Alizeh se contraíram. Ela estava aterrorizada e, de alguma forma, lívida — *furiosa* ao examinar o louco que agora mantinha sua amiga como refém.

Seu tolo, ela queria gritar com o estranho desequilibrado. *Seu tolo estúpido, estúpido.*

O príncipe, entretanto, aproximou-se do mencionado tolo com um sangue-frio e tal confiança que se poderia pensar não haver perigo nenhum.

— Vossa Majestade — disse Kamran —, isso não é maneira de tratar os nossos convidados. Vou pedir-lhe uma vez para apagar esse fogo e libertar a dama.

Alizeh congelou, então franziu a testa. *Vossa Majestade?*

Kamran estava zombando dele? Ela não conseguia pensar em outra razão pela qual o príncipe herdeiro de Ardunia diria tal coisa, mesmo que em tom de brincadeira…

Alizeh fechou os olhos; sentiu a sala girar. A memória da voz de Kamran encheu sua cabeça.

Como, exatamente, você conhece o rei tulaniano?

Se o príncipe fosse capaz de localizá-la na multidão, também devia tê-la visto falando com o estranho de olhos azuis… E o que diabos ele deve ter pensado dela, que estava se relacionando com o rei tulaniano poucas horas depois de beijar um príncipe arduniano.

Parecia uma traição, até ela podia ver isso.

A vergonha inundou a pele de Alizeh com um calor repentino; uma vergonha que não precisava possuir ou reivindicar, mas que sentia mesmo assim. A confusão e a apreensão triplicaram, pois sua mente não cessaria agora de evocar novas perguntas.

Hazan tinha feito um acordo com o rei de Tulan? Se sim, como? Por quê? Que grande favor um ministro teria sido capaz de fornecer a um rei, a ponto de ele arriscar sua reputação como soberano de um império formidável para ajudá-la? O que diabos Hazan tinha feito?

Alizeh ergueu os olhos de novo quando ouviu a voz do estranho.

— E você deve ser o príncipe — falou ele. — O amado príncipe Kamran, o melancólico representante da realeza de Setar, amigo da criança de rua e da criada. Sua reputação o precede, senhor.

— Como se atreve a falar com o príncipe dessa maneira, seu porco miserável — gritou a srta. Huda furiosamente, em lágrimas, antes de levantar o candelabro acima de sua cabeça. — Guardas! *Guardas!*

— Ah, sim, sem dúvida — disse o jovem rei. — Por favor, chame os guardas. Traga-os, faça-os confessar em voz alta seus pecados. Todos sob a ordem do rei Zaal são cúmplices de seus crimes.

Kamran desembainhou a espada e se aproximou tanto das chamas que fez Alizeh prender a respiração.

— O senhor falaria mal do rei em sua própria casa, em sua própria terra? — indagou o príncipe com uma calma estrondosa. — Liberte a moça agora ou cortarei sua cabeça.

— Por favor, diga-me, senhor, como alcançará minha cabeça? Com que magia atravessará o fogo para reivindicá-la? Com que poder extinguirá o meu, quando seus Profetas estão todos mortos?

Com isso, a sala irrompeu em suspiros e gritos, expressões de espanto e medo. Alizeh virou-se, absorvendo tudo. Seu coração não parava de acelerar em seu peito.

— É verdade?

— Ele é louco...

— Onde está o rei?

— ... mas não pode ser...

— Não acreditem em uma palavra...

— O rei! Onde está o rei?

O rei apareceu então, vindo da multidão com uma dignidade silenciosa, de cabeça erguida mesmo sob o peso da imponente coroa.

O jovem rei apagou o fogo e libertou a srta. Huda. Muitas pessoas correram para o lado dela, ajudando-a a se proteger, enquanto o tolo de olhos azuis avançou em direção ao rei Zaal, criando outro círculo de fogo que prendia os dois soberanos.

Alizeh percebeu então que preferiria apodrecer na sarjeta a ir a algum lugar com aquele canalha de cabeça de cobre. Então eram essas as tarefas que ele pretendia realizar? Era esse o negócio que ele alegava que não levaria muito tempo?

Ah, ela queria esbofeteá-lo.

— Sua luta é comigo, não é? — perguntou o rei Zaal com calma.

— De jeito nenhum — respondeu o tolo alegremente. — Não haverá luta, Vossa Majestade. Quando eu terminar, o senhor estará implorando para que eu acabe com sua vida.

O rei Zaal latiu uma risada.

Alguém na multidão gritou:

— Chamem os soldados! Os magistrados!

— Os magistrados? — O rei do Sul riu alto. — Vocês querem dizer aqueles funcionários fracos e corruptos? Digam-me, refinados nobres de Ardunia, vocês sabiam que seus magistrados recebem uma soma extra da coroa para recolher crianças de rua?

Alizeh sentiu Omid tenso ao lado dela.

— Ah, posso ver pelos seus olhos que não. E por que saberiam, não é mesmo? Quem sentiria falta de um excedente de crianças órfãs?

— O que você quer? — indagou o rei Zaal bruscamente.

Ele parecia diferente no momento… Com raiva, sim… Mas Alizeh pensou que ele pareceu, por um instante…

Assustado.

— Eu? — O louco apontou para si mesmo. — O que eu quero? Eu quero tanta coisa, Vossa Majestade. Tenho sofrido há tanto tempo para compensar os pecados do meu pai, e estou cansado disso… Cansado de estar em dívida com um mestre tão cruel. Mas o senhor sabe bem como é, não sabe?

O rei Zaal desembainhou a espada.

Mais uma vez, o rei do Sul riu.

— O senhor vai mesmo me desafiar?

— Vossa Majestade, por favor. — Kamran avançou como se fosse entrar no anel de fogo, e o rei Zaal ergueu a mão para ele.

— Não importa o que aconteça esta noite — falou-lhe o rei Zaal —, você deve se lembrar de seu dever para com este império.

— Sim, mas…

— Isso é tudo, meu menino… — retrucou de modo estrondoso. — Agora você deve me deixar lutar minhas próprias batalhas.

— Como já lhe disse, Vossa Majestade — falou o louco novamente —, não haverá batalha.

O rei tulaniano levantou o braço com um floreio e as vestes do rei Zaal se rasgaram nos ombros, revelando grandes faixas de pele escamosas e descoloridas.

O rosto do rei ficou frouxo, atordoado, enquanto estudava a si mesmo; depois se virou para seu inimigo do Sul.

— Não — sussurrou o rei. — Você não pode fazer isso.

— Vocês não querem especular? — gritou o louco para a multidão. — Não querem arriscar um palpite sobre o que os magistrados fazem com as crianças de rua que encontram?

De repente, Alizeh sentiu como se não pudesse respirar.

Os sons da sala pareceram silenciados e as luzes, escurecidas; ela ouvia apenas o som da própria respiração áspera, via apenas o horror se desenrolando diante de si.

Ela fechou os olhos.

Era uma vez um reinante
Em cada ombro, uma serpente
Seu mestre não fica doente,
desde que bem as alimente.

O que elas comem ninguém adivinha,
mesmo quando encontram a criança
esparramada no chão, que matança,
sem cérebro em sua cabecinha.

— É verdade — sussurrou Omid, com a voz trêmula. — E-eu já sabia disso, senhorita. Já vi acontecer. Mas ninguém acredita em meninos de rua, todo mundo pensa que estamos mentindo... E começaram a nos ameaçar, dizendo que, se falássemos alguma coisa, seríamos os próximos...

Alizeh arfou, levando uma mão à boca.

— Ah, Omid! — gritou ela. — Ah, sinto muito...

Duas serpentes de couro branco se ergueram dos ombros do rei arduniano mordiscando e silvando vorazmente.

A espada do rei Zaal espatifou-se contra o chão.

TRINTA E NOVE

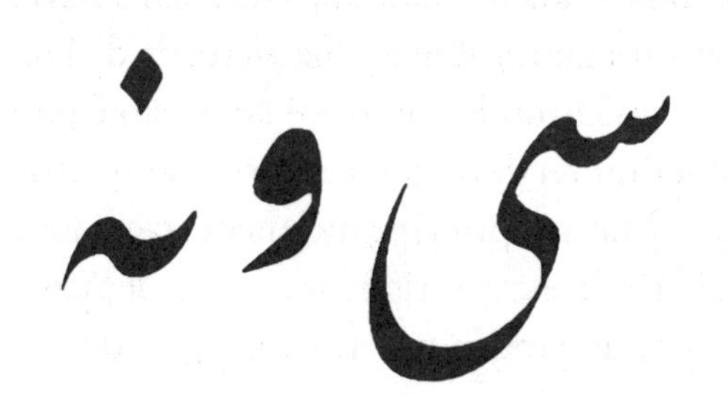

Kamran sentiu o coração rachar no peito mesmo se recusando a acreditar no que seus olhos juravam ser verdade.

O horror era imenso.

O príncipe sabia — tinha ouvido, é claro — que por todo o mundo houvera reis que fizeram acordos com o diabo; que venderam um pouco de suas almas em troca de poder, ou de amor, ou de terra. As histórias diziam que Iblees se apresentava a todos os soberanos do planeta no dia de sua coroação.

Tais histórias nunca terminavam bem.

Durante toda a vida de Kamran, o rei Zaal o havia alertado sobre Iblees, advertindo-o a nunca aceitar uma oferta do diabo. Como, então...

— Não — sussurrou Kamran. — Não, não é possível...

— Seu querido rei deveria ter morrido anos atrás — Cyrus começou a dizer. — Mas seu príncipe melancólico era jovem demais para liderar, não era? Ainda estava triste, assustado demais, com o coração partido pela morte do amado pai. Então, o grande, justo rei Zaal fez uma barganha com o diabo para prolongar a própria vida. — Uma pausa. — Não foi assim, Vossa Majestade?

— Basta — falou o rei Zaal, baixando os olhos. — Você não precisa dizer mais nada. Seria melhor para todos se você apenas me matasse agora.

Cyrus o ignorou.

— O que ele não percebeu, é claro, é que uma barganha com o diabo é sempre sangrenta. As serpentes prolongam sua vida, sim, mas até uma serpente precisa comer, não precisa?

Kamran mal conseguia respirar.

Não sabia o que fazer, não sabia o que dizer. Sentiu-se paralisado pelas revelações, confuso pelo caos das próprias emoções. Como poderia defender um homem tão degradado? Como poderia não defender o avô que ele amava? O rei havia negociado sua alma para poupar o jovem príncipe, para dar a Kamran tempo para viver um pouco mais como uma criança...

— Sim, isso mesmo — disse Cyrus. — Elas comem os cérebros frescos de crianças pequenas.

Do nada, ele invocou uma massa de carne empapada, que atirou para as serpentes. Prosseguiu:

— Crianças de rua, para ser mais específico. Porque os miseráveis e os pobres são os mais facilmente dispensáveis, não são?

As serpentes silvaram e morderam uma à outra, torcendo-se para pegar o bocado, até que uma vencedora triunfante entre elas agarrou a presa em sua boca aberta e distendida.

Gritos de horror perfuraram o silêncio; uma mulher desmaiou nos braços de outra.

O príncipe viu um lampejo de aço.

Uma espada se materializou na mão de Cyrus, e Kamran reagiu sem pensar, lançando-se para a frente — mas era tarde demais. O rei tulaniano já havia empalado seu avô, disposto ao sacrifício, atravessando seu peito.

Kamran quase caiu de joelhos.

Ele prendeu a respiração e atacou, brandindo a espada ao saltar através das chamas abrasadoras para alcançar Cyrus, sem sentir a carne queimar, sem ouvir os gritos da multidão. Cyrus fingiu-se de desentendido, depois atacou de volta, balançando a espada em um arco diagonal; Kamran encontrou a lâmina do oponente com um impacto tão violento que o estremeceu. Com um grito, ele se projetou para a frente, lançando Cyrus vários metros para trás.

Rapidamente, o rei tulaniano estabilizou-se e contra-atacou, com sua lâmina brilhando sob as luzes ofuscantes. Kamran esquivou-se do golpe e girou, cortando a espada no ar e colidindo com o aço; ambas as lâminas foram batendo, cortando o ar, enquanto ambos deslizavam pelo salão.

— Minha luta não é com você, príncipe depressivo — disse Cyrus, respirando pesadamente ao dar um passo para trás. — Você não precisa morrer esta noite nem precisa deixar seu império sem um soberano.

Kamran acalmou-se ao ouvir isso, dando-se conta de que seu avô estava realmente morto. Ardunia era dele agora.

Para governar como rei.

Ele gritou ao avançar, atacando Cyrus, que o enfrentou e, em seguida, baixou a lâmina com força esmagadora. Kamran caiu de joelhos para enfrentar o golpe, mas o braço que segurava a espada, gravemente queimado pelas chamas, não resistiu por muito tempo.

A espada dele tombou no chão.

Cyrus recuou com o peito arfando e ergueu a lâmina acima da própria cabeça para aplicar o golpe final, sem dúvida.

Kamran fechou os olhos. Fez as pazes com seu destino naquele momento, aceitando que iria morrer, e que iria morrer defendendo o rei. Seu avô.

— *Não*! — Ele ouviu alguém gritar.

Kamran ouviu a batida desenfreada de botas no piso de mármore e olhou para cima, assustado, mal ousando acreditar no que via. Alizeh estava correndo loucamente em direção a ele, empurrando as pessoas para o lado.

— Não! — Kamran gritou. — O fogo…!

QUARENTA

Alizeh correu através do inferno sem titubear, com o vestido transparente em chamas, que ela tentou apagar rapidamente com as próprias mãos. Ela olhou para Kamran com o coração apertado no peito, gastando tempo para verificar se ele estava mesmo vivo, ter certeza de que ele não estava gravemente ferido.

Ele apenas a fitava com admiração.

Uma larga faixa do braço direito dele sangrava profusamente... Tinha queimado através das roupas. O resto da vestimenta estava danificada, sem chance de reparo, mais chamuscada em alguns lugares do que em outros, mas ele parecia bem, exceto por alguns arranhões desagradáveis que ganhara na batalha. Ainda assim, ele parecia alheio aos ferimentos, até mesmo ao corte em sua testa, o sangue escorrendo devagar pela têmpora.

A multidão, que antes havia ficado em silêncio pelo choque, de repente começou a murmurar, ofegando em voz alta sua mágoa e descrença.

Alizeh voltou-se para o rei tulaniano.

Ela foi em direção a ele no vestido chamuscado, com a pele forrada de fuligem, e arrancou a espada de sua mão congelada, jogando-a no chão, onde caiu com um estrondo. O jovem rei a encarava agora como se ela fosse um monstro marinho inimaginável, que o engoliria de uma só vez.

— Como você se atreve — gritou ela. — Seu cretino horrível. Seu monstro inútil. Como você *pôde*...

— Como... Como você... — Ele ainda a fitava, boquiaberto. — Como você atravessou o fogo assim? Por que você não... Se queimou?

— Seu homem desprezível, miserável — continuou com a raiva. — Você sabe *quem* eu sou, mas não sabe *o que* eu sou?

— Não.

Ela o esbofeteou com força no rosto, a potência do tapa o fazendo cambalear. O rei do Sul tropeçou para trás, colidindo com uma coluna contra a qual bateu a cabeça e só depois retomou a compostura. Levou um momento para que levantasse os olhos novamente e, quando o fez, Alizeh viu que sua boca estava cheia de sangue, que ele cuspiu no chão.

Então, ele riu.

— Maldito diabo dos infernos — xingou ele suavemente. — Ele não me contou que você era uma jinn.

Alizeh assustou-se.

— Quem?

— Nosso amigo em comum.

— Hazan?

— Hazan?

O rei de cabelos de cobre riu, limpou um pouco de sangue da boca.

— *Hazan*? Claro que não é *Hazan*. — Então, para Kamran, ele disse: — Preste atenção, rei, pois parece que até seus amigos o traíram.

Alizeh virou-se para encontrar os olhos de Kamran bem a tempo de ver a maneira como ele a fitou — o lampejo de choque, a dor da traição — antes que se fechasse em si mesmo.

Os olhos dele ficaram quase desumanamente escuros.

Ela queria ir até ele, explicar-se... Kamran trocou um olhar com um guarda, e agora muitos deles invadiram o salão, e Hazan, logo se mostrando a única pessoa a tentar fugir da balbúrdia, foi apreendido instantes depois, com os braços amarrados de maneira dolorosa atrás das costas. O silêncio da sala ficou ensurdecedor por um momento; os protestos de Hazan perfurando o silêncio ao ser arrastado.

Alizeh foi então tomada por um terror violento.

Com agonizante lentidão, ela sentiu uma tapeçaria de verdade se formar ao redor dela; fios díspares de compreensão se entremeando para compor uma resposta à pergunta que havia entendido mal.

Claro que não é Hazan.

Hazan nunca havia planejado esse destino para ela. Ele tinha sido gentil e confiável; ele se importava de verdade com o bem-estar dela. Mas isso... Tudo isso não passava de um truque cruel, não?

Ela fora enganada pelo próprio diabo.

Por quê?

— Iblees — falou ela, sua voz cheia de descrença. — Todo esse tempo, você tem falado do diabo. Por quê? Por que ele o enviou para me buscar? Que interesse ele tem na minha vida?

O rei tulaniano franziu a testa.

— Não é óbvio? Ele quer que você governe.

Alizeh ouviu a respiração aguda de Kamran, ouviu os murmúrios da multidão ao seu redor. Essa conversa era uma loucura. Ela quase se esqueceu de que tinham uma plateia, de que toda Ardunia ficaria sabendo...

Mais uma vez, o rei do Sul riu, agora mais alto, parecendo subitamente perturbado.

— Uma *rainha jinn* para governar o mundo todo. Ah, é subversivo de uma maneira tão terrível. A vingança perfeita.

Alizeh sentiu-se de repente pálida, viu suas mãos começarem a tremer. Uma frágil hipótese começou a tomar forma em sua mente; algo que a abalou de modo profundo:

Iblees queria usá-la.

Ele queria conduzi-la ao poder e controlá-la; sem dúvida para garantir o caos em massa e a destruição dos Argilas que o haviam prejudicado; os seres que ele culpava por sua queda.

Alizeh começou a se afastar lentamente dos olhos azuis do rei. Uma estranha insanidade tomou conta dela, um medo que a cegava. Sem pensar, ela olhou para cima, para o relógio.

Cinco minutos para a meia-noite.

Alizeh disparou para a saída, passando ilesa pelo círculo de fogo pela segunda vez; os restos de seu vestido tomados pelas chamas de novo. Ela abafou o fogo dos trajes à medida que corria, mesmo sem saber para onde estava indo.

O rei tulaniano a chamou.

— Espere... Aonde você vai? Tínhamos um acordo... Sob nenhuma circunstância você foi autorizada a fugir...

— Eu preciso ir — falou desesperadamente.

Ela sabia que parecia louca ao dizer isso, pois nunca conseguira escapar do diabo, nunca desviara de seus sussurros. Ainda assim, não conseguiu superar a angústia que a tomara naquele momento. Ela se tornara irracional.

— Sinto muito — gritou. — Desculpe, mas eu tenho que ir... Preciso encontrar um lugar para me esconder, um lugar em que ele não...

Alizeh sentiu algo a atingir no estômago. Algo como uma rajada de vento; uma asa. Seus pés começaram a chutar sem aviso, lançando seu corpo para cima, no ar. Ela gritou.

— Alizeh! — urrou Kamran, correndo até as bordas de sua gaiola de fogo. — Alizeh...

O pânico encheu os pulmões da garota à medida que seu corpo subia.

— Faça isso parar — berrou ela, seus braços se debatendo. — Coloque-me no chão!

Ela se sentiu ao mesmo tempo paralisada e sem peso; os movimentos do corpo totalmente fora de seu controle.

Aquela magia das sombras a levaria até a lua? Iria afogá-la em um lago? Empalá-la com uma espada?

Tudo o que ela podia fazer era gritar.

Estava se aproximando das vigas agora, subindo até o teto. As pessoas abaixo eram difíceis de distinguir, suas vozes inaudíveis...

E, então, um estrondo.

Uma fera enorme atravessou a parede do palácio, seu corpo brilhante com escamas iridescentes e a envergadura tão larga quanto a própria sala. A multidão soltou gritos agudos, atirando-se no chão para se proteger. Alizeh, por sua vez, não conseguia desviar o olhar.

Ela nunca tinha visto um dragão antes.

Ele mergulhou baixo e rugiu; sua cauda longa e cravejada chicoteando ao longo da parede, deixando rasgos no mármore.

Então, como uma flecha, Alizeh foi libertada.

Ela caiu no chão com uma velocidade assustadora, os sons dos próprios gritos enchendo sua cabeça e abafando todos os outros. Ela mal teve tempo para processar que estava prestes a morrer, que se partiria em dois quando batesse no chão...

Foi quando o dragão mergulhou e a apanhou de súbito sobre suas costas.

Ela caiu para a frente com força, quase perdendo o equilíbrio antes que conseguisse agarrar a nuca cravejada da fera, que levantou voo sem demora. Alizeh foi empurrada para trás na envergadura, sua cabeça girando, o coração martelando no peito. Tudo que ela podia fazer era se segurar e se controlar minimamente. O dragão deu outro rugido antes de bater as asas maciças, lançando-os para fora do palácio, destruindo a parede e adentrando o céu noturno.

Por muito tempo, Alizeh não se mexeu.

Ela se sentiu paralisada pelo medo e pela descrença; sua mente tomada por um tumulto de incerteza. Lentamente, a sensação voltou aos seus membros, até a ponta dos dedos. Ela logo sentiu o vento contra o rosto, viu o céu noturno se desenrolar em torno dela, o lençol da meia-noite cravejado de estrelas.

Aos poucos, começou a relaxar.

A fera era pesada e sólida e parecia saber aonde estava indo. Ela respirou fundo, tentando se livrar do restante do pânico, para se convencer de que estaria segura pelo menos enquanto se agarrasse àquela criatura selvagem. Ela se revirou, de repente, com a sensação de fibras macias roçando sua pele através do que restava do vestido fino, e olhou para baixo, examinando o que havia sob o corpo. Ela não tinha percebido que estava sentada sobre um pequeno tapete, que...

Alizeh quase gritou novamente.

O dragão havia desaparecido. Ainda estava lá — ela sentia a fera embaixo dela, podia sentir a textura das escamas da pele dura —, mas a criatura ficara invisível no céu, deixando-a flutuar sobre um tapete estampado.

Era profundamente desorientador.

Ainda assim, ela entendeu então por que a criatura havia desaparecido; sem o corpo do dragão para bloquear a vista, ela podia vislumbrar o mundo lá embaixo, podia ver o mundo adiante.

Alizeh não sabia para onde estava indo, mas, por ora, estava se forçando a não entrar em pânico. Havia, no fim das contas, uma estranha paz em tudo isso, no silêncio que a cercava.

À medida que seus nervos relaxavam, sua mente foi ganhando clareza. Rapidamente, ela arrancou as botas e as atirou na noite. Deu-lhe grande satisfação vê-las desaparecendo na escuridão.

Alívio.

Um baque repentino deslocou o tapete, fazendo-a endireitar-se no lugar. A garota se virou, com o coração mais uma vez acelerado no peito; e, quando ela viu o rosto do indesejável companheiro, pensou que poderia se atirar no céu junto com as botas.

— Não — sussurrou ela.

— Este é o *meu* dragão — explicou o rei tulaniano. — Você não tem permissão para roubar o meu dragão.

— Eu não roubei, a criatura me pegou... Espere, como chegou aqui? Você sabe voar?

Ele riu ao ouvir isso.

— Será que o poderoso império de Ardunia é tão pobre em magia que esses pequenos truques a impressionam?

— Sim — afirmou ela, piscando. Depois: — Qual é o seu nome?

— Que coisa mais ilógica. Por que precisa saber meu nome?

— Para que possa odiá-lo de maneira mais informal.

— Ah. Bem, nesse caso, pode me chamar de Cyrus.

— Cyrus — repetiu ela —, seu monstro intolerável. Para onde diabos estamos indo?

Os insultos dela pareciam ter um efeito sobre ele, que ainda sorria ao dizer:

— Você realmente não adivinhou ainda?

— Estou agitada demais para esses joguinhos. Por favor, diga-me que horrível destino me aguarda agora.

— Ah, o pior dos destinos, sinto dizer. Estamos agora a caminho de Tulan.

O *nosta* queimou contra a pele dela, e Alizeh sentiu-se enrijecer de medo. Ela estava espantada, sim, e horrorizada também, mas ouvir o rei de um império difamar a própria terra assim...

— Tulan é um lugar tão horrível?

— Tulan? — Os olhos dele arregalaram-se, surpresos. — De jeito nenhum. Um metro quadrado de Tulan é mais deslumbrante do que todo o reino de Ardunia, e afirmo isso como uma constatação, não como uma opinião subjetiva.

— Mas, então... — Ela fez uma careta —, por que você disse que seria o pior dos destinos?

— Ah. Isso. — Cyrus desviou então o olhar, voltando-se para o céu da noite. — Bem. Você se lembra de quando lhe contei que tinha uma grande dívida para com o nosso amigo em comum?

— Sim.

— E que ajudá-la era o único pagamento que ele aceitaria?

Ela engoliu em seco.

— Sim.

— E você se lembra de como eu lhe disse que ele gostaria que você governasse? Que fosse a rainha jinn?

Alizeh assentiu.

— Bem… Você não tem um reino — explicou. — Nem terra para governar. Nem império para liderar.

— Não. — Ela concordou com suavidade. — Não tenho.

— Então… Você virá para Tulan — falou Cyrus, com um rápido suspiro. — Para se casar comigo.

Alizeh deu um grito agudo e caiu de cima do dragão.

LEIA TAMBÉM

Além da magia, Tahereh Mafi

A magia do inverno, Tahereh Mafi

Série Estilhaça-me, Tahereh Mafi

Um estranho sonhador – série Strange the dreamer, vol. 1, Laini Taylor

A musa dos pesadelos – série Strange the dreamer, vol. 2, Laini Taylor

As dez mil portas, Alix E. Harrow